btb

Buch

Eine weiße Stadt am Meer, südlich von Rom: verwinkelte Gassen, Fischerkneipen und ab und an ein magischer Platz, der den Blick auf das Meer freigibt. Hierher hat sich der Schriftsteller Henning Boysen zurückgezogen, um seinen neuen Roman zu schreiben. Da erhält Boysen Post aus Deutschland. Sein krebskranker Vater Edmund ist ins Altersheim gezogen; der Sohn soll kommen und ihm helfen, sich dort einzurichten.
Edmund Boysen war Zeit seines Lebens Seemann mit Leib und Seele. Jetzt, viele Jahre später, ist er dabei, seine letzte Reise anzutreten. Zuvor aber erzählt er dem Sohn noch einmal von dem, was ihm wichtig war im Leben. In diesen Gesprächen nimmt Henning Boysen Abschied von dem Vater. Aber es brechen auch die Traumata seiner Kindheit und Jugend wieder auf: das schwierige Verhältnis zur dominanten Mutter, der Kampf um die Liebe des meist abwesenden, strengen Vaters. Doch am Ende gelingt es Boysen, die Dämonen der Vergangenheit zu besiegen. Zum ersten Mal in seinem Leben ist er frei, wirklich frei.

Autor

Henning Boëtius, geboren 1939, lebt in Berlin. Er ist Autor zahlreicher, von der Kritik hochgelobter Romane und Romanbiographien sowie der Kriminalromane um den holländischen Inspektor Piet Hieronymus.

Aus Freude am Lesen

Henning Boëtius

Der Strandläufer

Roman

btb

FSC
Mix
Produktgruppe aus vorbildlich bewirtschafteten Wäldern und anderen kontrollierten Herkünften

Zert.-Nr. GFA-COC-1223
www.fsc.org
© 1996 Forest Stewardship Council

Verlagsgruppe Random House FSC-DEU-100
Das für dieses Buch verwendete FSC-zertifizierte Papier *Munken Print* liefert Arctic Paper Munkedals AB, Schweden.

1. Auflage
Genehmigte Taschenbuchausgabe November 2008,
btb Verlag in der Verlagsgruppe Random House GmbH, München

Umschlaggestaltung: semper smile, München nach einem Umschlagentwurf von Design Team München
Umschlagmotiv: plainpicture
Satz: Uhl + Massopust, Aalen
Druck: CPI – Clausen & Bosse, Leck
NB · Herstellung: BB
Printed in Germany
ISBN 978-3-442-73773-4

www.btb-verlag.de

O Schwermut, Schwermut
Von so weit her bringst du mir wieder,
woran du so lang schon trugst?

GABRIELE D'ANNUNZIO

1

Ich weiß nichts von Marconi. Ich weiß nur, dass er entscheidend zur Entwicklung der drahtlosen Telegraphie beigetragen hat. Ein Erfinder war er, besser gesagt, ein Entdecker neuer Welten, in der die unsichtbaren Wogen eines elektromagnetischen Meeres die kleinen Papierschiffchen und Flaschenpostbotschaften des Lebens von Ufer zu Ufer tragen. Er, Guglielmo Marconi, war der Columbus dieses unsichtbaren Meeres, dessen Wellen immer noch steigen und steigen und uns umspülen, bis die Gefahr besteht, dass wir in ihm untergehen. Er wagte sich als Erster auf diesen rätselvollen Ozean hinaus. Er besaß die Kühnheit und den Erfindungsreichtum, ihn zu durchqueren mit seinen Frittern, Funkeninduktoren und Radioröhren, um schließlich einen Kontinent zu erreichen, den es auf keiner Weltkarte gibt und der doch inzwischen die Wirklichkeit beherrscht: den achten Kontinent, den Kontinent der Information.

Ich weiß nichts von Marconi, höchstens, wann er geboren wurde und wann er starb. Ich habe mich lange gescheut, seine Lebensdaten in einem Lexikon nachzuschlagen. Warum?, frage ich mich. Vielleicht aus Angst, den Mythos dieses Entdeckers zu zerstören, ihm zu nahe zu kommen, so, wie ich Angst habe, mir selbst, meiner eigenen Lebensgeschichte zu nahe zu kommen? Ich traue mich nur ungern in den verwilderten Garten meiner Vergangenheit hinein, aus Furcht, Personen zu begegnen, die einst über die Macht verfügten, zu entscheiden, was Unkraut sei, was ausgerottet werden müsse oder was es wert sei, gepflegt und geerntet zu werden.

Eben quert eine schwarze Katze den kleinen, steinigen Platz vor dem Turm, an dessen Mauer gelehnt ich sitze. Eine Mahnung vielleicht, behutsam vorzugehen im Umgang mit dem eigenen inneren Kontinent der Erinnerung, diesem babylonischen Sprachgewirr einst gesendeter und empfangener Botschaften, ausgehend von Menschen und Dingen oder an sie gerichtet. Sie sind oft entweder vergessen, in alle Winde verstreut, oder sie haben dieses Schicksal noch vor sich. Irgendwann werden sie sich verlieren in den Weiten des Weltalls, werden sie die Heaviside-Schicht durchdringen, diese die Erde einschließende Schale ionisierter Luft, die für Kurzwellen wie ein Spiegel wirkt, nicht jedoch für die Frequenzen, die heutzutage unsere Äußerungen transportieren. Die meisten sind inzwischen auf dem Wege zu anderen Zivilisationen, in denen es vielleicht kein Wort mehr für Liebe gibt und keines für Tod und wo den Botschaften der Vergangenheit ewiges Vergessensein droht.

Es ist Marconis Turm oder vielmehr einer seiner Türme, die er für seine Experimente nutzte. Ein breiter Stummel aus Stein inmitten von Zypressen und Wacholderbüschen, gelegen auf einer unter Naturschutz stehenden Halbinsel im Tyrrhenischen Meer. Marconi hat hier einst seine Geräte vor Sturm und Regen bewahrt, hat hier sein Brot verzehrt und seinen Wein getrunken, wenn er nicht auf der Turmterrasse war, um bei schönem Wetter Radiowellen zu versenden, sie mit sanften Gebärden seiner feingliedrigen Hände im Äther zu verteilen, so wie man feine Glaceehandschuhe abstreift, um sie dem Geliebten von der Logenbrüstung aus zuzuwerfen.

Ich weiß nichts von Marconi, so wie ich am liebsten möchte, dass ich nichts von mir selber weiß. Denn auch ich besitze insgeheim einen Turm, der einst meinen kleinen Lebensexperimenten als Standort diente. Er ist inzwischen nicht weniger verfallen als Marconis Turm. Allerdings beherbergt er in seinem Kellerverlies nicht jenes Gerümpel alter Radiogeräte, Spulen, Kondensatoren, Röhren, Isolatoren, Kupferdrähte, die dort durcheinander liegen wie die Überreste ausgeweideter Tiere. Dafür enthält er zahllose Relikte wichtiger und unwichtiger Ereignisse, schemenhafte Reminiszenzen an Gesichter und Wolken, an Horizonte, hinter denen ein Unwetter aufzieht, Echos von Eindrücken, Berührungen, die man kaum voneinander unterscheiden kann. Mir scheint übrigens, dass die unwichtigen Erinnerungen oft deutlicher sind als die wichtigen.

Auch mein Turm hat Risse, auch er ist vom Einsturz bedroht. Wenn ich versucht habe, in dieses wenig imposante Bauwerk einzudringen, seine altersschwache Tür mit dem rostigen Schlüssel der Erinnerung zu öffnen, dann habe ich dies mit schlechtem Gewissen getan. Doch war mir längst klar geworden, dass es höchste Zeit war, dass ich mich würde beeilen müssen, hastig wie ein Grabräuber diese unansehnlichen Schätze zu bergen, ehe sie vollends verschüttet würden. Auch ein Brief, den ich noch nicht gelesen habe und der vor vielen Jahrzehnten in meinem Namen geschrieben wurde, gehört dazu.

Eben kommt die schwarze Katze zurück. Ihr Buckel ist gekrümmt, als wollte sie mir pantomimisch ihr Missbehagen über meine Inkonsequenz erklären. Sie hat Recht. Es ist so viel geschehen in letzter Zeit, dass es mir schwer fällt, meinem Bericht eine Ordnung zu geben. Ich werde mich deshalb lieber an die Regeln meines Freundes Luigi, des Strandläufers, halten und einfach drauflosschreiben. Er hat Recht, man darf nicht in den Fehler verfallen, beim Schreiben bestimmte künstlerische Absichten zu verfolgen. Oder schlimmer noch, nachträglich Ordnung in sein Leben bringen zu wollen. Man muss vielmehr so wahllos und sprunghaft vorgehen wie das Dasein selbst.

Es kostet Kraft, sich zu erinnern. Das habe ich in den letzten Monaten wieder und wieder gespürt. Erinnerungen sind wie Blutegel: Sie haben die unschöne Eigenschaft, sich voll zu saugen mit dem Blut dessen, der einst erlebte, was geschah. Sie fallen dann ab und lassen nichts anderes zurück als eine kleine Wunde des Vergessens. Es ist keineswegs so, dass diese Art des Schröpfens eine Reinigung der Körpersäfte bewirkt. Sie macht eher krank als gesund. Sie verkürzt das Leben, so dass immer weniger Zeit bleibt aufzuschreiben, was wichtig war oder durch seine Unwichtigkeit den Nebendingen Glanz verlieh.

2

Bis vor kurzem wohnte ich im Süden des Landes in einem Tal. Es ist eng, und der Fluss an seinem Grund ist fast immer trocken. Das Meer ist nicht weit. Ich konnte es von der Haustür aus sehen. Wie eine graue, dreieckige Mauer verschließt es den Einschnitt der bergigen Landschaft an seinem Ende. Manchmal, bei Wind, ging ich die Straße hinunter bis zu ihrem Fuß und lauschte den Wellen. Ich hatte das Gefühl, dass sie lauter geworden waren in letzter Zeit, dass die eine oder andere Woge bereits dabei war, mit ihrem großen, feuchten Rachen das Land zu verschlingen. Dann fiel es mir schwer, meine Angst zu bekämpfen. Ich wich zurück und ging mit schnellen Schritten wieder in diese kleine Wohnung, die ich mein Zuhause nannte, weil mir kein besseres Wort einfiel für den Platz, an dem ich meine häufig schlaflosen Nächte verbrachte.

Seitlich am Ende des Tals liegt die Stadt. Sie erinnert aus der Entfernung an ein abstraktes Gemälde, das ein Künstler mit großem Geschick auf die Leinwand des Himmels gemalt hat. Weiße und hellbraune Rechtecke verschiedener Größe überlappen sich. Trapeze und kleine schwarze Quadrate lockern, über das Bild verstreut, den malerischen Eindruck auf. Doch dieser Anblick täuscht. Nähert man sich, verwandelt sich die scheinbar so raffiniert gestaltete Fläche in ein räumliches Objekt. Man gewahrt plötzlich Häuser mit Türen und Fenstern, scheinbar wahllos aufeinander getürmt und ineinander verschachtelt. Treppen und schmale Gassen bilden zusammen mit den Wohn-, Arbeits- und Vorratsräumen ein verwinkeltes Labyrinth, in dem Menschen wie Mollusken umherkriechen, als hätten sie kein anderes Ziel wie das, sich in einer schützenden Schale zu verbergen.

Die Stadt liegt auf einem Felsen, der wie eine mächtige, geballte Faust ins Meer hinausragt. Sie ist uralt und von der Schönheit eines zu Stein gewordenen Traums. Ich habe mir anfangs, als ich sie zum ersten Mal vor mir liegen sah, gewünscht, dort für immer zu bleiben, über eine dieser schmalen Wendeltreppen mein eigenes Zimmer zu erreichen, einen kahlen Raum mit meterdicken Mauern, von Fensterhöhlen durchbrochen, durch die man aufs gleißende Meer hinausblickt. Aber es ist zu gefährlich, in einem Traum zu leben. Man verlernt dabei das Erwachen. Man existiert schließlich nur noch halb, wie ein Somnambuler auf dem schmalen Grat zwischen Tod und Leben.

Außerdem bemerkte ich bald, dass die Einheimischen wenig übrig haben für Fremde. Sie empfinden sie als Eindringlinge, gar als Usurpatoren. Die Leute sind zwar nicht unfreundlich. Bereitwillig helfen sie, wenn man sich nach dem Weg erkundigt, nachdem man mehrfach in die Irre gegangen ist. Aber sie tun dies vermutlich nur, weil sie möchten, dass man aus ihrer Stadt hinausfindet, um endlich ganz zu verschwinden.

Ich begreife diese Einstellung nur zu gut. Allzu viele Erholungssuchende kommen im Sommer und mieten sich ein in diesem weiß schimmernden Termitenbau. Manche kaufen auch Wohnungen, obwohl sie fast unerschwinglich teuer sind. Und so besteht die Gefahr, dass die ganze Stadt eines Tages zu einer Kulisse für ein fremdes Theaterstück wird, in dem die Hauptfiguren einzig und allein dem Egoismus ihrer Lustgefühle huldigen. Ein langweiliges Stück, das die wenigen alteingesessenen Fischer und Bauern zu Statisten macht.

Ich hatte mir aus all diesen Gründen eine Wohnung vor der Stadt gesucht, jedoch nicht zuletzt auch deshalb, weil ich mir so die Möglichkeit erhalten wollte, ihre allabendliche Rückverwandlung in ein Traumbild zu erleben. Zweck meines Aufenthaltes war, Muße zu finden für die Arbeit an einem Buch, das zu schreiben mir wichtig schien, hatte es doch indirekt mit dem Beruf meines Vaters zu tun, der Seemann gewesen war. Mein Verleger hatte mir einen ungewöhnlich hohen Vorschuss zukommen lassen, ein Indiz dafür, welchen kommerziellen Erfolg er sich von dem Projekt versprach. Es sollte um das Leben eines berühmten Piraten gehen. Ich versprach mir von meinem derzeitigen Wohnort Inspiration, war er doch einst immer wieder von Seeräubern überfallen worden. Statt jedoch zügig an die Arbeit zu gehen, verfiel ich mehr und mehr in einen für mich ungewöhnlichen Zustand empfindlichen Nichtstuns. Ich begann, viel spazieren zu gehen oder in den Bars zu stehen, als wartete ich auf etwas, das mir im Grunde gleichgültig war.

Es gibt einen kleinen Hafen unterhalb der Stadt. Nur noch wenige Fischerboote liegen dort. Den meisten Platz besetzen im Sommer die Motorboote der Fremden, die die Stadt als Sommerresidenz benutzen. Im Winter jedoch ist der Hafen immer noch ein geheimnisvoller Ort, an dem ich mich damals besonders gerne aufhielt. Hier schien mir mein zu einer leeren Hülse erstarrtes Warten sinnvoller zu sein als anderswo.

Das Weiß der Häuser dieser Stadt, vor der ich damals

lebte, lässt sie im Sonnenschein leuchten wie eine unwirkliche Erscheinung. Vogelfelsen haben oft diese Farbe, weil sie der kalkhaltige Kot ihrer Bewohner bedeckt. Es ist keine Farbe der Unschuld, keine Beschwörung der graphischen Wirkung von Licht und Schatten, kein Versuch, der Sommerhitze den Zutritt zu erschweren. Es ist vielmehr die Farbe der Trauer, wie sie nach dem Verlust eines geliebten Menschen in Ländern getragen wird, denen christliche Missionare nicht die Schwarzmalerei ihrer Religion aufzuzwingen vermocht hatten. Die Einwohner streichen jedes Jahr im Frühling ihre Häuser mit Kalkfarbe, weil wieder ein Jahr verloren ist, davongeflogen, ohne mehr zu hinterlassen als die brüchigen Schalen eines Eis, aus dem der Vogel geschlüpft ist. Schicht um Schicht bedeckt dieses Weiß das uralte Mauerwerk, um daran zu erinnern, dass die Vergänglichkeit eine gefräßige Riesenkrake ist, die zuweilen aus dem Meer auftaucht und die Menschen mit ihren langen Polypenarmen aus ihren Kammern und Betten reißt, um sie in ihrem schnabelförmigen Maul zu zerquetschen. Vielleicht haben die Bewohner der weißen Stadt Angst vor diesem Untier. Vielleicht sitzen sie deshalb des Abends nach Sonnenuntergang oft auf den kleinen Steinbänken der nach Westen gelegenen schmalen Plätze und starren schweigend auf die See hinaus, auf ihren von der Abendbrise blind gewordenen Spiegel.

Manchmal setzte ich mich zu ihnen auf die Bank, wobei ich sorgfältig darauf achtete, ein wenig Abstand zu halten, denn ich spürte ihr Misstrauen wohl. Auch ich starrte dann aufs Meer und fühlte die gleiche brüderliche Angst in mir aufsteigen. Bei klarer Luft tauchten am Horizont Inseln auf wie die Rücken einer kleinen Schule von Tümmlern. Während die untergehende Sonne das Meer blutrot färbte, hörte ich das Tuscheln der Frauen, die die Köpfe zusammensteckten, sah ich das furchtsame Deuten der Männer mit dem Finger zum Horizont. Erst wenn der Nachthimmel endlich seine dunkelblaue Markise über den Bergen im Osten entrollte, stand ich auf und ging nach Hause in meine kleine Wohnung.

Vom ersten Tag meines Aufenthaltes in der weißen Stadt an hatte ich geahnt, dass ich etwas tun musste gegen diese Angst vor der Vergänglichkeit. Doch hielt ich schon damals die Erinnerung für genauso gefährlich wie das Vergessen. Beide sind zusammengehörige Ungeheuer wie Skylla und Charybdis, beide bedrohen das kleine Lebensschiff, das zwischen ihnen seinen Weg sucht. Skylla ist ein Doppelwesen, halb Hund und halb Fisch. Es haust in einer Höhle und droht, alle zu töten, die ihm zu nahe kommen. So ist die Erinnerung. Charybdis aber ist das Vergessen, ein gewaltiger alles verschlingender Strudel.

Ich habe vergeblich versucht, es mit beiden aufzunehmen. Meine Versuche zu vergessen waren dilettantisch. Immer wieder quälten mich unwesentliche Erinnerungen. Was wesentlich war, entglitt mir, schien jedenfalls nicht deutlich genug und vor allem nicht wahrheitsgemäß. Alles, was ich zusammentrug, glich bunten Abziehbildern, die man ins Poesiealbum des Lebens klebt. Sich absichtlich erinnern ist schwer. Ein mühseliges Unterfangen, ähnlich müßig wie der Versuch, Quecksilberperlen mit den Fingern aufzulesen. Sie zerteilen sich bei der geringsten Berührung und rinnen blitzschnell davon, um in allen möglichen Ritzen zu verschwinden.

Ich schlief schlecht in jenen Tagen. Da half auch der Rotwein nicht, den ich in großen Mengen trank. So versuchte ich, die Stunde der Wahrheit hinauszuzögern, die Unruhe zu betäuben, die den Archäologen befällt, wenn er sich auf einem Terrain zu befinden glaubt, unter dem die Schätze einer versunkenen Zivilisation liegen. Dabei war ich, ohne es zu wissen, längst dabei, mich meinen Erinnerungen zu stellen und ihre Bruchstücke auszugraben: All diese noch nicht von Grabräubern geplünderten Phantasien, all diese Vasen voller berauschender oder auch vergifteter Augenblicke! Wenn man die frühesten Momente im Leben, an die man sich erinnert, wie die Bruchstücke eines Gefäßes miteinander verkittet, entsteht, wenn man Glück hat, eine unregelmäßige, im Zickzack verlaufende Linie. Sie ähnelt einer geheimnisvollen Schrift und bedeutet, dass die Scherben wenigstens teilweise zusammenpassen. Natürlich klaffen auch große Löcher zwischen ihnen, die signalisieren, dass Teile der Vergangenheit unwiederbringlich verloren gegangen sind. Um die Form der Vase zu erhalten, muss man sie mit grauem Ton ausfüllen. Beim nachträglichen Brennen nimmt er eine rötliche Farbe an, auf der man die verloren gegangenen Muster, so gut es geht, rekonstruieren kann.

Ich lag oft, erschöpft vom Nichtstun, auf meinem Bett. Die Vorhänge hatte ich zugezogen. Die Schatten der Nacht kamen und gingen. Sie erinnerten an einfache Frauen in schwarzen Kleidern. Sie trugen ihre Träume auf dem Haupt wie durchsichtige Amphoren. Ich vertraute ihnen mehr als den Männern, die die Stille töten mit ihrem Geschwätz. Ich konnte nicht einschlafen. Also versuchte ich wieder einmal, auf dem Ruinenfeld meiner Kindheit zu graben, die wenigen Reste, die ich fand, von der Asche der Zeit zu befreien, die sie bedeckt.

Auf drei Scherben stieß ich damals immer wieder. Die eine zeigt einen Springtanz weißer, kalter Hagelkörner. Die zweite weist auf ihrer gelblich glasierten Seite endlose Pfützen voller sich weitender, ineinander fließender Kreise auf, jeder einzelne von einem Regentropfen erzeugt. Wie anders ist die dritte Scherbe! Die feste, schwarz behaarte Hand eines Mannes greift aus dem Himmel herab, packt das schreiende Kind und wirft es in die Höhe.

3

Als ich wieder einmal mit schwerem Kopf erwachte, glaubte ich, von meiner Mutter geträumt zu haben. Es war nicht das erste Mal, dass sie mir im Traum erschien. Wie immer konnte ich mich an nichts erinnern, und dennoch zeugten bestimmte, unbeschreibliche Gefühle von einer nächtlichen Wiederbegegnung mit ihr. Beinahe so, als ob noch ein Geruch im Raum schwebte, der von einer Person stammte, die ihn gerade verlassen hatte. Und war dort nicht auch eine Kuhle auf der Bettdecke, den ihr Körper als deutlichen Abdruck hinterlassen hatte?

Meine Versuche, einen solchen Traum ins Bewusstsein zurückzuholen, scheiterten gewöhnlich. Ich fragte mich, warum ich mich gerade an meine Mutter so schwer erinnern konnte, jedenfalls an die Person, die sie gewesen sein musste, bevor sie alt geworden war. Es kam mir vor, als hätte ich zwei Mütter, eine junge und eine alte. An die alte habe ich sehr deutliche Erinnerungen, sie sehe ich auch jetzt genau vor mir, aber es ist eine andere Frau als meine Mutter in ihren jungen Jahren. Sie hat mit ihr nicht viel mehr gemein als den Namen. Manchmal denke ich, die junge hat mich geboren, die alte hat mich verraten. Das mag zu einfach sein, aber ich litt jedenfalls sehr darunter, dass sich meine junge

Mutter meinem Gedächtnis so standhaft entzog. Gäbe es keine Fotos von ihr, ich wüsste nicht einmal, wie sie ausgesehen hat. Sie muss eine ungewöhnliche Schönheit gewesen sein – mit ihren rotblonden Haaren, den rehbraunen Augen, der hochgewölbten Stirn, den fein gezogenen Brauen und der schmalen, geraden Nase. Ein Madonnengesicht, das den Eindruck einer undefinierbaren Lebensfrömmigkeit vermittelte.

Vierzehn Jahre lebte ich in übergroßer Nähe zu ihr, war ein Teil von ihr, fühlte mich in ihrer Obhut geborgen. Sie umgab mich mit ihrer Liebe, ihrer Fürsorge, ihren Meinungen, ihrem Duft, ihrem Körper und vor allem aber mit ihren Inszenierungen, die sie meisterhaft beherrschte. Sie konnte aus jedem Essen, selbst als es im Krieg kaum mehr etwas gab, eine Art Galadiner machen, oft nur durch die Dekoration des Tisches und die Begleitmusik aus dem Radio. Immer schuf sie für mich ein wärmendes Nest, in dem ich als das Kuckucksei lag, das ich nur ungern und spät von innen aufzupicken unternahm, wohl ahnend, dass dieser hässliche Vogel nach seinem Schlüpfen von den übrigen Nestinsassen als Fremdling erkannt werden würde.

Wir spielten damals wahrscheinlich jeden Tag das gleiche Stück: Ich war der Prinz, und meine Mutter verkörperte alle anderen Rollen. Sie war Prinzessin, Königin, König, gute und böse Fee, Zauberer, Herold, Narr, das Volk. Möglicherweise kann ich mich deshalb nicht an meine Mutter erinnern, weil sie zu viele Rollen hatte und mir gleichzeitig zu nahe war, so wie etwas in seinen Konturen verschwimmt, wenn man es zu dicht an die Nase hält. Doch werde ich nicht aufgeben. Ich werde bis an mein Lebensende versuchen, mich dieser fremden Frau, ihres Gesichts, ihres Lächelns, ihrer Gestalt zu vergewissern, bis ich mich an mehr erinnere als an den Fetzen eines Kattunkleides, eine goldene Haarlocke, ein braunes Rehauge oder eine himbeerfarbene Brustwarze.

Das Badeviertel der Stadt beginnt an ihrem nördlichen Fuß und erstreckt sich einige Kilometer die Küste entlang. Im Sommer drängen sich hier die Kurgäste. Es ist dann laut und für meinen Geschmack unerträglich. In der Nachsaison sind die Strände dagegen leer; die Spuren des sommerlichen Badetriebs sind jedoch noch überall vorhanden. Ich liebe diese Zeit, in der es noch warm ist, die meisten Fremden aber abgefahren sind, weil sie irgendwo ein ordentliches, von Pflichten und Beziehungen bestimmtes Leben führen müssen. Jetzt werden die Straßenkehrer plötzlich zu Hauptpersonen. Mit ihren Besen gleichen sie Künstlern, die ihre kühnen Kompositionen mit den Borsten ihres Pinsels auf die Promenade tupfen.

Die meisten Lokale haben schon geschlossen. Heruntergelassene Jalousien verbreiten eine Stimmung von Unweigerlichkeit. Am Strand werden Schirme und Liegestühle abgebaut. Die braungebrannten jungen Männer, die damit beschäftigt sind, wirken so konzentriert und entschlossen bei ihrer Arbeit, dass man meinen könnte, sie würden am liebsten auch das Meer zusammenrollen und in einem der Bauwagen verstauen, in denen sie ihre Gerätschaften aufbewahren.

Auch die See ist in der Nachsaison verändert. Sie wirkt entspannt, befreit, ein wenig wie ein entlassener Sträfling, der, zum ersten Mal wieder in Freiheit, einen blauen, ungebügelten Anzug trägt. Sie hat noch nicht die Wildheit der Herbststürme, aber sie spielt mit ihren Wellen bereits so, dass man ahnen kann, welche Kraft in ihnen steckt.

Hätte ich nicht einen großen Teil meiner Kindheit und Jugend auf einer Nordseeinsel verbracht, ich wäre kaum empfänglich für die unnachahmliche Melancholie der Nachsaison. Am besten lässt sich ihre Atmosphäre in einem der wenigen Cafés erleben, die noch betrieben werden. Die Tür steht offen, die Plastikstreifen des Vorhangs wehen in der Seebrise auseinander und geben den Blick frei auf das Meer. Die Geräusche der Kaffeemaschine, der halbvollen Gläser, die die wenigen Morgentrinker vorsichtig, fast schuldbewusst auf die Marmorplatte des Tresens stellen, die halb gemurmelten Banalitäten, all das fügt sich zu einer angenehmen Geräuschkulisse, die nicht die Anstrengung des Zuhörens verlangt. Der Mann an der Bar reibt Gläser mit einem Tuch und blickt prüfend durch sie hindurch wie ein Astronom, der den Nachthimmel liebt. Ich bestelle einen Campari-Soda, denn ich mag dieses Getränk, weil in ihm Süße und Bitterkeit unversöhnt geblieben sind.

Ich liebe die Nachsaison. Auch die des Lebens. In meinem Alter hat sie begonnen. Ich liebe sie genauso wie jenes bittersüße Getränk, denn jetzt vergeht nicht mehr mein Leben, sondern nur noch meine Zeit. Ich entsinne mich eines dieser Momente in einer Strandbar, die noch nicht geschlossen war. Ich versuchte nachzudenken. Ein komplizierter Zustand, wenn einem nach nichts anderem zumute ist als nach den Wohltaten eines leeren Augenblicks. Beim dritten Campari-Soda kam mir der Gedanke, dass es zwei unterschiedliche, ja konträre Lebensstrategien gibt: eine des Eroberns und eine des Verteidigens. Meine Mutter verfügte in einem extremen Maße über die zweite Form. Sie spürte die Schwäche eines Menschen sofort. Mit ihrer destruktiven Phantasie war sie in der Lage, sein eventuelles Scheitern in diesem und jenem Bereich vorauszusehen und, wenn sie wollte, durch

Bemerkungen noch zu beschleunigen. Die Tatsache, dass ich mich mit meinen vielen Talenten ein Leben lang in allen möglichen Bereichen verzettelt habe, ohne es je in einem von ihnen zur echten Meisterschaft zu bringen, hängt wohl mit dieser Fähigkeit meiner Mutter zusammen. Sie inspirierte mich auf vielfältige Weise, doch sie vermittelte mir auch immer zugleich die vermeintlichen Grenzen meiner Talente und brachte mich dadurch aus dem Tritt. »Du könntest ein Genie werden«, sagte sie oft, »wenn du endlich einmal konsequent bei einer Sache bleiben würdest.« Das war in höchstem Maße fatal, denn sie hatte gerade wieder einmal durch eine kleine, abschätzige Bemerkung, die zugleich ein übertriebenes Kompliment enthielt, mein Engagement auf einem bestimmten Betätigungsfeld zu Fall gebracht. Heute vermute ich, dass sie ihr eigenes Scheitern als Malerin auf ihren Sohn projizierte. »Du bist zu sensibel für diese grobe Form der Musik«, hatte sie ein andermal gesagt, nachdem ich angefangen hatte, Akkordeon zu lernen. »Du solltest lieber Klavier spielen, du hast die richtigen Finger dafür, mein Sohn.« Das Akkordeon blieb im Kasten. Ein Klavier hatten wir leider nicht.

Meine Mutter war auch eine Meisterin der Lüge. Die Wahrheit kannte sie nicht oder sie mied sie, als sei sie ein scheußliches Reptil. Mein Vater war das krasse Gegenteil. Er schien in einem Maße der Wahrheit verpflichtet, dass dies fast schon wieder in die Verlogenheit führte. Ich befand mich als Kind hilflos zwischen diesen beiden Gegensätzen. Also drehte ich mich auf der Spitze der Lügen meiner Mutter, getroffen von der Peitschenschnur der Wahrheitsliebe meines Vaters, ein kleiner Brummkreisel, der unverständliche Töne von sich gab und umfallen würde, wenn einst die Schnelligkeit der Rotation nachließ. Erst als meine Mutter tot war, verlor mein Vater seinen übertriebenen Hang zum Realismus, wie er es nannte. Er, der zu Lebzeiten meiner Mutter meist geschwiegen hatte, weil er Reden bereits als Betrug an der Wahrheit empfand und es daher lieber seiner Frau überließ, begann nach deren Tod zu reden, zuerst sporadisch, dann immer häufiger, eine Zeit lang nahezu pausenlos. In seiner Schweigsamkeit sprudelte plötzlich eine Quelle und bildete bald einen Fluss, der übers Ufer trat und Daten, Anekdoten, Geschichten, verrückte Thesen, Fragen, Seemannslatein herbeischwemmte. In diesem Strom bildete seine alte Stummheit kleine Inseln, die zuweilen auftauchten, wenn er aus dem Fenster sah oder mit mir telefonierte, Klippen, an denen sich sein Reden brach.

Wenn ich ihn besuchte, hörte ich ihm manchmal zu, ohne den Sinn seiner Worte zu beachten. Es war, als säße ich an diesem Fluss, um sein permanentes Rauschen zu bestaunen. Hätte man ihn kanalisiert, begradigt, gestaut, wäre vielleicht so etwas wie ein Roman daraus geworden, so aber glich das Naturschauspiel meines unaufhörlich redenden Vaters eher der Lamentation einer im Käfig der Vergangenheit gefangenen armen Seele.

Ich blickte immer noch hinaus aufs Meer, hob das vierte Glas mit der roten, perlenden Flüssigkeit des Campari-Soda und schaute hindurch wie durch eine getönte Brille in die blasse Scheibe der Sonne, die bereits hoch am Himmel stand. So schuf ich mir meinen eigenen Sonnenuntergang. Gerade als ich gehen wollte, fuhr ein Konvoi von Autos vorbei. Vorneweg ein offener Lieferwagen voller Kränze, dann ein Leichenwagen, durch dessen Fenster man einen schwarzlakkierten Sarg sah, umgeben von brennenden Kerzen, gefolgt von mindestens fünfzehn vollbesetzten PKWs. Keiner der Insassen war dem Anlass gemäß gekleidet. Mädchen in Shorts und knappen T-Shirts, junge Männer in weißen Hosen, offenen bunten Hemden. Es wurde gelacht. Radios plärrten. Das Ganze hätte auch eine Hochzeitsgesellschaft sein können.

Ich stellte mir vor, der Mann im Sarg sei mein Vater. Ich habe ihn als Kind selten gesehen. Er ist für mich eigentlich immer tot gewesen, ohne dabei je die Fähigkeit zu besitzen, sterben zu können. Dennoch oder gerade darum habe ich ihn bewundert, verehrt und sogar geliebt. Mein Vater war immer irgendwie absent, auch wenn er da war. Er war Seemann, er war im Krieg, er war im Wald oder im Bett meiner Mutter oder sonstwo, jedenfalls immer hinter dem Horizont meiner kleinen Welt. Das Niemandsland zwischen ihm und mir war zudem von meiner Mutter vermint. Sie beherrschte uns beide, indem sie uns gegeneinander ausspielte.

Als kleines Kind dachte ich manchmal, mein Vater lebe in Pommerland und Pommerland sei abgebrannt. So sang es schließlich manchmal seine Frau. Ich hatte nie das Gefühl, ihn je wirklich ganz und gar zu Gesicht zu bekommen. Wer da hin und wieder auf Urlaub war, bei uns am Tisch saß, Weißbrot toastete und sich mein Vater nannte, musste ein Stellvertreter sein, den mein richtiger Vater geschickt hatte, um uns, meiner Mutter und mir, die Wartezeit auf ihn zu verkürzen.

Ich stand auf, zahlte und ging an den Strand. Eine leichte Übelkeit hatte mich befallen. Ich setzte mich auf einen Stein und starrte in den Himmel. Er wirkte höher als sonst. Zarte Schleier von Stratozirrus zogen von Westen heran. Die Front der Wolkenbänder war hakenförmig gekrümmt. Ich wusste, was dies bedeutete: Ein Wetterwechsel stand bevor. Es würde bald Sturm geben.

Trotz der kühlen Jahreszeit legte ich mich in den Sand und schloss die Augen. Irgendwann tauchte ich ein in Bewusstlosigkeit. Kurz nachdem ich wieder erwachte, sah ich aus den Augenwinkeln einen Menschen. Wie ein Stück Treibholz lag er einige Meter entfernt flach auf dem Rücken. Ich wusste nicht, wie lange ich geschlafen hatte. Ich drehte mich auf den Bauch, schlug das Buch auf, das ich dabei hatte und tat so, als ob ich lesen würde, aber in Wirklichkeit beobachtete ich die Person neben mir. Sie lag völlig regungslos da, als sei sie angetrieben, der Kopf umgeben von einem Fächer offener, blonder Haare.

Meine Augen begannen im Salzwind zu tränen. Feine Sandkörner sammelten sich zwischen den Seiten des Buches und auf meinen Lippen. Plötzlich kam Leben in die Frau. Sie erhob sich, ging dorthin, wo die Wellen im Sand ausliefen und starrte aufs Meer hinaus. Der stärker werdende Wind zerrte an ihren Haaren. Schließlich drehte sie sich um und ging, ohne mir einen Blick zu schenken, in den schmalen Weg hinein, der zwischen Ferienhäusern zum Ort hinaufführte. Ich schaute ihr nach. Verwirrt, aufgewühlt. Ich verspürte den Drang, ihr nachzulaufen, wie ich es vor einigen Jahren noch getan hätte, nicht um sie anzusprechen, sondern um für eine Weile aus der verstohlenen Nähe zu einer Fremden, ihrem Gang, ihrem Ausgeliefertsein gegenüber meinen Blicken und geheimen Gedanken so etwas wie eine Wegzehrung für Tagträume zu beziehen. Doch ich ging nur zu der Stelle, wo sie gelegen hatte, und legte mich auf den Abdruck, den ihr Körper hinterlassen hatte.

Ich musste wieder eingeschlafen sein. Ich träumte von der Haut meines Vaters. Die wenigen Male, wo ich seinen nackten Oberkörper gesehen hatte, hatten mich fasziniert, da seine helle Haut über und über von zahllosen Leberflecken bedeckt war. Sie war wie das Negativ eines Sternenhimmels. Als ich älter wurde, traten bei mir dieselben Heerscharen von braunen Punkten auf. Es war beinahe, als schlüpfte ich mehr und mehr in seine Haut.

Dann träumte ich von der Insel meiner Kindheit. Das Meer dort war anders als hier, ebenso der Strand. Der Sand war grobkörniger, die Wellen waren dunkler, von jenem tiefen Grün, wie es planktonreiches Wasser aufweist. Die Stadt zog sich flach hinter dem Ufer dahin, kleine Häuser mit hölzernen Veranden, die Giebel dem Meer zugewandt, einige große Hotels mit verglaster Front, viele Balkons, Baumreihen davor, eine Mühle auf einem Hügel, vom Wind zerzauste Ulmen.

Würde ich die Gassen jener Stadt betreten, würde mich eine Welle von Zeit erfassen und um Jahrzehnte zurückspülen. Angst befiel mich, ich könnte mir selbst begegnen, würde wieder jene kindliche Hoffnung in mir spüren, von der ich heute nur noch die Wunden oder die Narben fühle, die ich ihr zu verdanken habe. Ja, das wusste ich noch: Einst war mein Vertrauen in ein erfülltes Leben stark gewesen. Natürlich dachte ich damals nicht über die Zukunft nach, hatte weder Pläne, noch stellte ich Prognosen an. Als Kind ist man auf eine andere Weise nachdenklich als später als Erwachsener. Man wägt nicht ab, man analysiert nicht, jedoch ist man keineswegs jenes dumpfe, vegetative Wesen, als das man sich im Nachhinein vielleicht vorkommen mag. Im Gegenteil, man sieht, hört, riecht, schmeckt, empfindet viel empfindlicher, man denkt in Gerüchen, in Tasterlebnissen, als seien Gedanken und Begriffe sinnliche Phänomene, die sich zu ihrer Artikulation alle möglichen Erscheinungsformen der Natur suchen wie zum Beispiel Wind, Wellen, Wetter, Blumen, Steine, Vögel, Fische, Schmetterlinge. Alles ist

Sprache, und alles ist zugleich stumm, alles ist Zeit, egal ob Zukunft, Gegenwart oder Vergangenheit, und alles ist zugleich Ewigkeit. Eine ziehende Wolke vermag in jenen glücklichen Tagen mehr Gedankenspiele auszulösen als später die Lektüre eines noch so klugen Buches. Die Seele eines Kindes ist durchtränkt von einer Magie, derer sich erwachsene Menschen eher schämen und die sie im dunkelsten Eck des Kellers ihrer Person verwahren wie Kartoffeln, weil deren wachsende, bleiche Augen etwas zu sehen in der Lage sind, was das normale Leben stört.

Jene Magie, von der ich rede, hängt mit Phantasie zusammen. Die Phantasie eines Kindes ist anders als die eines Erwachsenen. Sie gleicht einer Hülle, die das Kind wie eine dünne, unsichtbare Membran umgibt. Sie reagiert wie ein hochempfindliches Mikrophon oder ein lichtempfindlicher Film auf alles, was auf sie von außen einwirkt. Das Älterwerden ist der Prozess, in dem diese dünne Haut verhornt oder verkalkt, bis sie zum Schneckenhaus wird, in das sich das Ich schließlich aus Angst vor allzu großer Freiheit zurückzieht. Die Phantasie des Erwachsenen ist dann nichts anderes mehr als der Versuch, dieses Haus mit Bildern eines verloren gegangenen Lebens auszuschmücken.

All dies dachte ich im Schlaf, ohne eigentlich zu denken, so wie man in der Dunkelheit eines Traumes vieles klarer sieht als im Licht des Bewusstseins. Und plötzlich bemerkte ich sie: ein Mädchen mit bäurischen Zügen, schweren, blonden Zöpfen, einem runden Gesicht, üppigen Formen. Es lag ganz in meiner Nähe. Sand bedeckte seine Haut, als es sich auf den Rücken drehte. Dann stand es auf und ging sehr aufrecht mit langsamen, ausholenden Schritten eine hitzeflirrende, staubige Straße ins Land hinein. Die Sonne brannte, und die Zöpfe des Mädchens pendelten auf seinem sandbedeckten Rücken. Ein unglaubliches Sehnen packte mich, süß und schmerzend. Ich wollte ihr nach, aber es gelang mir nicht, mich vom Strand zu erheben. Halb in ihn eingegraben sah ich, wie die Erscheinung im Sommerglast verschwand, bald gänzlich verschluckt von Hitzeschlieren und Staub.

Heute weiß ich: Dies war meine erste Anwandlung körperlichen Begehrens gewesen. Ich war damals nicht älter als zehn Jahre. Manchmal frage ich mich, ob ich seitdem nicht in jeder Beziehung zu einer Frau vergeblich Anstalten mache, mich vom Strand zu erheben, auf dem ich damals bäuchlings lag, um jener bäurischen Göttin der Lust nachzugehen, die sich, so kommt es mir jedenfalls vor, ein einziges Mal nach mir umdrehte, ehe sie sich in Luft auflöste.

Und dann träumte ich wieder einmal von John Jakob Boysen, meinem Großonkel, der 1887 im Alter von siebzehn Jahren den Seemannstod starb. Meinen Vater beschäftigte das spurlose Verschwinden seines Onkels, solange ich mich erinnern kann. Oft erzählte er von John Jakob und spekulierte darüber, was geschehen wäre, wenn der Junge nicht auf See geblieben wäre. Mein Vater besaß ein Foto von ihm, eine Daguerreotypie. Sie zeigt einen zarten Jüngling mit breitem Schädel und schmalem Kinn unter einem ausdrucksvoll geschwungenen Mund mit vollen Lippen. Er hat blonde, glatte Haare und dunkle Augen. Ich glaube, er sieht mir ähnlich. Jedenfalls hat das mein Vater immer behauptet.

Ein heftiger Regenschauer weckte mich. Ich erhob mich und klopfte den Sand aus meinen Kleidern. Mich fror. Ich ging die Treppen hoch in den Ort hinauf. Als ich an einer Telefonzelle vorbeikam, spürte ich, wie so oft in letzter Zeit, das Bedürfnis, meinen Vater anzurufen. Dass er immer noch lebte, kam mir manchmal wie ein Wunder vor. Er war uralt und dennoch geistig völlig klar. Er hatte Krebs, die Ärzte hatten ihn schon vor zwanzig Jahren aufgegeben, doch er verstand es immer noch vortrefflich, seine Krankheit zur Schärfung seines Geistes zu nutzen wie eine Stütze, die ihm Halt gab.

Ich schob ein paar Münzen in den Automat und wählte seine Nummer. Es war wie immer: Nachdem es sehr lange geklingelt hatte, hörte ich, wie er abnahm. Zunächst war Stille. Seine Stille. Eine ungeheuer private, eigensinnige, mit niemandem sonst geteilte Stille, die er Tag für Tag und Nacht für Nacht produzierte wie einen Kokon, der ihn schützte. Doch dann war da plötzlich seine Stimme. Sie schlüpfte aus dem Kokon und stieß hart seinen Namen in die Telefonmuschel, so dass ich den Hörer weghielt.

Mein Vater hatte alle seine negativen Eigenschaften beibehalten, Starrsinn, Unsensibilität, bockige Eigenliebe, Insistieren auf konservativen Vorurteilen. Doch sie hatten sich inzwischen zu ihrem Vorteil verändert, hatten die Patina des hohen Alters und wirkten auf mich nicht mehr abschreckend. Eher machten sie mich sentimental, erzeugten bei mir hilflose Gefühle von Sohnesliebe.

»Aber«, wollte ich nach jedem seiner kurzen Sätze einwenden, doch weiter kam ich nie. Dieses ›Aber‹ verwandelte sich daher jedes Mal in eine ohnmächtige Pause, in der ich mir eingestehen musste, dass er auf Grund seines biblischen Alters wie Moses in allem Recht hatte, was er sagte, so, als handelte es sich bei seinen Äußerungen nicht um Argumente, sondern um steinerne Tafeln, die von der Hand eines ewig Lebenden beschriftet waren.

»Ich mache mir Sorgen um dich«, sagte er. Ich schwieg.

»Du lebst ungesund.«

»Aber …«, wollte ich sagen. Doch er fuhr schon fort: »Du isst zu fett, du hast Übergewicht.«

»Aber wie kannst du das denn am Telefon wahrnehmen …«

Auch diesen Einwand erstickte er, indem er sagte: »Disziplin war noch nie deine Stärke.«

Ich sagte schnell: »Ja, das kann schon sein.«

Diesmal war die Pause auf seiner Seite besonders lang, und die nächsten Worte, die er hervorstieß, kamen mir wie Gegenstände vor, die er nach mir warf. »Es geht mir nicht gut. Ich fürchte, ich werde langsam alt. Die Kraft lässt nach. Ich habe heute das Laub zusammengerecht und zehn Schubkarren in den Wald gefahren, dann war ich so erschöpft, dass ich ins Haus gegangen bin.«

»Aber Vater«, wollte ich sagen, »ich wäre schon nach fünf Schubkarren viel erschöpfter gewesen als du.« Doch ich brachte nur eine Floskel zustande: »Ich finde es toll, wie leistungsfähig du noch bist.«

»Was weißt du schon von mir«, knurrte er. »Iß nicht so viel. Und vor allem, trinke weniger.« Dann legte er auf.

4

Die Dinge kamen ein wenig in Bewegung, als ich den Flohmarkt der Stadt besuchte. Auf der sich unterhalb der Stadt entlangziehenden Uferstraße wird an Wochenenden unter Schirmen nutzloser Trödel verkauft, Berberware, Schmuck von zweifelhaftem Wert, afrikanische Masken, die wahrscheinlich in Asien produziert werden, Töpferware mit kleinen Fehlern, Amphoren, die durch allerlei Tricks, Schmutz, Asche und schwarze Farbe künstlich gealtert werden, so dass sie für den Laien aussehen, als habe man sie ausgegraben oder vom Grunde des Meeres geholt, während sie in Wahrheit aus dem Brennofen einer nahegelegenen Fabrik für Blumentöpfe kommen.

Ich schlenderte an den Ständen entlang und beobachtete die Leute, die wenigen Touristen, die es um diese Jahreszeit noch gab, die Händler, die versuchten, ihnen ihre Ware aufzudrängen. Mich selbst interessierte nichts. Ich hatte inzwischen fast eine Abneigung gegen jede Art von Antiquitäten, vielleicht bedingt durch das Bewusstsein, allmählich selbst in diese Kategorie zu gehören.

Halb verborgen zwischen bedruckten Stoffen, entdeckte ich auf einem der Tische eine Schreibmaschine, die mir vertraut vorkam. Das Äußere des dunkelhäutigen Verkäufers, seine grauen Locken, sein asketisch geschnittenes Gesicht, das selbst einer afrikanischen Maske glich, und zwar einer echten, flößte mir Vertrauen ein. Ich sah mir die Schreibmaschine näher an. Sie trug den Markennamen ›Erika‹ und war offenbar das gleiche Modell, das auch mein Vater besitzt. Ich fragte nach dem Preis. Er nannte eine viel zu hohe Summe. »Ist sie noch in Ordnung?«, fragte ich. »Ja, völlig«, sagte er und lachte wie jemand, der es genießt, die Unwahrheit zu sagen. Er ließ nicht mit sich handeln, und so kaufte ich das Gerät zu dem überhöhten Preis und schleppte es nach Hause.

Sie war keineswegs in Ordnung. Die Typen klemmten, der Wagen verhakte sich beim Transport. Ich machte mich an die Arbeit. Ugo, mein Hauswirt, lieh mir Werkzeug. Glücklicherweise bin ich geschickt in solchen Dingen, und so hatte ich die Maschine bald so weit, dass man mit ihr einigermaßen schreiben konnte. Ich betrachtete sie liebevoll, wie ein Fossil aus jener Zeit, in der ich den Beruf des Schriftstellers noch ausgeübt hatte, ohne dabei an Geld zu denken.

Mein Vater benutzte seine Erika in letzter Zeit fleißiger denn je. Er hatte vor Jahren damit begonnen, eine Familienchronik zu schreiben. Unter Familie verstand er allerdings nur die männliche Linie, also die, die den Namen von Generation zu Generation weitergibt. Zuweilen schickte er mir schlecht lesbare Durchschläge. Die ›o‹s ausgestochen, die ›e‹s verschmiert und etliche andere Buchstaben aus der Reihe tanzend.

Ich musste zugeben, dass er seinen Kampf gegen das Vergessen bravourös führte. Seine Texte waren zumeist trocken und nur an Fakten orientiert, so wie er es vom Führen eines Schiffstagebuchs gewöhnt war. Aber die Diktion dieser langen Sätze schwang dennoch volltönend und harmonisch wie der Klang einer Schiffsglocke im Nebel. Vielleicht wäre er ein besserer Schriftsteller geworden als ich, wenn sein Lebensweg anders verlaufen wäre. Joseph Conrad war sein Lieblingsschriftsteller, und das merkte man. Die Texte meines Vaters klangen, als stammten sie von einem Bruder des großen Autors, der Buchhalter geworden war. Zuweilen verließ er in letzter Zeit jedoch das lineare Nacherzählen der Familiengeschichte, brach aus dem Gefängnis der Jahreszahlen, Namen und Fakten aus und begann zu räsonieren. Reflexionen über das Leben, die Zeit, den Begriff des Schicksals. Naive Texte, doch in ihrer verblüffenden Klarheit und bohrenden Fragestellung wirkten sie wie inspiriert von einer kindlichen Neugier, um die ich ihn nur beneiden konnte.

Ich hatte die Erika gekauft, weil ich hoffte, besser mit meinem Romanprojekt zurechtzukommen, wenn ich nicht den Laptop, sondern die alte Schreibmaschine benutzte. Allein der mechanische Widerstand, den sie meinen Formulierungen entgegensetzte, mochte sich positiv auswirken auf mein Vorhaben. Ich spannte also ein Blatt Papier in die Maschine und prüfte noch einmal sämtliche Lettern und Zeichen. Dann schloss ich die Augen und versuchte, mich auf den Anfang des Romans zu konzentrieren, den ich schreiben sollte. ›Ein Piratenroman mit Tiefgang‹, wie es mein Verleger in seiner burschikosen Art formuliert hatte. Ich stellte mir eine weite Bucht vor, eine Sichel aus weißem Sand. Über ihr wölbte sich ein hoher, wolkenloser Himmel, dessen fahle Farbe wie eine dünne Lasur von Smalte auf die Schwärze des Weltalls aufgetragen schien. Das Meer glich einem dünnen Tuch aus japanischer Seide, das wie eine waagrechte Fahne in einem Wind flatterte, der in der Tiefe wehte. Weit draußen lag ein Schiff vor Anker, ein Dreimaster, eine Bark der Besegelung nach. Ich beobachtete, wie ein Boot zu Wasser gelassen wurde. In ihm saß ein einzelner Mensch. Man sah nur seinen Rücken, seinen Hinterkopf, denn er ruderte auf den Strand zu. Näher und näher kam das Boot, doch plötzlich schien es auf der Stelle zu verharren, ganz so, als sei es auf Grund gelaufen, obwohl jener Mensch immer noch aus Leibeskräften ruderte. Er wandte den Kopf, und ich sah, dass es ein Junge war. Er hatte blonde Haare, ein fliehendes Kinn und war von schmächtiger Gestalt.

Ich öffnete die Augen und versuchte, das innerlich Geschaute dem Blatt Papier anzuvertrauen. Vergeblich, denn es entstanden nur holprige Sätze, die das nicht wiedergaben, was ich gesehen hatte. Vielleicht musste ich mir mehr Zeit lassen, vielleicht erst den ständigen Konflikt zwischen Erinnern und Vergessen lösen, der mich seit Wochen so sehr lähmte. Ich nahm mir daher endgültig vor, in nächster Zeit den verwunschenen Park meiner Vergangenheit zu betreten. Vorsichtig und behutsam, ohne Pflanzen zu knicken, ohne Blumen zu zertreten. Wie sollte ich denn, sagte ich mir, ein Piratenleben aus einem längst vergangenen Jahrhundert erfinden können, wenn mir schon mein eigenes Leben verschlossen blieb wie ein Buch mit sieben Siegeln?

Ich begann meine Arbeit damit, eine Liste der Momente aufzustellen, die mir besonders eindringlich in Erinnerung geblieben waren. Der erste Hagel, der erste Regen, die Kiste mit Puderzucker, die zerquetschte Hornisse, der Mann im Radio, die Tage und Nächte in einem angeblich bombensicheren Keller und andere Impressionen aus der frühen Kindheit.

Ich starrte die Erika an. Ihre Schwärze animierte mich, die Augen zu schließen. Ich musste eingeschlafen sein. Denn als ich aufwachte, lag mein Kopf auf der Maschine. Ich erinnerte mich dunkel an einige Bilder, die ich geträumt hatte.

*

Es regnet, rauscht und gluckst. Braunes Wasser bedeckt die Erde bis zum Horizont. Die Kreise auf dem Wasser wachsen und durchdringen sich unaufhörlich. Als das Kind den Blick nach oben richtet, sieht es die Wolken auf ihren prallen Bäuchen über einen bleifarbenen Himmel rutschen. Das Kind kriecht auf dem Teppich herum. Dann zieht es sich an den Beinen des kleinen Tischchens hoch und erblickt seltsame Dinge. Windmühlen, Wellen, das Meer, Segel, einen kleinen Jungen, der auf einem Hügel steht und aufs Meer hinaus deutet. Das Kind weiß nicht, dass es Delfter Kacheln sind. Es hat Angst, in die Bilder hineinzufallen, und beginnt zu weinen. Dann kommt ein Kinderwagen. Vor den Augen des Kindes sind bunte Kugeln auf Drähten. Über ihm ein Himmel, über den ständig neue Baumkronen ragen. Hin und wieder das Gesicht einer Frau mit blonden Haaren, zu einem Zopf geflochten und auf dem Kopf zusammengeringelt. Ihre Stimme spricht vom Himmel herab immer wieder Zahlen: »Eins, zwei, drei, vier.« Das Kind sagt: »Einszweivierdrei.« »Nein«, sagt die Stimme, es muss heißen: »Eins, zwei, drei, vier.« Das Kind sagt: »Einszweivierdrei.«

Weiße Hagelkörner prasseln auf ein Fenstersims und springen davon. Eine kleine Hand greift hinein in diesen Wirbel und fängt ein, zwei eisige Perlen. Als das Kind eine in den Mund steckt, schmeckt es den faden Schneegeschmack. Kalte Bälle liegen auf einem Schlitten aus Eisen mit einem roten Geländer. Das Kind nimmt einen Ball und leckt an ihm, dann wirft es ihn fort in den Schnee. Das Mädchen nimmt den Schneeball und gibt ihn dem Kind zurück. Der Schneeball ist größer geworden.

Im Sommer kommt ein Mann aus dem Krieg. Er trägt eine weiße Hose und ein Hemd aus Zucker. Er riecht nach Seife und hebt das Kind aus dem Kinderbett. Die Sonne brennt.

Sie sitzen zu dritt auf der Veranda im Schatten. Es ist warm. Aus einem glänzenden Kasten kommen gelb-braun gestreifte Scheiben Brot. Die Butter zerfließt auf ihnen, und der Honig bildet Muster.

Aus einem anderen Kasten kommt eine schöne Stimme. Die Eltern lächeln, und man hört die Maikäfer summen. Das Kind beobachtet eine Ameise, die im ausgelaufenen Honig zappelt. Dann ein Knacken im Radio und plötzlich eine andere Stimme: Quelle Siegfried Sieben, Quelle Siegfried Sieben. Eine verzerrte, hässliche Stimme, die diese Wörter immer wieder spricht. Die Mutter des Kindes springt auf und beginnt, den Tisch abzudecken. Der Mann blickt ernst und streicht seinem kleinen Sohn über die dünnen, weißblonden Haare. »Quelle Siegfried Sieben, das ist unser Planquadrat. Sie greifen wieder an. Bald wird es Fliegeralarm geben.«

Dann wird es dunkel, denn der Vater hat das Kind in den Keller getragen. Es liegt auf einer Matratze, klein und voller Angst; es ist kaum größer als sein Herz, das heftig schlägt. Die Mutter breitet eine Wolldecke über seinen Körper. Als die Bomben fallen, ist es, als ob jemand pfeift und dann mit beiden Füßen im Ohr des Kindes landet. Die Marmeladengläser im Regal zittern.

Die Bombentrichter im Garten sind voll gelbem Wasser. Froschlaich schwimmt darin. Auf dem Boden in der Nähe der Verandatür liegt ein großes, breitgequetschtes Monstrum. Dazu ein schriller Schrei. Die Mutter hat eine Hornisse zertreten. Später dann sieht das Kind die Mutter in einem anderen Garten in der Sommersonne stehen. Es ist ein sehr heißer Tag. Die Mutter bückt sich und richtet sich wieder auf. Wieder und wieder. Sie trägt ein buntes Kleid mit halblangen Ärmeln. Unter den Achseln haben sich große, dunkle Flecken gebildet. Manchmal ruft die Mutter das Kind zu sich und gibt ihm eine rote Erdbeere in den Mund. Die Frucht fühlt sich rau an, ehe sie süß wird, wenn das Kind sie mit der Zunge zerdrückt. Es riecht den Staub und den Schweiß. Beides riecht ähnlich. Am besten riecht es den Staub, wenn es hinter der Hecke steht und in den warmen Sand pinkelt. Das Kind ist nackt, und das warme gelbe Rinnsal fließt um seine Füße. Die Zehen bewegen sich, bis brauner Matsch zwischen ihnen hoch quillt.

Durch die Hecke beobachtet das Kind, was der Mann macht, der auf der anderen Straßenseite an einer Laterne lehnt. Er hat ganz weiße Zähne, die lachen. Er lehnt das Gewehr an den Zaun und ruft: Mami strawberry. Mami strawberry. Die Mutter geht zum Zaun. Der Soldat überquert die Straße, und die Mutter gibt ihm eine Hand voll roter Erdbeeren. Der Soldat nimmt sie und lacht, und dann sind seine weißen Zähne plötzlich rot. Er fasst über den Zaun, legt seine Hände um ihre Arme und hebt sie hoch. Sein Gesicht verschwindet in dem Gesicht der Mutter. Der Sohn kommt gerannt. Seine nackten, schmutzigen Beine wirbeln durch den warmen Staub, und Rotz fließt ihm aus der Nase. Als er bei der Mutter ist, packt er sie hinten am Rock und beginnt zu zerren. Der Mann lacht und lässt die Mutter los. Dann geht er durch die heiße Luft davon, während der Sohn sich beruhigt und zusieht, wie ihm seine Mutter den offenen Hosenstall zuknöpft. Sie bückt sich dazu tief hinab, so tief, dass der Sohn im aufklaffenden Kleidausschnitt die zwei Erdbeeren auf ihrer Brust sehen kann. Der Sohn will sie haben. Er weiß noch, dass sie sich weich anfühlen und süß schmecken, wenn man sie mit den Lippen umschließt. Er streckt das Ärmchen aus und fasst seiner Mutter ins Kleid. Sie schimpft: »Weg da mit deinen Schmutzfingern!« Sie klopft ihm auf die

Hände, und er beginnt zu weinen. »Mami strawberry«, hört er die Stimme rufen, die immer noch da ist, obwohl der Mann fortgegangen ist in dem in Tränen verschwimmenden Sommertag.

5

Der Regen musste über Nacht gekommen sein. Ich erwachte vom glucksenden Geräusch des Regenrohres vor meinem Fenster. Dann hörte ich auch das Rauschen des Flusses. Ich ging hinaus vor die Tür. Die steile Flanke des Tales war hinter dichten Tropfenvorhängen verborgen. Der Fluss, gewöhnlich nicht mehr als ein Rinnsal, glich einer wütenden, gelben Schlange, die auf ihr Opfer zuschoss, um es zu verschlingen. »Warte nur, du Ungeheuer«, flüsterte ich. »Du wirst dich am Meer überfressen. Wenn du glaubst, es verschlingen zu können, wird es dich zum Platzen bringen.«

Ich folgte dem Weg hinüber zur Stadt. Er war voller Schlamm und Geröll. Der Fluss floss ein Stück unter der Stadt hindurch und trat zwischen Felsen wieder ans Tageslicht, kurz bevor er über den schmalen Strand ins Meer strömte. Dort wuschen gewöhnlich alte Frauen ihre Wäsche, rieben sie auf den Felsen mit Seife ein und spülten sie in dem Rinnsal aus Süßwasser aus. Jetzt aber schoss ein Katarakt über den Strand, riss den Sand mit, grub einen tiefen Canyon hinein und stürzte sich in die von Regen gesprenkelten Wogen. Das Meer verfärbte sich lehmig an dieser Stelle. Wie gelbes Blut, das aus den Flanken der Wellen brach.

Ich ging zum Hafen. Ein sehr alter Mann saß im strömenden Regen auf dem Dollbord seines Bootes und flickte ein Netz. Eine Weile sah ich ihm schweigend bei der Arbeit zu. Er schien mich nicht zu beachten, doch ich täuschte mich. Mit einer ausholenden Geste seiner Hand lud er mich ein, an Bord zu kommen. Eine Weile saß ich schweigend neben ihm und sah ihm bei der Arbeit zu. Dass ich inzwischen genauso nass war wie er, störte mich nicht. Seine Finger waren außerordentlich geschickt. Sie wirkten wie Lebewesen, die zwar selbständig waren, jedoch mit großer Aufmerksamkeit aufeinander reagierten. Plötzlich brach er sein Schweigen. »Sie sind fremd hier«, sagte er und nickte dabei, als sei er mit dieser Tatsache einverstanden. »Aber Sie zeigen Interesse.«

»Wieso kommen Sie darauf?«, fragte ich.

»Ich habe es an der Art bemerkt, wie Sie mich beobachtet haben. Das war keine simple Neugier. Sie haben in mir und meinem Boot kein Fotomotiv gesehen. Sie haben begriffen, dass meine Arbeit anstrengend ist und ohne großen Nutzen und dass sie dennoch getan werden muss. Die meisten Fremden sind doppelt fremd, weil sie gleichgültig sind oder neidisch. Sie aber erinnern mich an einen Menschen, der sich auch für alles interessiert hat, ohne sich für etwas Besseres zu halten. Er hieß Marconi.«

»Marconi war hier?«

»Ja. Er war hier. Am 21. Februar. Ich weiß es so genau, weil ich meine spätere Frau an diesem Tage kennen lernte.«

»In welchem Jahr war das?«

Die Frage schien ihn zu verwirren. Er überlegte lange, stellte sogar die so lebendig wirkende Arbeit seiner Hände ein. »Ich weiß es nicht mehr«, sagte er schließlich. »Es ist schon zu lange her. Marconi lag mit seiner Yacht in diesem Hafen. Er war wohl vor einem Sturm geflüchtet, der draußen auf dem Meer wütete. Er stand an Deck. Ein schöner

Mann in einer weißen Uniform mit goldenen Knöpfen. Er sah der Mannschaft zu, wie sie das Boot vertäute und eine Planke zum Land hinüberlegte. Nie werde ich seine Augen vergessen. Sie leuchteten wie kleine blaue elektrische Birnen. Vielleicht lag dies am Meer, das sich in ihnen spiegelte. Dann verließ er über die Planke das Schiff. Er ging durch das westliche Tor in die Stadt und verschwand. Zwei Tage später legte die Yacht wieder ab. Es war völlig windstill. Der Qualm aus dem Schornstein war ein schräger, weißer Balken, der lange seine Form bewahrte. Es hieß, Marconi sei nicht an Bord. Jedenfalls sah ihn niemand von uns Männern, die das Auslaufen des stolzen Schiffes beobachteten, weder an der Reling noch auf der Brücke, noch im Ruderhaus.«

Er nahm seine Arbeit wieder auf. Auf weitere Fragen meinerseits reagierte er nicht. Ein anderer Fischer jedoch, der in der Nähe dabei war, die Decksplanken seines Bootes mit einem Besen zu säubern, hatte unser Gespräch mit angehört. Er wandte sich mir zu. Sein Gesicht passte nicht zu seinem Beruf. Er sah eher aus wie ein Lehrer oder Professor. »Komm her, mein Freund«, rief er. Ich ging zu seinem Schiff, und auch er lud mich ein, an Bord zu kommen. »Ich heiße Franco Celli«, sagte er und reichte mir die Hand. »Du interessierst dich für Marconi? Als dieser seltsame Mann damals hier mit seiner Yacht anlegte, war alles noch anders. Der Hafen war keine Freizeitanlage. Die Fischer, die beim Festmachen der Yacht halfen, wirkten vermutlich neugierig und feindselig zugleich. Marconi befuhr damals mit seinem Schiff die lange Küste des Landes, um von Bord und zuweilen von Land aus seine Experimente mit drahtloser Telegraphie zu machen. Er spürte sofort mit der ihm eigenen, an Hypochondrie grenzenden Empfindlichkeit, dass die Einheimischen ihn für einen Eindringling hielten. Doch das störte ihn wenig. Er hatte andere Freunde wie zum Beispiel den Dichter D'Annunzio. Der nannte Marconis Yacht übrigens ›Das leuchtende Schiff‹. Und in der Tat, es war ein schönes Schiff. Sein richtiger Name lautete ›Elettra‹. Die ›Elektrische‹.«

Er nahm seine Brille ab, begann sie zu putzen und sah mich dabei aus großen, grauen Augen an. »Marconi ahnte vielleicht, als er damals hier war, dass seine elektromagnetischen Wellen vom verwinkelten Inneren der Stadt verschluckt werden würden. Deshalb bat er um die Erlaubnis, seine Experimente auf dem Capo di Vento in dem Turm dort durchzuführen.«

Der Fischer deutete die Küste entlang nach Süden auf die graue Steinmasse eines gedrungenen Turmes. »Er baute einen Sender in seinem Inneren auf und installierte eine Antenne auf der Terrasse des Turms. Dann erhöhte er die Leistung seines Apparates immer mehr, bis zu einem Punkt, wo ein Kurzschluss drohte. Doch als es ihm immer noch nicht gelang, eine Botschaft, und sei es auch nur ein rhythmisches Knacken, durch den Äther zu übertragen, reiste er schließlich mit dem Wissen ab, dass es Grenzen gibt für Wunder, die von noch größeren Wundern errichtet werden. Das sind Vermutungen. Alles kann auch anders gewesen sein. Fest steht jedenfalls, dass ihn irgendein Geheimnis später veranlasste, in unsere Stadt zurückzukehren. Und es ist möglich, dass er sie auch später noch inkognito besuchte.«

Es hatte zu regnen aufgehört, als ich durch das Westtor in die weiße Stadt hinaufging. Die Gassen waren leer, bis auf die zahllosen jungen Katzen, die eng beieinander lagen, wo auch immer sich ihnen ein trockenes Fleckchen bot, und meine Schritte aus starren, grünen Augenpaaren verfolgten. Je höher ich stieg, je enger die Gassen wurden, desto schärfer wurde der Wind. Überall verriegelte Türen, verschlossene Läden. Wie ausgestorben wirkten die Häuser, als seien sie vor langer Zeit verlassen worden. Dabei wusste ich, etliche von ihnen waren bewohnt. Ihre Besitzer hockten jetzt in dunklen Küchen am Ofen oder schliefen wie tot in ihren Betten. Es war bald Winter. Die grauen Tage brachen an, in denen es sich nicht lohnte, anderen Tätigkeiten nachzugehen als Essen machen, schlafen oder träumen.

Die letzte Gasse, deren schmale ausgetretene Treppen ich emporgestiegen war, mündete auf einen kleinen Platz, der von einer weißgekalkten Mauer umgeben war. Wie eine Kommandobrücke oder ein Peildeck lag er hoch über dem Meer. Auf einer Steinbank saß eine Frau. Auch sie schien uralt zu sein. Doch ihr von Runzeln bedecktes Gesicht wirkte immer noch schön. Ihre Haare waren zu einem schweren Knoten geschlungen. Ihre Augen waren azurfarben. Sie starrte unverwandt das Meer an, und mir kam es vor, als ob es seine blaue Farbe an diese Augen verloren hatte. Ich sprach sie an. Sie reagierte nicht. Sie sah durch mich hindurch, als sei sie blind und taub. Ihre steinerne Unbeweglichkeit ließ mich auf den absurden Gedanken kommen, sie sei tot. Aber ich sah, dass ihre Brust sich leicht hob und senkte und dass sich ihre Lippen bewegten, als murmelte sie ein Gebet. Scheu befiel mich, ich grüßte und lief weiter.

Ich ging zurück in meine Wohnung. »Ich weiß jetzt ein wenig von Marconi«, murmelte ich vor mich hin. »Aber ich weiß immer noch fast nichts von mir.«

6

Ugo, der Mann, in dessen Haus ich wohnte, war Gärtner gewesen. Er war zu Reichtum gekommen, da er mehrere Äcker am Meer besaß, die er zu völlig überhöhten Preisen als Bauland verkauft hatte, seit der Tourismus Jahr für Jahr anwuchs, so wie früher die Felder durch Urbarmachung des Sumpflandes gewachsen waren. Nun trugen sie Sommerhäuser statt Auberginen oder Artischocken.

Trotz seines beträchtlichen Vermögens war mein Hauswirt ein einfacher Mann geblieben. Er hatte sich zwar ein pompöses Haus bauen lassen, mit viel Marmor und einem offenen Kamin, aber seine Verhaltensweisen, sein Lebensstil waren aus dem alten, von ihm selbst gebauten Haus, in dem ich nun wohnte, mit in die Villa umgezogen. Zuweilen besuchte ich ihn in seiner modernen Küche. Auf dem Herd mit dem Ceranfeld standen die alten verbeulten Aluminiumtöpfe.

Ugo baute irgendwo in der Gegend seinen eigenen Wein an und kelterte ihn selber. In einem Schuppen standen große Fässer mit einer hellroten Flüssigkeit, die nach allem Möglichen schmeckte, nur nicht nach Wein. Zuweilen lud er mich in sein Allerheiligstes ein. Wir tranken dann sein Produkt aus irdenen Bechern, und während sich mein Magen zusammenzog, öffnete sich mein Herz. Ugo sprach kein Wort Englisch oder Deutsch. Mein holpriges Italienisch schien er kaum zu verstehen. Doch das tat unserer Kommunikation keinen Abbruch. Ugo lächelte und nickte, während ich versuchte, ihm verständlich zu machen, dass ich dabei war, ein Buch zu schreiben. Ugo nickte wieder und sagte anteilnehmend ›Piano, piano‹. Es war sein Lieblingskommentar, die Aufforderung, nichts zu überstürzen. Er hätte auch den lieben Gott mit dieser Äußerung bedacht, da ihm dessen Versuch, die Welt in sieben Tagen zu erschaffen, sicher viel zu hektisch vorgekommen wäre.

Tag für Tag stand Ugo im Garten, pflanzte, pflegte und erntete seine Tomaten, Zitronen und Zucchini. Er trug bei jedem Wetter das gleiche ausgeblichene grüne Hemd und eine kurze Hose. Außerdem alte, schwere Stiefel, die aussahen, als hätte er sie aus dem Krieg übrig behalten. Er sprach bei der Arbeit mit rauer Stimme mit seiner zumeist unsichtbaren Frau Maria, die irgendwo im Haus putzte, kochte, Wäsche wusch oder den schwachsinnigen Sohn versorgte.

Ugos Aussprache hatte nichts vom Singsang des Italienischen. Eher klang es wie das Bellen eines Hundes, der sein Revier akustisch absteckt. Doch er war trotz seiner harten Sprache stets freundlich, ausgeglichen, schlitzohrig und ganz offensichtlich zufrieden mit sich und der Welt. Darin glich er seinem geistig behinderten Sohn. Der war groß, dick und hatte ein rundes, vollkommen leeres Mondgesicht. Er sprach nie ein Wort. Dafür redeten seine Finger, die pausenlos geschickt kleine Bälle bewegten. Seine Lippen waren zumeist zu einem stupiden Grinsen verzogen. Jeden Abend schickte ihn seine Mutter auf einem rostigen Fahrrad vor die Tür, und mit ihm fuhr er dann eine Stunde lang immer die gleiche kurze Wegstrecke auf dem Talweg hin und her, wobei sein fleischiger Mund anscheinend unhörbare Reden hielt, denn die Lippen waren in ständiger Bewegung. Die Familie wirkte wie eine glaubhafte Spielart der Trinität, wobei Maria die Rolle des Heiligen Geistes zukam, denn sie war die eigentlich treibende Kraft, sie hatte die Intelligenz, diesen Kosmos zusammenzuhalten. Ohne sie wären Vater und Sohn verwahrlost.

Nie wichen diese drei Leute auch nur ein Quäntchen von ihren Ritualen ab. Ugo pflanzend und erntend in seinem Paradiesgarten, Maria putzend und kochend im Gehäuse, der Sohn entweder bei ihr oder auf dem Fahrrad unterwegs. Doch eines Tages änderte sich alles. Ugo erlitt einen Schlaganfall. Es war eine Katastrophe, ein echter Weltuntergang. Nur der fahrradfahrende Mond behielt seine abendliche Umlaufbahn bei. Ugo aber musste die Gartenarbeit, die ihm so viel bedeutete, aufgeben. Er sprach jetzt noch undeutlicher und bewegte sich unbeholfen, eine hölzerne Marionette, die ein schlechter Spieler falsch bewegte, so dass sich die Fäden, an der sie hing, immer wieder verhedderten.

Er saß nun meistens auf einem weißen Plastikstuhl vor dem Eingangstor zu seinem Reich und starrte vor sich hin, ein hilfloses, kindliches Staunen im Gesicht über das, was ihm widerfahren war, während sein Sohn genau an dieser Stelle, wo der Stuhl stand, sein Fahrrad wieder und wieder wendete, um ins Tal zurückzufahren, nur um bald wieder aufzutauchen, immer noch stumme Monologe haltend. Sein Gesicht glänzte vor Glück über so viel Beredsamkeit.

Eines Tages überwand ich meine Scheu vor der Krankheit des Hauswirts. Ich holte einen zweiten Stuhl und setzte mich neben ihn. Ugo schien dies nicht besonders zu registrieren. Er schaute seinem Sohn bei dessen Fahrradkünsten zu. Vielleicht war er auch in der Lage, dessen sprachlose Reden zu verstehen, denn zuweilen nickte Ugo zustimmend. Auf mich aber wirkte seine Nähe als eine Art Stimulans für die Erinnerung. Denn mir fiel plötzlich etwas ein, das lange unter unendlichen Massen an Daseinsschutt begraben gewesen war.

Ein weißes Oval, an dessen Grund es hinabgeht in den Schlund der Hölle. Ein Kind beugt sich über den Rand des Kraters. Es hat Angst hinabzustürzen, doch erträgt es diese Angst tapfer, um der Liebe willen.

Es war eine rituelle Handlung, die meine Mutter eingeführt hatte, wahrscheinlich um mich besser lenken zu können. Immer wenn ich ›renitent‹ war, um eines ihrer Lieblingswörter zu benutzen, wenn ich zum Beispiel keine Fliederbeersuppe essen wollte oder die linke Hand beim Löffeln nicht auf dem Tischtuch liegen hatte, sagte sie mit beschwörender Miene: »Du hast wieder ein kleines Teufelchen im Kopf, und das musst du jetzt wegmachen. Dann bist du wieder ein braver Junge.« Darauf musste ich aufs Klo gehen, den Deckel hochheben, vor der Porzellanschüssel niederknien, den Kopf so tief wie möglich hineinstecken, mich mit einer Hand an die Stirn fassen und mit einer mehrfach wiederholten Bewegung den imaginären Teufel aus meinem Kopf zerren, ihn in die Schüssel schmeißen und die Druckspülung bedienen. Wenn ich ins Zimmer zurückkam, strahlte ich und sagte: »Der Teufel ist weg.« Ich war wieder ein fügsames Kind, bis der nächste Anfall von Renitenz eine erneute Teufelsaustreibung nötig machte. Dies konnte mehrfach am Tag passieren, und so kam es, dass ich ein immer intensiveres Verhältnis zum Klobecken bekam. Auch heute noch reicht es, dass ich auf einer Toilette den Deckel hebe und die Spülung betätige, um augenblicks eine sonnige Miene aufzusetzen und geläutert von allem Bösen den Abtritt zu verlassen.

*

Im Ort gab es ein kleines Schreibwarengeschäft, in dem auch einige Bücher zu haben waren. Sie standen in einem Drehregal neben Postkarten und wirkten wie Werbebroschüren einer anderen Welt. Ich ging in den Laden, mit der Absicht, Schreibpapier zu kaufen, als ich sie bemerkte: eine Biographie Marconis. Obwohl ich mich innerlich heftig dagegen sträubte, erstand ich sie. Dann ging ich in eines der wenigen Cafés, die noch geöffnet waren, und begann, in dem Buch zu blättern. Ich las mal hier, mal da einen Satz. Sie waren alle von einer Mischung aus Liebe und sanfter Kritik geprägt. Marconi wurde als ein positiver Mensch mit einigen Allüren dargestellt. Er war ein Genie, und das entschuldigte seine Ruhelosigkeit, seine offensichtlich egomanen Züge, seine Vielweiberei, seine idiotische Eifersucht. Genies sind eben immer hochspezialisierte, autistische Tölpel, wahre Monster an Ichsucht. Sie neigen zur Verwahrlosung, sind Weltmeister im Lügen, weil sie so ihre Neigung zu Hypothesen schulen. Was einen Erfinder befähigt, sich aus der Zwangsjacke der Normen zu befreien und seine Entdeckungen zu machen, bedingt auch seine Verstöße gegen die guten Sitten und die Vorurteile der Braven. Es gibt einfach keine Kreativität ohne Dickköpfigkeit und moralische Verwerflichkeit. Und wenn es mir an diesen Talenten mangelte, wie ich zuweilen befürchtete, dann lag es vermutlich an jenem exorzistischen Ritual, mit dem mir so früh beigebracht wurde, den Teufel aus meinem Kopf zu vertreiben. Wenn ich heute zu schreiben versuche, dann beuge ich meinen Kopf über weißes Papier und beginne zu lächeln, ohne etwas Rechtes zustande zu bringen.

Ich schlug das Buch schließlich zu und zahlte. Dabei fiel mein Blick zufällig auf einen 2000-Lire-Schein, den ich zum Gedenken an die alte Währung dieses Landes im Portemonnaie hatte, und ich bemerkte zum ersten Mal, dass Marconi auf ihm abgebildet war, außerdem seine Dampfyacht ›Elettra‹, einige Hochantennen und ein Tisch, auf dem ein primitiver Sender aufgebaut war. Sein feines, schmales Gesicht, die große, edel geformte Nase, der feste, schöne Mund, vor allem aber die engstehenden, jedoch klaren, sanft und klug blickenden Augen, all das sprach für einen unglaublich ehrenwerten und integren Mann, dessen hohe Intelligenz sich mit tiefer Menschlichkeit paarte. Es war ein ziemlich anderes Bild, als es das Buch vermittelte.

Ich betrat die Straße. Es hatte wieder einmal geregnet. Das Pflaster der engen Gassen glänzte wie polierter Marmor. Als ich nach Hause kam, war der weiße Stuhl vor Ugos Garten leer. Ich erfuhr von seiner Frau, dass man ihn ins Krankenhaus geschafft hatte, zur Beobachtung, wie es hieß. Sie war sehr besorgt. Ihre Traurigkeit hatte etwas Stoffliches, wie es nur bei einfachen Leuten zu bemerken ist. Am folgenden Tag war auch sie verschwunden. Sie war ihrem Mann nachgefahren und wohnte nun wohl für einige Zeit bei einer Verwandten in Rom, um ihn täglich besuchen zu können.

Kurz nachdem Maria fort war, erschienen fremde Leute auf dem Anwesen. Sie zogen in die Villa ein, übernahmen die Hausarbeiten und die Pflege des Schwachsinnigen, der inzwischen das Essen verweigerte. Seit sein Vater spurlos verschwunden war, hatte sich sein Zustand stark verändert. Er wirkte unruhig, und seine Hände waren noch mehr in ständiger Bewegung als sonst. Sein Gesichtsausdruck schien weniger stumpf. Ich hatte das Gefühl, er würde jeden Moment sein Schweigen brechen und uns allen eine Predigt halten über die Krankheit, den falschen Tod und das richtige Leben.

Die neuen Bewohner waren Familienangehörige von Ugos Frau. Sie unterschieden sich wenig von Ugo und Maria. Die gleiche zu Reichtum gekommene Armut, die gleichen bellenden Stimmen, die bunten, billigen Kleidungsstücke. Nur eine Person war anders. Eine junge Frau von der perfekten Schönheit eines alten Porträts. Sie hatte ein madonnenhaftes Aussehen, wie es auch die Frauen bei Botticelli haben. Es wirkt auf den Betrachter distanzierend, weil es sie wie eine Gestalt gewordene Idee erscheinen lässt, die weit über die simplen Signale erotischer Anziehungskraft hinausführt, so als träume die Sinnlichkeit sich selbst, als würden Körper und Physiognomie solcher Wesen von einem Hauch der Unkörperlichkeit veredelt, der jeden triebhaften Wunsch als unangebracht und vulgär erscheinen lässt.

Ich erschrak, als ich begriff, dass es sich um jene Person handelte, die ich vor einigen Tagen am Strand gesehen hatte. Hatte sie bemerkt, dass ich ihr damals nachgestarrt hatte?

Ich lief ihr einige Male absichtlich über den Weg, aber sie nahm keinerlei Notiz von mir. Es war, als sei ich Luft für sie. Wenigstens bekam ich so Gelegenheit, ihr Gesicht näher in Augenschein zu nehmen, oder besser gesagt, ihr Antlitz, denn dieser veraltete Begriff entsprach ihrer Erscheinung viel mehr. Etwas Altes, dem Tode Nahes lag wie ein feiner Puder über ihren Wangen. Ihre Stirn war hoch und stark gewölbt, die Haare rotblond und glatt, die Augen mandelförmig und die Iris rehbraun. Die Pupillen wirkten auch im Sonnenlicht unnatürlich groß. Ihr Blick erinnerte an den von Leuten, die Tollkirschen gegessen haben. Ein Belladonnablick. Und war sie nicht wirklich eine bella donna?

Ich versuchte, dagegen anzukämpfen, mich in dieses Mädchen auf höchst altmodische Weise Hals über Kopf zu verlieben. Das machte es jedoch nur noch schlimmer. Jedesmal, wenn sie im Garten war, saß ich am Fenster und versuchte, sie zu beobachten, ohne dass sie es merkte. Ich hatte den Vorhang halb zugezogen und tat so, als würde ich in Marconis Biographie lesen. Immer wieder blickte ich über den Rand des Buches hinaus und folgte ihren Bewegungen, die von großer Anmut und Natürlichkeit waren. Sah ich dann wieder auf die Zeilen, die ich las, ohne sie wirklich aufzunehmen, schwebte ihre Gestalt wie eine bewegliche Vignette über dem Papier und verlieh dem trockenen Text eine hohe Spannung und Marconis Leben eine sinnliche Note.

Den Stimmen, die sie riefen, entnahm ich, dass sie Carla hieß. Carla kümmerte sich rührend um Ugos Sohn. Sie brachte ihm sein Fahrrad, und sie ging mit ihm spazieren. In ihrer Nähe wirkte er wieder ruhiger. Einmal beobachtete ich, dass er für sie Weintrauben pflückte und sie mit den Früchten fütterte, was sie mit einem Lächeln geschehen ließ. Wie gerne hätte ich mit ihm in diesem Moment die Lebensrolle getauscht!

7

Ich fuhr mit dem Zug nach Rom, um Ugo im Gemellikrankenhaus zu besuchen. Ehe ich sein Zimmer betreten durfte, musste ich einen desinfizierten weißen Arztkittel anlegen. Ugos Frau saß auf einem Stühlchen neben dem Bett und tupfte den Schweiß von der Stirn ihres Mannes. Es war unerträglich heiß.

Ugo lag mit ausgebreiteten Armen da wie ein Gekreuzigter, umgeben von Schläuchen, Flaschen und Instrumenten. Abgesehen vom leisen Surren eines Elektromotors herrschte Stille. Mir schien es die Stille der Ewigkeit zu sein, so abgrundtief war sie. Auch die Fliege, die hin und wieder aufflog und Kreise zog, machte keinerlei Geräusch. Gegen den weißen Hintergrund wirkte sie wie ein winziges Loch, durch das man in die schwarze Unendlichkeit des Weltalls blicken konnte.

Ich trat nahe an das Bett heran. In Ugos teilnahmslosen Blick kam eine kleine Bewegung, ein Zittern der Pupillen. Da ich vor dem Fenster stand, fiel mein Schatten auf sein Gesicht. Er schloss die Augen ganz langsam. Maria ließ seine Hand los und begann laut zu beten. Ich trat zur Seite, und das harte Licht fiel erneut auf den Kranken.

Seine Haut war ledrig und braun, von sieben Jahrzehnten

gegerbt, von denen er weit über die Hälfte im Freien verbracht haben mochte. Aus dem Mundwinkel, in dem ein Schlauch hing, rann eine feine Speichelspur über sein Kinn. Glänzend, wie von einer Schnecke gezogen. Sollte ich nicht etwas zu ihm sagen? Mir fiel nichts Passendes ein. Wir hatten uns ja zu Lebzeiten kaum verständigen können. Zu Lebzeiten? Ugo lebte doch noch!

Mein hilfloser Blick fiel auf das Kruzifix mit dem Schmerzensmann, das an der Wand über dem Bettende hing. Dieser Jesus wirkte völlig unbeteiligt, gleichgültig in seiner hölzernen Existenz. Die Fliege hatte sich auf der Dornenkrone niedergelassen. »Ugo«, flüsterte ich, als wollte ich einen Schlafenden ansprechen, ohne ihn dabei zu wecken. »Die Weinstöcke haben dieses Jahr enorm getragen. Es wird bestimmt ein guter Jahrgang.«

So etwas wie ein friedlicher Ausdruck glättete sein Gesicht. Ein Auge öffnete sich. Ich sah, wie die Pupille sich hin und her bewegte, als suche sie etwas, vielleicht die Quelle der Stimme, die zu ihm gesprochen hatte. Mich schwindelte, als ich mich über Ugo beugte, um ihn besser verstehen zu können, falls er etwas zu sagen versuchte. Auch dieses kleine schwarze Loch im Zentrum seiner Augen schien auf unendliche Weiten zu gehen. Seine Frau hatte aufgehört, Gebete zu murmeln. Sie schien zu lauschen. Ihr Atem ging schnell und heftig. Ugos Lippen öffneten sich. Ich näherte ihnen mein Ohr und hielt den Atem an. Ich glaubte, ein fernes Geräusch zu hören, wie das Murmeln einer Quelle, das Fließen von Wasser über Steine, ein Rauschen, nichts sonst.

Ich richtete mich auf und sah ihn an. Seine Augen waren wieder geschlossen. Die Fliege flog ihre Kreise, diesmal summte sie. Die Schwester kam ins Zimmer und bedeutete mir, dass ich gehen solle. Als ich schon in der Tür war, hörte ich seine Stimme, so klar wie noch nie zuvor. »Piano, piano«, sagte sie.

»Buona sera, Ugo«, antwortete ich. Dann schloss ich die Tür, so leise es ging.

Am nächsten Tag erfuhr ich, dass Ugo in der Nacht gestorben war. Friedlich eingeschlafen, wie es hieß. Die Beerdigung sollte schon am folgenden Tag sein. Überall in der weißen Stadt tauchten Plakate auf mit der Todesanzeige und seinem Konterfei. Sie sahen aus wie Fahndungsfotos.

Zwei Stunden bevor die Totenmesse beginnen sollte, ging ich in die Oberstadt. Ich trug eine schwarze Hose und einen dunklen Sakko, ein weißes Hemd und einen schwarzen Schlips, den ich mir geliehen hatte. Die Kirche gehört zu den wenigen Neubauten in der Oberstadt. Sie wirkt steril und kalt wie ein Zweckgebäude, und das ist sie im Grunde auch, denn hier wird die Ware Trost mit einer für Nordeuropäer kaum vorstellbaren Effektivität gehandelt.

Das Kirchenschiff war voll besetzt. Ugo war eine bekannte Persönlichkeit gewesen. Mir fiel die große Zahl schwarzgekleideter Frauen auf, die sich über den Sarg warfen, dabei hemmungslos heulten, seufzten und die Hände rangen. Ich verstand die Worte des Pfarrers nicht, sie schienen jedoch von großer Wirkung zu sein, denn in der Kirche breitete sich bald eine Stimmung von heiterer Gelassenheit aus. Ich muss gestehen, dass ich nur Augen für die Person hatte, die schräg vor mir saß oder stand, je nachdem wie es das Ritual gerade erforderte. So nah war sie mir noch nie gewesen. Ich roch den Duft, den ihr Haar verströmte. Er war herb und erinnerte an den Geruch eines staubigen Weges, auf den erster Regen fällt. Neben ihr saß jene alte Frau, die ich in der Oberstadt gesehen hatte. Auch sie rang die Hände, jammerte und klagte lauthals.

Die Wunde, die der Tod einer Familie zufügt, schließt sich in diesem Land schneller als in meiner Heimat. Ugos Frau übernahm wieder das Regiment. Sie hielt die Zügel noch straffer als zuvor in der Hand, und bald vermisste anscheinend niemand mehr ihren Mann. Ich jedoch glaubte, ihn manchmal als Fata Morgana auf dem weißen Stühlchen sitzen zu sehen, und auch der Klang seines Namens, so wie ihn seine Frau gerufen hatte, kreiste zuweilen als unsichtbarer Vogel über dem Garten.

Marias Verwandte waren endgültig bei der Witwe eingezogen. Carla studierte, so hieß es, Malerei in Rom, doch nachmittags war sie zu Hause. Meistens saß sie im Garten und las oder zeichnete. Abends war sie oft mit anderen Jugendlichen unterwegs. Offensichtlich genoss sie eine Sonderstellung in der Familie, denn sie wurde weniger als die anderen zu den Verrichtungen des Alltags herangezogen.

Kurze Zeit nach der Beerdigung war der Idiot verschwunden. Die Familie hatte ihn in ein Heim geschafft. Sein Fahrrad stand verwaist an der Mauer, und ich fragte, ob ich es hin und wieder benutzen könnte, um damit in die Stadt zu fahren. Niemand hatte etwas dagegen.

Ugos schwachsinniger Sohn war auf diesem klapprigen Gefährt mit traumwandlerischer Sicherheit die engsten Kurven gefahren. Ich bestieg es mit entsprechendem Vertrauen und trat in die Pedale. Kurz darauf stürzte ich sehr unangenehm. Die Lenkstange war nicht richtig fixiert gewesen, und das Vorderrad hatte sich zur Seite verdreht.

Mein Fuß war beim Sturz zwischen Kettenrad und Pedale geraten und schmerzhaft verdreht worden. Ich humpelte stöhnend auf mein Zimmer und legte mich aufs Bett. Das betroffene Fußgelenk schwoll binnen weniger Minuten stark an, und die Schmerzen wurden unerträglich. Kurze Zeit danach klopfte es. Es war Maria in ihrem schwarzen Trauerkleid. Sie fragte mich, ob man etwas für mich tun könne. Ich bat sie um Eiswürfel aus dem Kühlschrank und ein Handtuch. »Ich schicke Carla«, sagte sie.

Carla erschien bald darauf mit dem, wonach ich verlangt hatte. Ich bat sie, die Eiswürfel auf das Handtuch zu legen, es zu einem Schlauch zusammenzurollen und um meinen geschwollenen Fuß zu drapieren. Während sie stumm meinen Wunsch erfüllte, sah sie mich kein einziges Mal an. Sie trug ein eng anliegendes, rotes Kleid. Als sie sich über mich beugte, verloren sich die Schmerzen, noch ehe der kalte Umschlag meinen Fuß berührt hatte.

Ich versuchte, sie am Fortgehen zu hindern, indem ich sie in ein Gespräch verwickelte. Ich sprach Englisch, da ich davon ausging, dass ihr diese Sprache als Studentin vertraut war. Weil mir nichts Besseres einfiel, machte ich ein paar belanglose Bemerkungen zum Wetter und schloss daran die Frage, ob es hier um diese Jahreszeit immer so häufig und kräftig regnen würde.

Carla war ans Fenster getreten. Helles Licht umflutete ihre Silhouette. Ihr Gesichtsausdruck war nicht zu erkennen. Ich machte eine Pause, in der Erwartung, dass sie meine Frage beantworten würde. Doch sie blieb stumm. Dafür geschah etwas Unglaubliches. Sie griff mit einer Hand hinter sich, öffnete den langen Reißverschluss an ihrem Kleid und schälte sich aus ihm. Ich wagte nicht, mich zu rühren, starrte sie nur an. Ihr eigener Schatten wirkte wie ein Unterkleid. »Das wollten Sie doch, mein Herr«, sagte sie in fast akzentfreiem Deutsch.

»Warum machst du dich über mich lustig, Carla?«, fragte ich mit bebender Stimme.

»Wenn Sie lieben könnten, würden Sie so etwas nicht sagen«, antwortete sie.

Sie zog ihr Kleid wieder an. Es sah aus, als schlüpfte sie in ihre Haut wie eine Schlange in einem rückwärts laufenden Film.

»Schade, dass Sie nicht lieben können. Sie können offenbar nur träumen.«

Ich wollte etwas erwidern, doch sie ging, und ich sah wie hypnotisiert dabei zu, wie das Eis über meinem Fuß zu tauen begann und Wasser das Laken darum herum dunkel färbte. Die Schmerzen kehrten zurück, schlimmer als zuvor.

8

Meine Genesung machte kaum Fortschritte. Ich hatte beständig Schmerzen und musste weiter das Bett hüten. Die Schwellungen gingen nur langsam zurück. Der Bluterguss wechselte seine Farbe von Blau über Violett zu Dunkelgrün.

Carla kam nicht wieder. Vielmehr versorgte mich Maria. Man sah ihr die Verwandtschaft mit Carla nicht an. Maria war grobknochig und korpulent, ihr Haar tiefschwarz. Ihr Gesicht wirkte wie eine unvollendete Plastik aus einer etruskischen Werkstatt. Manchmal sah es aus, als sei sie frisch ausgegraben und als hingen noch Lehmreste an ihr. Als ich fragte, wo Carla geblieben sei, sagte sie, dass sie sich mit Kommilitonen auf einer Studienreise befände.

In Ugos Neubau hingen einige Gemälde, die von Carla stammten. Sie waren mit einem kleinen ›c‹ signiert und stellten allesamt Meeresansichten dar. Sie waren nicht schlecht, wenn auch für meinen Geschmack ein wenig theatralisch. Die Farben waren übertrieben und die Strukturen des Wassers von einer manierierten Ebenmäßigkeit. Ich bat Maria, das Gemälde, das mir am besten gefiel, in mein Zimmer zu hängen. Ich starrte es stundenlang an. Das Meer schien sich in kleinen, regelmäßig geformten Wellen zu bewegen. Im Vordergrund war ein Strand zu sehen, auf dem mit dem Kiel nach oben ein blaues Ruderboot lag. Ich stellte mir vor, es umzudrehen, um dann mit Carla zusammen aufs Meer hinaus zu fahren.

Schließlich war ich wieder so weit hergestellt, dass ich an Krücken herumhumpeln konnte. Das verschaffte mir so etwas wie eine neue Reputation im Ort. Ich war offenbar nicht mehr ganz so sehr ein Fremder, weil ich einen sichtbaren Defekt hatte. Oft saß ich jetzt zwischen den alten Männern auf einer der sonnenbeschienenen Bänke. Viele hatten ebenfalls Krücken oder Spazierstöcke in der Hand, und so ragten unsere Gehhilfen schräg von der Bank weg wie die Riemen einer Galeere zum Boden hinab.

Es gibt eine Reihe seltsamer Zugvögel im Ort, die das milde Klima und die einfachen Annehmlichkeiten des mediterranen Lebens hier hat heimisch werden lassen. Die meisten sind alte Männer, die noch rüstig genug sind, sich selbst zu verpflegen. Unter ihnen war jemand, mit dem ich mich besonders gerne unterhielt: Luigi. Luigi war Strandläufer. So nennt man hier die armen Teufel, die ihr bescheidenes Leben dadurch fristen, dass sie zweimal am Tag bei jedem Wetter den Strand nach verwertbaren Dingen absuchen. Angetriebene oder im Sand verlorene und vergessene Objekte, die man zu Geld machen konnte.

Mit Luigi ließ ich mich zuweilen auf ein tiefsinniges Gespräch ein, das uns wohl vor allem dadurch Freude bereitete, dass es den Fäden unserer Gedanken wahllos mäandernd folgte. Wir ließen sie sich zwischen uns abrollen wie zwei Katzen, die mit einem Wollknäuel spielten.

Luigi war mir zum ersten Mal bei Ugos Beerdigung aufgefallen. Er hatte die ganze Zeit gelächelt wie über einen guten Witz, den er sich selbst erzählte. Er sah recht unbedeutend aus, mein neuer Freund. Immer trug er den gleichen aus den Fugen gegangenen braunen Anzug. Seine dünnen, grauen Haare waren vom Wind jeweils in eine bestimmte Richtung gekämmt, die mir verriet, ob er seinem Beruf in der südlichen oder nördlichen Bucht nachgegangen war. Bei Westwind kam er mit nach links gestriegelten Haaren vom nördlich der Stadt gelegenen Gestade zurück. Lagen die Haare nach rechts, musste er die Südbucht abgelaufen sein.

Einmal traf ich Luigi auf der Bank der alten Männer und lud ihn zu einem Caffè Macchiato in der nahe gelegenen Bar ein. Er hatte zwei Plastiktüten dabei, und ich fragte, was er diesmal für Trophäen gefunden habe. »Eine Sonnenbrille, zwei einzelne Schuhe, die leider nicht zueinander passen, drei Pfandflaschen und dies hier.« Er holte eine tennisballgroße Kugel aus feinen, braunen Fasern aus einer Tüte. »Fasern der Kokospalme, von den Wellen sorgfältig zu einer Kugel geknüpft. Keine menschliche Hand oder Maschine könnte das so perfekt machen. Ja, das Meer ist ein großer Künstler und ein Handwerker, der sein Metier versteht.«

»Aber das Meer hat weder Verstand noch Seele. Wie kann es da ein Künstler sein?«

»Bist du dir da so sicher? Vielleicht hat es mehr Seele und Verstand als wir beide zusammen. Nur eben auf eine andere Art, die wir nicht begreifen, weil wir immer nur von dem ausgehen, was wir an uns selbst kennen. Wir halten unsere Nasenspitze für größer als den Kosmos, weil sie unseren Augen näher ist als die Sterne. Nein, ich wiederhole, das Meer ist ein großer Künstler und ein ebenso begabter Handwerker. Es ist Spinner, Töpfer, Bildhauer, Maler in einem, und dazu noch Komponist, wenn man zu lauschen versteht.

Ich muss es schließlich wissen, denn ich sehe und höre seine Kunstwerke jeden Tag. Es stellt sie in der endlos langen Galerie der Strandlinie aus, mitten zwischen Müll und Seetang und toten Quallen. Soll ich es dir beweisen? Nimm deine Krücken und komm mit mir!«

Ich folgte ihm über verschiedene Treppen und durch enge Bogengänge, bis wir in einen Bereich des Ortes gelangten, den ich noch nicht kannte. Die Stadt wirkte hier noch unwirklicher als sonst, das Labyrinth noch komplizierter. Offenbar wohnten hier nur Einheimische. Ich bemerkte alte Frauen in den Fenstern neben Katzen, die in majestätischer Haltung auf den Simsen saßen. Aus einer offenen Tür drang laute arabische Musik.

Die Gasse erweiterte sich zu einem kleinen Platz mit einer Bar. Ein Anker mit einem abgerissenen Tampen war über der Eingangstür befestigt. Hier drängten sich die Einwohner auf Klappstühlen, spielten Karten, redeten, tranken, während die Hunde unter den Tischen schliefen und Seevögel über den schmalen Himmelsausschnitt zogen. Der Strandläufer wurde mit einem lautem »Ciao Luigi« begrüßt, ein Stuhl für ihn frei gemacht und ebenso für mich.

»Na, was hast du diesmal für Wunder in deinen Tüten! Ich könnte ein Kondom gebrauchen, Luigi, aber bitte unbenutzt«, schrie jemand. Alle lachten. Der Strandläufer saß eine Weile schweigend auf seinem Stuhl. Dann sagte er: »Ihr seid Banausen. Welcher von euch hier oben war jemals am Strand! Ihr kennt das Meer nur aus der Vogelperspektive. Deshalb haltet ihr es für eine Art Gemälde. Es ist aber in Wirklichkeit der Maler.«

Er erhob sich, ließ das Getränk stehen, das ihm soeben gebracht worden war, und bedeutete mir, ihm weiter zu folgen. Wir stiegen ein paar Treppen hinunter und liefen durch lange Arkaden, deren Fenster zum Meer hinausgingen. Luigi blieb stehen und sah hinaus. Das Meer schimmerte perlmuttfarben. Die Wellen glichen von hier oben den Streifen eines Flickenteppichs.

Vor einem schmalen, alten Haus mit rissigen Wänden und einer geborstenen Regenrinne machten wir Halt. Luigi holte einen Schlüssel aus der Tasche und öffnete die Tür, die schief in ihren Angeln hing. Drinnen gab es eine Stiege. Sie war steil wie eine Hühnerleiter und mündete in ein armseliges Zimmer. Ein Klo hinter einem Vorhang, ein Eimer Wasser, ein schmales Bett aus roh zusammengenagelten Brettern, zwei wacklige Stühle, ein großer Tisch, mehrere Regale voller Flaschen, Kästchen und Töpfen. Über dem Bett ein Kruzifix. Der Erlöser mit abgeschlagenem Kopf. Ein einziges kleines Fenster nach Westen. Es glich, wenn man auf einem Stuhl saß, einem Gefäß, das bis zum Rand mit der blauen Farbe des Himmels gefüllt war.

»Ich bleibe dabei«, griff Luigi unser Gespräch wieder auf, »dass die Natur ein größerer Künstler ist als der Mensch. Das Meer malt sich selbst.«

»Ich kenne jemand, der versucht, das Meer zu malen.«

»Ich weiß, wen du meinst. Carla ist eine Ausnahme. Sie versteht etwas vom Meer. Aber sie ist eine schlechte Malerin.«

Der Strandläufer ging zu einem der Regale und holte eine Flasche. Sie war über und über mit Seepocken bedeckt. Er öffnete sie und goss zwei Gläser voll, deren Rand beschädigt war. »Alles in diesem Raum habe ich gefunden. Bett, Tisch und Stühle sind aus Treibholz. Auch die Kloschüssel ist angetrieben. Ebenso der kopflose Heiland. Er gefällt mir. Er sieht so freundlicher aus als gewöhnlich. Dies hier ist Wein. Ich hoffe, er ist noch trinkbar.«

Wir stießen mit den Gläsern an und tranken. Der Wein schmeckte bitter und salzig. »Alter Brunello«, sagte Luigi. »Er hat ein bisschen gelitten im Wasser. Die Flasche muss bei einem Sturm über Bord gegangen sein. Das Beste aber ist da hinten drin.« Er deutete auf eine schmale Kiste von der Form und Größe eines Sarges. »Meine Schatzkiste. Ich werde dir jetzt beweisen, dass das Meer wirklich ein großer Künstler ist.«

Er erhob sich, klappte den Kistendeckel hoch und holte in Lumpen verpackte Gegenstände hervor, die er auswickelte und auf dem Tisch drapierte wie Reliquien auf einem Altar. Sie waren offenbar aus den unterschiedlichsten Materialien, aus Glas, Porzellan, Holz, Eisen oder Kunststoff, alles Dinge, deren ursprüngliche, ehemals einer Funktion unterworfene Gestalt kaum mehr zu erkennen war. Sie wirkten bizarr, verwandelt, deformiert, zersetzt und transformiert.

Ich nahm einen dieser Fetische in die Hand, hielt ihn ins Licht und versuchte, seinen ursprünglichen Zweck zu erkennen. Luigi sah mir dabei zu und rieb sich vergnügt die Hände. »Siehst du, das Meer ist wirklich äußerst geschickt und kreativ. Es verfügt über Säuren und Salze, die die Oberfläche von fast allen Materialien anzugreifen verstehen. Es hat in seiner Werkstatt alle möglichen Ambosse, Hämmer, Sägen, Bohrer und Feilen. Welle auf Welle schleift es selbst die härtesten Steine glatt oder bohrt Löcher in sie hinein. Ihm stehen dabei alle möglichen Gehilfen zur Seite wie Würmer, Schnecken und Muscheln. Es knetet und walkt wie ein Töpfer, es verfügt über Strudel als Töpferscheiben. All das mögen auch menschliche Kunsthandwerker besitzen. Was das Meer aber über sie erhebt, was es zum echten Künstler macht, ist, dass es in seinem Vorgehen unendliche Geduld mit vollkommener Planlosigkeit verbindet. Weißt du, was du da gerade in der Hand hältst? Du kannst es nicht erraten, weil du mit dem Stil des Künstlers nicht vertraut bist.«

»Und? Was ist es? Eine Schöpfkelle?«

»Nicht schlecht geraten. Es ist ein alter Telefonhörer.«

»Und das da?« Ich hielt Luigi einen rostroten, schweren Klumpen hin, der an eine archaische Götterfigur erinnerte.

»Das war einmal ein Schlüssel. Du würdest heute keine Tür mehr mit ihm aufbekommen.«

»Ich denke, ein Künstler muss einen Plan haben, muss wissen, was er anstrebt. Er tastet sich vor, vom Entwurf zum fertigen Werk, wobei er irgendein Idealbild im Kopf hat, das er zu erreichen versucht.«

»Unsinn. Was du sagst, gilt nur für akademische Kunst, die ohne Leben ist. Ich sage dir, wenn du Schriftsteller bist, wie du behauptest, dann verschwende bloß keinen Gedanken an irgendeine Geschichte, eine Handlung, eine reale Person. Sei lieber so etwas wie ein Strandläufer der Literatur. Entdecke das Meer in dir und sammle auf, was es aus der Tiefe deines Daseins anspült. Schreib einfach drauflos, lausche dabei dem Klang deiner Sprache und betrachte die Bilder, die sie erzeugt. Andernfalls schminkst du mit deinen Worten nur eine Leiche.«

Luigi schenkte nach. Wir tranken den bittersalzigen Meerwein.

»Das Meer hat keine Absichten, es will nichts verkaufen. Es ist nicht eitel, obwohl es allen Grund dazu hätte. Es nimmt den Gegenständen, die es mit der ewigen Peristaltik seines Magens und seinen Säften bearbeitet, die durch einen bestimmten Gebrauchszweck bedingten Formen wie zum Beispiel Henkel oder Griffe. Das Gebrauchskleid wird ausgezogen, so dass der Körper nackt ist und sein wahres Wesen zu erkennen gibt. Das Meer ist ein großer Entkleidungskünstler. Ein Pornograph, der die Verklemmtheiten des Zweckvollen verachtet.«

Ich errötete bei Luigis Worten, denn ich sah Carla vor mir, wie sie am Fenster stand. »Sag mal, Luigi, diese Kleine, die Enkelin von Ugo, weißt du etwas von ihr?«

Der Strandläufer grinste. »Klein ist sie nicht gerade, würde ich sagen. Du bist wohl scharf auf sie. Da bist du nicht der Einzige hier. Ich sage dir, sie ist ein Luder. Dass sie ihre Bilder auf dem Markt verkauft, ist unanständig. Genauso gut könnte sie sich selbst verkaufen. Lass lieber die Finger von ihr. Das Schicksal hat sie in Ugos Familie gespült. Sieh sie dir doch an, unmöglich, dass sie aus dem gleichen Stall ist. Sie ist eine Art Flaschenpost aus dem Jenseits. Vielleicht ist sie auch eine Meerjungfrau, wobei das mit der Jungfrau natürlich ein Witz ist.«

Ich starrte Luigi fragend an.

»Die Alte, die bei der Beerdigung neben ihr in der Kirche saß, ist ihre Großmutter. Wir nennen sie ›die Stumme‹, denn sie sagt nie etwas, aber sie ist nicht wirklich stumm. Ich habe sie sogar einmal singen gehört, als sie unten an den Felsen Wäsche gewaschen hat und sich unbeobachtet fühlte. Ich vermute, sie hat einfach keine Lust zu reden.«

»Und wer ist der Großvater?«

»Es gibt Gerüchte. Irgendein Fremder. Carlas Großmutter hat das Kind draußen im Turm bekommen. Vielleicht, weil sie es dort auch empfangen hat. Eines Tages kam sie mit einem Baby an. Einem Mädchen. Man hat es ihr weggenommen.«

»Aus welchem Grund?«

»Man hielt sie für schwachsinnig, für nicht ganz richtig im Kopf, verstehst du. Ich glaube aber, dass das gar nicht stimmt. Sie ist verdammt schlau, sag ich dir. Aber da sie keinen Vater für das Kind präsentieren konnte, weil sie stumm war oder nichts sagen wollte, schritten die Behörden ein.«

»Wie ging es weiter?«

»Tragisch. Es hieß, das Kind sei ebenfalls nicht ganz richtig im Kopf. Diesmal stimmte das sogar. Es wuchs in einem Heim auf. Später wurde es eine Wäscherin. Sie hat wie ihre Mutter hier auf den Klippen jahrelang für ein paar Lire die Kleidung der Fischer gewaschen und getrocknet. Mit fünfzig bekam sie ein Kind. Carla. Die Mutter überlebte die Geburt nicht. Und auch diesmal gelang es nicht, den Vater zu ermitteln. Vermutlich war es einer ihrer Kunden. Marias Verwandte haben Carla dann zu sich genommen.«

Ich sah Carla immer noch vor mir. Ihren Schatten vor dem Fenster. Um mich von diesem Bild zu lösen, wandte ich mich von neuem dem Rostklumpen zu, den ich immer noch in der Hand hielt.

»Zu welcher Tür oder Seekiste mag er wohl gehört haben?«

»Jetzt passt er jedenfalls nur noch in das Schloss deiner Phantasie, falls es vorhanden ist.«

Ich nahm noch einen Schluck Meereswein. »Kannst du von deiner Arbeit eigentlich leben?«

Er nickte. »Es gibt gute und schlechte Tage. Im Sommer ist es natürlich besser für den Geldbeutel. Da vergessen die Leute sogar Armbanduhren und Ringe. Aber meistens sind es nur die Pfandflaschen, die ein bisschen Geld einbringen.«

Ich legte den Rostklumpen beiseite und nahm den Gegenstand, der einmal ein Telefonhörer gewesen war.

»Weißt du was, Luigi? Ich würde am liebsten mit Hilfe dieses Dings mit meinem Großonkel John telefonieren. Seine Knochen liegen irgendwo am Grunde des Meeres.«

»Er würde nicht abheben, mein Lieber, weil du sowieso nicht verstehen würdest, was er zu sagen hat.«

Ich bat Luigi, mir Unterricht im Strandlaufen zu geben. Er war nicht begeistert von der Idee. »Wir haben schon genug Konkurrenz«, sagte er. »Die Schlimmsten sind die von der Müllabfuhr. Sie sind völlig unsensibel, fahren mit Raupenschleppern den Strand entlang und machen alles kaputt. Gott sei Dank sind sie nur in der Hauptsaison aktiv. Nicht viel besser sind die Touristen. Sie suchen den Strand nach Muscheln ab und zertrampeln dabei die Kunstschätze des Meeres.«

»Ich werde dir keine Konkurrenz machen, Luigi. Alles, was irgendeinen Wert für dich hat, gebe ich dir. Ich will nur lernen, wie man sucht.«

»Du hast Recht, das ist auch eine Kunst. Du musst einen besonderen Gang haben und einen besonderen Blick. Gut, ich zeige es dir. Komm morgen vor sieben Uhr zum blauen Boot, das beim letzten Sturm angespült worden ist. Du wirst es nicht verfehlen.«

Am nächsten Morgen ging ich zum verabredeten Treffpunkt. Luigi saß auf dem umgedrehten Rumpf eines Ruderbootes und erklärte mit Professorenstimme: »Es gibt zwei günstige Zeiten am Tag. Die Stunde nach Sonnenaufgang, wenn die Strandzone am Wasser noch jungfräulich ist. Du erntest, was das nächtliche Meer gesät hat. Und dann die Stunde vor Sonnenuntergang. Du läufst ein Stück weiter oben am Strand und findest, was die Badegäste verloren haben. Dieser Gang ist oft der lukrativere, jedenfalls im Sommer. Aber der Morgengang ist besser für die Kunst. Wir kommen nun zum Gehen. Du musst schnell sein, damit du viel Gelände abläufst. Aber nicht zu schnell, sonst entgeht dir das meiste. Jeder Strandläufer hat seinen eigenen Stil. Du erkennst ihn schon von weitem. Manche laufen krumm, manche im Zickzack.

Ich habe für mich herausgefunden, dass das Schwanken des Betrunkenen am besten ist. Ich mache es dir vor.«

Er schwankte über den nassen Sand an der Wellenkante entlang, als habe er zu viel Alkohol im Blut. »Sei ganz entspannt«, rief er. »Das Schwanken ergibt sich von selbst aus den Unebenheiten.«

Er kam zurück und setzte sich wieder auf das Boot. »Und nun der Blick. Versuche bloß nicht, wie verrückt vor deine Füße zu starren, in der Hoffnung, etwas zu finden. Schau vielmehr unkonzentriert, wahllos schweifend, wie jemand, der in Gedanken ist und seine Augen mit nichts beauftragt hat. Du sollst ja gerade erkennen, was du dir vorher nicht vorgestellt hast. Dieser schweifende, sozusagen aufmerksam ungenaue Blick ist schwer zu erlernen. Versuche es, indem du vor dich hinträumst. Ich habe mir sagen lassen, dass ein guter Pilzsucher einen ähnlichen Blick hat. Auch Astronomen finden auf diese Weise zuweilen unbekannte Himmelskörper. Und gute Frauen entdeckt man auf die gleiche Manier. Starr sie bloß nie direkt an, sondern sieh an ihnen leicht vorbei. Nun machen wir die erste praktische Übung. Ich gehe nach Norden, du nach Süden. Jeder ungefähr einen Kilometer, und dann treffen wir uns wieder hier und vergleichen unseren Fang.«

Ich versuchte, so effektiv zu schwanken und so konzentriert unkonzentriert zu blicken, wie es ging. Ich fand ein paar Sachen und steckte sie in die Plastiktüte, die mir Luigi in die Hand gedrückt hatte. Das Ergebnis war niederschmetternd für mich. Ich hatte ein paar ganz hübsche Muscheln, einen rostigen Kronkorken, einen Badeschuh und einen Kamm vorzuweisen.

Luigi kam mit einem ziemlich großen toten Fisch zurück, der nach Angaben meines Lehrmeisters ungefähr fünfzehn

Euro wert war, eine Seebrasse, die er sich nachher dünsten würde. »Sie riecht noch gut«, sagte er und hielt mir den Fisch unter die Nase, wobei mich die starren Augen des toten Tieres voller Verachtung anblickten.

Er hieb mir auf die Schulter. »Nur nicht aufgeben, mein Junge«, sagte er. »Es heißt, wer sucht, der findet. Selten so einen idiotischen Satz gehört. Es muss heißen, wer findet, der lernt suchen.«

9

Ich bin wieder am Strand gewesen. Für die Jahreszeit war es ungewöhnlich heiß. Ich hatte mich hingelegt und mit Sonnencreme eingerieben. Mir war vorher die Flasche mit der Creme umgefallen, und feiner Sand war eingedrungen. Beim Einreiben der Substanz hatte es unangenehm gekratzt. Dann war ich eingeschlafen.

Als ich vom harten Licht der Sonne erwachte und nach dem Sunblocker griff, hatte ich ein ekelerregendes Gefühl, einen pelzigen Geschmack auf der Zunge. Ich spürte die Nähe eines bodenlosen Abgrundes. Da begriff ich: Ich hatte, bewirkt durch den Sand in der sahnigen Flüssigkeit, jenen entsetzlichen Albtraum gehabt, der mich zwischen meinem dreizehnten und neunzehnten Lebensjahr immer wieder heimgesucht hatte. Ich konnte ihn damals sogar am Tage auslösen, wenn ich etwas Weiches und zugleich Spitzes berührte. Im Traum schrie ich panisch immer höhere Zahlen. Es war die pure Todesangst. Dabei war der Traum vollkommen bilderlos. Alles war tiefschwarz. Dennoch gab es Strukturen, aber sie waren nicht optisch, sie hatten allein etwas mit dem Tastsinn zu tun. Grax, flüsterte ich, ein Ausdruck, der dem Geträumten nahe kam.

Am Abend bekam ich hohes Fieber. Maria kümmerte sich

um mich. Sie machte Wadenwickel und einen Kräutertee aus Salbeiblättern. Am nächsten Tag ging es mir etwas besser. Ich saß am Fenster. Carla war zurück. Sie stand auf der Terrasse an der Staffelei und malte Ugos Garten. Mit meinem Fernglas verfolgte ich die Entstehung des Bildes. Carla zeichnete mit Kohle vor. Die Bewegungen ihrer Hand waren schnell und sicher. Dann öffnete sie eine Reihe von Tuben und drückte die Farben auf die Palette. Sie hielt sie wie einen Spiegel vor sich und blickte hinein. Sah sie das Bild bereits, ehe es fertig war? Sie begann zu malen. Ich bemerkte, wie Ugos Zitronenbäume wuchsen und gelbe Früchte bekamen, wie die Spaliere von Tomatensträuchern, die ausladenden Zucchinipflanzen zu blühen begannen und sich die Kronen der knorrigen, alten Olivenbäume silbergrün belaubten. Als der Garten so gut wie fertig und bestellt war, fügte sie am linken Rand eine Figur ein. Sie trug kurze Hosen, ein grünes Hemd und schwarze Stiefel. Es war Ugo. Er blickte leicht vorgebeugt in seinen Garten, als sei er ein wenig verwundert über dessen opulente Verfassung in dieser Jahreszeit.

Ich bat Maria, Carla zu schicken. Carla kam und brachte mir etwas zu trinken. Sie hatte Eiswürfel und ein Handtuch dabei. Wieder spürte ich die elektrische Kraft, die sie ausströmte, wenn sie sich über mich beugte. Ich starrte auf ihre Brüste, ihre so harmonisch gerundeten Oberarme, registrierte erschrocken, welche uralte, fast prähistorische Mütterlichkeit von ihr ausging. Ich bat sie, mir den kalten Umschlag auf die Stirn zu legen. Sie folgte meinen Anweisungen schweigend. Dann wurde es schwarz um mich, und Kälte drang in mein Hirn. Sie hatte, absichtlich oder unabsichtlich, das Tuch über meine Augen gebreitet. Einen Moment glaubte ich das Gewicht ihres Körpers auf mir zu spüren, schwer und leicht zugleich. Ein kaltes Feuer loderte auf meiner Haut. Als ich das Tuch entfernte, war sie verschwunden. Aber ich spürte ihren Körper immer noch. Carla, flüsterte ich. Die Sache wird gefährlich. Jedenfalls für mich.

Ganz allmählich ging es mir besser. Ich liebe die Phase der Rekonvaleszenz. Am liebsten würde ich mein ganzes Leben als ein von allen möglichen Krankheiten Genesender verbringen. Man ist in einem solchen Zustand empfindlicher für die Nebengeräusche, Nebenfarben und Nebengerüche des Daseins. Ein dünnwandiges Glas klingt eben besser als ein dickwandiges, obwohl oder gerade weil es weniger stabil ist.

Es regnete viel in diesem Winter. Das Flussrauschen war allgegenwärtig. Ich bildete mir ein, eine Vielzahl von Stimmen in seinem Rauschen zu hören, flüsternd, durcheinander redend. Gespräche der Toten an den Ufern des Styx.

Ich erhielt zwei Briefe aus der Heimat. Der eine war von meinem Vater, der andere von meinem Verleger. Er teilte mir lakonisch mit, dass mein letztes Buch leider kein Erfolg gewesen sei. Er wolle betonen, dass dies sicher nicht an mangelnder Qualität läge, sondern offensichtlich am Zeitgeist. Ich schriebe einfach zu kompliziert. Vor zehn oder zwanzig Jahren wäre mein Buch bestimmt ein Bestseller geworden. All seine Hoffnung ruhe nun auf unserem neuen Projekt. Dem Piratenroman. Die Erwartungen seien groß, die Resonanz jetzt schon erstaunlich. Ein Werk voller wilder Poesie werde erwartet, phantastische Abenteuer, zwischenmenschliche Leidenschaft, eingebettet in eine gut recherchierte Geschichte. Phantasie und Wirklichkeit eng ineinander verwoben, eine Form des Erzählens, die, wie er wisse, meine Stärke sei. Er würde sich freuen, bald einen Teil des Manuskriptes lesen zu können.

Ich rief im Verlag an und ließ mich mit dem Büro meines Verlegers verbinden. »Er ist heute leider den ganzen Tag in einer Sitzung«, sagte sein Sekretär. Auf die Frage, wie es mir gehe, sagte ich, dass ich krank gewesen sei, aber dass es mir schon wieder viel besser gehe. Das Werk sei nicht in Gefahr, aber es sei noch zu früh, etwas Schriftliches aus der Hand zu geben.

Dann las ich den Brief meines Vaters. Er war viele Seiten lang. Wie immer auf seiner alten Erika mit den von Farbe und Fusseln verstopften Lettern geschrieben. Für einen Neunzigjährigen war der Stil beneidenswert flüssig. Eine Stelle gefiel mir besonders gut.

»Sehr deutlich habe ich vor Augen, dass ich einmal einen Jugendfreund im Inneren der Insel besucht habe und auch über Nacht dort geblieben bin. Am Rande der Marsch lag der Hof. Als wir in den Abendstunden zurückgingen, lag eine eigenartige Stimmung über dem Land. Kein Wind. Sommerliche Wärme. Leichte Nebelschwaden stiegen aus den feuchten Marschfennen. Es muss ein Herbsttag gewesen sein, denn die Kühe waren schon in ihren Boxen, und wir hörten deutlich ihr zufriedenes Muhen aus dem warmen Stall. Eigentlich bin ich kein besinnlicher Mensch, der auf besondere Stimmungen leicht anspricht, auch kein sentimentaler oder gar romantischer. Aber dieser Abend, der in leichten Nebelschwaden, völliger Windstille und lauwarmer Luft vollzogene Gang aus den Niederungen der Marsch an den Geestrand, ist in meinem Gedächtnis haften geblieben. Oft habe ich in späteren Jahren an ihn denken müssen.«

Ich schrieb diese Stelle ab, veränderte sie ein wenig und schickte sie an meinen Verleger mit der Erläuterung, dass dies der Anfang meines Romans sei. Mein Held, der Pirat, sei im 18. Jahrhundert auf einer Nordseeinsel aufgewachsen. Der Text werde in der Ich-Form geschrieben, eine Art Rückschau des alten Mannes auf sein bewegtes Leben. Ich käme gut voran.

In Wahrheit hatte ich noch keinen einzigen eigenen Satz verfasst.

Endlich konnte ich meine Exkursionen in die Altstadt wieder aufnehmen. Ich traf Franco Celli wieder. Er lud mich zu einem Drink in die Gorillabar ein, seine Stammkneipe, einem kleinen Gewölbekeller in der Altstadt voller maritimer Souvenirs. Blöcke, Steuerräder, ausgestopfte Fische an den Wänden und der Decke neben einem himmelblauen Ventilator. Es gab auch einige Objekte von Meereskunst zu sehen, die Luigi hier zum Verkauf ausstellte.

Celli war Volksschullehrer am Ort, Anfang sechzig. Und er hatte noch zwei weitere Berufe, Fischverkäufer und Fischer. Ein Beruf allein könne ihn nicht ernähren, sagte er, denn zu seiner Hauptnahrung gehöre ein verhältnismäßig teures Lebensmittel: Bücher, darunter viele seltene, alte Exemplare. Sie würden sich in seiner Wohnung an den unmöglichsten Stellen stapeln. Die Gelesenen ständen aufrecht, die Ungelesenen lägen in Türmen aufeinander.

Celli wäre leicht in der Lage gewesen, mehrere Lehrstühle an einer Universität auszufüllen. Ich hatte noch nie einen Menschen mit größerer Universalbildung erlebt. Ob Geschichte, Meteorologie, Astronomie, Biologie, Musikgeschichte, er verfügte in allen möglichen Wissensgebieten über fundierte Kenntnisse. Der Uomo universale der Renaissance war sein Vorbild, den Spezialisten verachtete er. Er verglich ihn mit einem Menschen, der durch ein stark vergrößerndes Fernglas blickt. Er sieht zwar mehr Details, aber das Zittern seiner Hand verwischt das Bild. Außerdem ist das Blickfeld sehr klein. Der Universalgebildete blickt hingegen mangels Spezialwissen durch ein Fernglas mit geringer Vergrößerung. Sein Blickfeld ist entsprechend größer, ebenso die Lichtstärke, und die durch Verwacklung bedingten Unschärfen sind gering.

Nachmittags ab fünf Uhr saß Celli in einem der drei Fischläden des Ortes zwischen weißen Kästen aus Plastik, in denen Muscheln, Fische, Garnelen, Langusten und Calamari auf Käufer warteten. Er sah selber aus wie eine große Brasse, mit seiner dicken Lesebrille, die an einer Schnur um seinen Hals hing und die er aufsetzte, wenn er Fische ausnahm, so dass sie immer von Fischblut und Schuppen verschmiert war. Wenn kein Käufer im Laden war, putzte er die Brillengläser sorgfältig und griff nach einem Buch.

Spätabends nach Geschäftsschluss ging Celli gewöhnlich in ein Café, aß ein paar Sandwiches und trank anschließend einen Espresso. Dann begab er sich zum Hafen und machte sein Boot klar. Er tuckerte mit seinem alten Diesel hinaus aufs Meer und schaltete den großen Fangscheinwerfer ein, um Fische ins Netz zu locken. Beim Licht der starken Lampe las er weiter.

Hin und wieder lieh ich mir aus Cellis unerschöpflicher Bibliothek ein Buch aus. Für seine Qualität gab es ein simples Merkmal: Je besser das Buch, umso mehr Fischschuppen fanden sich darin. Von Celli erfuhr ich, dass ich im Ort inzwischen einen Spitznamen hatte, genau genommen deren drei. Einige nannten mich wegen meines roten Bartes Barbarossa, andere wegen meiner ungekämmten, strohfarbenen Haare Zingaro, die meisten aber nannten mich Sarazeno.

Luigi war Misanthrop, Franco Philanthrop. Beide waren sie

Fundamentalisten und für keinerlei Gegeneinwände zu haben. Es war nur natürlich, dass sie sich nicht besonders mochten und sich aus dem Wege gingen. Doch die Gorillabar war auch Luigis Stammlokal, und so kam es, dass ich sie zuweilen gemeinsam erlebte, der eine meistens am Tresen stehend, der andere in irgendeiner Ecke sitzend und lesend. Da sie mir beide gefielen, versuchte ich mehrfach, sie einzuladen und an meinen Tisch zu bekommen.

Als es mir endlich gelang und sie schweigend neben mir saßen, bemühte ich mich, sie in eine Diskussion zu verwickeln. »Findet ihr nicht, dass es hier im Sommer ungewöhnlich schöne Menschen am Strand zu sehen gibt?«, sagte ich.

»Alle Menschen sind hässlich«, fauchte Luigi, »weil sie den Fehler begangen haben, aufrecht zu gehen. Guck sie dir an. Sie verschandeln die Natur mit ihren Leibern. Wie schön sind selbst Seeelefanten dagegen. Sie sind zwar auch fett, aber was für ein Unterschied! Die Bewegungen der Aufrechtgeher sind unerträglich. Man vergleiche damit die Bewegungen einer Katze, ganz zu schweigen von denen eines Fisches!«

Franco Celli rührte seinen Kaffee um. »Der aufrechte Gang hat in die Weltgeschichte überhaupt erst so etwas wie Moral und Geist gebracht«, sagte er ruhig. »Die Geschichte des homo sapiens beginnt mit dem homo erectus. Tiere haben keine Moral und keinen Geist. Sie denken nur ans Fressen und an die Vermehrung. Das liegt daran, dass sich ihr After und ihre Geschlechtsteile in Kopfhöhe befinden.«

»Haha, dass ich nicht lache!«, zeterte Luigi. »Bist du denn sicher, dass sich dein Hirn nicht auch in Höhe deines Arsches befindet? Geh einmal wie ich jeden Tag am Strand entlang und du wirst die erstaunliche Entdeckung machen, dass die Menschen auch an nichts anderes denken als an Fressen und Vermehrung. In ihrem Zusammenhang von homo sapiens zu sprechen ist ein Witz. Ich sage daher noch einmal und auf die Gefahr hin, mich zu wiederholen, die Menschen sind hässlich und widerlich, von zwei Ausnahmen vielleicht abgesehen.«

Er machte eine theatralische Pause und lehnte sich zufrieden zurück. Dann winkte er der Kellnerin. »Kannst du bitte veranlassen, dass ihr die Musik etwas leiser stellt? Und bring diesem Fischer noch einen Kaffee und ein Glas Roten. Und dem hier«, er deutete auf mich, »bringst du einen Roten und einen Grappa. Er hat einen schwachen Magen, weil er ein Poeta ist. Das sind Leute, die mit ihrer Gastritis Geschäfte machen.« Wir warteten, bis die Getränke gebracht wurden. Dann fuhr Luigi fort: »Der Mensch als solcher ist in seinem Leben nur zweimal schön. Und zwar eine Woche lang nach seiner Geburt und eine Woche vor seinem Tod. Dazwischen gibt es ausschließlich pure Hässlichkeit.«

Franco Celli hatte bisher geschwiegen und seine Brille geputzt. Jetzt lächelte er weise und sagte: »Deine Predigt wider das Leben, mein Lieber, ist in Wahrheit ein ehrenwerter und uralter, seit Menschengedenken angestimmter Protest. Und zwar der gegen den Verfall, gegen die Zellteilung. Du gleichst Adam, der enttäuscht darüber ist, dass Gott ihm zum Abschied aus dem Paradies das Geschenk der Sterblichkeit gemacht hat.«

Luigi hob sein Hemd und wies auf seinen hervorquellenden Bauch. »Du kannst die Sache drehen und wenden, wie du willst. Das Fleisch ist nun einmal der Vorhang vor einem widerlichen Stück voller Fortpflanzung und Totschlag. Ich wiederhole: Nur zweimal will mir dieser faltenreiche Vorhang gefallen. Kurz nach der Geburt, bevor dieses obszöne

Stück, Leben genannt, zur Aufführung kommt, und kurz bevor es aus ist. Wenn du Augen im Kopf hast, Celli, dann wird dir aufgefallen sein, dass jeder Säugling, der direkt nach der Geburt mit seinem runzligen Gesicht, seinen blöden Augen und seinem Kugelbauch an einen Greis erinnert, binnen weniger Wochen seinen Charme verliert. Er sieht erstaunlich schnell aus wie ein enttäuschter Börsenspekulant. Und erst im allerletzten Stadium seines Daseins, wenn die Verkalkung seines Hirns dazu führt, dass er seinen Namen vergisst und er völlig verblödet vor sich hinstarrt, kommt die Mimik des Anfangs zurück, die Hoffnung, die Träume von einem besseren Leben. Aber dann ist es auch schon aus und vorbei.«

Franco sah mich an. »Unser guter Luigi macht einen verbitterten Eindruck, findest du nicht? Vielleicht hat er heute zu wenig in der Tüte gehabt. Sag, du bist doch ein Schriftsteller, du machst doch viele Beobachtungen. Was hältst du von den Menschen?«

Ich hatte mit solch einer direkten Frage nicht gerechnet und war verwirrt. Da beider Augen erwartungsvoll auf mich gerichtet waren, rang ich mich zu folgender Erklärung durch: »Ich kann mit Begriffspaaren wie schön und hässlich, dumm und klug und anderen Dichotomien nicht umgehen. Sie kommen mir zu grob, zu simpel vor. Was mich interessiert, ist die Erinnerung. Mir gefallen Menschen umso besser, je deutlicher bei ihnen die Gabe der Erinnerung ausgeprägt ist. Ich möchte ihren Geist mit einer Bühne vergleichen und die Erinnerungen mit Schauspielern, die dort ihren Auftritt haben.«

»Kennst du einen solchen Menschen?«, fragte Franco Celli und legte seine Hand auf mein Knie.

»Wahrscheinlich glaubt der arme Kerl, seine kleine Carla

erinnere sich an etwas anderes als an sich selbst«, warf Luigi ein.

»Ja. Ich kenne so jemanden«, sagte ich. »Mein Vater. Er war schon immer ein gutaussehender Mann. Jetzt, in seinem hohen Alter, ist er schön, weil er sich erinnert.«

»An seine Jugend?«

»An seine Vorfahren«, sagte ich knapp.

»Und, mein Guter«, sagte Luigi, »wie geht es dir mit dir selber? Gefällst du dir vielleicht, weil du dich an dich besonders gut erinnern kannst?«

»Nein«, sagte ich. »Ich gefalle mir ganz und gar nicht. Es fällt mir nämlich äußerst schwer, mich an mich zu erinnern. Vielleicht bewundere ich diese Fähigkeit daher bei anderen Menschen so sehr. Ich bekomme immer nur Bruchstücke, einzelne Bilder und Szenen zu fassen, die sich nicht zu einem Ganzen zusammenfügen wollen.«

»Du musst dir nur einen Ort suchen, wo du dich besser konzentrieren kannst, mein Freund«, sagte Celli. »Ich weiß zufällig einen für dich. Den alten Sarazenenturm da draußen. Er wurde 1538 von einem toledischen Baumeister für einen hiesigen Provinzfürst weithin sichtbar auf dem Capo di Vento errichtet, das wie eine Kralle aus Felsen ins Meer ragt. Er ist als Inspirationsquelle geradezu ideal für deinen Roman. Schließlich ist er einst zum Schutz gegen Piraten errichtet worden. Ich habe dort bis vor kurzem eine kleine Wetterstation betrieben. Jetzt fehlt mir leider die Zeit dazu. Und zuvor hat ihn, wie ich dir bereits erzählt habe, Marconi für seine Experimente benutzt. Das war gegen Ende der zwanziger Jahre, vielleicht auch noch einmal Anfang oder Mitte der dreißiger. Danach verschwand er spurlos aus dieser Gegend. Doch vielleicht auch nicht. In gewissem Sinne ist er noch gar nicht abgereist. Es gibt Personen hier, in denen er weiterexistiert. Genaueres weiß man nicht. Aber es gibt Gerüchte, die vielleicht ein Körnchen Wahrheit enthalten. Hier, Sarazeno, für dich.«

Er holte aus einer Plastiktüte ein Buch heraus und einen großen, rostigen Schlüssel.

»Lies erst das Buch. Es ist die derzeit beste Abhandlung über Sarazenentürme. Danach geh zum Turm. Der Weg dorthin ist mühsam und nicht ganz ungefährlich. Erst musst du über die stark befahrene Autostraße nach Norden, durch den Tunnel hindurch. Direkt hinter seinem Ausgang musst du über die Leitplanke klettern. Du stößt dort auf einen schmalen Pfad, der durch die Macchia direkt am Felsenabgrund entlang verläuft. Es ist ein alter Ziegenpfad. Er führt dich zum Turm. Ich hoffe, du bist schwindelfrei.«

10

Ich las das Buch über Sarazenentürme in einer Nacht durch und erfuhr, dass es sie überall an der italienischen Küste gibt. Sie sind teilweise schon im frühen Mittelalter als Verteidigungsbollwerke gegen die Piraten der Barbareskenküste errichtet worden, als Ausgucksposten und Fluchtstätten in einem. Sie boten Schutz vor den sich damals häufenden Angriffen der Sarazenen, die im Dienste islamischer Fürsten oder auch im Eigeninteresse blitzartige Überfälle gegen die Bewohner der Inseln und Küstenregionen ausführten. Mit ihren Galeeren erschienen sie im Sichtschutz der Nacht oder einer Nebelbank an den Küsten und töteten und raubten alles, dessen sie habhaft werden konnten. Gefangene wurden selten gemacht, höchstens, um Verluste unter den eigenen Rudersklaven zu ersetzen oder um junge Frauen für die Sklavenmärkte zu erbeuten.

Die Türme waren immer nach dem gleichen Prinzip gebaut. Außen dicke, glatte, unbesteigbare Mauern. Drinnen verschiedene Stockwerke und Treppen aus Holz. Zuoberst eine Aussichtsplattform mit Zinnen. Bis heute strahlen sie ein fast mythisches Gefühl von Sicherheit und Geborgenheit aus.

Am nächsten Abend ging ich wieder in die Gorillabar. Unter einem von Luigis neusten Kunstschätzen, einem von Seetang bedeckten Autoreifen, der an der Wand hing und wie Neptuns Totenkranz aussah, saß Franco Celli.

»Und? Warst du schon im Turm?«

»Nein«, sagte ich. »Aber das Buch habe ich ausgelesen.«

»Du hast vor etwas Angst, Sarazeno. Weißt du, was Sarazeno heißt? Der Name kommt von dem griechischen Wort Sarakenoi und war die Bezeichnung für einen westarabischen Stamm. Später bedeutete das Wort einfach ›Der Fremde‹. Deshalb passt es auch so gut zu dir. Mir scheint, du fürchtest dich vor deinem Roman. Oder vielleicht auch nur vor der Erinnerung?«

Diesmal war ich es, der nickte. Was er nicht ahnte und was ich mir selber kaum eingestehen wollte, war noch eine andere Angst, aber die trieb mich eher dazu, meine alte Wohnung zu verlassen. Ich fürchtete mich vor einer Beziehung mit Carla, sosehr ich sie auch begehrte. Auch sie war offensichtlich eine Fremde. Eine allzu große Nähe zu ihr war gefährlich.

Celli betrachtete mich amüsiert. »Höre, Sarazeno. Der Turm wird dir wirklich gefallen. Es ist ein geheimnisvoller Ort. Die Mauern sind über einen Meter dick. Wenige Schlitze im Mauerwerk lassen gerade so viel Licht herein, dass am Tage Dämmerung herrscht und in der Nacht hin und wieder das Funkeln eines Sternes zu sehen ist, wenn der Schacht im Mauerwerk sich durch die Drehung der Erdkugel zufällig wie das Rohr eines Teleskops auf ihn richtet. Das Rauschen des Meeres ist manchmal schwach wie ferner Mönchsgesang in seinem Inneren zu hören, aber bei Sturm dröhnt und bebt es, als würde der Teufel in der Hölle eine riesige Pauke schlagen, um das Ende der Welt anzukündigen.

Über eine schmale Wendeltreppe kann man im Innern des Turmes über verschiedene Stockwerke bis zur Plattform gelangen. Sie ist von einer brusthohen Mauer mit Schießscharten umgeben und bietet einen überwältigenden Ausblick auf die Umgebung, auf die einst von Korkeichenwäldern und heute von Stechginster und Lorbeerbüschen bedeckten Hügel des Hinterlandes, auf die Buchten, auf die weiße Stadt und natürlich auf das Meer, entlang dessen Horizontlinie bei klarem Wetter eine Reihe von Inseln zu segeln scheinen.«

Er trank sein Weinglas aus, erhob sich und klopfte mir aufmunternd auf die Schulter. »Du bist zwar kein Provinzfürst, und du hast auch keine Angst vor Seeräubern, aber du solltest dir das Bauwerk ansehen, und zwar möglichst bald. Was ich dir anvertraut habe, ist mehr als ein Stückchen Eisen. Das wirst du schon noch merken, Sarazeno. Es ist vielleicht sogar der Schlüssel zu deinem Leben. Du kannst dort wohnen und arbeiten. Es gibt sogar einen Generator, der Strom liefert. Ich weiß allerdings nicht, ob noch Treibstoff da ist. Vielleicht besuche ich dich einmal. Vielleicht besucht dich auch Marconis Geist. Und vielleicht überfallen dich dort auch all die Erinnerungen, die sich dir bisher so beharrlich entzogen haben.«

11

Beim nächsten Sonnenaufgang machte ich mich auf den Weg. Im Tunnel war es noch dunkel. Ich atmete die Abgase der Autos ein. Immer, wenn sich ein Wagen mit aufgeblendeten Scheinwerfern näherte, presste ich mich an die Tunnelwand.

Der Pfad am Abgrund war unbefestigt. Ich musste allen Mut zusammennehmen, um ihn zu bewältigen. Tief unter mir erinnerte die Brandung an die bogenförmigen Gebisse von Haifischen. Ich war froh, als ich endlich vor der alten, rissigen Holztür des Turmes stand.

Nachdem es mir mit einiger Mühe gelungen war, sie zu öffnen, trat ich mit klopfendem Herzen ein. Feuchtwarme Dunkelheit umfing mich; Licht fiel nur durch eine schießschartenähnliche Öffnung einige Meter über mir.

Celli hatte Recht. Der ganze Turm war erfüllt von einer eigenartigen, dumpfen, dröhnenden Musik.

Es dauerte eine Weile, bis ich begriff, dass es tatsächlich die Meereswogen waren, die sich am Felsenfundament brachen, deren Rauschen sich im Innern des Turms wie in einem Resonanzraum fing und mehrfach von den Wänden reflektiert wurde, wodurch ein künstlicher, wie von einem Komponisten gestalteter Klang entstand.

Als sich meine Augen an die Dunkelheit gewöhnt hatten, bemerkte ich einen kleinen Stuhl, dahinter einen Tisch, auf dem einige Instrumente und Geräte standen. Im Strahl der Taschenlampe, die ich mitgebracht hatte, sah ich, dass der Raum sehr hoch war. Die Decke bestand aus rohen, auf dicken Balken ruhenden Brettern. In einer Ecke lag ein Haufen Gerümpel. Das meiste schienen altertümliche elektrische Geräteteile zu sein, Kupferspulen, Becherkondensatoren, Drosseln, Röhren, Widerstände.

Bevor ich den Turm wieder verließ, bestieg ich über baufällige Treppen seine Plattform. Wie von einem Adlerhorst blickte man von dort aufs Meer. Mich befiel ein merkwürdiges Gefühl, eine Mischung aus Hybris und Demut. Stand ich nicht hier als Held, der nach den inneren und äußeren Sarazenen Ausschau hielt, die seinen Frieden bedrohten? Und war ich nicht zu feige, um den Kampf aufzunehmen? Oh, ich kannte sie gut, all meine Zweifel, diese gottlosen Heiden. Zweifel an mir selbst, an dem, was ich an Wenigem geschaffen hatte. Bücher, die inzwischen in irgendwelchen Volksbüchereien und Ramschkästen der Antiquariate verschollen waren. Lange Jahre war ich der Illusion aufgesessen, dass Sprache eine Art unvergängliches Leben führt, wenn man sie nur im Herbarium eines Buches getrocknet und gepresst verwahrt. Die Wirklichkeit des Bücherwesens hatte diese Illusion zerstört.

Als eine andere und weitaus größere Illusion hatte sich die Liebe erwiesen. All meine Versuche, eine feste Beziehung zu einem Menschen zu knüpfen, waren kläglich gescheitert, zerronnen in mühseligen Alltagssituationen, in stupiden Gewohnheiten, in Zwangshandlungen. Drei Ehen hatte ich auf dem Altar meiner inneren Unruhe geopfert. Nach jeder Trennung war in mir die Entschlossenheit gewachsen, nie wieder in eine solche Falle zu gehen. Und doch stand sie seit kurzem wieder weit offen und verströmte einen einzigartigen, unwiderstehlichen und betörenden Duft.

Ich besorgte mir ein Feldbett, einen Kocher samt Geschirr und einer kleinen Kaffeemaschine, ebenso einen Vorrat an Essen und Getränken und einen Kanister Dieselöl für den Generator. Dann lieh ich mir einen Leiterwagen aus und schaffte alles hinaus zum Capo di Vento, samt der alten Schreibmaschine und einem Stapel Papier.

Auf dem Rückweg kam mir im Tunnel jemand entgegen. Eine schmale, hohe, schwarz gekleidete Gestalt, die sich kaum gegen die Dunkelheit abhob. Nur ein weißes Gesicht schien in der Luft zu schweben.

»Ich werde mich bald an alles erinnern können, auch an mich!«, rief ich ihr entgegen, als ich sie erkannt hatte. »Dann werde ich endlich lieben können.«

Carla blieb stehen, lächelte und neigte den Kopf, als deute sie ein Einverständnis an. Als sie an mir vorbeiging, streckte sie den Arm aus und berührte meine Wange flüchtig mit der Hand. Mich durchfuhr es wie ein elektrischer Schlag. Ich sah ihr nach. In der einen Hand trug sie eine große Mappe. Wahrscheinlich war sie mit ihren Bildern unterwegs zu irgendeinem Markt.

Ich hielt es in der ersten Nacht kaum aus in meinem neuen Domizil. Das Dröhnen der Wellen machte mich verrückt. Keine Erinnerungen stellten sich ein, auch keine Inspiration zu meinem Roman. Ich hatte das Gefühl, in einem mächtigen Bauch eingeschlossen zu sein wie Jonas im Wal oder ich einst im Unterleib meiner Mutter.

Am Morgen stand ich früh auf und ging mit einem Badetuch bewaffnet zur weißen Stadt. Ich war so müde, dass ich zum Meer hinunterstieg und mich in den Sand legte. Ich musste eine Weile geschlafen haben. Als ich aufwachte, füllte sich der Strand gerade mit Menschen. Es wurde jetzt von Tag zu Tag wärmer. Ich blieb liegen und sah dem Treiben der Leute zu. Junge Männer spielten Ball. Ihr Geschick, ihn allein mit den Füßen in der Luft zu halten, war außerordentlich.

Ich hoffte insgeheim, Carla zu sehen. Sie war oft bei Sonnenaufgang am Meer und machte gymnastische Übungen, die etwas Kultisches hatten. Sie breitete die Arme parallel zum Horizont aus und verneigte sich mehrmals tief in Richtung Sonne. Manchmal war ein drahtiger, junger Kerl mit langen Haaren und eingeflochtenen Wollzöpfen bei ihr. Die beiden stritten sich häufig lautstark und umarmten sich dann. Auch das hatte etwas von einem Ritual.

Die Ersten, die an diesem Tag ins Wasser gingen, waren Touristen, vor allem die korpulenten unter ihnen, denen die kalte See nichts anzuhaben schien. Dicke Frauen trieben durchs Wasser, als hätten sie keinen Unterleib. Pärchen balzten ungeniert. Voyeure beobachteten sie dabei. Die ersten Bauchladenverkäufer erschienen, ebenholzschwarze Afrikaner mit ihren Quarzuhren, Sonnenbrillen und billigem Schmuck. Sie gingen von Paar zu Paar, blieben stehen und klappten ihr Tablett voller Ware auseinander. Es fiel schwer, sie loszuwerden, arme Teufel, die vermutlich in der Hand der Mafia waren.

Am wenigsten missfielen mir die kleinen Kinder, die im Sand spielten. Sie saßen oft mit dem Rücken zum Meer und würdigten es keines Blickes, waren immun gegen die Erhabenheit, mit der es in der Sonne ausgebreitet dalag wie das Goldene Vlies, vom Wind nur leicht bewegt und mit geheimnisvollen Hieroglyphen bestickt, die Leute wie ich vergeblich zu lesen versuchten.

Auch die bunten Schirmpilze der Lidos wuchsen jetzt wieder aus dem Sand. Man kann sie zusammen mit einem Liegestuhl mieten, um sich gegen die Sonne zu schützen und über ein eigenes kleines Revier zu verfügen, innerhalb dessen man gewöhnlich in jenen Zustand verfällt, der einer Entleerung von Hirn und Seele gleicht, verursacht durch Hitze und das gleichmäßige Plätschern der kleinen Wellen.

Ich kaufte einem der fliegenden Händler eine Sonnenbrille ab. Nicht weit von mir lag eine junge Frau auf einer Decke. Sie war schön und braun gebrannt. Sie trug nur eine winzige weiße Badehose; ihre Brüste waren nackt. Hin und wieder setzte sie sich auf und sah aufs Meer hinaus. Zu ihr gehörte ein kleiner Junge von höchstens drei Jahren, der sie wie ein Trabant umkreiste, wobei er sich nie mehr als zwei, drei Meter entfernte. Der Junge war sehr hübsch, hatte dunkle, volle, lockige Haare und einen grazilen Körper. Er hatte eine schwarze Badehose an, die viel zu groß war für seinen schmächtigen Leib. Hin und wieder erhob sich die Mutter und ging am Meer entlang. Dann folgte ihr der Kleine oder ging einige Schritte voraus, denn auch jetzt bestand die feste räumliche Bindung zwischen beiden weiter. Wenn die Mutter stehen blieb, blieb auch der Junge stehen. Wenn sie sich umdrehte und zurückging, drehte auch er sich um und folgte ihr im Abstand jener für ihn offenbar magischen Länge von zwei, drei Metern. Später saßen sie am Wasser und spielten mit Schaufel und Förmchen. Es war deutlich zu sehen, dass das Kind alles dafür tat, die Aufmerksamkeit seiner Mutter zu erregen, und sie tat alles, um sie ihm zu schenken. Das Bild berührte mich seltsam und stieß mich zugleich ab; es hatte etwas Obszönes, Inzestuöses, das mich an meine eigene Kindheit erinnerte. War es damals mit mir nicht genauso gewesen? Auch ich war verliebt in meine Mutter gewesen, auch ich hatte keinen Schritt ohne sie getan. Ich schlief im Ehebett, weil Krieg war und mein Vater irgendwo auf See. Auch ich war solch ein Trabant gewesen, den die mütterliche Sonne als Spiegel missbrauchte.

Irgendwann verschwanden die beiden. Der Junge trug Eimer und Schäufelchen in der einen Hand, die andere war mit der der Mutter verschmolzen. So gingen sie davon. Ich sah ihnen nach mit einem Gefühl von Trauer und Enttäuschung.

Ich gab meiner Mutter schon lange die Schuld an meinem Versagen, meinen gescheiterten Ehen. Sie hatte in mir überhöhte Ansprüche und mangelnde Toleranz gefördert, so dass es mir schwer fallen musste, in einer Beziehung ›Erfüllung‹ zu finden. Ja, sie hatte bewusst oder unbewusst dafür gesorgt, dass sie, was ihren Mann und ihren Sohn anging, niemals durch eine andere Frau Konkurrenz bekommen würde, indem sie uns beiden gleichermaßen eingeimpft hatte, dass Liebe etwas Absolutes sei und dass das Absolute zwangsläufig in den Niederungen menschlicher Wirklichkeit beschmutzt werden würde. Um es in sich rein zu halten, gab es für den Mann nur eines: ewige Treue, für den Sohn hingegen die Pflicht, den jeweiligen Liebespartner, mit dem er gleichsam fremdging, immer wieder zu verlassen. Ja, in diesem Akt der Trennung lag für den Sohn die einzige Möglichkeit, seinen Gefühlen Wahrhaftigkeit zu verleihen. Es war eine teuflische Strategie, die ich mit der Muttermilch eingesogen zu haben schien. Sie selbst hatte ihre seelische Zerrissenheit in einer Art Überehe von fast religiösem Zwangscharakter aufgefangen, in der sie die Rolle der Hohepriesterin innehatte, mein Vater die des Gläubigen. Mir, dem Einzelkind, war die Rolle des Judas zugedacht, des Verräters, dessen subversives Leben jene göttliche Sphäre des Glücks meiner

Eltern nicht zu zerstören vermochte, sie vielmehr noch gestärkt hatte.

Wenn ich gedacht hatte, nach dem Tod meiner Mutter würden sich diese Probleme von selbst verflüchtigen, so sah ich mich bald getäuscht. Sie verschärften sich sogar noch. Meine Mutter überlebte in mir, und ihr destruktiver Einfluss kam immer mehr zum Tragen, je älter ich wurde.

Nachdem ich in einer der Strandbars gefrühstückt hatte, machte ich mich auf den Weg zurück zum Turm. Kurz vor dem Tunnel holte mich eine Vespa ein. Es war Carla.

»Das ist für dich abgegeben worden«, sagte sie. Sie reichte mir zwei Briefe. »Sie sind bestimmt wichtig, weil sie aus deiner Heimat sind. Ich habe keine Heimat. Deshalb ist mir alles egal.«

»Carla, können wir nicht mal zusammen ins Kino gehen? Zur Zeit spielt ein alter Film mit Gregory Peck und Sofia Loren. Als ich ein pubertierender Knabe war, schwärmte die halbe Schulklasse für die Loren, die andere Hälfte war für die Lollobrigida. Auch ich gehörte zu dieser Gruppe.«

»Du Ärmster«, sagte Carla. »Dann hattest du natürlich keine Chance. Die Schönste ist Silvana Mangano. Die beiden anderen können ihr nicht das Wasser reichen.«

Sie wendete ihren Roller und gab Gas. Als sie sich noch einmal kurz umdrehte und mir lachend zuwinkte, glaubte ich, in einem der alten italienischen Filme aus den sechziger Jahren zu sein.

Ich ging zum Turm und begab mich auf die Plattform. Es war ein herrlicher Tag, die Luft mild und würzig. Es roch nach Rosmarin und Salbei. Ich öffnete die Briefe. Der eine war von meinem Vater. Der andere von meinem Verleger. Wieder diese seltsame Koinzidenz! Mein Vater schrieb: »Die

Uhr hat einen Unfall gehabt und ich auch. Ich habe mich entschlossen, ins Altenheim zu gehen. Es liegt ganz in der Nähe, am Kanal. Ich werde unser Haus nur noch betreten, um die Uhr aufzuziehen. Ich habe versucht, sie zu reparieren. Aber ich bin gescheitert. Würdest du bitte kommen und versuchen, die Uhr wieder zum Laufen zu bringen, wie du es schon einmal getan hast? Und würdest du mir helfen, mein Zimmer einzurichten? Dein Vater.«

Ich erinnerte mich deutlich an jenes Erfolgserlebnis, das über zwanzig Jahre zurücklag. Ich hatte die meinem Vater heilige Uhr repariert, hatte sogar ein neues Steigrad Zahn für Zahn ausgesägt und so lange zurechtgefeilt, bis es funktionierte. Es war einer der seltenen Fälle gewesen, wo ich Lob von ihm geerntet hatte.

Der Brief meines Verlegers war ähnlich knapp. Er drängte, wollte endlich das Manuskript haben, wenigstens Teile davon. Da mein letztes Buch ein kommerzieller Misserfolg gewesen sei, sei es jetzt wichtig, bald ein erfolgversprechendes Projekt nachzuschieben. Der Piratenroman sei genau das, was es jetzt brauchte; er solle meine Reputation beim Buchhandel wieder reparieren. Der Anfang, den ich ihm geschickt hätte, sei übrigens recht brauchbar. Ein gewisser Lesesog, jedoch nicht zu stark. Die Offenheit der flachen Landschaft wie ein Versprechen für ein kommendes, spannendes Geschehen.

Ich ging zurück und kaufte zwei Postkarten, alte, vergilbte Fotos der weißen Stadt. Sie mussten in den zwanziger Jahren entstanden sein, als noch keine Straße zum Ort führte und es keinen Tourismus gab. Fischer saßen am Strand auf ihren Booten und flickten Netze. »Ich bin dabei, mein Schreibnetz zu flicken. Es werden bald einige größere Fische hineingehen, während die kleinen durch die Maschen schlüpfen können«, schrieb ich auf die Karte an meinen Verleger.

Meinem Vater teilte ich mit, dass ich so schnell wie möglich kommen würde. Dann warf ich die Karten in den roten Postkasten neben dem Schreibwarengeschäft. Eine Weile lief ich am Meer entlang und dachte an das vielleicht schon bald drohende Lebensende meines Vaters. Ich versuchte mich auf den vorweggenommenen Schmerz zu konzentrieren. Vergeblich. Wie ein Schwarm von Wildgänsen sammelten sich meine Gedanken, zerstreuten sich wieder, berührten fast das Meer, um gleich darauf in einer Wolke aufzusteigen. Ich ertappte mich dabei, laut zu schreien. Zuerst unartikuliert, dann bildeten sich Wörter, Sätze, die jemand in mir rief und aus mir herausschleuderte. »Du Untier, du Verräter!«, hörte ich diese Stimme. Wut und Verzweiflung verzerrten sie. »So leicht kommst du mir nicht davon. So einfach desertierst du nicht aus meinem Leben. Noch bin ich nicht fertig mit dir.«

12

Zwei Tage später trat ich die Reise an. Im Zug nach Rom traf ich Carla. Es war reiner Zufall. Oder Schicksal, wie mein Vater es gesehen hätte. Ihr Freund saß neben ihr und hatte den Arm um sie gelegt. Ich setzte mich ihnen gegenüber. Carla sah zum Fenster hinaus. Ich erzählte, dass ich nach Hause zu meinem Vater führe, um ihn noch einmal zu sehen.

»Mein Vater«, sagte ich, »war ein Bilderbuchseemann. Eigentlich hätte er nach dem Willen seines Vaters Arzt werden sollen, aber dann starb sein Vater an Krebs und er heuerte auf einem kleinen Küstenfrachtschiff als Jungmann an. Er hatte da schon Abitur, eine schwierige Situation für einen, der sich in der christlichen Seefahrt ganz am Anfang befand. Normalerweise heuerte man als Vierzehnjähriger an, denen konnte man alle Dreckarbeiten zumuten. Intellektuelle mochte man nicht an Bord. Doch mein Vater schlug sich im wahrsten Sinne des Wortes durch. Er war Amateurboxer, und das verschaffte ihm bald Respekt. Als er als Leichtmatrose auf die ›Peking‹ kam, wurde einer der Lukendeckel mit Seilen in einen Boxring verwandelt. Der Größte und Stärkste der Mannschaft trat gegen meinen Vater an. Ein Riese mit gewaltigen Fäusten und einer Brust wie eine Schiffstonne.

Mein Vater schickte ihn mit einem einzigen gezielten Haken auf die Bretter. Von da an hatte er Ruhe. Er machte Karriere. Später fuhr er auf dem Luftschiff ›Hindenburg‹. Er stand am Höhenruder, als das Schiff in Lakehurst explodierte und überlebte wie durch ein Wunder. Mir kommt es manchmal vor, als sei es seine Spezialität, Katastrophen zu überleben. Er wurde Walfänger; dann befehligte er im Krieg den nördlichsten U-Boot-Stützpunkt bei Kirkenes in Norwegen. Sein Schiff wurde torpediert. Er ging als Letzter von Bord, nicht wie die anderen in die Boote, sondern ins eiskalte Wasser. Wie durch ein Wunder entdeckte man ihn von einem Begleitschiff aus zwischen den treibenden Trümmern und rettete ihn. Er hat insgesamt fünf Schiffsuntergänge überlebt. Manchmal glaube ich, dass mein Alter unsterblich ist. Doch er denkt offenbar anders darüber. Anscheinend geht es ihm nicht gut. Er ist neunzig und will sein Haus aufgeben, um, wie er es ausdrückt, auf einem Seelenverkäufer anzuheuern, einem Altenheim in Norddeutschland. Er hat mich gebeten, ihm beim Umzug zu helfen.«

Mir war, als versuchte ich Carla das Leben meines Vaters so plausibel wie möglich zu machen, vielleicht um in ihren Augen selbst zu profitieren. Während ich erzählte, spürte ich plötzlich ihren Fuß auf meinem. Sie drückte ihn mehrmals. Dann stiegen die beiden aus. Carla drehte sich noch einmal um und rief: »Schön, dass du in deine Erinnerungen fährst. Grüß deinen Vater von mir. Aber du musst wiederkommen, Zingaro! Versprochen?«

Es war eine lange Fahrt, die ich mit der Stumpfheit von Schlachtvieh über mich ergehen ließ. Als Student war ich fünf Jahre lang immer zu Beginn und zum Ende des Semesters zwischen meinem Elternhaus und meiner Bude in einer süddeutschen Großstadt hin und her gefahren. Damals hatte die Fahrt noch zehn Stunden gedauert. Ich hatte einen Großteil dieser Endlosigkeit im Wagengang am schmutzigen Fenster verbracht mit einem Gefühl, der Hase zu sein, der sich zwischen zwei Igeln totrennt. In einer der Hamburger Vorstädte gab es ein Haus, dessen Fassade aussah wie das Innere eines frisch geleerten Aschenbechers. Graue Strukturen voller Rätsel. Jedes Jahr wartete ich zweimal auf diesen Anblick wie auf etwas Hässliches, in dem doch eine geheimnisvolle Schönheit wohnte. Immer nur auf der Hinfahrt bemerkte ich diese Häuserwand, niemals jedoch auf der Rückfahrt. All das war Vergangenheit. So etwas wie ein aufgerollter Teppich der Zeit, der schon längst in die Reinigung gehört hätte. Vermutlich war jenes Haus abgerissen oder renoviert worden. Jedenfalls konnte ich es nicht entdecken. Als der Zug über die Kanalbrücke rollte, war alles wie immer. Ich freute mich, ein flaches, langweiliges Land aus der Vogelperspektive zu sehen. Auf dem Kanal sah man einige wenige Schiffe, die von hier oben dem Spielzeug glichen, das wir als Kinder an Schnüren im Wasser hinter uns hergezogen hatten.

Dann das Einrollen in den Bahnhof. Das Quietschen der Bremsen, der lange Bahnsteig, über den der Wind fegt. Aber etwas war anders diesmal. Sonst stand am Ende des Perrons immer ein kleiner, alter, wind-, wetter- und lebensgegerbter Mann, ein einstiger Kap-Hoorn-Fahrer im blauen Dufflecoat, die Schirmmütze mit dem Abzeichen seiner ehemaligen Reederei auf dem Kopf, ein schiefes Begrüßungsgrinsen im Gesicht, das schon sehr bald in den Missmut einer allgemeinen Weltenttäuschung und speziellen Sohnesenttäuschung überging. Jetzt hatte jemand diesen Windkapitän mit den tränenden Augen sorgfältig aus dem Bild herausgeschnitten, und in dem so entstandenen Loch erschienen die Steine der Bahnsteigpflasterung.

Ich nahm ein Taxi zum Dorf. Als ich die Haustür aufschloss, fühlte ich mich gut, ja fast euphorisch, obwohl es drinnen kalt und feucht war wie in einer Gruft. Mein Vater war nicht da. Ich ging alle Räume ab und rief seinen Namen. Offenbar war er bereits umgezogen, wie immer ein Mann der schnellen Entschlüsse.

Ich setzte mich in den Ohrensessel, der für viele Jahre der Thron gewesen war, von dem aus meine Mutter regiert hatte. Plötzlich fiel mir auf, dass die Uhr tatsächlich nicht tickte. Ein fehlendes Geräusch, das mir penetrant laut vorkam.

Ich ging in den Flur. Da sah ich, wie sehr die alte Standuhr Schaden genommen hatte. Teile des Gehäuses waren gesplittert. Das gotisch geformte Glasfenster vor dem Zifferblatt war in drei Teile zerbrochen und wurde von Tesafilm provisorisch zusammengehalten. Es war ein beunruhigender Anblick. Die Uhr kam mir vor wie ein von einem schweren Unfall verstümmelter Toter.

Ich wusste, wie sehr mein Vater an diesem Erbstück hing. Es war vor über zweihundert Jahren von dem dänischen Bäckermeister Henning Boysen gebaut worden, kurz nachdem er seine Heimatstadt Sønderborg verlassen hatte, um sich in Wyk auf Föhr niederzulassen. Er musste ein vielseitiger Mann gewesen sein. Meine Eltern hatten mich übrigens nach ihm genannt. Die Uhr, eine Art Familienheiligtum, war meinen Eltern von der Mutter meines Vaters zum Hochzeitstag geschenkt worden. Ihr Ticken hatte meine ganze Kindheit begleitet. Wie eine akustische Naht durchzog sie Stich für Stich meine ersten Lebensjahre und hielt sie zusammen. Das Gehäuse war aus schlichtem Kistenholz, das Zifferblatt mit roten und blauen Blüten an grünen Zweigen bemalt. Die Datumsscheibe zeigte zwei runde, pausbäckige Monde mit großen, mandelförmigen Augen und roten, volllippigen Mündern. Dazwischen eine dreimastige Kogge und eine düstere Burgruine. Der eine Mond war für den zunehmenden, der andere für den abnehmenden Trabanten zuständig. Sie tauchten jeweils auf und verschwanden wieder hinter halbkreisförmigen Wolken auf dem Zifferblatt. Auch das Schiff segelte von links nach rechts mit roten Flaggen übers Meer. Wenn es verschwunden war, erschien die Burgruine zwischen düsteren Bäumen. Das Ganze war so etwas wie mein erstes Kinoerlebnis.

Immer, wenn die Uhr nicht ging, und das passierte auf Grund des verschlissenen Werkes öfters, machte sich mein Vater daran, sie zu reparieren. Es war eine heilige Handlung, vergleichbar einer Messe. Er hängte die schweren Bleigewichte aus, legte sie behutsam auf dem Teppichboden ab, entfernte das lange Pendel und zog das Uhrwerk aus dem Kasten. Dann reinigte er die Zahnräder, ölte die Lager, schraubte hier und da an etwas herum oder ersetzte den einen oder anderen Splint, der die Messingplatten des Werks zusammenhielt, durch eine zweckentfremdete Stecknadel. Dann baute er alles wieder zusammen. Es schien Magie zu sein, dass die Uhr anschließend wieder ging, vermutlich allein durch die Zuwendung meines Vaters dazu gebracht. Und jetzt das!

Am nächsten Morgen frühstückte ich allein in der Küche. Es war ein seltsames Gefühl. Ich war eine Art blinder Passagier, der sich ausgerechnet auf der Brücke eines fremden Schiffes eingeschlichen hatte. Gegen elf Uhr schloss ich das Haus sorgfältig ab und ging die Dorfstraße entlang. Mein Herz klopfte, als würde mich Unheil erwarten.

Das Altenheim ist ein flaches, zwischen Bäumen verstecktes Gebäude am Dorfrand in der Nähe des Kanals. Mein Vater hatte es mit Bedacht gewählt, denn er wollte, wann immer es ihm möglich war, Schiffe sehen, diese Liebespartner und Arbeitsplätze seines ehemaligen Lebens. Zwar nörgelte er gerne darüber, dass die Schiffe von heute keine Persönlichkeit mehr besäßen, aber wenn er auf der Kanalböschung stand und ihnen nachsah, bekam sein Blick dennoch etwas Wehmütiges. Er murmelte dann meistens seine Diagnose, die Flagge, die Tonnage, den Tiefgang, die Länge betreffend.

Ich betrat das zweistöckige Gebäude mit seinem typischen Geruch nach Putz- und Desinfektionsmitteln. Das Haus erinnerte an eine große Fähre, die die Bewohner in Richtung Styx transportierte. Ich war voller Erwartung. Mein Vater hatte also tatsächlich zum letzten Mal die Reederei gewechselt. Er hatte sein eigenes Schiff aufgegeben und auf einem größeren angemustert. Er war jetzt nicht mehr Kapitän, sondern nur noch Passagier. War er weicher geworden? War der Krieg zwischen uns einem Waffenstillstand gewichen oder gar einer Art Frieden?

Ich musste am Büro der Concièrge vorbei. Die Dame, die in diesem kleinen Raum mit einem Fenster zum Eingang residierte, war eine attraktive Blondine ›im besten Alter‹, wie man so schön sagt. Sie stellte ihre körperlichen Vorzüge ungeniert zur Schau, vielleicht als eine Art Schutzwall gegen das tagtägliche Sterben um sie herum. Sie rief mich zu sich herein. Ich musste mich neben sie setzen, während sie mir die Abrechnungen meines Vaters mit der Kantine zeigte. Er schien danach Unmengen an Lakritzbonbons und Joghurt zu verzehren. »Ihr Vater ist ein ungewöhnlicher Mensch«, sagte sie. »Wir verehren ihn jetzt schon alle. Und er ist sehr zärtlichkeitsbedürftig. Er kommt jeden Tag hier vorbei, um sich seine Streicheleinheiten abzuholen.«

Irgendwie kam sie mir bekannt vor. Ich sagte: »Habe ich Sie vor langer Zeit nicht schon einmal gesehen? Hier im Dorf, am Wartehäuschen der Buslinie? Sind Sie nicht Monika?«

»Soviel ich weiß, heiße ich immer noch Erika«, meinte sie lachend. »Sie können mich gerne auch Monika nennen, wenn Ihnen das lieber ist. Dass wir uns schon einmal gesehen haben, ist gut möglich. Es muss aber ziemlich lange her sein.«

»Wahrscheinlich haben Sie Recht. Ich war selten zu Hause.«

»Ihr Herr Vater ist übrigens alles andere als einfach. Er hat seinen Kopf, und den setzt er durch, wo er nur kann. Aber er ist ein so ungewöhnlicher Mensch, dass man ihm fast alles verzeiht. Gestern gab es Ärger, weil er in der Küche erschien, um sich etwas zu bestellen. Das ist aus hygienischen Gründen streng untersagt. Aber man kann ihm einfach nichts übel nehmen, vielleicht weil man ständig von ihm lernen kann. Was er auch sagt, es ist erstaunlich treffend. Ich versuche oft, mir zu merken, was er so von sich gibt.«

Sie legte ihre Hand auf meinen Unterarm und drückte ihn sanft. »Sie können froh sein, einen solchen Menschen zum Vater zu haben.«

Ich nickte vorsichtig, wie jemand, der in einer Äußerung eine versteckte Kritik an sich heraushört.

»Sein Zimmer ist die Elf. Im ersten Stock am Ende des Ganges. Wenn Sie etwas brauchen, kommen Sie ruhig immer zu mir.« Sie entließ mich mit einem Lächeln ihrer tadellosen Zähne, das den sie umgebenden Lippen einen unnatürlichen Glanz verlieh.

Die Tür von Zimmer elf war angelehnt. Doch ich klopfte, ehe ich das Zimmer betrat. Mein Vater saß in einem hässlichen Krankenstuhl und nähte. Er drehte den Kopf nach mir und schien nicht überrascht. »Da bist du ja«, sagte er schlicht. »Meine Hose passt mir nicht mehr. Ich werde immer dünner.«

Er stand auf, und wirklich, er glich inzwischen einem Schatten seiner selbst. Die Schultern stachen schmal und knochig durch den beigefarbenen Rollkragenpullover. Er ging gebückt, wie unter unsichtbaren Lasten gebeugt. Nur seine Handgelenke und sein Händedruck hatten die alte Kraft und Festigkeit.

Er öffnete den Schrank und zeigte mir eine Tabelle – die Entwicklung seines Körpergewichts, das er offenbar akribisch zweimal am Tag mit einer Personenwaage ermittelte. Er war gegen Ende seines Berufslebens zum Eichmeister ernannt worden, der Älteste des Landes. Seine Aufgabe war es gewesen, das genaue Gewicht der Ladung eines Schiffes zu ermitteln, indem er vor der Entladung und danach seinen genauen Tiefgang mit der Lotleine ermittelte. Durch die gewonnenen Daten konnte man feststellen, ob die in den Papieren angegebene Ladung auch wirklich ihr Ziel erreicht hatte. Nun war er also sein eigener Eichmeister.

Mein Blick fiel auf seine Schreibmaschine. Die Erika stand auf dem Fensterbrett. Ein Doppelblatt mit Kohlepapier war eingespannt. Die Typen glänzten. Er hatte sie frisch geputzt. Als er meinen Blick bemerkte, sagte er: »Das ist meine Barkasse, auf der ich hin und wieder in die Vergangenheit fahre. Ich bringe dann ein paar Zeilen als Ladung mit zurück. Nichts Bedeutendes, nichts, was dich als Schriftsteller interessieren könnte.«

Ehe ich protestieren konnte, holte er seine silberne Taschenuhr aus der Hose und klappte sie auf. »Du bist spät dran. Es ist schon halb zwölf. Um zwölf muss ich zum Essen.«

Ich wusste, was dies bedeutete. Die Zeit für den ›Kirchgang‹ wurde knapp. Auf Segelschiffen wie dem, auf dem mein Vater Anfang der dreißiger Jahre gefahren war, gab es sonntags vor oder nach dem Gottesdienst für alle an Bord ein großes Glas mit schierem Rum. Das nannte man damals Kirchgang.

Mein Vater knipste den Wasserkocher auf dem Fensterbrett an. Ich stellte Gläser, Zucker und eine Flasche Rum daneben. Dann tranken wir Grog.

»Du siehst, wie es um mich bestellt ist«, sagte er.

»Du siehst gar nicht so schlecht aus«, log ich. Seine Haut war ganz gelb. »Ich bleibe so lange im Haus, bis es dir wieder besser geht. Ich besuche dich jeden Tag. Du hattest einen Unfall?«

»Ja. Zusammen mit der Uhr. Das war für mich der Anlass dafür, auf diesem Seelenverkäufer hier anzumustern. Es war ein Katastrophentag, dieser Sonntag. Ich hatte mir vorgenommen, die große Spreitzdecke über meinem Bett, die bereits einen leichten Grauton aufwies, zwei Unterhosen aus Pauls Nachlass, welche meine Schwester Annchen mir einmal geschenkt hatte, sowie die blaue Tischdecke aus dem Wintergarten zu waschen. Außerdem stand die notwendige Wochenwäsche meiner Strümpfe an. Alles also Gegenstände, die für die Waschmaschine nicht geeignet sind. Allein die Spreitzdecke, die bereits unser Ehebett vor dem Verstauben geschützt hatte, misst zwei mal zwei Meter. Ich hatte deswegen bereits am Vortag die Sachen in der Pütz und der Badewanne eingeweicht und das Seifenwasser am Abend einmal erneuert. Am Sonntag nach dem Frühstück machte ich mich dann an die Arbeit. Mit lauwarmem Wasser wurde alles gründlich mit dem Wäschestampfer durchgearbeitet, die Strümpfe in dem Waschbecken getrennt und beidseitig geknobelt. Ich öffnete das Badezimmerfenster, um der sich bildenden Luftnässe eine Möglichkeit zum Abzug zu geben. Dabei ging die Plastikhalterung für die Gardinenstange zu Bruch. Kein Problem, dachte ich, weil ich Geschick habe und Hilfsmittel genug im Keller, um den Schaden zu beheben. Die Strümpfe und Unterhosen hängte ich nach gründlicher Spülung zum Trocknen in den Heizungskeller. Das Wetter war zwar trocken, aber dichte Bewölkung und kalter Nordwind ließen es geboten erscheinen, die Wärme des Heizkessels auszunützen. Die beiden Decken konnten nur in nassem Zustand in den Garten gehängt werden, um sie nach dem Abtropfen auf den Trockenboden zu bringen. So ging ich wohlgemut an den Trockenplatz. Die Bettüberdecke war sehr schwer, die Leine zu hoch für meinen wohl etwas geschrumpften Körper. Ich musste mir einen Schemel aus der Küche holen und meinen Gehstock, um die Schwierigkeiten am Trockenplatz besser bestehen zu können. Erst versuchte ich, die nasse Decke auf die Leine zu bringen. Das ging daneben. Die Leine riss, und die blütenweiße Decke landete auf dem kurz vorher geschnittenen Rasen, wo sie neben einigen Verschmutzungen an den Fransen auch eine große Menge von klein geschnittenen Grashalmen über ihre ganze Breite einfing. Mittels meiner übrig gebliebenen, früher einmal stattlichen Muskelkräfte und einem Hocker versuchte ich sie nun auf die Teppichstange zu bugsieren, natürlich erst, nachdem ich sie auf den Rat deiner Mutter aus dem Jenseits mit einem feuchten Lappen gesäubert hatte. Dann breitete ich sie mit großer Mühe und Anstrengung über die Stange aus und war nicht überrascht, nun statt einer weißen eine grüngesprenkelte Decke zu sehen. Überlegungen, diese in ihren gewünschten Zustand zurückzuversetzen, konnte ich aber nicht weiter anstellen. Denn offenbar war die körperliche Anstrengung zu groß für meinen gebeutelten Körper gewesen, mit der Folge, dass sich der Dickdarm urplötzlich spontan und mit Gewalt entleerte. In die Hose geschissen, nennt man das bei Babys. Und als ein solches fühle ich mich inzwischen auch. Jedenfalls musste ich meine Arbeit unterbrechen und erst mal in die eben zum Waschen der Decke gebrauchte Badewanne steigen. Eine Generalsäuberung war angezeigt. Nach einem Wäschewechsel ging die Arbeit im Garten weiter. Der Rest der Arbeit war dann Routine. Allerdings war es nicht möglich, die zahlreichen Grashalme zu entfernen, jedoch hatte ich die berechtigte Hoffnung, diese nach gehöriger Durchtrocknung der Decke ganz oder teilweise durch heftiges Schütteln entfernen zu können. Ich ging in die Küche und schrieb auf meiner Erika den Vorfall nieder, damit ich mich gelegentlich daran erinnern kann. Außerdem überlegte ich, wie es überhaupt dazu kommen konnte. Ist es mein Alter, das sich bemerkbar macht und mahnt, vorsichtiger zu Werke zu gehen, oder ist Ungeschicklichkeit, einhergehend mit Mangel an Konzentration, die Ursache? Ob die Anstrengung an dieser ungewohnten Entleerung schuld war oder das Backobstkompott, das ich am Vortage gegessen hatte? Ich machte mir einen steifen, nördlichen Grog, entgegen meiner Gewohnheit, ihn mir nur am Sonntag zu gönnen, und befasste mich mit dem Plan, als Schlussfolgerung aus der Katastrophe ins Altenheim zu gehen. Und dann kam nachts noch das mit der Uhr. Sie gab so ein seltsames Klopfen von sich. Es war nicht das Geräusch, das, wie du weißt, durch einen fehlenden Zahn in der Hemmung verursacht wird. Vielleicht schlug das Pendel gegen das Gehäuse. Ich wollte es justieren, und dabei verlor ich das Gleichgewicht. Wir stürzten beide auf die Steinfliesen. Die Uhr hatte es stärker erwischt als mich. Ich konnte sie mit Bordmitteln nicht reparieren. Aber jetzt war das Maß voll für mich. Ich rief im Altenheim an, und wie es der Zufall oder das Schicksal wollte, war gerade durch einen Todesfall dieses Zimmer frei geworden.«

Während er auf seine langatmige Weise erzählte, hatte ich mehrmals nachgeschenkt. Wir waren inzwischen jeder auf vier Gläser starken Grog gekommen.

»Morgen musst du pünktlich sein«, sagte er. »Und ich bitte dich, mir einige Sachen zu bringen, damit ich es gemütlicher habe. Hier ist eine Liste.«

Man merkte ihm nicht an, dass er getrunken hatte, als er seinen schwarzen Krückstock nahm und von mir eingehakt zum Fahrstuhl ging. »Ich muss dir morgen von der Bark ›Frank Wilson‹ erzählen. Das Schiff ist 1850 mit Mann und Maus im Indischen Ozean untergegangen. Der Kapitän war ein naher Verwandter von uns. Ich habe mir die Unterlagen der Seeamtsverhandlung kommen lassen. Die Ursache für die Katastrophe liegt im Dunkeln. Ich habe aber eine bestimmte Vermutung, die ich dir unterbreiten möchte.«

Ich wusste, er hätte jetzt nicht mehr aufgehört zu erzählen. Aber wir hatten inzwischen den großen Esssaal erreicht. Von allen Seiten starrten uns Augenpaare entgegen. Die meisten waren alterstrübe. Ein Mann mit krummem Buckel kicherte vor sich hin, während er sich mit Suppe bekleckerte. Mein Vater steuerte auf einen Tisch zu, an dem zwei alte Damen saßen, die eine war einundneunzig, wie ich später erfuhr, die andere ein bisschen jünger, dafür aber halbseitig gelähmt. Sie strahlten ihm entgegen wie junge Vögel, wenn auch ziemlich gerupft von der Zeit. Er begrüßte sie galant und nahm Platz zwischen ihnen. Während ich ging, hörte ich noch, wie er seine Tischdamen fragte, ob sie das Schicksal der ›Frank Wilson‹ interessieren würde. Sie nickten beide, während er bedächtig seine Suppe löffelte. Als er zu reden begann, hingen sie förmlich an seinen Lippen.

13

Mein Vater wollte nur wenige Dinge aus dem Haus in seinem neuen Domizil haben. Eine Holzschale voller Hosen- und Hemdenknöpfe, ein altes Fernglas, die Schneiderschere seiner Mutter. Ein paar Bücher, die er besonders liebte, darunter Moby Dick und Joseph Conrads Erzählung ›Die Schattenlinie‹ sowie einen wertlosen Perserteppich. Ich ergänzte all das um einige Objekte, von denen ich wusste, dass er an ihnen hing. Ein großes Ölbild des Hafens seiner Heimatinsel. Fotos von ihm und seiner Frau, die ich vor drei Jahrzehnten gemacht hatte, auf denen meine Mutter triumphierend aussah und mein Vater glücklich wirkte. Und vor allem der alte, lederbezogene Ohrensessel, auf dem einst seine Frau bei ihren Fernsehséancen gethront hatte.

Ich rief an und schlug vor, ihm auch die Standuhr zu bringen. Er wollte nicht. »Sie gehört ins Haus«, sagte er. »Solange ich noch kann, werde ich sie regelmäßig aufziehen, wenn du wieder fort bist. Vorausgesetzt, du schaffst es, sie wieder zum Laufen zu bringen. Später musst du das dann machen.«

Ich bat den Hausmeister, mir zu helfen. Wir brachten in einem Auto alles zum Heim, während mein Vater beim Abendessen war. Ich dekorierte die Wände mit den Bildern, rückte den Ohrensessel ans Fenster und breitete den Teppich vor dem Bett aus.

Als mein Vater vom Speisesaal hochkam, musterte er die Veränderungen mit kritischem Blick. Dann setzte er sich in den Sessel, lächelte und sagte: »Das hast du gut gemacht. Deine Mutter hätte es nicht besser verstanden. Du bist ein guter Sohn.«

Er sah zum Fenster hinaus. Es wurde bereits dunkel, und die Backsteine der gegenüberliegenden Häuserwand wirkten wie ins Glas der Scheibe geritzt. »Eines wird mir immer klarer«, sagte er. »Das Leben in dieser Heimgemeinschaft hat mich in kürzester Zeit verändert wie kein anderer Abschnitt meines Lebens. Bis jetzt war ich immer ein Individuum. Nun aber bin ich ein Mensch ohne eigene Züge, ohne eigenen Willen, abgesehen von den wenigen Augenblicken, die ich in meiner Kammer verbringen darf. Ich bin ein Herdentier, das im Trott der Heimbewohner durch den Tag wandelt. Das ist bequem, sicherlich, so ohne eigentliche Verantwortung für mein Tun und Lassen, immer an die Hand genommen zu werden wie die anderen Besatzungsmitglieder, die von einem Pfleger an ihren Tischplatz geführt werden, weil sie ihren angestammten Platz allein nicht mehr finden können. Selbständigkeit und Eigenwille sind längst untergegangen bei dem Reglement, das in diesem Hause herrscht. So ist der Mensch, der hier lebt, nur noch eine Sache, eine Art Stückgut. Mir schwillt oft der Kamm, wenn ich darüber nachdenke. Dann sacke ich ganz schnell zusammen wie ein Sack verfaulter Kartoffeln und frage mich, was willst du eigentlich? Kannst du es immer noch nicht verwinden, dass du ein Wrack bist, das zu wählen hat zwischen Krematorium oder einem Aufliegeort mit geeigneter Mannschaft, die dich die letzten kümmerlichen Jahre noch schwimmfähig hält? Weil eine Klassifikationsgesellschaft dich nicht mehr aufnehmen will! Nun, ich habe das Letztere gewählt und sage mir, dass das zeitweilige Aufmucken gegen Kraft- und Identitätsverlust eine müßige Kraftverschwendung ist. Ich habe übrigens tatsächlich eine Zeit lang erwogen, mir in Sankt Pauli eine Todespille zu besorgen. Sie soll ungefähr dreitausend Euro kosten und schnell und schmerzlos wirken.«

»Ich bin froh, dass du das nicht gemacht hast. Es geht dir doch gut hier. Das Personal ist sehr freundlich. Das Essen scheint gut zu sein. Und du hast es nicht weit zum Kanal und zu deinem Haus.«

Er lachte kurz auf. »Du hast Recht. Es ist ein prima Etablissement. Und doch habe ich Probleme. Ich war zu lange Kapitän, um wieder ein einfacher Passagier sein zu können. Ich gebe dir ein Beispiel. Es geschah erst neulich, dass ich von dem Vorraum unseres Esszimmers durch die Schiebetür in die Küche ging, um eine dort beschäftigte Person, welche die Geburtstage der Insassen registriert und zur gegebenen Zeit das rituelle Gehabe mit Ausgabe von Tortenstücken unter sich hat und organisiert, zu bitten, auch für meinen Geburtstag, der ja demnächst ansteht, das Nötige zu veranlassen. Die Person war jedoch nicht da, und ich wurde von dem anwesenden Personal auf eine höchst unfreundliche und provozierende Art aus der Kombüse hinauskomplimentiert. Die Begründung lautete knapp, dass es den Heimbewohnern grundsätzlich verboten sei, die Küche zu betreten, weil die Ordnungsbehörden befürchteten, dass sie Keimträger seien und den sterilen Küchenbetrieb verunreinigen könnten. Ich hätte wohl das entsprechende Schild an der Küchentür übersehen. Über diese rüde Behandlungsmethode war ich so empört, dass ich beschloss, mich bei der Leitung zu beschweren und darauf hinzuweisen, dass diese

Verfügung, wenn es sie denn wirklich gäbe, ständig unterlaufen würde, wie ich aus eigenen Beobachtungen festgestellt habe. Mit meinem Heimvertrag bewaffnet, begab ich mich in das Büro der Leitung und brachte unter Empörung vor, dass die angeblich vom Gesundheitsamt erlassene Verordnung ständig unterlaufen würde. Zwar wäre das Verbotsschild vom Flur her vorhanden, fehle jedoch an der Tür zum Vorraum, die ich benutzt hatte. Außerdem könne ich täglich beobachten, dass die Küche auch von unsterilen Personen, die nicht in Weiß gekleidet sind, betreten wird, sei es durch Lieferanten oder den Hausmeister, der im Arbeitsoverall in die Küche geht. Das ist ja auch gar nicht anders möglich, denn sowohl Lieferanten als auch der Hausmeister, der vielleicht mit einer Reparatur dort zu tun hat, müssten sonst ja vor dem Betreten eine Schleuse passieren. Außerdem würde auch anderes Personal des Heims seine Mahlzeiten an einem kleinen Tisch in der Küche einnehmen. Durch diese Fälle, die praktisch jeden Tag vorkämen, würde die genannte Verordnung ad absurdum geführt. Außerdem hätte ich in meinem Heimvertrag unter Paragraph Sechzehn gelesen, dass laut Paragraph Dreißig der Heimmitwirkungsverordnung eine Heimordnung erstellt worden sei, die mit den abgeschlossenen Heimverträgen ausgehändigt werden würde. Diese Heimordnung hätte ich aber nie erhalten. Auf diese Weise habe ich meinem Herzen Luft gemacht und die Büroleiterin Frau Erika, die ich eigentlich sehr sympathisch finde, einigermaßen in Verlegenheit gebracht. Aber ich war stinksauer und bin es noch immer. Zunächst wurde sofort nach meinem Besuch im Büro ein Verbotsschild an der Schiebetür vom Vorraum zur Küche, die ich benutzt hatte, angebracht. Sonst wird sich nicht viel ändern, weil die Praxis ein Betreten der Küche auch von nicht autorisierten Personen gebietet. Für mich hat dieser Vorgang folgende Konsequenzen: Seit ich in diesem Betrieb integriert bin, habe ich mich bemüht, nach allen Seiten aufgeschlossen zu sein und auch zu helfen, wenn notwendig. Das werde ich nun nicht weiter tun. Ich werde mich zurückhalten und möglichst isolieren. Meine Kammer ist meine Burg. Ich habe auch darüber nachgedacht, mir eine andere Bleibe zu suchen. Es gibt in der Nähe viele Heime. Da ich jetzt sehe, dass ich mit meinem Vermögen auskomme, könnte ich auch eine anspruchsvollere Heimstatt finden. Zunächst bleibe ich jedoch hier, abgekapselt. Ich muss mich aber auch fragen, ob ich nicht überreagiert habe, mich nicht souverän genug verhalten habe. Andererseits war es vielleicht auch notwendig, einmal zu zeigen, dass mein Selbstwertgefühl noch nicht gänzlich durch den Heimbetrieb verschlissen ist. Ich kann also auf Ungerechtigkeiten noch reagieren und zeigen, dass ich noch kein unmündiger Heimbewohner bin, wie so viele um mich herum. Ich könnte auch den Verdacht haben, dass zwar mein Verstand richtig gehandelt, jedoch meine Vernunft versagt hat, indem sie die eigentliche Unwichtigkeit dieses Vorfalls nicht erkannt hat und nicht bremsend eingeschritten ist. Schlimm allerdings ist, dass mir das Wohlgefühl der Geborgenheit verloren gegangen ist, welches mir durchaus gut getan hat. Ich werde die Weiterentwicklung erst einmal abwarten, nach dem Motto ›wait and see‹.«

Er redete in einem fort, als redete er um sein Leben. Er schien dabei erstaunlich selbstkritisch und nachdenklich zu sein. Wie hatte er sich verändert! War Kapitän Ahab milde geworden?, fragte ich mich. Ich war froh über diese Entwicklung. Aber zugleich spürte ich, dass mir mein Vater fast noch fremder war, wenn ich ihn nicht mehr als Gegner empfand.

14

Auch an den nächsten Tagen betrat ich Punkt elf Uhr den Raum, seine neue Kajüte. Wenn ich mich zuweilen ein paar Minuten verspätete, dann lag es an der Concièrge, die von mir erwartete, dass ich zuvor ihren Büroraum neben dem Eingang betrat. Sie war eine Art Cerberus, eine Totenhündin, die das Tor zum Hades bewachte und jeden Neuankömmling freundlich begrüßte, vielleicht mit der unbewußten Absicht, ihm die Rückkehr in die Oberwelt zu erschweren.

Wieder einmal ging ich über den frisch gebohnerten Flur im ersten Stock und betrachtete aus den Augenwinkeln die Bilder an den Wänden, Blumenstillleben, Landschaften in übertrieben fröhlichen Farben. Seine Tür war wie immer nur angelehnt. Ich klopfte, dann öffnete ich. Er saß im Ohrenstuhl und blickte aus dem Fenster auf ein paar kahle Bäume vor einer Häuserwand. Der Kanal war von seinem Zimmer aus nicht zu sehen. Er schien dies nicht zu bedauern, dennoch machte er jeden Tag mit Hilfe seiner zwei Krücken einen mühseligen Gang zur Uferböschung, um den Schiffen nachzusehen.

Er drehte den Kopf, und ein Lächeln erschien in seinem Gesicht. »Ach, du bist es. Du humpelst, mein Sohn, hast du dich verletzt?«

»Ich hatte einen Fahrradunfall in Italien. Ein Knorpelschaden. Er ist noch nicht ganz ausgeheilt. Nichts Gravierendes.«

»Das behauptest du! Es gibt nichts Wichtigeres als die eigenen Knochen.«

Er griff nach seinem Krückstock und stand auf. Dann ging er zum Schrank und öffnete die Tür. Ich blickte in seine Kleiderschatzkammer mit den Tweedsackos, der Kaschmirunterwäsche, den Tropenhemden und der verblichenen Khakiuniform mit den hellen Stellen, wo einmal die goldenen Ärmelstreifen gewesen waren, als er noch zur See fuhr. Er wies auf die Reihe eng übereinander stehender Striche und Zahlen am Rand der Innentür. Ein neuer war hinzugekommen.

»Siehst du, ich werde immer kleiner.«

Er zeigte auf die Gewichtstabelle. »Das sind meine Lademarken. Du siehst, ich war nicht umsonst eine Weile Eichmeister. Zur Zeit nehme ich wieder zu. Aber der Arzt sagt, es sei nur Wasser, das sich im Gewebe einlagert. Es hat also den Anschein, dass ich innerlich langsam flott werde und Wasser unterm Kiel bekomme. Du kommst gerade richtig zum Kirchgang!«

Er schaltete den elektrischen Kocher an. Ich hatte eine frische Flasche Rum mitgebracht, den, den er am liebsten trank und für dessen Kauf er zu geizig war. Ich schenkte ein, wobei ich mich streng an die einzige von meinem Vater akzeptierte Rezeptur hielt: erst der Zucker, dann das Wasser, dann der Rum. Wir stießen an, ich stellte eine Frage, und wie immer war es, als ob man ein brennendes Streichholz in ein Benzinfass wirft.

»Wie war das eigentlich mit Onkel John? Hast du inzwischen mehr herausbekommen?«

Er lächelte das Lächeln des Wissenden. Dann nahm er

einige mit Schreibmaschine eng beschriebene Blätter vom Fensterbrett, die er dort offenbar bereits zurechtgelegt hatte, und begann mit seiner wohlklingenden Stimme vorzulesen.

»Am Weihnachtstag des Jahres 1887 befand sich die Bark ›Frank Wilson‹ auf ihrer Heimreise nördlich der Azoren auf etwa sechsundvierzig Grad nördlicher Breite und zwanzig Grad westlicher Länge. Es war eine geschätzte Position, berechnet nach den Etmalen, den pro vierundzwanzig Stunden zurückgelegten Distanzen, wobei die Geschwindigkeit so gut es ging mit dem Log ermittelt wurde, eine heikle Sache, denn Meeresströmungen konnten die wirkliche Geschwindigkeit über dem Meeresboden überlagern und so zu falschen Distanzen führen. Der Himmel war seit Tagen bedeckt und verhinderte die Verwendung des Sextanten zur Positionsbestimmung. Der Koch traf in der Kombüse die Vorbereitung für ein Festessen, das diesen Namen an Land wohl nicht verdient hätte, denn man hatte nach vierundzwanzig Tagen auf See keine große Auswahl mehr, was Nahrungsmittel anbelangte. Dennoch wartete jeder einzelne Mann der zehnköpfigen Besatzung aufgeregt wie ein Kind auf den Moment, an dem die Kerzen auf dem vom Zimmermann aus Holzlatten zusammengenagelten Weihnachtsbaum vom Alten eigenhändig angezündet werden sollten. Es war Mittag. Der Zweite Steuermann, der soeben seine Wache beendet hatte, meldete dem Kapitän, dass das Quecksilberbarometer in den letzten beiden Stunden rapide gefallen war. Alles, auch die Art der Bewölkung, deutete auf einen schweren Sturm hin. Zwar war die Hurrikanzeit seit zwei Monaten vorbei, aber dass es auch jetzt noch in diesem Teil der Welt gehörig wehen konnte, war dem Steuermann bewusst. Er habe auch schon einen Jungen veranlasst, die Verschalkung der Luken auf das Genaueste zu überprüfen. Der Kapitän begab sich an

Deck, nachdem er den Bericht angehört hatte. Sein Blick über den weiten Himmel und die prallen Segel, die sich weiß gegen dunkelgraue Wolkenschichten abhoben, verriet Ärger und Besorgnis. Ein Sturm ausgerechnet an Weihnachten, das fehlte noch! Das Deck war nass von Regenschauern. Der Kapitän sah, wie sich der Schiffsjunge gerade über die Persenning am vorderen Lukendeckel beugte. Er fuhr mehrmals mit der Hand über den rauen Stoff. Dann drehte er sich um und rannte in Richtung Achterdeck. Es war ein ohnmächtiger, blonder Junge, der sich die Reise über redlich bemüht hatte, den schweren Anforderungen des Schiffsbetriebs gerecht zu werden. Er war siebzehn Jahre. Sein Name war John Jakob Boysen. Es war seine erste Reise, und es sollte auch seine letzte sein. Als er so angerannt kam, dachte der Kapitän, eigentlich ist er für diesen Job zu zart gebaut. Eisen, das man schmieden will, darf nicht zu weich sein. Der Junge blieb außer Atem vor dem Kapitän stehen und nahm Haltung an. ›Was gibt es, John?‹, sagte der Kapitän. Da Weihnachten war, bemühte er sich um Milde in seiner Stimme. Der Junge stammelte: ›Die Persenning auf Luke Eins ist völlig trocken, obwohl es den ganzen Tag geregnet hat. Sie fühlt sich ganz warm an.‹ Kapitän und Steuermann sahen sich an. Beide wussten sie nur zu gut, dass die Ladung, die sie in den Laderäumen mit sich führten, gefährlich war. Es war Kopra, die getrockneten Kerne der Kokosnuss, und Kopra neigt zur Selbstentzündung, wenn es feucht wird. Beide wussten auch, dass der Zustand der Persenning und der Lukendeckel nicht mehr zum Besten war nach den harten Wochen am Hoorn. Sie eilten die Treppe zum Deck hinab und betasteten die vordere Luke. Die Meldung des Jungen stimmte. Fast sah es aus, als ob Dampf von der glatt gespannten Persenning aufstieg. Es würde nichts werden mit dem Heiligen Abend.

Man hatte einen Schwelbrand an Bord. Da wäre es wohl absurd, auch noch Kerzen anzuzünden. Plötzlich schrie der Kapitän den Jungen an, er solle nicht so herumstehen. Nicht so lächerlich unwichtig herumstehen und gaffen. ›Hol sofort alle Leute zusammen!‹, brüllte der Kapitän. John Jakob eilte davon. Als der Sturm wenig später in voller Stärke hereinbrach, waren die Männer dabei, Wasser in den vorderen Laderaum zu pumpen. Die ›Frank Wilson‹ lag beigedreht, und ihr Bug stach wie ein Messer in die immer fetter werdenden Wellenbäuche. Zwei Stunden später war das Feuer gelöscht, doch die Stabilität der Bark war nun so geschwächt, dass sie von einer riesigen Welle zum Kentern gebracht wurde und mit Mann und Maus unterging.«

Er sah auf und hielt mir sein leeres Grogglas hin. Er hatte Tränen in den Augen. »Nicht so viel Wasser«, sagte er. »John Jakob war der Onkel meines Vaters, mein Großonkel also, dein Urgroßonkel.«

»Woher weißt du das alles so genau? Du bist doch nicht dabei gewesen!«

»Und ob ich dabei war, wenn auch nur in Gedanken.«

»Das nenne ich eine ziemlich exakte Phantasie. Du hättest Schriftsteller werden können.«

»Rede nicht solchen Unsinn. Ich habe überhaupt keine Phantasie«, schimpfte er. »Deine Mutter hatte Phantasie. Und du hast Phantasie. Ich habe nur Erfahrung. Der Schriftsteller bist du. Außerdem gibt es Dokumente. Ich habe sie da hinten im Schrank.«

Er erhob sich und ging zu einem Büroschrank, der voller Aktenordner war. Er zog einen von ihnen hervor, schlug ihn auf und sagte:

»Im Oktober 1888 erhielt mein Urgroßvater Heinrich Boysen folgenden Brief aus Elsfleth an der Weser, datiert vom

Onkel seiner Frau, dem Reeder Conrad Paulsen.« Er begann vorzulesen. »Sehr geehrter Herr Boysen, da jetzt keine Hoffnung mehr ist für die ›Frank Wilson‹ und Euren lieben Sohn, so sende ich Euch heute per Postanweisung Kurant 138,78 als Guthaben Eures geliebten Kindes, wofür Ihr beigefügte Abrechnung mir wohl quittiert retournieren wollt. Ich bin drei Wochen nach London verreist gewesen, von wo ich vorigen Montag zurückgekommen. Ich habe in London wieder ein großes, schönes, eisernes Schiff, ›Rialto‹ genannt und 1182 Registertons groß, gekauft. Simon wollte mir Käse schicken, solche sind aber noch nicht eingetroffen, ich bitte, Simon noch mal daran zu erinnern, da er es wahrscheinlich vergessen hat. Ich und Peter und Frau sind munter und wohl, was ich ein Gleiches von Euch Lieben alle hoffe. Euch Lieben alle herzlich grüßend schließe ich und verbleibe Euer Euch liebender Onkel C. Paulsen.«

Er legte den Brief beiseite und blickte mich missbilligend an, als sei ich ein Angeklagter, der soeben mit einem wichtigen Indiz seiner Schuld konfrontiert worden war.

»Ist es nicht ziemlich herzlos, im selben Atemzug mit der Todesnachricht Käse anzumahnen?«, fragte ich.

Mein Vater schüttelte den Kopf. »Sentimentalität war damals nicht üblich. Gefühlsduselei lag einem Manne fern. Paulsen wusste, dass er verstanden wurde. Der Mann, dem er den Tod seines Sohnes mitteilte, war ebenfalls Seemann. Es war Berufsrisiko, ein solches Schicksal zu erleiden.«

Er sah auf. Sein Blick fiel nach draußen auf die regenglänzende Häuserwand und drückte namenlose Trauer aus. Mein Blick galt dem Zimmer. Das Foto seiner Frau, die Bettschüssel unter dem Bett, der Fernseher, der Perserteppich, ein trübes, deprimierendes Ambiente, das ihm dennoch zu gefallen schien.

»Es gibt noch ein zweites Dokument zu dem Vorfall. Das Protokoll der Seeamtsverhandlung.« Er blätterte im Ordner und las wieder vor, und irgendwie schaffte es seine Stimme, die Atmosphäre einer Seeamtsverhandlung aus dem neunzehnten Jahrhundert in das Zimmer zu holen: »An der Sache betreff dem Seeunfall des deutschen Barkschiffes ›Frank Wilson‹, Schiffer Brockmeyer aus Elsfleth, hat das Großherzoglich Oldenburgische Seeamt zu Brake auf Grund der öffentlichen Hauptverhandlung vom 11. December 1888 den folgenden Spruch beschlossen.«

Die Stimme meines Vaters nahm den Ton der Endgültigkeit an, als spräche sie aus den Wolken am Tag des Jüngsten Gerichts. Ich dachte daran, wie sehr er einst unter seiner eigenen Seeamtsverhandlung gelitten hatte, bei der ihm der Vorwurf fahrlässiger Tötung gemacht worden war.

»Die Bark ›Frank Wilson‹ lief auf der Reise von Tumaco nach Falmouth die Reede von Pernambuco an und setzte von da am 1. Dezember 1887 die Reise fort. Da das Schiff den Bestimmungshafen nicht erreicht hat und da seit dem 1. Dezember 1887 jegliche Nachricht von demselben und über dasselbe fehlt, auch eine vom Seeamt in den Oldenburgischen Anzeigen, der Weser Zeitung und Cölnischen Zeitung sowie in den hiesigen Blättern zweimal veröffentlichte Aufforderung zur Auskunftserteilung ohne jeglichen Erfolg geblieben ist, wobei die nach Artikel 866 des Handelsgesetzbuchs im vorliegenden Fall 9 Monate betragende Verschollenheitsfrist bereits am 1. September 88 abgelaufen war, kann der Verlust des Schiffes und der Tod der ganzen Besatzung nicht bezweifelt werden. Außer dem Führer, Schiffer W. Brockmeyer aus Elsfleth, bestand die Besatzung der ›Frank Wilson‹ aus den nachstehend aufgeführten neun Personen, welche, wie einem Zweifel nicht unterliegen kann, sämtlich bei dem Verlust des

Schiffes ihren Tod gefunden haben: Steuermann Kremer aus Papenburg, zweiter Steuermann Ernst A. Keil aus Brudheden, Koch Hatz aus Altona, Zimmermann Bernd v. Vikenas aus Christiansand, Matrosen Th. Kraft aus Muggenburg, C. R. Hinze aus Charlottenburg, Peter H. Petersen aus Flensburg, Harder aus Wismar und Schiffsjunge Boysen aus Wyk auf Föhr.«

Er sah auf, und wieder standen Tränen in seinen Augen. Er trank sein Glas leer und fuhr fort: »Nach vorstehender Darstellung der ermittelten Tatsachen kann man über die Ursache des Verlustes lediglich Vermutungen anstellen, doch liegt keinerlei Grund für die Annahme vor, dass Mängel in der Beschaffenheit oder Ausrüstung des Schiffes auf denselben von Einfluss gewesen wären.«

»Dann ist die These einer Selbstentzündung der Ladung bloß eine Vermutung von dir.«

Er beachtete meinen Einwurf nicht, sondern entnahm einem Kuvert ein Foto und reichte es mir. Die vergilbte Aufnahme zeigte einen schmächtigen, schmalschultrigen Jungen mit sorgfältig frisierten Haaren in strammer Haltung neben einem Blumenständer mit einer Stechpalme, die eine Hand auf eine geblümte Tischdecke gelegt, die andere an der Hosennaht. Er trug einen kurzen, weißen Schlips, ein quergestreiftes Hemd, eine weite Jacke mit Samtkragen und schwere Stiefel. Sein Blick ging geradeaus, fest auf das Kameraobjektiv gerichtet. Das Gesicht wirkte eher mädchenhaft zart als männlich, eher melancholisch als draufgängerisch.

»Die Aufnahme wurde zu John Jakobs Konfirmation gemacht, also zwei bis drei Jahre vor seiner ersten und letzten Schiffsreise. Niemand weiß heute mehr etwas von Onkel John. Das macht mir großen Kummer. Er darf nicht auch noch im Meer des Vergessens untergehen. Deshalb habe ich mir die Geschichte vom Untergang der ›Frank Wilson‹ ausgedacht. Ich weiß, es ist nur Spekulation, aber ich bin mir ziemlich sicher, der Wahrheit nahe gekommen zu sein. Der Tod Onkel Johns hatte große Auswirkungen auf mich und auch auf dich.«

Ich sah ihn voller Verblüffung an. Inzwischen machte ich meinen Grog schwächer, denn ich wollte nicht betrunken werden. Er, dem wie immer der Alkohol nichts anzuhaben vermochte, schien es glücklicherweise nicht zu merken.

»Du fragst dich, warum?«, sagte er lauernd. »Ganz einfach: Wäre Onkel John nicht in jungen Jahren auf See geblieben, wäre er zweifellos Kapitän geworden und wahrscheinlich anschließend Reeder. Mein Vater wäre in seine Dienste getreten. Er wäre gar nicht an Krebs erkrankt, weil er beruflich glücklicher gewesen wäre. Alles wäre anders geworden. Mein Schicksal, auch deines. Du wärest gar nicht geboren worden, sondern ein anderer deines Namens. Du siehst, welche unabsehbaren Folgen der Seemannstod John Jakob Boysens für uns hatte. Ich für mein Teil hätte es begrüßt, wenn ich weiter zur See gefahren und nicht als Reedereiinspektor an Land gegangen wäre. Ich habe damals das Schiff mit dem Auto getauscht, den Sextanten mit der Straßenkarte. Ich habe es für euch getan, für deine Mutter und dich. Denn ihr habt beide unter meiner so häufigen langen Abwesenheit gelitten. Ich habe meinen Seemannsberuf geliebt, er hat mich ausgefüllt. Die Bürotätigkeit, die Arbeit an Land war etwas völlig anderes als das, was ich gewohnt war. Ich war nur noch eine Nummer, wenn auch keine kleine, in einem Betrieb, der patriarchalisch geführt wurde. An Bord hingegen bin ich König gewesen. Ich habe dieses Opfer für dich und deine Mutter gebracht.«

Er hob sein Glas und sagte mit fester Stimme: »Besanschot an, auf dich, Onkel John. Was für Folgen hatte dein früher Tod!«

Wir stießen an. Dann verließ ich meinen Vater und ging nach Hause, leicht schwankend und voller Freude darüber, dass mir nicht meine Eltern das Leben geschenkt hatten, sondern in Wahrheit Onkel John.

15

Um es allein in diesem Haus auszuhalten, stöberte ich in Truhen und auf dem Dachboden nach alten Sachen. Ich fand das Seemannsbuch meines Vaters und ein kleines, ledergebundenes Notizbuch. Es war wellig, von Feuchtigkeit durchweicht, voller Stockflecken und magischer Namen der Seefahrtsgeschichte. Es gab auch hin und wieder kaum leserliche Notizen und Zahlenangaben. Ich entzifferte heilige Wörter, Ortsnamen auf einer mythischen Karte der Seefahrt: Valparaiso, Pernambuco, Tumaco, Fernando de Noronha, Tristan da Cunha. Ich roch am Papier. Es fühlte sich feucht an. Ich hielt es ans Ohr, als wollte ich das Meer rauschen hören oder den Herzschlag meines Vaters. Mystifizierte ich den Alten immer noch? Eines war mir klar: Er hätte lieber zwischen den alten Männern auf jener Bank der weißen Stadt sitzen sollen.

Am nächsten Vormittag machte ich mich wieder zum Kirchgang auf den Weg. Ich hatte mir diesmal vorgenommen, nach der Walfängerzeit meines Vaters zu fragen. Es war offensichtlich, dass es ihm gut tat, vor mir sein Leben Revue passieren zu lassen.

Er saß im Lehnstuhl und schien damit beschäftigt, die Regentropfen auf der Fensterscheibe zu zählen. Ich bereitete den Grog. »Ich habe gehört, du hast neulich hier im Haus einen Vortrag über den Walfang vor dem Zweiten Weltkrieg gehalten. Kannst du ihn für mich zusammenfassen? Ich weiß wenig über diese Zeit deines Lebens. Hier, das habe ich mitgebracht. Es scheint so etwas wie ein altes Logbuch von damals zu sein.«

Er blickte misstrauisch auf, griff nach dem Lederbändchen und blätterte darin. Dann gab er es mir zurück. »Es sind noch viele Seiten unbeschrieben. Du kannst es als dein Notizbuch weiter nutzen.«

Er stieß mit mir an mit dem üblichen Trinkspruch: »Besanschot an.« Er lächelte in sich hinein.

»Die Zeit des Walfangs war nicht unbedingt interessant, aber sie hat mir vermutlich das Leben gerettet. Ohne meine Anstellung beim Walfangkontor hätte man mich zu den Fliegern gesteckt und an die Ostfront geschickt. Nenn es Zufall, nenn es Schicksal, nenn es Vorsehung. Jedenfalls, nachdem deine Mutter und ich am 5. Juli 1937 durch den Bürgermeister von Buchschlag standesamtlich getraut worden waren, traten wir nach einem solennen Frühstück im Hause der Schwiegereltern unsere Hochzeitsreise an. Der Stiefvater deiner Mutter hatte in seiner noblen Art uns nicht nur eine komplette Aussteuer geschenkt, sondern auch einen zehntägigen Aufenthalt in dem schönen und malerisch in den Hängen oberhalb von Assmannshausen gelegenen Jagdschloss Niederwald. Hier erlebten wir als frisch gebackene Eheleute eine herrliche Zeit mit einigen Überraschungen. Jedenfalls empfanden wir dies so, vielleicht wegen der emphatisch frohen Stimmung Jungverheirateter. Nachdem wir uns in unserem Appartement Nummer elf nach der Reise ausgeruht und erfrischt hatten, begannen wir in ausgelassener Stimmung unser Domizil und die Umgebung zu erforschen. In den frühen Abendstunden besuchten wir den verwunschenen Hotelgarten und gerieten unversehens in eine ausgelassene und fröhliche Runde von Ausflüglern der Firma Opel aus Rüsselsheim. Man lud uns ein, und am Tisch des Vorstandes wurden wir herzlich begrüßt und entsprechend ausgefragt. Unser Zustand und unsere Position konnte nicht lange verborgen bleiben, indessen blieb meine Braut in ihrer schlagfertigen Art keine Antwort schuldig. Aber nicht zu lange, denn uns war als Jungverheirateten nach anderem zumute als nach oberflächlichem Zeitvertreib. Abends gab es in den oberen Räumen des Hauses Musik. Im Salon wurde getanzt, und meine Braut und ich haben dies an manchem Abend genutzt. Wir waren ein schmuckes Paar. Deine blonde Mutter in festlicher Abendrobe und ich, dunkelhaarig wie ein Italiener in dem blauen Uniformanzug der Deutschen Zeppelin-Reederei. Wir tanzten gut miteinander, und bald hielt man uns für ein bezahltes Tanzpaar der Hotelleitung. Gäste haben uns manchmal angesprochen, und ich kam mir vor wie der Bel Ami in dem Schlager ›Schöner Gigolo, armer Gigolo‹, dessen Text und Melodie mir heute noch mitunter durch den Kopf gehen.«

Ich wagte es, ihn zu unterbrechen. »Ich sehe alles vor mir, was du erzählst. Aber…«

»…was hat das alles mit dem Walfang zu tun, fragst du dich mit Recht, lieber Sohn. Nichts natürlich. Und doch stimmt das nicht ganz. Ich bin auf die Geschichte gekommen, weil ich von dem Hotel aus meine Weiterbeschäftigung suchen wollte. Nach dem Absturz des ›Hindenburg‹ in Lakehurst hatte die Deutsche Zeppelin-Reederei vorgeschlagen, dass wir Zeppeliner Angestellte bleiben, aber für die Zwischenzeit bis zur Ablieferung des neuen Schiffes LZ 130 möglichst selbst für eine bezahlte Beschäftigung sorgen sollten. Von Buchschlag aus hatte ich mich daher schon entsprechend bemüht, eine Anstellung als Schiffsoffizier bei einer deutschen Reederei zu bekommen. Mit geringem Erfolg, weil es damals ein Überangebot an Nautikern gab. Doch dann bot mir das Hamburger Walfangkontor eine Stellung als 3.Offizier und Funker auf dem Walfangmutterschiff ›Südmeer‹ an, einem umgebauten Kabelleger, der Anfang September auf die Reise in die Antarktis gehen sollte. Ich sagte zu und erhielt prompt die Weisung, mich im September auf der ›Südmeer‹ zu melden. Deine Mutter war mit diesem Entschluss zufrieden, obwohl ihr klar war, dass sie mich während der Walfangsaison lange entbehren musste. Ich war gespannt auf meinen neuen Job. Fett war knapp in Deutschland damals, und deshalb versuchte man mit Hilfe von Walöl die sogenannte Fettlücke zu schließen. Auf Initiative des Ministeriums für Ernährung und Wissenschaft waren daher in den frühen dreißiger Jahren verschiedene Walfanggesellschaften gegründet worden, die viele Schiffe entweder bauten oder im Ausland kauften. Darunter die ›C.A.Larsen‹. Sie wurde in Walfängerkreisen auch ›Frau Larsen‹ genannt, weil dieses Schiff entgegen der üblichen Bauweise die Aufschleppe, also das Loch, im Vorsteven hatte.«

Ich starrte meinen Vater verblüfft an. Sexualität spielte in seinem Ausdrucksrepertoire gewöhnlich keine Rolle. Er fuhr fort in seinem für ihn typischen ruhigen, fließenden Chronistenton, der auf mich wirkte wie die Stimme eines Hypnotiseurs.

»Es war eine ganz andere Welt, die ich auf dieser Walmördermaschine betrat. Einen größeren Unterschied zur Eleganz der Luftschifffahrt konnte man sich nicht vorstellen. Als ich an Bord der ›Südmeer‹ kam, war es jedoch auch wie eine Heimkehr, als hätte ich eben eine Reise als Matrose beendet. Solange wir noch im Trockendock lagen, durfte ich meine Frau öfter an Bord kommen lassen, was zu der Zeit durchaus keine Selbstverständlichkeit war. Deine Mutter richtete liebevoll meine Kammer her, die anfangs in keinem guten Zustand war. Sie lag im hinteren Teil des Mittschiffs-Aufbaus direkt unter den großen starken Walwinden. Dass diese einen unheimlichen Krach machten, wenn sie in Tätigkeit gesetzt wurden, merkte ich erst viel später auf dem Fangfeld. Erst einmal störte uns etwas anderes, und zwar der penetrante Geruch von getrocknetem Walblut, das im Laufe der Zeit durch die Kalfaterung der Holzplanken gedrungen war. Außerdem gingen zwei mächtige Ventilatorenrohre durch die Kammer, die erschwerten, dass man eine gemütliche Einheit herstellen konnte. Aber was sollte es. Wir machten das Beste daraus und jammerten nicht, sondern waren im Gegenteil froh, dass ich einen lohnenden Job gefunden hatte. Allzu schnell waren die schönen Tage zu Ende. Am 27. 9. war ich wieder allein. Deine Mutter war zurück in ihr Elternhaus gefahren. Es war noch viel zu tun an Bord, und die Tage bis zu unserer Ausfahrt vergingen schnell. Mit meiner Frau verband mich nun ein eifriger Briefwechsel und manches Telefonat. Wir waren ja noch nahe beieinander. Dann, Mitte Oktober, ging es los. Am 19. 10. verholten wir morgens nach Bubendayufer und nahmen 1000 Tonnen Bunkeröl an Bord. Dann ging es elbeabwärts. Wir ankerten bei Brunshaupten, um 2000 kg Pulver und Sprengstoff zu übernehmen. Endlich, am 20.10. um 03.42 Uhr in der Frühe begann die eigentliche Reise.«

Mein Vater stemmte sich aus dem Sessel hoch und blickte hinaus auf die gegenüberliegende Häuserwand. »Die Sicht war nicht gut, die Nordsee sehr neblig. Um Mitternacht passierten wir Nordhinder Feuerschiff. Am 22.10. sahen wir querab an Backbord im Morgengrauen Ouessant. Wir änderten den Kurs Richtung Azoren. Doch zwei Tage kamen wir nicht recht voran, denn wir hatten in der Biskaya und im Nordatlantik einen schweren Sturm abzureiten. Dabei erwies sich ›Südmeer‹ als gutes Seeschiff. Schwere Böenfronten fielen über uns her. Wir nahmen gewaltige Mengen Wasser über.«

Ich schenkte nach. Es war deutlich, dass mein Alter in seinem Ohrenstuhl auf hoher See war. Er schaukelte mit seinem Glas in der Hand hin und her, und seine Stimme war lauter geworden, als müsse sie die Geräusche des Wetters übertönen. »Du hast die ›Südmeer‹ geliebt«, sagte ich. »Weil sie später dein erstes Schiff als Kapitän war? Oder weil sie ein gutes Seeschiff war?«

»Deine Frage zeigt mir, dass du nichts von der Liebe von Seeleuten zu Schiffen verstehst. Es ist eine Liebe ohne Gründe. Allenfalls spielt das Verhalten bei schwierigem Wetter eine Rolle.«

»Woher weißt du die Daten und Zeiten so genau?«

Er grinste wie ein Lausejunge. »Ich habe meine Chronik noch mal durchgelesen, ehe du kamst, und mir ein paar Stichworte gemacht. Hier.« Er hielt mir einen kleinen Zettel hin. Er war bedeckt mit Zahlen und Namen. »Mein Spickzettel. Schenk bitte nach.«

Ich hatte in der Tat vergessen, unsere schon wieder leeren Gläser erneut zu füllen. Er redete jetzt immer schneller, und zwar in der Gegenwartsform. Es war deutlich, wie sehr er das nacherlebte, was er sagte. Er ließ sogar seinen Grog kalt werden.

»Hinter den Azoren nehmen wir Kurs auf Curaçao und dann den St.Vincent Kanal. Am 8. November passieren wir mittags St. Vincent und St. Lucia. Kurs Barbados und Fernando de Noronha. Abends bei Barbados heftiges Gewitter. Sankt Elmsfeuer. Wir erhalten die Meldung, dass die Fangboote am 15. 11. von den Kap Verden abgefahren sind. Da sie etwa am 21. in Fernando sein werden, gehen wir mit der Fahrt erheblich herunter, um Öl zu sparen und Wartezeit in Fernando abzukürzen. Am 18.11. morgens Ankunft in Fernando. Der Aufenthalt ist kurz, so dass ein Landgang nicht möglich ist. Am Morgen des 6. November legen wir ab und nehmen Kurs auf Trinidad. Durch die Passage von Trinidad verlassen wir nachts bei sehr heftigem Gewitter mit St. Elmsfeuer die Westindies und steuern in den Atlantik hinein. Fernando de Noronha ist unser Ziel, die Sträflingsinsel der Brasilianer, die weit vor der Küste liegt und deren Betreten streng verboten ist. Wir benutzten sie auf unseren Südamerikareisen mit dem Luftschiff als Ansteuerungspunkt. Ich kannte sie mit ihren bizarren Felsformationen also bereits aus der Luft. Jetzt wollen wir dort auf Reede ankern und auf unsere Fangboote warten, auf Süd 1 bis Süd 6, die durch schlechtes Wetter etwas verspätet sind. Am 19. November erreichen wir die Insel. Unsere Fangboote haben sich verspätet, und so bleibt uns noch eine Weile Zeit, die Tropen zu genießen. Mit den norwegischen Schützen gehen wir auf Fischfang. Vom Motorboot aus versuchen wir Schweinsfische zu harpunieren. Das Betreten der Insel ist zwar strengstens untersagt, wir können aber doch nicht widerstehen, in einer geschützten Bucht an Land zu gehen, um Kokosnüsse zu ernten. Nahe am Strand sehen wir einige einsame Kokospalmen. Die haben wir uns ausgesucht, da sie uns nicht sehr hoch vorkommen. Als wir unter ihnen stehen, merken wir aber, dass sie doch nicht zu den kleinsten gehören und außerdem unten völlig kahl sind. Meine Kameraden halten mich wohl einem Affen am ähnlichsten und sehen mich auffordernd an. Mit meinen 27 Jahren bin ich tatsächlich flink genug, den Stamm zu erklettern und aus der Krone 20 oder 25 Nüsse abzuschlagen und hinunterzuwerfen. Die Kameraden nehmen sie unten wahr. Ich sause hinterher und dann nichts wie ins Boot und hinaus in die Bucht. Den Bauch habe ich mir zwar böse aufgescheuert, aber die Nüsse schmecken prächtig. Am 21. sind die Fangboote bei uns. Nun kann es endlich weiter nach Süden gehen. Auf dem Weg zur Eisgrenze werden die letzten Vorbereitungen getroffen, die notwendig sind, um den Walfang gerüstet anzutreten. Auf dem Mutterschiff wird jetzt das ganze Arbeitsdeck zur Schonung mit Holzplanken übernagelt. Die Rettungsboote werden in ihren Davits ausgeschwungen, weil wir für die Verarbeitung der Tiere ein klares Deck benötigen. Die Ölkocherei wird probeweise in Betrieb genommen, die Winden ebenso wie die Walklaue nachgesehen. Das Fanggerät für die Boote, das wir an Bord haben, wird sorgsam überholt. Die großen Dampfsägen werden an Deck montiert. Ihre Aufgabe ist es, die Knochen auf dem Lemmerdeck zu zerkleinern, so dass sie in die Einfüllstutzen passen, die in die unter Deck befindlichen Kochgeräte, in die Fabrik also, hinunterführen. Am 6. Dezember erreichen wir etwa auf 54 Grad Süd und 25 Grad West das Fangfeld. Ab jetzt wird eifrig Ausschau gehalten nach dem bekannten Walblaas. Unser Kurs geht zunächst noch weiter südwärts. Wir wollen die Inselgruppe der Süd-Sandwich ansteuern. Am 8. Dezember kommen wir in dieses Gebiet und haben dann auch bald die ersten Blau- und Finnwale an Deck. Am 10. Dezember sichten wir den ersten Eisberg, und dann sind wir mittendrin in ihrem glitzernden Reich. Man kann sich keine Vorstellung machen von den gewaltigen und bizarren Formen dieser treibenden Eisinseln!

Und wir mit unseren winzigen Schiffchen dazwischen. Jeder Berg bedeutet für uns Schiffbruch, wenn wir mit ihm in Berührung kommen würden. Ich lasse mir einen mächtigen Bart stehen, wie die meisten anderen, weil es so furchtbar kalt ist, und ich muss an Shackleton denken, wie er hier jahrelang mit seinem Schiff und seiner Mannschaft im Eis eingeschlossen war. Am 11. Dezember zwei Uhr nachts wird wieder ein Blauwal an Deck gehievt. Wir sind jetzt mitten im Geschäft. Es ist doch eine grausame, blutige Angelegenheit. An Weihnachten haben wir den 100. Wal gefangen, das heißt ungefähr 10 000 Fass Öl produziert. Das ist nicht sehr viel, aber auch nicht gerade schlecht. Wir haben bisher oft ungünstiges Wetter. Viel Nebel. Am Tag vor dem Fest verunglückt einer unserer Leichtmatrosen so schwer, dass er in der darauffolgenden Nacht stirbt. Das hat natürlich auf die Weihnachtsstimmung einen starken Einfluss. Das Fest selbst ist wie jedes andere auf See wenig feierlich. Ich habe es noch nie anders gefunden und auch diesmal nicht anders erwartet. Vom anschließenden Jahreswechsel merke ich überhaupt nichts. Ich fotografiere viel, aber ich traue mich nicht, die Filme mit dem Tankdampfer nach Hause zu schicken. Sie würden auf feindliches Propagandamaterial hin untersucht. Ich fürchte eine Beschädigung und unsachgemäße Belichtung.«

Mein Vater schwieg und holte seine silberne Taschenuhr hervor. Es war deutlich, dass er in diesem Moment aus der Gegenwart seiner Vergangenheit in die Vergangenheit seiner Gegenwart wechselte. Man merkte ihm die Anstrengung dieser Zeitreise an. Er würde nun gleich nach unten gehen in dieses Schwimmdock des Sterbens, um dort eine seiner vielen Henkersmahlzeiten einzunehmen. »Bring morgen die Rolle mit den Seekarten aus der alten Truhe mit«, rief er mir nach, als ich die Tür mit der Nummer elf hinter mir schloss.

16

Den Nachmittag über versuchte ich, die Standuhr wieder zum Laufen zu bringen. Ich hängte die Gewichte ab, wie immer überrascht von der Kraft, mit der sich die Erdanziehung über sie hermachte. Dann hängte ich das Pendel aus, wobei ich bemerkte, dass die Pendelfeder angebrochen war. Ich zog vorsichtig den lädierten oberen Teil des Uhrgehäuses heraus und konnte nun das Werk herunternehmen. Behutsam, wie man ein krankes Kind trägt, schaffte ich es in die Küche und stellte es auf den Resopaltisch. Das komplexe System aus Messingrädern, Walzen und Achsen kam mir wie ein Lebewesen vor, das im Wachkoma lag. Ich sah, dass dem Steigrad ein Zahn fehlte, aber das war schon lange so gewesen und hatte dazu geführt, dass das Ticken dieser Uhr ein kleines, regelmäßiges Stolpern aufwies. Ich stellte fest, dass sämtliche Lager verharzt waren. Mein Vater hatte den Fehler gemacht, das Werk zu oft zu ölen.

Im Keller fand ich eine Dose mit Verdünner. Mit Hilfe dieser Flüssigkeit und einem Pinsel säuberte ich die Lager. Die angebrochene Pendelfeder reparierte ich notdürftig mit einer dünnen Lasche Blech von einer alten Flachbatterie. Dann baute ich alles zusammen und justierte die Uhr, indem ich Pappestückchen unter die Füße des Gehäuses schob.

Schließlich hängte ich die Bleigewichte ein und stieß das Pendel an. Sie ging. Das gleichmäßige Ticken mit dem kleinen Stolperschritt schien die Dinge in diesem sonst so toten Haus wiederzubeleben.

Am nächsten Tag war ich mitsamt den Seekarten pünktlich zur Stelle. Als ich eintrat, war mein Vater offenbar gerade mit Näharbeiten fertig geworden. Er zeigte mir stolz die weiten Kreuzstiche, mit denen er seinen Hosenboden enger gemacht hatte. »So haben wir früher Segel genäht«, sagte er. »Das sind typische Homeward-Bound-Stiche. So hat einmal ein Segelmeister zu mir gesagt, als er meine Arbeit begutachtete. Sie sind zu weit. Solche Stiche macht man, wenn man die Rückkehr nach Hause nicht abwarten kann.«

»Ich habe die Uhr repariert«, sagte ich. »Sie geht wieder.«

»Das ist gut. Wenn du fort bist, habe ich also wieder einen Grund, einmal die Woche ins Haus zu gehen, um sie aufzuziehen. Setz dich.«

Er sah mich spöttisch an, als habe er es mit einem völlig Unwissenden zu tun. Dann hub er an: »Ich sollte zunächst vielleicht etwas zum pelagischen Walfang sagen. Weißt du überhaupt, was pelagisch heißt? Es bedeutet ›in der Tiefsee lebend‹.«

Mir war selber pelagisch zumute. Ich fühlte, wie ich im Meer seiner Worte immer tiefer sank. Die verbale und emotionale Rückkehr meines Vaters in seine glorreiche Vergangenheit begann mich inzwischen zu quälen. Doch spürte ich, dass es meine Pflicht war, ihm durch mein Zuhören zu dieser flüchtigen Wiederauferstehung zu verhelfen. Oder wenigstens durch meine Gegenwart, denn manchmal hörte ich nicht zu, sondern starrte bloß ins Grogglas. Nur einmal tauchte ich aus dieser Tiefsee auf, als ein Wort fiel, das mir panischen Schrecken bereitete: »Alles war unbeschreiblich dreckig und voller Grax, der einen entsetzlichen Gestank verbreitete.«

Mir war plötzlich übel. Ich hatte das Gefühl, auf einmal ganz nahe am Abgrund jenes Albtraumes zu sein, der mich in meiner Kindheit und Jugend so sehr gequält hatte. Wie aus weiter Ferne hörte ich die monotone Stimme meines Vaters: »Grax ist ein Brei aus getrocknetem Blut, verwesendem Fleisch und faulenden Eingeweiden, in dem Knochensplitter stecken. Grax sammelt sich während der Saison auf dem Deck eines Mutterschiffes, obwohl man immer wieder versucht, es mit harten Wasserstrahlen und Dampf zu reinigen. An Walfangstationen auf dem Festland lässt man ihn einfach liegen. Man braucht gute Gummistiefel, um ihn zu durchqueren.«

Während er weitersprach und ich von neuem nicht zuhörte, sah ich, wie sich die Wörter in Form von Blasen von seinen Lippen lösten, nach oben stiegen und an der Decke zerplatzten. Erst als er von der Rückkehr erzählte, wurde seine Stimme wieder vernehmlich für mich, leise zuerst, dann immer lauter: »Am 18. April befanden wir uns auf der Höhe von Helgoland, und während die Fangboote in die Elbe steuern konnten, mussten wir nach Tönsberg im Oslofjord weiterdampfen, um das norwegische Fangpersonal abzusetzen. Am 20. morgens kamen wir dort an. Die Ausbootung war schnell geschehen, so dass wir noch am gleichen Abend wieder Anker auf gehen konnten. Das war nun endgültig die letzte Station vor Hamburg. Am 22. April 1938 kamen wir endlich die Elbe binnen. Ich hatte mit meiner Frau bereits vom Kanal aus telefoniert. Sie war bei Mutter auf Föhr und wollte mich in Hamburg erwarten. Mutter wollte ursprünglich mitkommen, konnte dann aber doch nicht, weil sie Kurgäste erwartete. Der Weg von Elbe 1 nach Hamburg war uns allen natürlich viel zu lang. Vor 185 Tagen hatten wir Hamburg verlassen, und alle Mann an Bord freuten sich auf die Heimat, auf die Frauen und Kinder und Verwandten. Als wir Blankenese passierten, war alles, was nicht durch dienstliche Verrichtungen an einen Ort im Schiff gebunden war, an Deck. Ich stand mit den anderen Offizieren auf der Brücke mit dem Glas vor den Augen, Ausschau haltend nach meinem Reh.«

Er hatte seiner Frau einst diesen Kosenamen wegen ihrer braunen Augen gegeben, und immer lag ein besonders zärtlicher Ton in seiner Stimme, wenn er ihn aussprach.

»Der Hafenlotse kam bei Finkenwerder an Bord, und da sah ich schon eine kleine Hafenbarkasse voll winkender und rufender Menschen. Beim Näherkommen erkannte ich Reh und neben ihr meine Schwester Annchen, ihren Mann Paul und meinen Freund Gert von Mensenkampff unter den Winkenden. Diese Freude! Aber noch musste das Schiff in den Waltershofer Hafen gebracht und ordentlich festgemacht werden. Wir gingen zunächst einmal an die Pfähle. Die Gangway heraus, und dann kamen unsere Lieben an Bord. Wiedersehensfreude kann man nicht beschreiben, mein Sohn. Das wirst du als Schriftsteller selber wissen.«

Er stand ächzend auf und trat ans Fenster. Der Wind hatte aufgefrischt. Einzelne Böen vom Kanal her griffen in die Baumkronen und schüttelten sie. Mir den Rücken kehrend, fuhr er fort:

»Allmählich kehrte wieder Ruhe im Schiff ein. Später gingen wir noch an Land zu Paul und Annchen, wo meine glückliche Heimkehr gebührend gefeiert wurde. Es war gut, neben meiner geliebten Frau zu sitzen, festen Grund unter den Füßen zu haben, keine Schlingerbewegungen zu spüren, keinen Walblutgestank zu riechen. Die nächsten zwei Tage in Hamburg wurden mit Abfertigungsarbeiten verbracht, mit Sachen packen, abmustern und Geld zählen auf dem Heuerbüro. Finanziell hatte sich die Reise gelohnt. Ich bekam eine schöne Summe ausbezahlt, die wir gut gebrauchen konnten. Dann ging es nach Buchschlag in unsere neue Wohnung, die Reh für uns gemietet hatte und die sie ganz allein vollständig eingerichtet hatte. Am 24. April kamen wir an. Welches Gefühl für mich! Ich hatte jetzt eine Adresse: Marga und Edmund Boysen, Buchschlag, Forsthausweg 13. Das war wunderbar. Die Wohnung war bildschön. Drei Wochen Urlaub lagen vor uns. Drei schöne Wochen, die wir bei uns verleben wollten. Es waren herrliche Tage, die durch Ausflugsfahrten mit den Eltern abwechslungsreich gestaltet wurden. Die Zeppeliner wurden besucht. Von ihnen erfuhr ich, dass die Wiederaufnahme der Luftschifffahrt noch immer nicht absehbar war. Daher ergriff ich gerne die Gelegenheit, als mir das HWK mitteilte, dass sich für Walfänger ausnahmsweise die Möglichkeit bot, in einen laufenden Kapitänslehrgang der Navigationsschule Altona einzusteigen, diesen in den Wintermonaten während der Fangsaison zu unterbrechen und nach Rückkehr im Frühjahr 1939 wieder aufzunehmen. Mein volles Gehalt würde für die Dauer der Schulzeit weiterbezahlt. Das war nun wirklich ein großzügiges Angebot, das ich sofort wahrnahm. Reh und ich wollten die Zeit bis zu meiner Ausfahrt zum Walfang zusammen in Hamburg verleben. Wir suchten und fanden ein Zimmer in der Schlüterstraße in der Nähe des Dammtorbahnhofs. Jacobsen hießen unsere Vermieter. Er war Jude und bekam keine Arbeit mehr. Jacobsen und seine Frau waren sehr nett, und wir haben uns dort im Tiefparterre sehr wohl gefühlt. Ich erinnere mich gern an diese Zeit. An die Einkäufe in den naheliegenden Läden, an die Schularbeiten, die ich nun im

Beisein meiner Frau machen konnte, an die ungewöhnliche Einrichtung der Waschgelegenheit und der Toilette und selbst daran, dass uns ein Straßenpassant eines Tages eine Flasche Wein stahl, die wir zur Kühlung in die Fensternische gestellt hatten. Und dann natürlich unser unvergesslicher Ausflug nach Lüneburg über ein Wochenende. Wir wohnten dort in einem guten Hotel. Die alte Stadt faszinierte uns, die Bootsfahrt auf der lieblichen Ilmenau regte uns an. Wir gingen nicht zu spät in unser Hotelzimmer und hatten uns, kindlich oder nicht, vorgenommen, an solch einem herrlich verbrachten Sommertag an unsere Nachkommenschaft zu denken. Und nicht nur daran zu denken, sondern auch unsere bisher durch Vernunft geleitete Zurückhaltung abzulegen und bevölkerungsaktiv zu werden. Die Folgen waren dann auch bald zu spüren. Aber es schien nicht alles seinen normalen Gang zu gehen. Im September muss es gewesen sein, dass deine Mutter einen Arzt aufsuchte, dem sie ihre Beschwerden offenbarte. Nach seiner Feststellung war sie dabei, Zwillinge in ihrem Leib groß werden zu lassen. Das eine Kind schien sich aber in die Bauchhöhle verlagert zu haben und machte Ärger. Die Lage des anderen war normal. Dem Rat des Gynäkologieprofessors von der Wünschklinik in Hamburg folgend, wurde das Bauchhöhlenkind durch Bestrahlung abgetötet, damit das andere unbehindert aufwachsen konnte. Für deine Mutter war diese Zeit sehr hart und schmerzlich, zumal ich jetzt wieder auf meine zweite Walfangreise gehen sollte. Doch ein politisches Ereignis war eingetreten, das das Auslaufen der Flotte in Frage stellte. Hitler schickte sich an, das Sudetenland zu besetzen und es Deutschland einzuverleiben. Es gab schwere politische Verwicklungen. In München wurde dann diese Angelegenheit zu Hitlers Gunsten geregelt und eine entsprechende Abmachung zwischen Deutschland, England und Frankreich getroffen. Wir konnten also unsere Fangreise antreten. Der Abschied von Reh war schwer. Gerade in den kommenden wichtigen Monaten des Werdens unseres Kindes musste sie allein bleiben. Zwar hatte sie ihre Eltern, aber auf ihren Mann musste sie verzichten.«

Er nahm Platz und trank sein Glas leer. Wieder gelang es mir, seine Stimme auszublenden und zu einem pelagischen Wesen am Grunde meines Grogglases zu werden. Doch irgendwann traf mich die Kommandostimme meines Vaters wie eine Harpune und zog mich an die Meeresoberfläche empor: »Hol mal die Karte aus der Rolle, damit du dir ein Bild von meinen beiden Reisen machen kannst.«

Ich breitete die Seekarte auf dem Teppich vor seinem Krankenbett aus, direkt neben der mit Urin gefüllten Bettschüssel. Mein Vater verließ seinen Stuhl und kniete nieder, wobei er Groggläser und die Flasche als Beschwerer auf die Ecken der Karte stellte. Es war eine norwegische Seekarte, die die Gegend östlich von Grahamland zeigte. Am rechten oberen Rand war Kap Hoorn zu sehen. Die durchschnittliche Wassertiefe betrug 5000 Meter.

Mit seinem Finger fuhr mein Vater den über diesem Abgrund mit Buntstift eingezeichneten Kurs nach. Rot für die Saison 37/38, blau für 38/39. Es gab in beiden Farben Angaben über Windstärken, Himmelsbedeckung und Anzahl und Art geschossener Wale. Vieles war norwegisch geschrieben, doch in der Handschrift meines Vaters. Die Schelfeisgrenze war mit Bleistift eingezeichnet.

»Die Inselwelt, zwischen der wir uns bewegten, war höchst interessant. Hohe, eisbedeckte Berge an Backbord auf dem Grahamland, weniger hohe auf den vorgelagerten Inseln. Eigenartige Felsformationen, Deception Island zum

Beispiel, eine fast kreisrunde Felseninsel mit steil abfallender Küste, eine schmale Einfahrt zu einem Naturhafen in der Mitte der Insel. Wir versuchten ganz nach Süden bis ans Festeis zu kommen und gelangten bis auf etwa 69 Süd und 76 West. Hier entdeckten wir Küsten, Inseln, Meeresarme und Durchfahrten, die auf unseren Seekarten nicht eingezeichnet waren. Wir machten uns den Spaß, den Verlauf der unbekannten Küstenteile auf dieser Karte einzuzeichnen und gaben der neuen Umwelt erfundene Namen. Es gab eine große Palaverbucht, wo sich zahlreiche Pinguine versammelt hatten. Ein Kap benannten wir nach unserem Kapitän Kap Jars. Hier war die Dauwalstraße und hier ein Gebiet, das wir ›zu den sechs Flagwal-Bergen‹ nannten.«

Mein Vater zog sich an der Armlehne des Ohrenstuhls hoch und setzte sich wieder. Seine Augen hatten diesen Entdeckerblick, den ich schon als Junge zuweilen bemerkt hatte. Ich wusste, dass er mich und die Dinge im Raum dann nicht sah, sondern dass sein Blick der Krümmung der Erdoberfläche in unbekannte Weiten folgte.

»Am 20.April des folgenden Jahres waren wir zurück in Hamburg. Mein Reh konnte mich diesmal nicht erwarten. Sie hatte ja mit Kinderkriegen zu tun und musste in Buchschlag bleiben. Mutter war nach Hamburg gekommen, und bei Annchen feierten wir ein fröhliches Zusammensein. Es hielt mich verständlicherweise nicht lange in Hamburg. Am 24. April, nachdem das Schiff an seinen festen Liegeplatz gebracht worden war, musterte ich ab und setzte mich gleich auf die Bahn. In Buchschlag fand ich meine Frau rund und dick, voll Sehnsucht auf mich wartend. Die Wiedersehensfreude war groß. Behutsam musste ich mit ihr umgehen. Wir wohnten wegen der Umstände bei den Eltern. Die ärztlichen Untersuchungen, die Reh periodisch hatte machen lassen, deuteten auf eine normale Geburt unseres Kindes hin. Am 10. Mai setzten die Wehen ein, und ich brachte meine liebe Frau in das Kreiskrankenhaus nach Langen. Gegen meinen Protest schickte man mich wieder nach Hause. Nachts, gegen zwei Uhr kam der erlösende Anruf vom Krankenhaus, dass ein gesunder Junge geboren worden war. Mich hielt es nun nicht mehr im Haus. In dunkler Nacht schwang ich mich aufs Fahrrad und radelte über die Felder nach Langen. Das Aufnahmepersonal hielt mich für nicht ganz zurechnungsfähig, ließ mich aber dann doch ein. Bald konnte ich auch in das Zimmer, in dem Reh und unser Junge untergebracht waren. Wie froh und glücklich waren wir zwei. John Henning sollte der Junge heißen, John nach meinem Onkel John Jakob, der in jungen Jahren auf See geblieben war, und Henning nach unserem Vorfahr, der sich auf unserer alten, ehrwürdigen Uhr verewigt hat, die jetzt wohl dank deiner liebevollen Pflege wieder schlägt.«

17

Wir gingen am nächsten Morgen zum Kanal. Ich hatte ihn untergehakt. Dabei spürte ich, wie dünn er geworden war, wie leicht. Eine Böe hätte ihn davon wehen können. Wir standen auf der Uferböschung. Die Signallampen leuchteten rot. Er sagte: »Das bedeutet, dass sich ein Weichenschiff nähert. Es hat Vorfahrt, die anderen müssen warten, entweder festmachen oder bei laufender Maschine stoppen.«

Wir starrten beide voller Erwartung mal in die eine, mal in die andere Richtung der Wasserstraße. Endlich waren über den Bäumen hinter der Kurve im Norden die Toppen eines Schiffes zu sehen. Der Körper meines Vaters straffte sich. Ich spürte, dass er erregt war. Dann erschienen die massigen Aufbauten und der Rumpf eines großen Schiffes. »Es hat im Vortopp einen schwarzen Ballon gehisst. Es ist das Weichenschiff«, rief er aufgeregt wie ein kleiner Junge. Langsam glitt das Fahrzeug näher. »Ein Containerschiff.« Ein Ton tiefer Enttäuschung war in seiner Stimme. »Eigentlich sind das keine richtigen Schiffe, sondern schwimmende Lagerhallen.«

Die weißen Stahlwände glitten vorbei und versperrten den Blick auf das gegenüberliegende Ufer. »Er fährt unter einer karibischen Flagge, um Steuern zu sparen. Das ist moderne

Piraterie. Wahrscheinlich ist er unterbemannt. Kaum echte Seeleute an Bord. Kein Wunder, dass so viel passiert. Ich bin froh, dass ich noch eine andere Seefahrt erlebt habe.«

Inzwischen war das andere Ufer wieder zu sehen. Die Schraubenwasserwellen des weißen Molochs schwappten ans Ufer. Der Blick meines Vaters ging nach drüben, als sei die andere Böschung eine Kimm aus Gras und Steinen. Dann blickte er wieder diese langweilige Nabelschnur zwischen Nord- und Ostsee entlang, die einst aus seekriegsstrategischen Gründen auf Geheiß von Kaiser Wilhelm gebaut worden war, im Sommer jetzt ein Paradies der Angler und Yachtensegler mit ihren winkenden Frauen an Bord.

»Du sagtest vorhin, dass Weichenschiffe Vorfahrt haben. War das nicht damals dein Problem bei dem Unglück mit dem Muschelkutter?«

Er sah mich erschrocken an. Seine Augen tränten stark, vermutlich vom Kanalwind, der hier meistens herrschte. »Lass uns nachher darüber reden«, sagte er. »Beim Kirchgang.«

Schweigend gingen wir zum Altersheim zurück. Eines war mir inzwischen völlig klar: Mein Vater hatte noch einmal richtig angeheuert. Er versuchte sogar als Kapitän zu fahren wie zuvor in seinem Haus, nachdem seine Frau gestorben war.

Am Eingang erwartete uns die Totenhündin. Sie bat uns in ihr kleines Büro herein. Wir mussten nebeneinander Platz nehmen. »Es ist so schön, wenn sich Vater und Sohn verstehen«, sagte sie. »Sie bleiben uns doch noch eine Weile erhalten?«, fragte sie an mich gewandt.

»Ich muss bald wieder fort. Ich habe zu tun. Es geht darum, einen großen Roman zu schreiben. Über einen Piraten.«

»Aber das können Sie hier doch am besten«, sagte sie. »Bei diesem Vater!«

Als wir im Zimmer waren, war es genau halb zwölf. Der Blick meines Vaters verengte sich auf einen imaginären Punkt, der tief in ihm zu liegen schien. Dann holte er einige eng beschriebene Seiten aus einem Aktenordner und begann mit monotoner Chronistenstimme seinen Bericht. Es war, als befände er sich vor den Schranken eines Gerichts und solle als Angeklagter und Zeuge in einer Sache aussagen.

»Man schrieb das Jahr 1947, als ein grausamer und folgenschwerer Seeunfall, in den ich verantwortlich verwickelt war, mir sehr zusetzte. Wir waren am 9. Oktober um sechs Uhr zwanzig mit der ›Rolf Verhey‹, einem zum Muschelkutter umgebauten holländischen Bojer, mit einer Ladung Muscheln nach Dagebüll gefahren, um sie, nachdem sie in Wyk gründlich gereinigt worden waren, in einen bereitstehenden Eisenbahnwaggon zum Transport in das Rheinland umzuladen. Das musste alles mit Schaufel und Forke per Hand geschehen. Für diese Arbeit hatten wir deshalb neben der vierköpfigen Besatzung noch eine Löschkolonne von 13 Mann an Bord genommen. Es war ruhiges Wetter, fast windstill, aber neblig, Sichtweite etwa 200 m. Unsere Arbeit hatten wir gegen acht Uhr dreißig erledigt und dann sofort die Heimreise angetreten, da wir wieder zum Fischen auslaufen sollten. Von Dagebüll aus hatte ich mich noch telefonisch in Wyk erkundigt, ob und wann das Fährschiff ›Uthlande‹ ausgelaufen sei. Da die Sicht beschränkt war, konnte ich mir die ungefähre Begegnungszeit mit dem Schiff ausrechnen und erhöhte Aufmerksamkeit walten lassen. Beim Passieren der Tonne 1 konnten wir in etwa 100 m Abstand das Motorboot ›Rungholt‹ ausmachen, das ebenfalls von Wyk nach

Dagebüll unterwegs war. Obwohl es von uns rechtzeitig gesichtet werden konnte, bemerkte ich doch, dass der Nebel zugenommen hatte, seitdem wir Dagebüll verlassen hatten. Aus diesem Grund beorderte ich einen doppelten Ausguck an die Bugspitze, ließ die Maschine mit verminderter Geschwindigkeit laufen und regelmäßig Signale mit dem Nebelhorn geben. Etwa um neun Uhr zwanzig wurde vom Ausguckposten das in schneller Fahrt laufende Schiff ›Uthlande‹ nahebei an Steuerbord voraus gesichtet. Wir waren eindeutig das ausweichpflichtige Schiff, denn er hatte uns an Backbord. Ein Manöver ohne Kursänderung, Grün an Grün, also ein Passieren Steuerbordseite an Steuerbordseite, war nicht mehr möglich. Auch die andere Möglichkeit, jetzt hart Steuerbord zu geben, wozu wir als das ausweichpflichtige Schiff verpflichtet gewesen wären, um in einem Manöver Rot an Rot den Entgegenkommer an Backbord mit unserer Backbordseite zu passieren, kam zu spät. Wir wären mit unserem Bug in seine Seite gelaufen. Ein Zusammenstoß war meines Erachtens unvermeidlich, und es ging jetzt darum, die Kollision so ablaufen zu lassen, dass keine Menschen gefährdet würden. Die meisten der Leute befanden sich im Vorschiff unter Deck, da die Platzverhältnisse auf einem Muschelkutter wegen des großen offenen Laderaums sehr beengt sind. Für mich ging es deshalb darum, den Stoß möglichst weit achtern aufzunehmen. Deshalb gab ich hart Backbord Ruder, wohl wissend, dass dieses Manöver, das man Rot an Grün nennt, nicht den Regeln der Seestraßenordnung entsprach. Wir wurden dann auch kurz vor dem Ruderhaus an Steuerbord von der ›Uthlande‹ getroffen. Unser Kutter sackte unmittelbar nach der Ramming übers Heck ab. Es gelang mir und den anderen im Ruderhaus befindlichen Besatzungsmitgliedern nur mit Mühe, den Raum durch die klemmende

Tür zu verlassen und nach vorne zu laufen. Sämtliche Leute, die sich im Bugraum befunden hatten, konnten an Deck kommen. Aber ›Rolf Verhey‹ sank dann so schnell weg, dass wir alle Mann ins Wasser mussten. Die im Meer treibenden Leute versuchten sich, so weit möglich, an aufgeschwommenen Holzstücken festzuhalten. Ich hatte auch eine Holzplanke zu fassen bekommen, an der ich mich, in Lederbekleidung und Seestiefeln, anklammern konnte. In meiner Nähe schwamm der Muschelarbeiter Max Kannas, der sich nicht mehr über Wasser halten konnte und um Hilfe rief. Ich schwamm zu ihm und schob ihm mein Holzbrett unter den Bauch.«

Ich kannte die ›Rolf-Verhey-Story‹ in- und auswendig. Sie hatte mir schon als Kind gewaltigen Eindruck gemacht und sehr zu der Heldenverehrung beigetragen, die ich meinem Vater entgegenbrachte. Jetzt konnte ich sie nicht mehr ertragen. Ich versuchte wieder, seine Stimme auszublenden, sie durch Weghören zum Verstummen zu bringen. Doch diesmal gelang es mir nicht. Ich schlürfte laut beim Trinken und klammerte mich dann an anderen Nebengeräuschen fest. Im Kopf meines Vaters wimmelte es offenbar wie in einem Bienenstock. Zahllose Daten, Positionen, Koordinaten, Fakten, Verwandtschaftsbeziehungen, ein riesiger Schwarm von erlebten Momenten. Nach dem Tod meiner Mutter hatte er zu reden begonnen. Er hatte den Panzer seines Schweigens abgestreift und dafür einen neuen Panzer angelegt, den seines Redens. Er hatte zwar alles bereits fleißig und erstaunlich eloquent aufgeschrieben, aber nun wollte er es zusätzlich erzählen, mit Hilfe der Stimme beschwören. Dazu brauchte er einen Zuhörer, und da es der Sohn war, konnte er davon ausgehen, dass sein Zuhörer kompetent zuzuhören vermochte, kompetenter jedenfalls als seine Tischdamen. Vieles von dem, was er redete, war mir längst bekannt, vieles war und blieb interessant, dennoch ging es mir mehr darum, dem Klang seiner Stimme zu lauschen als dem, was sie erzählte. Ich wurde dabei das Gefühl nicht los, Zeuge einer verzweifelten Jagd zu sein, der Jagd nach dem weißen Wal der Vergänglichkeit, ein Unternehmen, das unweigerlich dem Jäger zum Verhängnis werden musste.

Er hielt, während er redete, die Augen geschlossen, ich inzwischen auch. Beide waren wir durch diese künstliche Dunkelheit verbunden. Mir schien es, als triebe ich in einer Strömung von unverständlichen Wörtern, die unaufhörlich aus seinem inzwischen fast zahnlosen Munde quoll. Sie war schnell und voller Wirbel und spülte mich ins Meer hinaus. »Ich erinnere mich noch gut an die Fahrten mit dem kleinen umgebauten Rettungsboot, das wir benutzten, um unsere Muschelfelder mit Pricken auszustecken, und auf denen du, mein Sohn, mich ab und an begleiten konntest.«

Ich sah die Szene immer noch deutlich vor mir. Ich durfte steuern, nach seinen Anweisungen. Ich hatte die Pinne in der Hand, und er wies auf einen dieser Birkenstämme mit dem Reisigbesen an der Spitze, einer sogenannten Pricke, die das Fahrwasser markierte. Ich war glücklich, denn ich war das einzige Besatzungsmitglied, das unter diesem Kapitän fahren durfte.

»Was ich im Zusammenhang mit der Kollision ›Uthlande‹ – ›Rolf Verhey‹ befürchtete und so belastend empfand, kam 1948 auf mich zu. Im Februar wurde mir von der Staatsanwaltschaft in Flensburg die Anklageschrift wegen fahrlässiger Tötung zugesandt.«

Ich sah die weiße Tischdecke im Wohnzimmer. Auf ihr lagen zwei kleine in Schiffsform geschnittene Pappstücke, die mein Vater immer wieder hin und her schob, um so die Situation der Kollision nachzustellen. Das gesetzeswidrige Ausweichen nach Backbord. Die dadurch bedingte Rettung der Leute im Bugraum, der Tod der drei Personen, die sich im hinten liegenden Maschinenraum befanden und keine Chance hatten. Das Wrack der ›Rolf Verhey‹ auf dem Strand, der aufgeplatzte Bootskörper, der Gummistiefel im Bilgenwasser, der wie der Teil eines Leichnams wirkte. War mein Vater ein Held? Zweifellos war er das. Ich raffte mich zu einer Frage auf: »Ist es wahr, dass damals die Frauen der elf Arbeiter aus dem Bugraum in den Gerichtssaal einmarschiert sind, um das Gericht für dich einzunehmen? Schließlich hat dein Manöver ihre Männer gerettet.«

»Woher weißt du das?«, fragte er misstrauisch.

»Deine Frau hat es mir erzählt.«

»Ja, sie war eine gute Frau. Von Buchschlag kamen damals schlechte Nachrichten. Vater Müller-Lässig war ernstlich erkrankt. Es ging ihm schon eine Zeit lang nicht gut, aber trotz intensiver Untersuchungen und Beratungen durch qualifizierte Ärzte konnte nichts Bedrohliches festgestellt werden. Aber nun wurden Muttis Briefe immer alarmierender, und so wurden wir an sein Krankenbett gerufen. Am 25. Juli fuhren deine Mutter und ich nach Buchschlag. Ihr Vater lag schon im Koma, so dass er uns nicht mehr erkannte. Am 28. Juli wurde er von einem schweren Krebsleiden erlöst.«

»Ich war auch dabei. Ich habe die Leiche gesehen.«

Was ich nicht preisgab, war jene grauenhafte Szene, die sich meiner Erinnerung eingegraben hatte. Die Schwester meiner Mutter schrie ihrer Mutter zu: »Jetzt, da ich ihn nackt gesehen habe, verstehe ich, dass du ihn immer mit anderen Männern betrogen hast. So ein kleines Glied.« Ich erblickte in jenem Moment durch die angelehnte Tür des Gästezimmers den Toten mit dem offenen Mund, dem heruntergesunkenen Kinn.

Mein Vater nahm seinen Faden wieder auf. »Wir blieben noch bis zu seiner Beerdigung und fuhren dann nach Wyk zurück...«

So sehr ich versucht war, wieder abzutauchen, es gelang mir diesmal nicht, die suggestive Erzählstimme meines Vaters auszulöschen. Doch die Strömung, in der ich trieb, war langsamer geworden, die Ufer des Flusses auseinander getreten. Die Mündung war nahe. Ich glaubte, bereits das Meer zu hören, als seine Worte erneut das ferne Rauschen übertönten und bis an mein Ohr drangen.

»Unsere Wohnung im ersten Stock hatte eine ideale Lage, war aber, wie so viele Behausungen in Wyk, eigentlich nur für Sommervermietungen eingerichtet. In den Monaten von April bis Oktober etwa hatten wir es gut dort mit der großen Veranda, von der man einen freien Blick über das Wasser bis nach Dagebüll hatte. In den Wintermonaten war es manchmal kaum auszuhalten. Bei scharfem Ostwind wurde es nicht warm in unseren Zimmern. Wenn der Wind das Wasser von der Küste weg in die Nordsee trieb, wenn Hohlebbe herrschte, war die Wasserversorgung im Haus unterbunden. Dann musste deine Mutter das kostbare Nass eimerweise von der Handpumpe im Hof nach oben schleppen. John Henning hatte wohl den besten Teil erwischt. Für ihn waren der Strand im Sommer, die Pötten und Eisschollen im Winter das ideale Spielgebiet. Er hatte sich körperlich und geistig sehr gut in der klaren Nordseeluft entwickelt. Er war groß geworden. Die Schule machte ihm überhaupt keine Mühe. In seiner Klasse war er immer einer der Ersten, was ihm nicht gerade viele Freundschaften einbrachte. Ohne dass es sehr deutlich wurde, hat er darunter doch gelitten, da er sehr sensibel war.«

Ich war jetzt hellwach. Er sprach tatsächlich plötzlich von mir in der dritten Person, obwohl ich doch bei ihm saß, mit einem leeren Grogglas in der Hand. Ich erhob mich, bedankte mich. »Wofür?«, fragte er.

»Dafür, dass du lebst und für all das, was du in deinem Gedächtnis bewahrt hast.«

Er sah mich an mit einem Blick, in dem Verzweiflung und Trostlosigkeit lagen. »Es ist viel zu wenig übrig. Ich habe viel zu viel vergessen. Auf keinen Fall gehe ich auf die Insel zurück. Sie hat sich viel zu sehr verändert. Ich habe gelesen, dass sie jetzt an der Mittelbrücke eine Bank installiert haben für alte Fahrensleute, die sich dort unterhalten sollen, damit die Touristen etwas von der Vergangenheit erfahren.«

»Du hast Recht«, sagte ich. »Auch ich könnte dort nicht leben. Obwohl ich dort wahrscheinlich meine schönsten Jahre verbracht habe, jedenfalls was das Wetter und die Landschaft anbelangt. Ich habe oft von der Insel geträumt. Auch heute noch träume ich von ihr. Ich lebe jetzt an einem Ort, der der Insel ähnlicher ist als sie sich heute selbst.«

Ich verabschiedete mich, schloss die Tür behutsam und ging hinunter. Als ich am Büro vorbeikam, rief mich die Totenhündin hinein. »Ihr Vater braucht seine Lakritzbonbons«, sagte sie. »Würden Sie so nett sein, welche zu besorgen? Er hat seine Vorräte alle aufgebraucht.«

Zurück im Haus meines Vaters gab ich mich den Bildern hin, die sein Monolog in mir ausgelöst hatte und die immer noch vorbeifluteten vor meinem inneren Auge. Ich schmeckte die Muschelwurst, die so sandig war, dass sie zwischen den Zähnen knirschte. Ich hörte die hysterische Stimme meiner Mutter, die oben auf dem Absatz des Treppenhauses stand, als ich aus der Schule kam. Sie hatte mich von der Veranda aus gesehen. Sie schrie: »Dein Vater ist untergegangen.«

Der rote Treppenläufer verwandelte sich in einen Blutsturz. Meine Beine waren aus Blei, während ich mich am Treppengeländer hochzog. Sie hatte die Arme ausgebreitet und schloss mich in sie. Jetzt erst sagte sie: »Er lebt, dein Vater, mein geliebter Mann lebt. Aber es gibt Tote.«

Als mein Vater am Abend gekommen war, hatte er kein Wort über das Geschehen gesagt. Er hatte sich in der Küche ausgezogen, und meine Mutter hatte die Schürfwunden versorgt, die er sich bei dem Aufbruch der eingeklemmten Tür des Ruderhauses geholt hatte. Ich hatte also wieder einmal seinen Tod erlebt und seine plötzliche Wiederauferstehung.

18

Ich rief den Hausarzt meines Vaters an, denn ich wollte Gewissheit haben über seinen Zustand. Eine Stunde später war er da. Ein großer, dunkler Mann, zu dem man sofort Vertrauen fasste. Einer jener typischen Landärzte, die noch Hausbesuche machen und so etwas wie ein wandelndes Placebo sind. »Der Prostatakrebs Ihres Vaters hat gestreut. Es ist inzwischen Knochenkrebs daraus geworden«, sagte er. »Aber in seinem Alter laufen die Prozesse im Körper sehr langsam. Er hat ein starkes Herz. Es ist durchaus möglich, dass er eines natürlichen Todes stirbt, ehe der Krebs ein letales Stadium erreicht. Machen Sie sich also keine Sorgen. Es ist alles so weit in Ordnung. Wie steht es mit Ihnen?«

Er sah mich prüfend an. Dabei kam er mir vor wie ein Heuerbaas, der herausbekommen wollte, ob er mich zur Anmusterung auf einem Totenschiff empfehlen sollte. Er öffnete seinen schwarzen Lederkoffer und entnahm ihm ein Blutdruckmessgerät. Während ich meinen Unterarm auf die Resopalplatte des Küchentisches aufstützte und er das Gerät anlegte, hörte ich draußen vom Flur her überlaut das Ticken der Standuhr. »Zu hoch«, sagte er. »Ich würde vorschlagen, Sie kommen morgen in meine Praxis zu einer Grunduntersuchung. Bringen Sie bitte eine Stuhlprobe mit.«

Er überreichte mir ein kleines, verschließbares Glasröhrchen. Dann verschwand er nach einem festen Händedruck.

Ich verbrachte den Rest des Tages damit, auf dem Dachboden herumzustöbern, und ich wurde tatsächlich fündig: mehrere Kisten, die meine alten Bastelsachen enthielten. Die Kosmosbaukästen ›Optik‹, ›Chemie‹ und ›Elektrotechnik‹, das selbstgebaute Mikroskop, das Teleskop, der Funkeninduktor, das alte Radio. Ich breitete meine Schätze auf dem Küchentisch aus. Dann holte ich eine Wäscheklammer aus dem Keller, eine Rolle Blumendraht und zwei Reißzwecken und bastelte damit eine primitive Morsetaste. Ich schloss den Funkeninduktor an den dazugehörigen Transformator, fügte die Morsetaste in den Niedervolt-Stromkreis ein und verband einen der Pole des Induktors mit Hilfe des Drahtes durch das Küchenfenster hindurch mit der Regenrinne. Diesen primitiven Funkensender hatte ich einst auf einer Insel als Vierzehnjähriger gebaut und damit den Radioempfang der Einwohner im Umkreis von einigen hundert Metern gestört. Sie hörten statt Musik nur Knattern, wenn ich einen Stromimpuls auf den Funkeninduktor gab, der ihn auf 20 000 Volt hochspannte.

Ich schaltete den Strom ein und betätigte die Morsetaste. Ich sendete SOS, drei Punkte, drei Striche, drei Punkte. Durch die Tüllgardine beobachtete ich die Nachbarhäuser. Nichts geschah. Vermutlich war in der Umgebung der Fernsehempfang gestört, aber niemand kannte natürlich die Quelle.

Während ich Bier trank und weiter Morsezeichen sendete, dachte ich an meine eigene Geschichte der drahtlosen Telegraphie. Ehe ich Radios repariert und sogar selbst gebaut habe, habe ich sie kaputtgemacht. Einmal, ich kann nicht älter als drei gewesen sein, warf ich eine Nagelfeile durch den Schlitz an der Rückseite des Zauberkastens. Die Stimme des kleinen Männchens in ihm erlosch, und eine Qualmwolke drang aus dem Inneren. Das Radio war wohl schwer beschädigt, aber es wurde repariert, und ich wurde wieder einmal zum Klo geschickt, um den Kopf in die Schüssel zu stecken und heftig zu schütteln, damit der Teufel herausfiel.

Kurz nach dem Krieg, als ich wieder draußen spielen durfte, entdeckte ich in der Nähe des kleinen Flüsschens, das unseren Ort durchzog, einen Schrottberg, auf dem die Amerikaner alte Radios und Funkgeräte entsorgten. Es war das Paradies für mich. Ich bat meine Mutter, mich mit dem Fahrrad dorthin zu fahren. Ich saß auf dem Gepäckträger und hatte meine Arme um ihre Hüften geschlungen. Auf der Müllhalde suchte ich das in meinen Augen schönste Radiochassis mit glänzenden Röhren, Kupfer- und Aluminiumteilen und einer golden-gläsernen Skala heraus. Wir schleppten es auf dem Gepäckträger zurück, und ich begann, das Gerät in seine Einzelteile zu zerlegen.

Während einer Kinderkrankheit, die mich für einige Zeit ans Bett fesselte, weil sie mit hohem Fieber verbunden war, brachte mir meine Mutter einen Kasten mit roten Kupferspulen und anderen Elektroteilen ans Bett. Ein Geschenk der kinderlieben Besatzer, für die meine Mutter Salate bereitete. Die Amerikaner hatten die Villa meiner Großeltern, die nebenan lag und die ihnen besonders zu gefallen schien, als Hauptquartier ausgewählt. Ich vermute, dass meine Mutter von meiner Krankheit erzählt hatte. Dieses Geschenk verstärkte meine Obsession für die Welt des Radios.

Als ich sechzehn war, baute ich meinen ersten Empfänger. Wir hatten die Insel gerade verlassen und lebten jetzt in der nahegelegenen Kleinstadt. Nie werde ich jenen Triumph vergessen, als es mir im Keller des neuen Hauses tatsächlich gelungen war, mittels einer auf einen Klopapierrollenkern gewickelten Induktionsspule, einigen anderen Bauelementen wie einfachen Drehkondensatoren, Widerständen und einer Triode ein primitives Radio zu basteln. Es war ein Audioneinkreiser mit Rückkopplung. Ich hatte die Bauteile auf einem Holzbrett montiert, sie mit freiliegenden Drähten verbunden. Dann hatte ich Wechselstrom aus der Steckdose gezapft. Als ich einen Kopfhörer aufgesetzt hatte, war das Wunder geschehen: Ich hörte plötzlich Musik und Stimmen. Leise, verzerrt, wie aus dem Jenseits kommend.

Jetzt war es wieder so weit. Das gleiche Radio befand sich vor mir auf dem Küchentisch. Der Lautsprecher, ein alter Freischwinger, stand neben dem Brett mit den Röhren, Spulen, Drähten, Widerständen und Kondensatoren. Ich prüfte die Kontakte. Alles schien in Ordnung. Ich steckte den Stecker in die Steckdose und bewegte den Drehkondensator vorsichtig von einem Anschlag zum anderen. Plötzlich dudelte Musik. Sie klang verzerrt. Dann hörte ich eine Stimme. Sie war monoton und eindringlich und wiederholte immer wieder den gleichen unverständlichen Satz. Ich schaltete das Radio aus. Die Skalenbeleuchtung brannte nicht mehr. Aber die Stimme kam immer noch aus dem Lautsprecher. Ich legte das Ohr an die Stoffbespannung, hörte es rauschen und knacken. Da ertönte sie wieder, diesmal deutlicher. Sie klang italienisch. »Vieni oggi alla torre.« Obwohl die Stimme stark verzerrt war und oft im Rauschen und Knacken unterzugehen drohte, klang es wie der Refrain eines Liedes: »Vieni oggi alla torre. Komm heute zum Turm.«

Hatten die Kondensatoren so viel Strom gespeichert, dass das Radio eine Weile laufen konnte, ohne angeschaltet zu sein? Ich stellte es wieder an. Die Skalenbeleuchtung brannte zwar, aber eine der Röhren glühte nicht mehr. Ihre Heizfäden waren offensichtlich durchgebrannt. Wahrscheinlich hatte ich mir die Stimme nur eingebildet. Vielleicht hatte ich einfach Heimweh nach Marconis Turm.

In dieser Nacht konnte ich nicht schlafen. Ich hörte plötzlich die Stimme meiner Mutter. Sie kam aus dem Kissen, auf dem ich lag. Ich warf das Kissen aus dem Bett. Nun schien die Stimme aus den Tapetenblumen zu kommen, dann aus dem schwarzweißen Webteppich an der Wand, auf dem Ritter und ihre Damen dargestellt sind, die Ritter stehend, das Schwert von sich gestreckt, die Damen vor ihnen kniend, mit zurückgelegtem Haupt. Die Stimme meiner Mutter kam auch von draußen, vom Flur, unter der Tür mit dem dünnen Lichtspalt kroch sie hindurch. Sie war allgegenwärtig, und es nützte nichts, dass ich mir die Ohren zuhielt, dass ich den Kopf unter die Decke steckte und halblaut vor mich hinsprach, Beschwörungsformeln der Vergangenheit wie ›Du sollst brav sein‹ oder ›Komm einmal her zu mir‹.

Immer wenn ich einzuschlafen versuchte, wurde ich von einer wahren Sintflut von Bildern heimgesucht. Sie entstammten zum Teil einer Zeit, als ich im Alter von drei Jahren zu einer Art Walfänger geworden war. Das Walfangmutterschiff ›Wikinger‹ lag damals in der Kieler Förde auf Reede und diente als Kraft-durch-Freude-Schiff für die in Kiel stationierte U-Boot-Flotte. Mein Vater war Erster Offizier. Er hatte das Glück, bei der Handelsmarine bleiben zu können. Dies war der Grund dafür, dass er nicht auf einem Kriegsschiff zum Einsatz kam, sondern auf einem Hilfsschiff, das der seelischen und geistigen Aufrüstung der Truppe diente.

Meine Mutter und ich wohnten in Heikendorf in einer Pension. Mein Vater blieb zuweilen über Nacht. Meine Eltern gingen ins Kino. Man ließ mich wie selbstverständlich allein. Ich verspürte ein menschliches Rühren, ging auf den Topf, wischte mir gründlich den Po ab und legte ein großes Bilderbuch, ›Peterchens Mondfahrt‹, über den Topf, damit es nicht so stank. Es war meine Idee. Meine erste kulturelle Leistung. Niemand hatte mich dazu aufgefordert.

In diese Zeit fiel meine erste Liebe. Die Pensionstochter und ich spielten im Hühnerstall, krochen durch den Hühnertunnel voller Hühnerkot. Wir bewarfen uns damit. Viele Jahre später, als Sechzehnjähriger, kroch ich noch einmal zusammen mit meinem Freund Rolle Goos durch einen solchen Tunnel. Er führte zur Rückseite des Bordells. Wir kletterten die Mauer hoch und sahen in den Hinterhof. Unter der Laterne über dem Eingang stand ein Mann und rauchte. Wir erschraken so sehr, dass wir durch die Hühnerfäkalien zurückrobbten und in der Dunkelheit über ein weites Feld entkamen. Ich rannte in vollem Lauf in einen Stacheldraht, riss mir die Hose und das Bein auf, blutete wie ein Schwein und wurde in Rolles Wohnung von dessen Mutter notdürftig verpflastert. Ich saß neben Rolle in der Schule. Er war ein Witzbold und hatte sich darauf spezialisiert, bedeutende Furze loszulassen. Ich lachte und erhielt im folgenden Zeugnis deshalb statt meiner üblichen Eins eine Drei in Biologie, weil der Biologielehrer, ein unverbesserlicher Nazi, just in diesem Moment von den Geheimnissen der menschlichen Vermehrung geredet hatte. Er empfand mein Lachen wohl als Blasphemie gegenüber der Rassenkunde und beschimpfte mich vor der Klasse als moralisch verrottet. Im folgenden Schuljahr saß ich nicht mehr neben Rolle Goos, und meine Zensur in Biologie erholte sich.

Damals in Heikendorf erlebte ich auch meinen ersten Bombenangriff. Wir saßen mit allen Pensionsgästen, den

Inhabern, meiner Mutter und meiner Geliebten in einem winzigen, schmutzigen Keller. Die Detonationen, das Abwehrfeuer, das angstvolle Stöhnen der Erwachsenen, die erdrückende Umarmung meiner Mutter, die Augen meiner Freundin, die weit aufgerissen waren und mich anstarrten, als erwarte sie eine Heldentat von mir. Ich war dreieinhalb Jahre alt und mir sicher, dass ich den Krieg gewinnen konnte.

Als wir wieder einmal zum Schiff hinausfahren wollten, herrschte Sturm. Die Barkasse der ›Wikinger‹ lag heftig dümpelnd am Kai mit laufendem Motor. Wir kletterten über eine schwankende Lotsenleiter die Molenmauer hinab und fuhren ab. Meine Mutter hielt eine große Schüssel mit von ihr selbst gemachter Zitronenspeise im Schoß. Der Gischt der Wellen machte uns pudelnass. Dann ging die Barkasse längsseit der ›Wikinger‹, und wir kletterten die lange Leiter an der Bordwand des großen Schiffes hinauf. Mich trug ein Matrose. Meine Mutter stürzte mitsamt der Zitronenspeise über eine Schott im Eingang zum Brückenhaus und verletzte sich am Knie so schwer, dass sie für ein halbes Jahr die ›Wikinger‹ nicht verlassen konnte. Kniewasser war ausgelaufen. Sie zog zu meinem Vater in die Kammer. Mich brachte man mal in der Funkerkabine, mal in einem bullaugenlosen Raum voller Pumpen und anderer Hilfsaggregate unter. Die ganze Nacht das Surren und Brummen, das Leuchten und Blinken der Lämpchen auf der Schalttafel. Die Pfeiftöne der Funkempfänger, die beleuchteten Skalen, das magische Auge, das Klacken der Relais. Manchmal stand ich auf, weil ich vor Aufregung nicht schlafen konnte. Ich setzte mich an den Platz des Funkers und bediente die Morsetaste, sandte unhörbare Signale ins All, während der ständig laufende Empfänger rätselhaftes Piepen und von Rauschen verzerrte Stimmen von sich gab.

Die Mannschaft, die es lustig fand, ein kleines Kind an Bord zu haben, überbot sich zu meinem vierten Geburtstag darin, Geschenke für mich zu basteln. Spielzeug, ein Schlachtschiff, das explodieren konnte, eine Suppenkelle, ein Serviettenring in Form eines dicken Matrosen mit weißer Mütze, blauer Uniform und roter Knollennase, alles aus Holz, an der Drehbank gedrechselt und schön mit Lackfarbe angemalt. In einem Nebenraum fand die Bescherung statt. Sie war mit einem Schock für mich verbunden. In jenem typischen Seemannshumor, der Witz und Grausamkeit vereint, taten meine Wohltäter beim Überreichen der Präsente so, als ob sie sie durch das offene Bullauge aufs Meer hinauswarfen, während sie sie in Wirklichkeit hinter ihren Rücken verbargen. Ich weinte bitterlich, denn ich glaubte jedes Mal meine Schätze auf immer verloren. Es war das erste Mal in meinem Leben, dass sich Gewinn und Verlust so schmerzhaft gegenseitig durchdrangen. Für den ganzen, großen Rest meines Lebens blieb von nun an jedes Glück, jeder schöne Augenblick mit der schrecklichen Angst verschmolzen, alles sogleich wieder verlieren zu können.

Ein besonderes Geschenk erhielt ich vom Stewart. Er führte mich in die Vorratskammer. Dort stand eine große Kiste voll weißen Puders. Der Stewart nahm mich hoch und setzte mich mitten hinein in diese arktische Welt. Sie bestand aus teilweise geklumptem Puderzucker. Wohin ich griff war Süße. Ich fasste in den süßen Schnee und leckte mir die Finger, die Hände, schob mir ganze Stücke in den Mund, nicht ahnend, dass sich für mich in diesem überirdischen Moment sämtliche Maßstäbe, was das Glück und Erfüllung anbelangte, auf immer verschoben.

Andere Kinder zogen zwanzig Zentimeter lange hölzerne Schiffe hinter sich her. Mein Schiff war zweihundert Meter lang und aus Eisen. Alles war überdimensional. An Deck lagen zwei fünf Meter lange, mächtige, rostige Anker, auf denen ich herumkletterte. Irgendeiner von den Ingenieuren hatte mir eine große Kiste auf die Decksplanken gestellt, die zwar diesmal keinen Puderzucker enthielt, aber lauter interessante Schrottteile, Ventile, Rohrstutzen, Schalthebel usw. Mit ihnen baute ich bizarre Burgen.

Die Kammer meines Vaters lag auf dem obersten Stock des Brückenaufbaus direkt hinter der Kapitänskammer. An den Kapitän entsinne ich mich nicht, vermutlich weil ich ihn innerlich abgesetzt hatte. Ich weiß aber noch, wie ich ein Windrädchen direkt neben ein Bullauge der Kapitänskajüte montierte. Der Kapitän hatte die ganze Nacht wegen des lauten Geräuschs kein Auge zugetan, was meinem Vater offenbar eine Rüge eintrug. Diesmal reichte es nicht, dass ich meinen Kopf über die Kloschüssel beugte. An Bord eines Kriegsschiffes herrschten andere Disziplinarmaßnahmen. Es gab eine Tracht Prügel von der Hand des Ersten Offiziers.

Noch ein zweites Mal bekam ich von meinem Vater Hiebe. Ich hatte an den Decksaufbauten kleine rote Kästchen mit einem Knopf in der Mitte entdeckt, eine Kiste herbeigeschleppt, war hinaufgeklettert und hatte auf einen solchen Knopf gedrückt. Augenblicks dröhnten Sirenen, und es wuselte von Männern in Kampfanzügen und Stahlhelmen an Deck, die das Schiff gefechtsklar machten und die Flak besetzten. Ich hatte Alarm ausgelöst, und da keine Übung angekündigt war, glaubte man an einen Ernstfall.

Meine kindliche Hybris war grenzenlos. Heute weiß ich, dass sie die logische Kehrseite der Entdeckermentalität ist. Es gibt keinen Entdecker, der nicht am Syndrom der Selbstüberschätzung leidet. Sie treibt ihn voran ins Unentdeckte, ins nicht von der Realität der Menschenwelt Befleckte.

Nach dem erzwungenen Aufenthalt auf der ›Wikinger‹ ging es zurück in den Krieg mit seinen dunklen Kellernächten und den Säcken voller Angst auf schwarzen Buckeln. Nur noch einmal sah ich mein Schiff wieder. Wir besuchten meinen Vater in Hamburg. Die ›Wikinger‹ lag zur Reparatur im Dock. Beim großen Luftangriff auf diese Stadt wurde sie mittschiffs getroffen. Die Brücke brannte vollständig aus. Auf dem Arm meiner Mutter schwebte ich wenig später durch brennende Straßen über die Elbbrücken nach Harburg. Von dort ging es weiter im Zug gen Süden, an ausgebrannten Waggons vorbei und Lokomotiven, deren von Geschossen durchsiebten Eisenleibern Dampffontänen entströmten. Feuer wärmte und tötete, am Himmel zuckten die Finger der Flakscheinwerfer, im Garten und auf den Straßen brannten kleine Lagerfeuer der Phosphorbomben. Einmal, als Entwarnung war, ging ich hinaus auf die Straße. Die ganze Welt war bemalt, Bäume, Wege, Hausdächer, alles mit gelbem Lehm bedeckt. Er stammte aus den vielen Bombentrichtern. Plötzlich erschien ein riesiges brummendes Insekt über mir. Sein Stachel stanzte kleine Löcher in den Asphalt der Adolf-Hitler-Straße. Eine Frau riss mich am Arm in einen Hauseingang. Ein Tiefflieger hatte mich beschossen, und meine Mutter ließ mich fortan nicht mehr hinaus, auch wenn Entwarnung war.

Bei meinem Freund Horst Landefeld war eine Brandbombe in die Kloschüssel gefallen. Diesmal half kein Märchenbuch. Wir versuchten sie wegzuspülen. Es ging nicht. In unserem Haus war eine Brandbombe durchs Dach ausgerechnet in die Sandkiste gefallen, die dort zum Löschen stand. Mein Onkel Walter war auf dem Dach und tötete die Flammen, indem er mit einer Schaufel auf sie einschlug. Dann kamen viele vor kurzem verschüttete Kinder ins Haus.

Sie hatten alle aufgedunsene Gesichter und zugequollene Augen vom Mörtelstaub. Ein kleiner Junge, so alt wie ich, zuckte ohne Pause. Ich heulte, weil er meinen geblümten Morgenrock tragen durfte.

Einen Tag vor dem Heiligabend des ersten Friedensjahres kam mein Vater aus norwegischer Gefangenschaft zurück. Eine schöne Bescherung, jedenfalls für meine Mutter. Sie freute sich aus meiner Sicht viel zu sehr. Der große Mann, der da zurückgekommen war, gefiel mir nicht besonders, obwohl er mir eine Rolle klebriger Bonbons mitgebracht hatte. Ich musste das Ehebett verlassen, in dem ich Jahre an der linken Seite meiner schönen Mutter geschlafen, geträumt und geliebt hatte. Ich kam in mein altes Gitterbettchen. Ich schob die Hand zwischen den Holzstangen hindurch und bohrte mit dem Finger ein Loch in den Mörtel der Wand.

Der Frieden ließ sich nicht gut an. Er bestand aus lauter Kleinkriegen. Ich begann zu klauen wie ein Rabe. Raben sind schwarz, ich war ein weißer Rabe, unschuldig, weil ich Schuld und Unschuld zu vertauschen vermochte, blitzschnell und nach Bedarf. Ich klaute sogar dem Koch des amerikanischen Hauptquartiers die Stablampe, ein Verbrechen, auf das wenige Wochen nach dem Kriegsende standrechtliches Erschießen als Strafe stand. Meine Mutter brachte mich zurück in die Küche und gestand unter Tränen meinen Frevel. Statt bestraft, wurde ich reich beschenkt mit Ananas, Erdnüssen und Cornflakes.

Einige Wochen nach seiner Rückkehr arbeitete der neue Herr im Hause als Holzfäller im Wald. Wir brachten ihm die dünn belegten Brote. Ich sah die blitzende Axt in seinen Händen, sah, wie sie in die Rinde großer Stämme drang. Dann organisierte der Vater meiner Mutter einen alten, italienischen Güterwagen. Wir zogen in den Waggon, mitsamt der Standuhr und einem Kanonenofen. Sieben Tage ging es gen Norden. Wir fuhren meistens nachts. In Bahnhöfen mussten wir das Ofenrohr einziehen, denn solche Touren waren verboten. Wir froren dann bitterlich. Es ging auf Ablaufberge, von wo aus die Züge neu zusammengestellt wurden. Beim Herunterrollen hielt mein Vater die Standuhr fest. Der heftige Aufprall warf uns zu Boden. Die Möbel waren sorgfältig festgezurrt. Wir befanden uns in einem rollenden Schiff. Je weiter wir nach Norden kamen, umso heftiger blies der Wind durch die Ritzen des Waggons. Mein Vater begann, sie mit Wollfäden und aufgetrennten Betttüchern zu kalfatern. Es konnte keine spannendere Annäherung an ein Ziel geben. Unser Ziel war eine Insel im Meer, die Heimatinsel meines Vaters. Dort hoffte er, Arbeit zu finden. Als wir jetzt, im März 1947, mit dem Güterwagen auf der Mole von Dagebüll eintrafen, schob mein Vater die große Schiebetür zur Seite. Der stürmische Salzwind ließ meine Augen so stark tränen, dass ich das Meer nicht gleich sah. Ich sah nur mein salziges Augenwasser. Doch dann tauchte aus ihm wie ein riesiger grauer Walfisch mit geriffelter Haut das echte Meer auf. Ein Anblick, der über mein Fassungsvermögen ging. In diesem Moment wurde ich für alle Zeiten zu einem Seefahrer zu Lande.

Wir wohnten in einem Haus direkt am Strand im dritten Stock. Die große Veranda ging aufs Meer hinaus. Es war die Brücke, auf der ich oft stundenlang auf und ab lief und den Horizont nach anderen Schiffen absuchte. Fast immer war der lange Geleitzug der Halligen mit ihren Warften zu sehen, manchmal, bei klarem Wetter auch die ferne Küste des Festlandes. Der Flaggenmast auf dem Rasenplatz vor unserem Haus war in Wirklichkeit der vordere Schiffsmast. Mein

Schiff war groß, viel größer als die ›Wikinger‹. Es war so riesig, fast zwölf Kilometer lang, dass ich das Deck mit dem Fahrrad abfahren musste, um von Steuerbord nach Backbord zu gelangen.

Die einheimischen Kinder lehnten mich ab, sie wollten nicht mit mir spielen, denn für sie war ich ein Fremder, ein Eindringling. Sie ahnten ja nicht, dass sie auf meinem Schiff nur geduldet waren, als Passagiere oder menschliche Prisen. Ich konnte sie jederzeit über die Planke gehen lassen. Das war die lange Mittelbrücke, die hundert Meter ins Meer hinausragte. Bei Ebbe lag mein Schiff auf dem Trockenen, umgeben von Schlick und Sand. Dann kam die Flut mit ihrer reißenden Strömung grünen Wassers, und wir wurden wieder flott. Ab ging es Richtung Norden, die Brandung am Strand war die Bugwelle. Doch erreichten wir Dänemark nie wegen widriger Gegenwinde.

Fast zehn Jahre war ich Kapitän auf diesem Schiff. Eine schöne Zeit, die schönste meines Lebens, trotz mancher Meuterei, manchen Ärgers mit der Besatzung. Ich hatte inzwischen begonnen, eine naturwissenschaftliche Karriere zu machen, von der nur ich zu wissen schien. Ich tötete Fliegen mit einem Funkeninduktor, und ich sah so lange und häufig durch mein selbstgebautes astronomisches Fernrohr, bis ich nach Belieben die Welt auf dem Kopf stehend sehen konnte.

Als ich mein Schiff aufgeben musste, weil mein Vater eine Anstellung als Reedereiinspektor bekam und wir deshalb aufs Festland zogen, war ich untröstlich. Auf dem Schrottplatz am Ententeich entdeckte ich das Wrack eines großen Lastwagens. Ich besorgte mir Schraubenschlüssel, baute den Anker der Lichtmaschine aus und schleppte ihn nach Hause. Wieder war es Kupfer, das mich in seinen Bann schlug. Eine große, mehrere Kilo schwere Kupferspule, deren Rotation in einem Magnetfeld einst Strom und Licht erzeugt hatte. Ich wollte den Anker mitnehmen, aber mein Vater verbot es mir. Ich weinte; für einen Sechzehnjährigen ein verrücktes, infantiles, pubertäres Verhalten, das besser zu einem Zehnjährigen gepasst hätte. Schon damals deutete sich an, dass ich seelisch halb so schnell alterte wie körperlich.

19

Als ich die Stuhlprobe machte, hätte ich am liebsten ›Peterchens Mondfahrt‹ dabeigehabt. Später fuhr ich mit dem Rad zum Supermarkt und kaufte zehn Packungen Lakritzbonbons. Dann erschien ich zur vereinbarten Zeit in der Arztpraxis. Es war neblig, draußen und auch im vollen Wartesaal. Überall diffuse Gesichter, Menschen, denen irgendein Leiden ein Stückchen Individualität genommen und zugleich in veränderter Form zurückgegeben hatte.

Ich blätterte in einer dieser Zeitschriften, in denen Bilder und Texte den Eindruck vermittelten, alles sei schöner, besser, spektakulärer, einschließlich der Leiden und Katastrophen, als das, was normalen Menschen vergönnt war. Verstohlen sah ich mich um. Niemand hier war schön oder heroisch oder auf spektakuläre Weise krank. Viele blätterten wie ich in einem dieser Journale, ohne dadurch verunsichert zu werden. Es gab nur eine Erklärung: Die Menschen hier fühlten sich gar nicht hässlich, überflüssig oder schwach. Die Hybris des Durchschnittlichen war dem Lebensgefühl und der Eitelkeit der Helden und Prominenten vermutlich sogar weit überlegen.

Eine Schwester führte mich in ein kleines Zimmer mit Schreibtisch, einer Liege, einigen Geräten. An den Wänden

Kunstdrucke von Bildern van Goghs. »Machen Sie sich frei«, sagte sie. »Der Doktor kommt gleich.«

Der Hausarzt meines Vaters untersuchte mich schweigend und gründlich, maß meinen Blutdruck, meine Größe, mein Gewicht, klopfte Brust und Rücken ab, zog sich einen Plastikhandschuh an und tastete durch den After die Prostata ab. Dann durfte ich mich wieder anziehen.

Wir saßen uns gegenüber. »Ihr Blutdruck ist zu hoch«, sagte er. »Sonst kann ich keine Anomalien feststellen. Warten wir die Laborergebnisse ab. Wichtig ist vor allem, dass Ihre Prostata nicht vergrößert ist. Lassen Sie sich bitte noch Blut abnehmen und geben Sie eine Urinprobe ab. Ich rufe Sie an, wenn ich die Laborwerte habe.«

Er entließ mich mit einem festen Händedruck. Draußen schwang ich mich aufs Fahrrad wie ein Reiter aufs Pferd, der sich sicher ist, jede kommende Hürde nehmen zu können auf dem Parcours des Lebens. War es da ein Wunder, dass sich, während ich am Kanal entlang zum Altenheim fuhr, der Nebel lichtete und die Sonne die ganze Welt mit Gold galvanisierte?

Ich sprang die Treppe hoch und trat ein ohne anzuklopfen. Mein Vater saß wie immer im Ohrensessel. Der Fernseher lief. Er aber sah zum Fenster hinaus. Ich gab ihm die Lakritzschachteln, und er verstaute sie in einem Kühlschrank im Flur. Dann saßen wir beim Kirchgang. Irgendwann fragte ich ihn nach meiner Mutter. Ich hatte drei Groggläser gebraucht, um den Mut dazu aufzubringen. Er starrte mich eine Weile schweigend an. Dann stellte er das Grogglas auf das Beistelltischchen zurück und sein Blick schien zu erlöschen. »Ich habe sie geliebt. Sie war eine gute Frau. Sie hat es schwer gehabt. Du musst es selbst am Besten wissen. Die langen Kriegsjahre, der Mann an der Front, im hohen Norden, dann in Gefangenschaft. Die Angst um den Sohn in den Bombennächten. Sie hat mir erzählt, wie sie sich bei den Angriffen über dich warf, um dich mit ihrem Leib zu schützen.«

»Gerade das hat mir damals große Angst gemacht. Sie hat noch eine Daunendecke über sich gelegt, so dass ich unter all den Schichten zu ersticken glaubte. Unten ich mit meinen vier Lebensjahren, dann sie mit ihrem schlanken Körper, darüber die Daunendecke, schließlich die von Balken verstärkte Decke des Kellerraums.«

»Ich habe nie vor etwas Angst gehabt. Im Krieg nicht, auch nicht, als der ›Hindenburg‹ abstürzte und ich den richtigen Moment abpasste, um so aus dem Fenster der Gondel zu springen, dass ich mir nicht die Knochen brach. Ich habe immer blindes Vertrauen in das gehabt, was manche Schicksal nennen. Ich würde lieber Zufall sagen.«

»Du meinst damit nicht Willkür, sondern eine Art Zufall, der weiß, was er will.«

Er nickte. Er wirkte so zufrieden, dass ich den Augenblick für günstig hielt, ihm meinen Entschluss mitzuteilen, den ich spontan auf dem Weg ins Heim gefasst hatte.

»Mein Verleger hat mich angerufen. Er will mich sprechen«, log ich. »Ich werde morgen früh fahren. Aber ich komme bald wieder.«

»Das wird auch nötig sein«, sagte er. »Glattwale wie der Pottwal schwimmen, nachdem man sie erlegt hat, während alle Furchenwale wie der Blau- und der Finnwal untergehen. Ihre Speckschicht ist nicht dick genug, um sie von selbst schwimmen zu lassen. Ihre Knochen sind zu schwer. Deshalb hat man bis ins neunzehnte Jahrhundert nur Glattwale wie den Grönlandwal gejagt. Deshalb war auch Moby Dick ein Glattwal. Erst als man gelernt hat, Tierkörper wie riesige

Schlauchboote aufzupumpen, war die viel lukrativere Jagd auf Furchenwale möglich. Sieh mal hier!«

Er entblößte seinen Arm und hielt ihn mir entgegen. Der breite Knochen des Handgelenks stach deutlich ab vom mageren Ober- und Unterarm. »Siehst du? Es ist deutlich, ich bin ein Furchenwal. Ich werde schnell untergehen nach meinem Tod.«

20

Ich rief meinen Verleger an. Erstaunlicherweise erreichte ich ihn sofort. »Ich fahre morgen nach Italien zurück. Können wir uns sprechen?« Er räusperte sich. Dann hörte ich, wie er lange in seinem vermutlich wie üblich vollen Terminkalender blätterte. »Ja, das geht sogar. Wir können zusammen Mittag essen.«

Am Morgen zog ich die Uhr auf, packte mein selbstgebautes Radio in einen Karton, um es mitzunehmen, und bestellte ein Taxi. Es war wohl eine Art Flucht, vor meinem Vater und vor den Werten der Laboruntersuchung.

Pünktlich war ich im verabredeten Lokal. Mein Verleger rief mich auf dem Handy an und entschuldigte sich dafür, dass er etwas später kommen würde. Ich bestellte ein Glas Frascati und studierte die Speisekarte, als handelte es sich um ein Langgedicht von Ezra Pound. Dann sah ich ihn kommen. Er wirkte wie immer auf eine leicht verkrampfte Weise locker. Er setzte sich und lächelte milde und zugleich ein wenig resigniert wie ein Kind vor der Bescherung, das aus Erfahrung weiß, dass die Geschenke nicht ganz seinen Wünschen entsprechen. Wie üblich lud er mich zum Essen ein. Ein Ritual, an das sich alle Verleger halten. Sie betrachten es als eine

Form der Zuwendung und merken nicht, dass der Autor sich gedemütigt fühlt. Er ist zwar einerseits froh darüber, seinen schmalen Geldbeutel schonen zu können, andererseits ärgert er sich über diese Situation, die seinen geringeren sozialen und ökonomischen Rang dokumentiert. Als Folge dieses Verdrusses bestellt er das teuerste Essen und trinkt den besten Wein und davon deutlich zu viel.

Mein Verleger ist ein gutaussehender Mann. Glücklicherweise versucht er nicht wie die meisten seiner Profession bedeutender auszusehen als seine Autoren. Er wirkt eher wie eine Art Kellner des Geistes, und so sieht er wohl auch seine Funktion. Was nicht ausschließt, dass er zuweilen gnadenlos in einen Text eingreift, dem Koch sozusagen den Löffel führt, abschmeckt und nachwürzt, weil er möchte, dass das, was er serviert, seinen Gästen auch schmeckt. Er glaubt ein Recht dazu zu haben, denn im Gegensatz zum Koch ist er ja die meiste Zeit im Restaurant und nimmt sehr deutlich wahr, wenn die Kunden ihr Gesicht verziehen oder aber, was selten der Fall ist, trotz überhöhter Rechnung zufrieden lächeln.

»Wie geht es dir? Was macht die Arbeit?«, fragte er, nachdem wir unsere Bestellung aufgegeben hatten. In diesem Fall hätte man auch einen Baum im Spätherbst nach dem Zustand seiner Blätter fragen können. »Bin in einer Sackgasse«, sagte ich. »Dieser Pirat liegt mir schwer im Magen. Er ist zur Zeit krank. Er will nicht mehr auf Beute fahren, er will keine Prisen mehr. Er liegt im Bett und denkt an seine Kindheit.«

»Das klingt gut«, sagte mein Gegenüber. »Wir wollen ja auch keinen normalen Piratenroman schreiben. Wir wollen nicht imitieren, was Stevenson in der ›Schatzinsel‹ gemacht hat oder Forrester in seinem ›Hornblower‹. Dein Pirat soll ein zwar grausamer, tatendurstiger, jedoch auch durchaus kontemplativer Mensch sein.«

Ich nippte an meinem fünften Wein und war längst mit allem einverstanden. »So etwas wie eine Mischung von Proust und Käpt'n Blood?«

»Ja, so ungefähr.«

»Ein Pirat, der auf dem Meer seiner Erinnerung Prisen jagt?«

Mein Verleger sah mich mit dem Ausdruck wohlwollender Verständnislosigkeit an. Dann fragte er: »Denkst du an eine historische Figur?«

»Manchmal denke ich an Henry Morgan. Er ist der berühmteste von allen, manche sagen, auch der grausamste. Als er mit seinem Schiff als kranker Mann nach England zurückkehrt, weil ihm auf seiner Pirateninsel die ärztliche Versorgung fehlt, wird seine komplette Mannschaft erst ins Gefängnis geworfen und dann aufgehängt. Morgan aber wird in den Adelsstand erhoben und darf sich fortan ›Sir‹ nennen. Zu verdanken hat er das ausschließlich seinem Erzähltalent. Er ist Waliser, und die sind bekanntlich große Erzähler, um nicht zu sagen geniale Lügner. Sir Henry wird bald so etwas wie ein begehrter Salonlöwe. Man reicht ihn in der Gesellschaft herum. Er trinkt, isst, redet, macht die Frauen an, indem er aus seinem Leben erzählt und über Gott, die Welt und den Tod räsoniert. Die Leute hängen förmlich an seinen Lippen, vor allem die Frauen, und das im wörtlichen Sinne. Morgan ist von nun an ein lebendes Buch.«

»Sehr schön«, sagte mein Verleger. »Die Anlage dieser Figur gefällt mir. Einer, der auf geniale Weise sein Schweigen bricht, als er nicht mehr handeln kann.«

»Mein Vater ist auch so jemand. Nachdem er von der Bühne des Meeres abgetreten ist, wird er auf hohem Niveau geschwätzig. Dreimal ist er mit einem Seeschiff untergegangen, einmal mit einem Luftschiff abgestürzt. Später hat er aus solchen Situationen starkes Seemannsgarn gesponnen und zu einem Netz verknüpft, mit dem er sich selbst, aber auch andere wie mich einfängt. Das erinnert an das Schicksal vieler Autoren. Weil die Zeit ihres Erlebens vorbei ist, schreiben sie aus der Rückblende. Ich werde es notgedrungen ebenso halten.«

»Das klingt mir ein bisschen zu larmoyant. Der Anfang, den du mir geschickt hast, gefällt mir übrigens gut. Aber das habe ich dir, glaube ich, schon geschrieben. Bist du inzwischen weitergekommen?«

Er trank nur Pellegrino. Ich schwebte bereits.

»Es existiert schon einiges. Die Hauptfigur gerät als junger Mann auf einem Schiff in Lebensgefahr. Die Ladung, es ist Kopra, entzündet sich selbst. Das Schiff geht unter mitsamt der Mannschaft. Nur mein Held überlebt. Früher war Kopra eine sehr wichtige Fracht im Handel mit Haiti, den Fidschiinseln und anderen Regionen, in denen es Palmen gibt. Unter bestimmten Bedingungen entzündet sich Kopra von selbst. Das ist auf einem Holzschiff unter Segeln gleichbedeutend mit der Hölle. Ich denke manchmal, ich könnte meinen Helden so ähnlich konstruieren wie Melville seinen Ishmael. Ein unbedarfter junger Mann, der in Ereignisse von fast mythischer Kraft verwickelt wird.«

»Das gefällt mir. Schreibe doch einfach einen neuen ›Moby Dick‹. Das Buch war damals zwar ein Flop, aber das lag sicher an der damaligen Vermarktung und am fehlenden Lektorat, außerdem an einem Zeitgeist, der noch zu nahe am Geschilderten war. Heute ist es anders. Alle sehnen sich nach dem Ungewöhnlichen.«

Er sah auf die Uhr, winkte die ungewöhnlich hübsche Bedienung herbei und forderte die Rechnung. Dann sagte er: »Im Recherchieren warst du schon immer gut. Deine typische Plotschwäche werden wir schon in den Griff bekommen.«

Wir gaben uns die Hand. »Du musst dich nicht unter Druck setzen. Das Buch ist auf einem guten Weg.«

Ich blieb noch eine Weile und trank einen letzten Wein auf eigene Rechnung. »Das war mein Chef«, sagte ich zu der schönen Kellnerin. »Er will, dass ich Erfolg habe mit meinem neuen Werk.« Sie lächelte mit jener professionellen Verständnislosigkeit, die anonymen Trost verleiht, wie ihn auch die Kirche spendet.

Ich ging zum Bahnhof, ein wenig schwankend, wie einst Henry Morgan in Cardiff, nachdem er in einer berüchtigten Hafenkneipe von einem Seemann ausgenommen worden war. Dann saß ich im Speisewagen und bestellte einen Kaffee. Die Alpen draußen sahen aus wie die Dünung am Kap Hoorn.

21

Ich war wieder zurück, wie ein alter Bekannter begrüßt von meinen Wirtsleuten. Carla war nicht da. Auf meine entsprechende Frage hieß es, sie sei im Kino. »Was gibt es denn?«, fragte ich. Carlas Adoptivvater gab Auskunft. »Ein Klassiker. ›Bitterer Reis‹. Meine Tochter liebt den Film über alles.«

»Wegen der Hauptdarstellerin«, sagte ich.

»Ja. Sie ist ganz vernarrt in Silvana Mangano.«

Ich ging in die Gorillabar, die ganz in der Nähe des Kinos lag. Es gab ein großes Hallo. Luigi, Franco Celli, alle waren sie da.

»Sarazeno«, sagte Celli. »Du hast uns schon gefehlt mit deinen ewigen Zweifeln und Zögereien.«

»Wie geht es deinem Alten, Zingaro?«, fragte Luigi.

Ich spürte, dass eine gewaltige Last von mir abfiel. »Gut«, sagte ich. »Jedenfalls besser als mir. Er bereitet sich auf seinen Tod vor wie auf eine Art Landgang. Er glaubt nämlich, geliebt zu haben. Und das ist im Nachhinein die beste Form, die man dem Gefühl geben kann, ohne rechten Sinn gelebt zu haben. Das Schlimme ist, ich verehre ihn noch immer, ohne einen richtigen Zugang zu ihm zu finden.«

»Und deine Mutter? Wie steht es um sie?«, fragte Franco Celli.

»Sie ist schon eine Weile tot. Ich denke viel an sie. Ich kann mich nicht an ihr Gesicht erinnern, als sie eine junge Frau war. Nur ihren Körper sehe ich manchmal deutlich vor mir, ihre Brüste, ihre Haare, aber ihr Gesicht ist ein blinder Fleck. Ich wäre froh, wenn sie mir fremd bleiben könnte. Aber das geht leider nicht. Irgendetwas muss mit mir geschehen sein in der Zeit, in der meine gesichtslose Mutter ein Gesicht bekam. Ich nehme an, es war die Zeit meiner Pubertät. Ich muss herausfinden, was damals los war. Wie geht es Carla? Ist sie noch mit diesem Rastatypen zusammen?«

»Anscheinend nicht. Sie ist in letzter Zeit ziemlich in sich gekehrt. Sie wirkt, als habe sie etwas vor. Sie soll übrigens eine glänzende Zwischenprüfung in Kunsttheorie gemacht haben. Freut dich das?« Es war Celli, der dies sagte. Und ich musste zugeben, dass ich mich darüber tatsächlich freute.

»Kunsttheorie, so ein Blödsinn«, sagte Luigi. »Seid ihr dermaßen blind, dass ihr glaubt, die Isobaren auf einer Wetterkarte sind bereits der Sturm persönlich?«

Weder Celli noch mir fiel ein Gegenargument ein. Also tranken wir stumm unsere Gläser aus.

Später stand ich vor der großen Glastür des Kinos und musterte den Besucherstrom, der es verließ. Carla war eine der Letzten. Sie war schwarz gekleidet, und sie trug einen Schleier, als käme sie von einer Beerdigung. Als sie mich bemerkte, kam sie auf mich zu. Sie blieb direkt vor mir stehen und musterte mich prüfend. Plötzlich schlang sie ihre Arme um meinen Hals. Ihre Wangen waren nass von Tränen. »Die Ärmste«, flüsterte sie. »Ist es nicht schrecklich? Sie hat zu sehr geliebt.«

»Du meinst Silvana Mangano?«

»Ja, ich meine Silvana.«

Ich entsann mich dunkel an den Film, den ich als Jugendlicher gesehen hatte, und mir fiel eine Szene vom Schluss wieder ein. »Sie begeht Selbstmord. Sie stürzt sich in die Tiefe und liegt tot auf dem Pflaster, die Arme ausgebreitet wie Schwingen eines toten Vogels.«

»Das hast du schön gesagt.«

Sie hakte mich unter. Ich brachte sie nach Hause. Irgendwann gingen wir Hand in Hand, geschoben von den Windböen, die ins Tal einfielen. Als wir die beiden Häuser, das neue und das alte, erreichten, sprang die Gartenbeleuchtung automatisch an. Unter einem vom Wind bewegten Olivenbaum küsste mich Carla.

»Sehe ich dich morgen?«, fragte ich.

»Lass mir Zeit«, sagte sie und verschwand im Hausflur. Ich kam mir vor wie in einem schlechten Liebesfilm. Mit klopfendem Herzen betrat ich Ugos altes Haus und ging auf mein Zimmer.

Am nächsten Tag ging ich zum Turm. Ich hatte mein altes Radio dabei. Als ich die Tür aufschloss und den dunklen Raum betrat, roch ich den fremden, süßlich-scharfen Geruch von Ölfarbe und Terpentin. »Carla!«, rief ich. »Bist du hier?« Keine Antwort. Nur das monotone Dröhnen der Wogenmusik.

Ich sah mich um. Im dämmrigen Licht, das durch eine der Schießscharten fiel, sah ich, was sich verändert hatte. Mitten im Raum stand eine Staffelei mit dem fast fertigen Bild von Ugos Garten. Daneben auf einem Hocker Farbtuben, Pinsel und eine Palette. Sie musste die Sachen irgendwann hierher gebracht haben. Sie selbst war nicht da. Ich ging nach oben. Auch dort war sie nicht.

Nachdem ich gefrühstückt hatte, klappte ich die Erika auf, spannte ein Blatt Papier ein und begann zu schreiben.

Erstes Kapitel.

»Es lag eine eigenartige Stimmung über dem Land. Kein Wind. Sommerliche Wärme. Leichte Nebelschwaden stiegen aus den feuchten Marschfennen. Es muss ein Herbsttag gewesen sein, denn die Kühe waren schon in ihren Ställen und ich hörte deutlich ihr behagliches Muhen aus dem warmen Stall. Eigentlich bin ich kein besinnlicher Mensch, der auf besondere Stimmungen leicht anspricht, auch kein sentimentaler oder gar romantischer. Aber dieser Abend, der Gang aus den Niederungen der Marsch an den Geestrand bei leichten Nebelschwaden, völliger Windstille und lauwarmer Luft, ist in meinem Gedächtnis haften geblieben. Damals ist es mir wohl zum ersten Mal in den Sinn gekommen, dass mein Schicksal sich fern von hier in einem Land vollziehen würde, das in meiner Vorstellung die Eigenschaften von Himmel und Hölle auf eine faszinierende Weise in sich vereinte.«

Ich sah auf. In mir hörte ich Stimmen, vor allem die Stimme einer Frau, der Person, die meine Mutter gewesen war. Sie störten mich bei meinem Vorhaben, endlich in meinen Roman einzusteigen. Es gab noch andere Probleme. Welche charakterlichen Eigenschaften sollte ich meinem Helden geben? Welche Psychologie? Es gab vor allem zwei Möglichkeiten: Er war ein ganz normaler Mensch, der ungewöhnliche Träume, Bedürfnisse, Sehnsüchte hatte, oder aber es war genau umgekehrt, er war ein ungewöhnlicher Mensch, der ganz gewöhnliche Wünsche hatte. In beiden Fällen würde es auf das Gleiche hinauslaufen: Die Hauptfigur erlebt Abenteuer, sie verlässt durch ihr Handeln und Erleben die Ebene einer banalen Biographie. Doch die Konsequenzen für den Roman würden jeweils höchst unterschiedlich sein.

Kamen die Abenteuer von außen wie im ersten Fall, dann konnte sich der Leser mit dem Helden besser identifizieren, mit ihm zittern, fiebern, hoffen. Eine solche Romanfigur war zweifellos Ishmael aus ›Moby Dick‹. Henry Morgan hingegen war ein ungewöhnlicher Mensch, der ganz gewöhnliche Machtgelüste hatte. Kein Sympathieträger also, aber ein Garant für spannende Situationen. Und die beiden anderen, sich mathematisch ergebenden Möglichkeiten? Ein ungewöhnlicher Mensch mit ungewöhnlichen Wünschen oder Neigungen, zum Beispiel mit abnormen Rachegefühlen? So jemand war Ahab. Mit ihm konnte man sich kaum identifizieren. Diese Figurenkonzeption eignete sich am Besten zu einer zentralen Nebenrolle wie dem klassischen Bösewicht. Der vierte Fall: ein gewöhnlicher Mensch mit gewöhnlichen Bedürfnissen in einer gewöhnlichen Lebenssituation. Auch das konnte einen Roman tragen. Aber dann musste etwas anderes in die Heldenrolle schlüpfen, zum Beispiel die Sprache selbst. Fiel mein Vater während seiner zweiten Lebenshälfte nicht in diese Kategorie und hatte er vielleicht deshalb diese enorme und eindrucksvolle Redseligkeit entwickelt, die einem Versuch entsprungen sein konnte, sich wie Münchhausen am eigenen Zopf der Sätze aus dem Sumpf des Alltäglichen zu ziehen?

Meine Mutter passte eher in die zweite Kategorie. Sie war Malerin wie Carla, hochbegabt, zerrissen, ungewöhnlich, doch sie hatte gewöhnliche Bedürfnisse. Sie wollte Frieden, ein harmonisches Heim. Und als der Krieg zu Ende war und sie sich in einer durch und durch gewöhnlichen Situation als Ehefrau und Haushaltsführerin befand, kam die Unzufriedenheit. Ihre Fluchtwege und -mittel waren Alkohol und Inszenierung gewesen. Dass ich mich an ihr junges Gesicht nicht erinnern konnte, hing vielleicht damit zusammen, dass ich, als ich geistig erwachte und beobachten lernte, Zeuge ihrer schrecklichen Mutation wurde und dies nicht mit meiner extremen Liebe zu ihr vereinbaren konnte.

Ich wartete auf Carla. Um mir die Zeit zu vertreiben, holte ich den Karton mit meinem alten Empfänger. Da ich wusste, dass die Glühfäden der Audionröhre gebrochen waren, wechselte ich sie gegen eine der Röhren aus, die ich im Gerümpel gefunden hatte. Dann schaltete ich die Stromversorgung ein. Die Glühfäden begannen tatsächlich zu leuchten. Ich hielt das Ohr an den Lautsprecher. Doch es war nichts zu hören, nur das Rauschen des Meeres, das sich im Turm wie in der Sicke eines überdimensionalen Lautsprechers fing.

Carla kam nicht. Auch am nächsten Tag setzte ich meine Versuche fort, das Radio zum Laufen zu bringen. Ohne Erfolg. Vielleicht war der Empfang hinter diesen dicken Mauern einfach zu schwach. Ich fand im Gerümpel einen langen Kupferdraht und spannte ihn von einer der Turmzinnen zu einem Busch am Berghang. Die Enden hatte ich mit Porzellanisolatoren versehen. Es war eine geerdete L-Antenne ohne große Richtwirkung. Marconis Erfindung. Von ihr führte ich einen Draht ins Innere des Turmes zum Radio. Die gewünschte Wirkung blieb freilich aus. Doch hatte ich bei diesen Arbeiten das Gefühl, wie einst beim Basteln mit Radiogeräten, besonders entspannt und ruhig zu sein. Ich spürte, dass ich der Vergangenheit näher kam. Es war, als wüchse alte Zeit mit ihren Bildern, Stimmen und Situationen aus dem stummen Lautsprecher und ranke sich um den Bogen der Stille. Auch jenes dumpfe Dröhnen des Meeres, das bei stürmischen Tagen das Turminnere zum Schwingen brachte, wirkte offenbar stimulierend auf mein Erinnerungsvermögen.

Vielleicht konnte man einen Zweikreiser aus dem Radio machen. Also einen Empfänger mit höherer Empfindlichkeit und besserer Trennschärfe. Ich machte mich ans Werk, vermutlich nur, weil ich so vermied, meine eigentliche Arbeit, das Schreiben des Piratenromans, zu beginnen.

Ich baute die Schaltung auf einem Holzbrett auf. Seine Maße gestaltete ich so, dass es exakt in einen Mahagonikasten mit Doppeltür passte, den ich im Gerümpel gefunden hatte. Das Holz isolierte ich gegen Brummeinstreuung, indem ich es mit Stanniolpapier beklebte. Besonders viel Sorgfalt verwendete ich auf die Stromversorgung. Dabei verwendete ich die Bauteile aus meinem eigenen mitgebrachten Empfänger: Netztrafo, Siebdrossel, Audion- und Gleichrichterröhre, Drehkondensator. Als Lautsprecher benützte ich wieder meinen alten Freischwinger.

Als ich nach zwei Tagen fertig war, machte ich eine Weinflasche auf und wartete den Abend ab. Nach Sonnenuntergang würde der Empfang weitaus besser sein als am Tage, weil dann der sogenannte Daylighteffekt fehlte, der Marconi bei dem Versuch, den Atlantik mit drahtlosen Signalen zu überbrücken, solche Schwierigkeiten gemacht hatte.

Als es so weit war, schaltete ich die Stromversorgung ein. Anfangs leuchtete nur das Skalenlämpchen. Dann kam aus dem Lautsprecher ein leises Brummen, ein Zeichen dafür, dass die Heizfäden der beiden Röhren zu glühen begonnen hatten.

Ich schloss den Empfänger an die Antenne an und drehte behutsam an den Knöpfen, um den Vorkreis und das Audion aufeinander abzustimmen. Plötzlich hörte ich leise Musik, Operettenklänge, dann verzerrte Stimmen. Sie sprachen unverständliche Botschaften durch den fleckigen Schallstoff. Das Fading ließ sie an- und abschwellen. Ich erhöhte die

Trennschärfe, indem ich das Audion schärfer einpfiff. Plötzlich brach der Empfang ab. Auch das Rauschen hörte auf. Ich zog das Chassis aus dem Kasten. Es war eingetreten, was ich befürchtet hatte: Der Heizfaden der Audionröhre leuchtete nicht mehr. Er schien auch diesmal seinen Geist aufgegeben zu haben.

Ich war müde, legte mich aufs Bett und lauschte dem Meer. Der ferne Klang der Wogen beruhigte mich wie ein Wiegenlied. Vieni oggi alla torre, flüsterte ich. Dann musste ich wohl eingeschlafen sein. Mehrmals erwachte ich aus diffusen Träumen, um sogleich wieder in ihnen einzusinken wie in ein schwarzes Moor sedimentierter Augenblicke.

Als ich aufwachte, war es taghell. Ich sah auf die Uhr. Es war kurz nach elf. Ich wusch mein Gesicht in einer Schüssel mit kaltem Wasser, machte mir einen starken Kaffee und ging in den Ort. Die Warterei auf Carla machte mich verrückt. Ich ging zu Ugos Haus. Maria hängte Wäsche im Garten auf. »Wo ist Carla?«, sagte ich.

»Sie ist nach Rom gefahren. Sie will Sachen für ihre Bilder kaufen. Farben, Leinwand und so was. Sie sagt, sie arbeitet für eine Ausstellung.«

Ich ging zurück zum Turm. Eine Weile verbrachte ich oben auf der Plattform. Ein kräftiger Ostwind wehte. Der Himmel war reingefegt. Es war mir, als sähe es in mir ähnlich aus. Es war lange her, dass ich mich innerlich so wolkenlos gefühlt hatte.

Carla kam am nächsten Tag. Sie hatte eine große Tasche mit allem Möglichen dabei. Sie nickte mir zu und beachtete mich dann nicht weiter. Schweigend machte sie sich im Turmzimmer zu schaffen. Sie räumte auf, putzte und stellte ihre Sachen in ein Regal.

Dann hängte sie ein paar kleine Bilder auf. Darunter ein Foto von Silvana Mangano.

»Es ist ziemlich zugig hier«, sagte sie plötzlich. »Kannst du das nicht reparieren?« Sie deutete zur Wand. An der Westseite des Bauwerkes gab es einen langen Riss im Mauerwerk, durch den zuweilen ein kalter Wind pfiff. Ich begann, ihn abzudichten, indem ich alle möglichen Stofffetzen mit Hilfe eines Schraubenziehers hineinstopfte.

Als es Abend wurde, aßen wir an einem kleinen Tisch. Es gab Seewolf, den Carla Celli abgekauft hatte. Später gingen wir von Weißwein auf Rotwein über. Carla zündete Kerzen an. Es war unerträglich gemütlich in diesen alten Mauern. Dann bat sie mich, ihr vorzulesen, was ich geschrieben hatte.

»Ich habe noch nichts«, sagte ich. »Jedenfalls nichts Richtiges.«

»Das muss sich ändern. Eher schlafe ich nicht mit dir.«

Ich übernachtete draußen auf der Plattform. Carla schlief in meinem Bett. Am nächsten Tag begann ich mit der Arbeit, während Carla malte. Arbeit konnte man es eigentlich nicht nennen. Es hatte etwas mit Rückkehr zu tun. Mit einer Geburt nach innen. Und was mir bisher unmöglich schien, wurde mit einem Mal ganz leicht. Ich brauchte nur Luigis Rat zu folgen und wie ein Strandläufer aufzusammeln, was von den Wellen der Erinnerung aus der Tiefe der Vergangenheit angespült wurde.

22

Wie sie so dasitzt im Garten und redet, kommt sie einem nicht wie ein Mensch vor. Sie sitzt in ihrem Stuhl in dicken Kissen und redet. Sie trägt ihre Kleider nicht, sie hockt in ihnen, nackt und uralt, und redet pausenlos, ohne Sinn und Verstand. Der Sohn duckt sich unter ihren Sätzen. Er hält sich schlecht, weil ihn eine unsichtbare Last niederdrückt. Die Mutter sitzt vor einer halbgefüllten Tasse Tee und einem Teller mit einem angebissenen Erdbeertörtchen darauf und redet pausenlos. Eigentlich redet sie nicht. Sie bellt. Ihre trüben Greisinnenaugen sehen nicht, was um sie herum ist. Sie sehen nicht die Bäume, die Blumen, das Haus. Auch nicht den Sohn, der sich in seinem Korbsessel duckt. Sie sehen nur die innere Dunkelheit, als habe man ihre Augen herumgedreht, so dass die Pupillen nach innen zeigen. Sie sieht tief in sich hinein in eine Kinderdunkelheit, die tiefer ist als jede Nacht. Es ist die Dunkelheit unter dem Bett, die Dunkelheit zwischen Wand und Vorhang, die Dunkelheit im Treppenhaus, nachdem das Dreiminutenlicht unvermutet ausgegangen ist. Es ist eine panische Dunkelheit voll von Dieben, Mördern und Fallgruben, es ist die Dunkelheit im Sack des schwarzen Mannes. Verzweifelt bellt sie an gegen die Angst. So hoffnungslos bellen nur Kettenhunde, die die Kette von den Beinen reißt, wenn sie einen Eindringling anspringen. Ein Kettenhund weiß, dass er ohnmächtig ist außerhalb des Kreises, dessen Radius die Kette ist. Darum kläfft er so wütend, denn er ist nicht wütend auf den Menschen, der sich ihm nähert, sondern er ist wütend auf seine eigene Lage, die ihn lächerlich macht.

Der Sohn aber fühlt sich gescholten bei allem, was die Mutter sagt. Seine Angst ist genauso groß wie die der Mutter, aber es ist nicht die Angst vor der Dunkelheit, sondern vor dem Licht, in dem alles viel zu genau sichtbar wird. Auch wenn die Mutter über Dinge redet, über Nachbarn, die sie schlecht macht, oder über den eigenen Mann, immer fühlt sich der Sohn dabei gescholten, als sei er schuld an allem.

»Es ist schön hier im Garten«, sagt sie und lehnt sich zurück, atmet die Luft genießerisch ein. Der Sohn aber glaubt, eine Kritik herauszuhören, die da lautet: »Du hilfst nicht genug im Garten, du hast keinen Sinn für Blumen, du hast selber keinen Garten, du hast überhaupt nichts, dir ist einfach nicht zu helfen.«

Als eine Wolke kurz die Sonne bedeckt und ihr Schatten auf sie beide fällt, sagt die Mutter: »Ach, ist das herrlich, diese Kühle. Es tut gut, einen Augenblick im Schatten zu sitzen, wenn die Sonne so brennt.« Der Sohn aber hört: »Du konntest schon als kleines Kind keine Sonne vertragen. Immer hattest du gleich Sonnenbrand. Du hast dich den ganzen Sommer über gepellt wie eine Pellkartoffel. Gibt es überhaupt etwas, das du vertragen kannst außer Alkohol?«

Als die Sonne wieder hervorkommt, scheint sich der Sohn zu freuen. Er hält das Gesicht in die Sonnenstrahlen, als versuche er, braun zu werden, und er sitzt nicht mehr so verkrümmt im Sessel. »Willst du nicht den Platz mit mir tauschen«, sagt die Mutter. »So wie du jetzt sitzt, bekommst du bestimmt von der Sonne eine rote Nase.«

O ja, er liebt seine Mutter, aber es ist eine Liebe im schlotternden Gewand des Hasses. Auch die Mutter liebt ihn, und sie verspürt ebenfalls so etwas wie Abneigung dabei. Beide ahnen, dass ihre Gefühle füreinander sich vollkommen gleichen. Man kann sie ineinander stecken, um sie gegenseitig auszulöschen. Der Sohn weiß nur nicht, ob es besser ist, die Liebe in den Hass zu stecken oder den Hass in die Liebe. Vielleicht ist es auch gleichgültig, was man in was hineinsteckt. Verschwinden muss es immer dabei. Aber dunkel spürt er, dass die Liebe etwas größer ist als der Hass, der dafür ein wenig stärker ist. Also ist es vielleicht doch ratsam, den Hass in die Liebe zu stecken.

»Entsinnst du dich noch, als der Krieg zu Ende war?«, fragt die Mutter und beißt in das Erdbeertörtchen. »Da ging es uns nicht gut. Da hatte sich alles gegen uns verschworen. Wie schwer war es, dich zu ernähren, mein Sohn. Wie bin ich herumgerannt für ein bisschen Brot und Wasser.«

Der Sohn nickt. Innerlich übersetzt er die Worte der Mutter so: »Du bist mir immer zur Last gefallen. Schon als Baby konntest du nie genug von allem bekommen.«

»Du hörst mir wieder mal überhaupt nicht zu«, sagt die Mutter, während sie sich den Rest des Erdbeertörtchens in den Mund schiebt. Sie hat ihr Gebiss herausgenommen, und der Sohn sieht, wie eine farblose Zunge die glasierten Früchte zerdrückt. Es ist die Zunge einer Katze. Das Gebiss liegt neben dem Teller und sieht aus wie der einzige sichtbare Teil eines sonst unsichtbaren Totenschädels.

»Du hast schon als ganz kleines Kind nie zugehört, wenn man dir etwas erklärt hat.« Wieder beginnt sie zu reden, ohne Pause, ohne Luft zu holen. Dem Sohn ist, als käme die Stimme aus dem Gebiss.

»Es ist schöne Luft hier draußen, ich liebe die schöne Luft

und diese Stille! Ich finde es herrlich, hier zu sitzen, diese Stimmung, das Licht, die Atmosphäre! Es ist eine Ruhe, ein Frieden, wie er nicht jedem geschenkt wird. Hörst du die Flugzeuge? Jaja, in diesem Herbst ist Manöver. Das hast du sicher nicht gewusst, mein Sohn, auch wenn du sonst immer alles zu wissen glaubst!«

Der Sohn sieht zum Himmel, wo watteweiße Wolken sich übereinander türmen.

»Sie üben. Die armen Piloten, die jetzt dort oben am Himmel sind, aber sie tun es für uns. Hast du schon den Hibiskus gesehen? Und weißt du überhaupt, was dein Vater und ich mit diesem Garten vorhaben? Aber du hörst ja nie zu, wenn man dir etwas erzählt. Ich habe dir bestimmt schon erzählt, was wir mit dem Garten in diesem Herbst vorhaben. Weißt du überhaupt, wie ein Hibiskus aussieht? Er hat so einen dicken Stamm! Dort, hinter der Klematis, neben dem Wohnzimmerfenster, da ist der Hibiskus. Du kannst ihn dir später ansehen, damit du weißt, was ich meine, du weißt ja scheinbar nicht, wie ein Hibiskus aussieht! Gib es zu! Dieser dicke Stamm mit den rosa Blüten. Pink heißt die Farbe. Pink. Dort neben der Klematis, die keine Blüten hat. Aber sie hat Knospen, sie kommt wieder, sie war schon weg vom Fenster, weg vom Fenster, sage ich, aber wir haben ihr eine Chance gelassen, dein Vater und ich. Und jetzt hat sie Knospen!«

Sie hebt die Tasse mit zitternden Händen zum Mund und schließt die Augen. Der Sohn steht auf und setzt sich sofort wieder, als die Mutter fertig getrunken hat.

»Jaja, ich weiß, es fällt dir schwer, still zu sitzen. Du warst schon immer ein unruhiger Geist. Wir sind auf zwei verschiedenen Wellenlängen, mein Sohn. Das war schon immer so, aber du weißt, dass ich Recht habe, und darum musst du dir nachher unbedingt den Hibiskus ansehen. Wir wollen den Garten vereinfachen. Ich verrate dir damit gewiss kein Geheimnis, mein Sohn, du vergisst immer wieder, dass wir alte Leute sind, dein Vater und ich. Wir wollen den Garten vereinfachen, damit wir nicht mehr so viel Arbeit haben mit ihm. Da hinten auf dem Hügel, da haben wir Rhododendron angepflanzt. Nur Rhododendron. Und da rechts, am Ende, da haben wir etwas ausgesät, und das bringt überhaupt nichts, mein lieber Sohn. Aussäen bringt überhaupt nichts. Wir sind einfach zu alt dafür. Und dann dieses unbeständige Wetter! Manchmal wird etwas daraus, manchmal geht man leer aus. Zum Beispiel die Tomaten! Und überhaupt alles, was wir damals ausgesät haben, das bringt überhaupt nichts. Da ist zu viel Glück dabei. Glück, hörst du? Das bringt überhaupt nichts.«

Die Mutter schlürft den Rest der Tasse aus. Dann steckt sie den Finger hinein und beginnt, den Zucker auszulecken. Der Sohn rutscht unruhig auf dem Stuhl hin und her. Die Wolken am Himmel türmen sich höher und höher. Man hört Donnergrollen in der Ferne.

»Es sind die Flugzeuge, die diesen Lärm machen. Würdest du mir bitte noch etwas Tee nachschenken? Schmeckt dir der Kuchen nicht? Du solltest mehr essen, so dünn, wie du bist. Aber du musst schon selber wissen, was du tust. Immer mit dem Kopf durch die Wand, immer mit dem Kopf durch die Wand. Der Hügel dort hinten ist mit Rhododendron bepflanzt, nur mit Rhododendron. Er blüht so herrlich. Alles in einer Farbe. Du weißt, ich liebe die reinen Farben, diese klare Luft, dieses Blau! Es ist alles blauer Rhododendron, und dort rechts, an der Ecke, dort setzt dein Vater noch einen Busch blauen Rhododendron hin, er kostet viel Geld, fünfzig, hundert, na ja, unter dreißig Mark ist da nichts drin, obwohl wir den Gärtner gut kennen. Kennst du den Gärtner eigentlich? Er ist ein so schöner junger Mann, und er ist gar nicht dünn, er ist gut beieinander, mein lieber Sohn, gut beieinander. Wir fahren in die Gärtnerei, gleich wenn du weg bist, und suchen uns einen kräftigen Busch aus. Man kennt uns dort, wenn du weg bist, mein lieber Sohn, fahren dein Vater und ich in die Gärtnerei und holen uns einen kräftigen Busch blauen Rhododendron. Du kennst Rhododendron? Aber du weißt nicht, wie Hibiskus aussieht! Es ist ein Malvengewächs, eigentlich heißt es Eibisch, aber wir nennen es lieber mit dem richtigen Namen. Er hat einen kräftigen Stamm, und die Blüten sind fleischrot, fleischrot, und sie blühen nur einen Tag. Aber auf eine verwelkte Blüte können hundert neue, tausend neue, na, sagen wir, hundert neue kommen, alle fleischrosa, Pink, Pink heißt die Farbe.«

Der Sohn ertappt sich dabei, dass er überlegt, wie er seine Mutter umbringen könnte. Wäre ich Raskolnikow, denkt er, wüsste ich Rat, aber ich bin nicht Raskolnikow. Das Wort Raskolnikow tröstet ihn plötzlich. Er spricht es sich innerlich immer wieder vor, wenn die Mutter Hibiskus sagt. Hibiskus – Raskolnikow.

»Da, an der Wand«, fährt die Mutter fort. »Da ist der Hibiskus. Neben dem Fenster hinter der Klematis, die schon am Ende war, aber wir haben ihr noch eine Chance gegeben, und jetzt hat sie Knospen. Sie *hat* Knospen, siehst du deinen Vater? Er steht am Fenster, siehst du, dort, neben der Klematis. Ja, dein Vater ist alt geworden. Er hat einen ganz kleinen Körper bekommen, aber er ist immer noch ein schöner Mann. Doch die Kräfte lassen nach. Und darum wollen wir den Garten verändern. Wir wollen ihn verändern. Das ist etwas anderes als Umgestalten, mein Sohn. Verändern heißt nicht, etwas Neues machen an Stelle des Alten, es heißt, das

Alte verringern, es kleiner machen, als es einmal war. Wir wollen den Garten verändern. Er schafft es einfach nicht mehr wie früher, dein armer Vater, du weißt nicht, wie glücklich wir sind, wir sind ein Herz und eine Seele, wir sind eine Einheit, eine Symbiose, eine Einheit sind wir, mein lieber Sohn, dein Vater und ich. Und wir lieben uns. Du wirst es nicht verstehen, wie sehr wir uns lieben.«

Die Mutter hält inne. Der Sohn versteht es gar nicht, wie sehr sie plötzlich für einen Augenblick schweigen kann. In diesem Moment hört man ein lang anhaltendes Donnergrollen. Er blickt zum Himmel, zu den Wolkentürmen.

»Ich glaube, ein Gewitter zieht auf.«

»Ein Gewitter, sagst du?« Die Mutter blickt ihn vorwurfsvoll an. »Nein, es ist kein Gewitter. Das ist ein Flugzeug. Es sind Manöver, die Herbstmanöver. Ich höre immer noch sehr gut, aber dein Vater hört fast nichts mehr. Es ist ein Problem mit solch einem Mann, der fast nichts mehr hört. Er kann es mit seiner Potenz nicht vereinbaren, darum erwähne nie etwas darüber ihm gegenüber, er wird es nicht hören wollen, wenn man es ihm sagt, lieber stellt er sich taub, wenn man sein schlechtes Gehör erwähnt, er ist ein Dickkopf, er will es nicht zugeben, dass er fast nichts mehr hört.«

»Aber Mutter«, sagt der Sohn mit leiser, fast bettelnder Stimme. »Ich glaube wirklich, dass es ein Gewitter ist. Sieh nur, die hohen, aufgetürmten Wolken. Typische Gewitterwolken.«

»Unterbrich mich nicht immer«, sagt die Mutter. Sie wirkt jetzt nackt und sieht aus wie ein uralter, eingeschrumpfter Buddha. »Ich liebe diese Stille, diese reine Luft, diese klare Atmosphäre, wenn nur nicht die viele Arbeit wäre, die unser Garten macht, dein armer Vater schafft es kaum noch. Deshalb werden wir die Pflanzordnung vereinfachen, wir werden sie rigoros vereinfachen, da neben dir, gleich neben deinem Kopf, da kommen Teehybriden hin, weißt du, was das ist? Sicher weißt du nicht, was Teehybriden sind, du meinst ja immer, du weißt alles, aber was Teehybriden sind, wirst du nicht wissen, das sind Rosen, die duften! Sie duften so stark, wie keine anderen Blumen duften. Transpirierst du eigentlich immer noch so, wenn du dich aufgeregt hast? Frau Bohn schwitzt so stark, dass sie bei meinem Geburtstag nicht bedienen konnte. Dabei hatten wir vierzehn Gäste, und wir haben alles selber machen müssen, weil Frau Bohn so einen starken Körpergeruch hat. Sie transpiriert! Wir brauchten sie gar nicht nach Hause zu schicken, sie ist von selbst gegangen, so hat sie sich aufgeregt. Ihr Kopf war ganz rot vor Aufregung, und sie stank. Man roch es schon im Flur, als sie kam, so hat sie sich aufgeregt, und dort, genau links neben dir, weiter links um die Ecke, da kommt ein Stachelbeerstrauch hin, gleich neben den Teehybriden, du weißt, was Teehybriden sind? Ich glaube, ich sagte es dir schon. Man muss ja alles zweimal sagen! Es sind wunderbare Rosen, die herrlich duften.«

Der Sohn beugt sich vor und blickt in die Tasse der Mutter. Mitten in ein erneutes dumpfes Donnergrollen hinein sagt er: »Möchtest du noch etwas Tee?« Die Mutter blickt zum Himmel und schüttelt den Kopf. »Diese armen Piloten! Aber du siehst doch, dass meine Tasse noch nicht ganz leer ist. Iss lieber noch ein Erdbeertörtchen. Du könntest ruhig ein wenig dicker sein für dein Alter. Sorgt deine Frau nicht gut genug für dich, mein Lieber? Würdest du jetzt deiner Mutter einschenken. Du siehst doch, dass die Tasse fast leer ist!«

Der Sohn steht auf und geht um den Tisch herum. Dann nimmt er die Haube von der Teekanne, beugt sich zu seiner

Mutter herab und schenkt nach. Dabei riecht er den strengen Uringeruch, der von ihr aufsteigt. Die Mutter zieht laut hörbar den Atem durch die Nase ein.

»Ja, jetzt rieche ich es wieder. Du musst dich aufgeregt haben, mein Sohn. Das kommt daher, dass du so sensibel bist, das warst du schon immer, das hast du von mir geerbt. Wir sind alle so sensibel, du und ich, auch dein Vater, nur zeigt er es nicht. Er zeigt überhaupt nie etwas. Dadurch ist es manchmal ganz schön schwer mit ihm, vor allem für einen Menschen, der so offen ist wie ich, ist es ganz schön schwer, mit jemandem zusammenleben zu müssen, der so verschlossen ist wie dein Vater. Er frisst alles in sich hinein. Man redet gegen eine Wand bei ihm, und dann kommt noch seine Schwerhörigkeit hinzu, die er nicht zugeben will. Er kann es nicht mit seiner Männlichkeit vereinbaren, dass er fast nichts mehr hört. Hörst du, mein Sohn?«

Sie blickt zum Himmel mit einem fassungslosen Blick. »Hörst du es nicht? Sie üben! Das sind die Düsenjäger, die diesen Lärm machen. Du weißt, dass ich sehr gut höre. Es ist eigentlich immer besser geworden, mein Gehör, deshalb höre ich auch die Flugzeuge so deutlich!«

»Aber es ist ein Gewitter, Mutter«, wendet der Sohn ein. »Vielleicht sollten wir besser hineingehen.«

Die Mutter senkt ihren Blick und fixiert den Sohn neben ihr. Ihre Augen sind dunkelbraun, sie sehen aus wie kleine, geröstete Haselnüsse. Der Sohn hat das Gefühl, dass der Blick seiner Mutter geradewegs durch ihn hindurchgeht wie durch Luft. »Jaja, wir haben Herbstmanöver. Obwohl du Recht haben könntest mit deiner Vermutung. Es könnten aber auch die Düsenjäger sein. Ich meine eher, dass es die Flugzeuge sind. Oder es ist wirklich ein Gewitter. Was meinst du? Du hast doch sicher mein gutes Gehör geerbt!«

»Es ist ein Gewitter!«

Die Mutter sieht durch ihn hindurch und nickt. »Ich glaube, du hast Recht. Es ist wirklich ein Gewitter. Die armen Piloten! Wie tapfer sie sind. Sie haben vielleicht sogar Familie. Du ahnst gar nicht, wie gefährlich es bei Gewitter in einem Düsenjäger ist. Sie sollten das Manöver abbrechen. Weißt du überhaupt, wie ein Hibiskus aussieht? Die Blüte ist fleischrot, und sie blüht nur einmal, aber dann folgen Hunderte. Alle fleischrot, ganz zart, ganz offen, ganz verletzlich. Als ich damals im Krankenhaus war und sie mir den Polypen aus der Gebärmutter entfernt haben, warst du da nicht bei der langen Else? Sie hat auch immer so schlecht gerochen, und sie hat immer Kuchen aufgeschrieben, sie musste ja alles aufschreiben, was sie zu essen eingekauft hat, und das war immer nur Kuchen, nichts als Kuchen, Kuchen, Kuchen. Und du hast dich hinterher bei mir beschwert, mein armer Sohn, weil du nichts Rechtes zu essen bekommen hast, als ich im Krankenhaus war und sie mir den Polypen herausgenommen haben, und ich albernes junges Ding bin dann kurz nach der Operation Fahrrad gefahren, und dann war da plötzlich alles rot.«

Sie trinkt und schließt dabei die Augen. Ihre Lippen zittern, als sie den Tee schluckt. »Alles rot, ein reines Blutbad, mein Sohn. Ich habe im Blut geschwommen, wie bei deiner Geburt. Dein armer Vater war damals auf See, er konnte sich nicht um mich kümmern, und auch du warst weit weg, weit weg, und als ich dann aus dem Krankenhaus zurückkam, hast du dich über die lange Else beschwert, weil sie immer Spucke an den Lippen hatte und es immer nur Kuchen gab. Iss doch noch ein Stück Kuchen! Du könntest ruhig etwas kräftiger sein in deinem Alter. Sorgt deine Frau denn auch gut genug für dich? Ach ja, die jungen Dinger von heute! Sie wissen einfach nicht, was ein richtiger Mann braucht. Wo bleibt dein Vater nur so lange? Er ist ein so liebevoller Mann. Du ahnst gar nicht, was für ein liebevoller Mann er ist. Seit ich diese Beschwerden habe, macht er alles Grobe im Haushalt. Ich erkläre ihm, was *er* will, und er macht es. Es ist nicht immer einfach für ihn, wo er doch nicht mehr der Jüngste ist. Aber er ist immer noch ein schöner Mann. Es ist erstaunlich, was dieser Mann in seinem Alter noch alles leistet. Sogar kochen kann er jetzt, aber abschmecken muss ich, abschmecken muss ich.«

Sie nimmt den leeren Kuchenteller in beide Hände und beginnt damit, ihn abzulecken. Der Sohn sitzt im Stuhl und rührt sich nicht. Er fühlt sich wie ein Stein. Es gibt Steine, die zu nichts nutze sind. So fühlt sich der Sohn. Das Gewitter ist jetzt über ihnen. Die Blitze ähneln aufplatzenden Rissen in einem prallen, blauen Kissen. Es donnert unaufhörlich. Der Sohn sieht seinen Vater hinter dem Fenster stehen und winken und zum Himmel deuten, aus dem jetzt dicke Regentropfen fallen. Der Vater hat seine Uniformjacke an. Die goldenen Knöpfe sehen wie gestohlene Dublonen aus, denkt der Sohn. Die Mutter ruft: »Edmund! Edmund! Komm doch zu uns! Es ist herrlich hier draußen! Dieser Friede, diese gute Luft!«

Der Sohn steht auf und blickt zum Himmel. »Wir gehen besser hinein«, sagt er, aber ein Donner verschluckt seine Stimme. Die dünnen Haare der Mutter sind angeklatscht an ihren Schädel. Tropfen rinnen über ihre Wangen.

»Sieh dir den Hibiskusstrauch genau an!« Sie schlürft den Rest Tee aus der Tasse und steckt wieder den Finger hinein. »Damit du in Zukunft weißt, wie ein Hibiskus aussieht. Er hat fleischrote Blütenkelche, und es sind noch ein paar dran, obwohl sie nur einmal blühen, kommen hundert neue über

Nacht. Der Stamm ist ganz dick. Du kannst ihn sehen, wenn du hineingehst, gleich neben der Klematis, beim Fenster, an dem dein Vater jetzt steht und zu uns hinaussieht. Ja, es waren schwere Zeiten, der Krieg, deine Geburt und dein Vater auf See. Du warst kein einfaches Kind, ganz schön renitent, immer mit dem Kopf durch die Wand, immer mit dem Kopf durch die Wand. Das hast du von deinem Vater.«

Der Sohn schiebt seinen Arm unter den Oberarm der Mutter und zieht sie aus dem Stuhl hoch. »Lass uns hineingehen, du bist schon ganz nass«, sagt er, aber wieder verschluckt ein Donner seine Stimme. Als die Mutter redet, donnert es nicht. »Dieser Frieden! Ich verdanke es ausschließlich deinem Vater, dass ich diesen Frieden genießen kann, diese Natur. Ich glaube, wir sollten jetzt besser hineingehen. Merkst du nicht, dass es zu regnen begonnen hat? Du merkst aber auch gar nichts.«

Sie gehen ganz langsam über den Rasen. Die Tür öffnet sich, und der Vater erscheint. »Da bist du ja«, sagt die Mutter. »Edmund, siehst du, das ist Gedankenübertragung, gerade wollten wir zu dir kommen. Ja, mein Sohn, wir sind von Anfang an eine Einheit gewesen, dein Vater und ich. Es ist ein wunderbares Gefühl, und es wird nicht jedem geschenkt. Siehst du, das da ist der Hibiskus! Siehst du sie, all die großen, fleischroten Kelche, weit geöffnet, und der Stamm ist so kräftig. Hilf mir die Treppe hoch, mein Sohn, jaja, deine Mutter ist alt geworden. Edmund, warum bist du nicht zu uns gekommen? Es war herrlich draußen, die Beleuchtung, das Gewitter. Ich habe unserem Sohn die neue Pflanzordnung erklärt, wo die Teehybriden hinkommen und der blaue Rhododendron. Und ich habe ihm unseren Hibiskus gezeigt.«

23

»Was du von deiner Mutter erzählst, gefällt mir sehr«, sagte Carla, nachdem ich ihr den Text vorgelesen hatte. »Sie ist so sensibel, und sie nimmt so viel wahr. Sie kann nichts dafür, dass die anderen so stumpf sind und dass sie darum nicht mehr alles versteht, was um sie herum geschieht. Ich werde sicher auch mal so sein wie sie, wenn ich überhaupt alt werde.«

Carla lag neben mir. Ihre Nähe tat mir gut. Ihr Körper vermittelte mir Geborgenheit. Und er gab mir manchmal das Gefühl, mich selbst zu sehen. Ich beugte mich über den Rand eines Brunnens. In seinem kühlen Wasser spiegelte sich mein Gesicht. »Wie lange bleibst du?«, fragte ich.

»Das Bild muss ganz trocken sein«, sagte sie. »Es dauert eine Weile. Ich habe ein langsam trocknendes Malmittel genommen.« Ich warf Ugo, der verunsichert in seinem Garten stand, ohne sich von der Stelle zu rühren, einen Blick zu. »Trockne möglichst langsam«, flüsterte ich.

Von sich und ihren Plänen erzählte Carla kein Wort. Auf entsprechende Fragen reagierte sie nicht. Wenn ich nicht nachgab und weiter Fragen stellte, ging sie einfach nach oben auf die Plattform und starrte aufs Meer hinaus. Sie kam mir vor wie Isolde, die auf Tristan wartet. Welche Farbe würde das Segel haben? War es weiß oder schwarz? Beim ersten Mal war ich ihr nachgegangen und hatte meine Hand wie tröstend auf ihre Schultern gelegt. Sie hatte sich wütend umgedreht und mich angeherrscht: »Geh hinunter und tu deine Arbeit.«

In diesen Tagen erschienen einige Fremde in der weißen Stadt. Es waren offenbar keine Touristen. Sie trugen keine Freizeitkleidung, sondern schwere schwarze Lederjacken und benahmen sich alles andere als ausgelassen. Luigi tippte auf Immobilienspekulanten, doch Celli wusste es besser: »Sie haben zu lange Haare für Kaufleute. Die haben bestimmt was mit Kunst zu tun.«

Irgendwann war es heraus. Es waren Scouts oder Locationfinder. In der Regionalzeitung erschien ein Artikel, in dem von einem Film die Rede war. Ein Teil der Dreharbeiten sollte in der weißen Stadt stattfinden. Das war nichts Ungewöhnliches. Es gab schon einige Filme, bei denen sie als Kulisse gedient hatte.

Ich füllte unterdessen Seite um Seite mit Beschreibungen einer Vergangenheit, die mir mehr und mehr missfiel, je größer der Abstand wurde, den ich mir durch meine Arbeit zu ihr verschaffte. Carla war meistens oben und malte das Meer. Es war unnatürlich blau. »Ultramarin«, erklärte sie. »Der Himmel ist blau, weil er das Meer spiegelt. Die, die meinen, es sei umgekehrt, haben keine Ahnung.«

Sie ließ sich nach wie vor die Texte vorlesen. Sie enthielt sich weitgehend der Kommentare, nur wenn von meiner Mutter die Rede war, ergriff sie fast automatisch Partei für sie. Einmal sagte sie: »Du und dein Vater, ihr seid beide halbe Männer. Schade, dass es deiner Mutter misslang, sie zu einem zusammenzufügen.«

*

Der Sohn ist wieder einmal auf Besuch bei seinen Eltern. Seine Mutter verfällt jetzt immer schneller. Neulich habe sie, sagt sie, etwas im Mund gehabt. Als sie es hervorholte, waren es zwei Zähne. Sie ist nicht mehr dick, wie all die langen letzten Jahre, die sie zumeist tagsüber auf den Ohrenstuhl gebettet, die aufgedunsenen Beine auf einem Hocker, die Felldecke darüber, das Rumglas neben sich, vor dem Fernseher verbracht hat, den Blick missgünstig durch eine Sonnenbrille auf die Personen geheftet, die dort ihr klägliches Scheindasein vollführten.

Sie schrumpft, wird immer krummer. Doch ihre klein gekrusselten Haare sind immer noch nicht grau. Sie kleben auf der dünnen Haut des Schädels und haben etwas Perückenhaftes. Während ihr Mann schweigt, redet und redet sie wie ein Wasserfall oder eine Sprechpuppe, die jemand ständig bewegt. Sie redet sogar, wenn sie schweigt, denkt der Sohn. Ein reißender Katarakt von leeren Worten, der sich in die Stille gräbt und sie unwirtlich macht. Das Schweigen des Vaters ist wie ein hoffnungsloser Versuch, diesem Redeschwall ein ausreichend großes Sammelbecken zu bieten oder eine Art Drainage. Dabei starrt er die Zimmerdecke an, als könne sie sich irgendwann teilen wie eine dichte Schicht Altokumulus, um einen leeren Himmel freizugeben.

Die Mutter macht wieder einmal alles schlecht. Das Fernsehprogramm, die anderen Leute, die Nachbarn, deren Gewohnheiten, deren Kinder und Kindeskinder. Dieser pausenlose Redeschwall spült alles weg in die Kanalisation einer bösen Welt, in der es nichts mehr zu klären gibt. Sie redet offenbar um ihr Leben. Wie eine Ertrinkende, die wild mit den Armen um sich schlägt und dadurch jegliche Rettung verhindert, wirft sie mit Worten um sich. Hemmungslos verdammt sie die Welt, Gott und die Sterne eingeschlossen, spricht ihr jegliche Daseinsberechtigung ab. Die Philosophie kennt ein einfaches logisches Verfahren, Falsifikation genannt. Es kommt dann zur Anwendung, wenn man die Richtigkeit einer These nicht zu beweisen vermag. Man sucht dann, die Unrichtigkeit aller anderen möglichen Thesen zu beweisen, woraus sich eine Art negativer Beweis der Richtigkeit der eigenen Position ergibt. Die Mutter wendet diese Methode gnadenlos an. Sie falsifiziert ununterbrochen. Da sie nichts zu bieten hat, weder Weisheit noch Wissen, noch Wärme, noch jene Schönheit, die sie einst besaß, da sie intelligent genug ist, dies zu erfassen, mobilisiert sie ihre ganze Energie zu einer Falsifikation aller anderen Lebens- und Daseinsformen außerhalb ihrer eigenen, verkommenen Existenz.

Der Vater des Sohnes hat eine ältere Schwester, über achtzig inzwischen, die das Gegenteil seiner Frau ist. Sie ist höchst lebendig. Sie reist sogar bis in den Kaukasus, sie lernt Russisch, sie nimmt Gesangsunterricht. Sie ist klein und sieht aus wie eine Indianersquaw, die bereits ihre ewigen Jagdgründe inspiziert. Diese kinderlose, allein lebende Frau ist ein bevorzugtes Objekt der Hasstiraden der Mutter. Sie empört sich über deren Sturheit, deren missglücktes Leben, deren verblichenen Mann, deren Macken, ihren Gesang. Hundertmal am Tag kippt sie ganze Wortkübel von Unrat über die greise Schwägerin. Ihr Mann hört schweigend zu. Warum protestiert er nicht bei seinem so ausgeprägten Familiensinn, wo es doch um eine geborene Boysen geht? Er sagt nichts. Doch sein Schweigen ist tiefer als gewöhnlich. Er geht in die Küche und repariert die schöne alte Uhr seiner Schwester. Sie schlug nicht mehr, jetzt ist ihre Stimme wieder da, hell und klar und volltönend durchdringt sie den finsteren Gemütsnebel dieses Hauses, in dem die

Uhren allesamt dumpf und rasselnd schlagen, als seien sie krank auf der Brust.

Als der Sohn diesmal wie jedes Jahr im Spätwinter bei seinen Eltern eintrifft, gelten die ersten Sätze seiner Mutter dem fremden Klang der Uhr, die sie als Eindringling empfindet. So etwas Ordinäres habe sie noch nie gehört, so einen aufdringlichen, billigen Klang. Nein, nein, so einen ordinären Klang habe sie wirklich noch nie gehört. Wie gewöhnlich wiederholt sie ihre Sätze wie ein Papagei, so dass man an ihrem Verstand zweifeln könnte. Dies ist jedoch eine fatale Täuschung. Sie ist keineswegs verwirrt, sondern bei klarstem Verstand. Ihr Verstand ist sogar so klar, dass sich alle Schwächen ihrer Umwelt durch ihn vergrößert abzeichnen wie Kiesel in einem klaren Bach.

Die ständige Wiederholung ihrer Sätze ist eine wahrscheinlich beabsichtigte rhetorische Technik. Sie werden so zu Beschwörungsformeln, die die Verklärung des eigenen Daseins und die Vernichtung allen anderen Daseins zum Ziel haben. Das Andere, das Fremde soll weggeredet werden wie eine Warze, die man bespricht. So einen aufdringlichen, so einen ordinären Klang habe sie noch nie gehört, sagt sie jetzt wieder. Der Vater, dem die Wiederbelebung dieses Klangs zu verdanken ist und der dafür eigentlich Lob verdient, hört das Urteil, ohne sich zu wehren.

Am schlimmsten sind die Teestunden am Nachmittag. Die Mutter liegt wie immer aufgebahrt auf dem alten Ohrenstuhl. Sie hat Strumpfhosen über ihren formlosen Unterleib gezogen. Hände und Unterarme schiebt sie bis über die Ellbogen in diese halb durchsichtigen Futterale hinein. Sie reibt unaufhörlich ihr welkes Beinfleisch und redet dabei. Der Sohn hält sich krampfhaft an den Armlehnen seines Sessels fest, greift innerlich zu Gegenmitteln, versucht, ihre Sätze zu zählen, redet sich ein, ihre Stimme sei eine besondere Art von pervertierter Stille. Doch alle Tricks versagen nach kürzester Zeit. Ihre Stimme setzt sich durch, vor allem, weil viel Verletzendes bei dem ist, was sie sagt. Sie trifft immer wieder zielsicher unter die Gürtellinie, unter die des Sohnes und aller anderen. Sie spürt deren Schwächen wie ein Jagdhund auf und bringt die Betreffenden zur Strecke. Sie verfügt über eine brillante negative Intelligenz. Ihre endlosen Tiraden haben eine akustische Eigenschaft, die ihre quälende Wirkung noch verstärkt: Sie spricht sie schleppend, als ob sie sich wie ein tollwütiger Hund in deren Inhalt verbeißt. Aber fast schlimmer noch ist die Tatsache, dass die einzelnen Wörter ein wenig zeitlich versetzt sind, verrückt gegen den schwarzen Hintergrund der Stille, die vom Vater in seinem Schaukelstuhl ausgeht. Es ist, als ob jedes Wort schon da ist, ehe es ausgesprochen wird. Sprechen und Hören lassen sich nicht zur Deckung bringen. Das führt zu einer Art räumlichem Effekt, zu einem Hall, wie bei der Solarisation eines Fotos, dessen Doppellinien ihm etwas Dreidimensionales geben.

»Keine – andere – Uhr – hat – so – einen – ordinären – Klang«, sagt sie gerade. Der Sohn ertappt sich dabei, wie er nervös mit den Beinen wackelt. Ihm fällt ein, dass er aufstehen kann, um allen Tee nachzuschenken. Sich hoch zu drücken aus dem Sessel erfordert ungeheure Kraft, eine Anstrengung, die ein lebendig Begrabener braucht, um den Sargdeckel von innen zu öffnen. Er geht zum Tisch, zieht der Teekanne die gehäkelte Mütze ab und schenkt seinem Vater ein. Dann geht er zu seiner Mutter. Als er sich über sie beugt, um einzuschenken, riecht er wieder einmal den säuerlichen Geruch von altem Urin.

Später gehen sie spazieren, der Vater und der Sohn. Jetzt sind sie Komplizen. Es handelt sich um einen Ausbruch. Das Letzte, was sie hören, ist der schrille Pfiff der Trillerpfeife, die der Vater seiner Frau geschenkt hat, damit sie in einer echten oder eingebildeten Gefahrensituation Hilfe herbeirufen kann.

Der Vater rennt. Sie fliehen durch die eiskalte Winterluft über Waldwege und Fennen. Sie reden kaum, höchstens den einen oder anderen banalen Satz über Heizungskosten und dergleichen. Bei jeder Tierfährte im Schnee bleibt der Vater stehen und identifiziert sie. Wahrscheinlich freut er sich dabei, aber seinem Gesicht sieht man das nicht an. Sein schönes Altmännergesicht ist grau und maskenhaft starr. Er hat es über seine Seele gezogen wie ein Fechter die Korbmaske.

Dann stürmen sie weiter. Habe ich meinen Vater nur gern, weil er nicht wie meine Mutter ist?, denkt der Sohn. Er würde ihm am liebsten seine Freundschaft zeigen, aber der andere hat alle Wege verbarrikadiert. Er geht zum Beispiel zu schnell. Ist es, weil er vor etwas flüchtet oder weil er etwas sucht oder weil er es nicht finden will? Wahrscheinlich weder das eine noch das andere, noch das dritte. Seine Rastlosigkeit hat keinen Grund außerhalb ihrer selbst. Sein Leben ist, obwohl so voller Abenteuer und Sensationen, seltsam leer. Fürchtet er, dass der Tod, der jetzt das einzige Abenteuer geblieben ist, das er noch vor sich hat, von der gleichen Leere sein wird?

Wieder bleibt er stehen. Diesmal sind es eine halb im Schnee versunkene Futterrübe und die Abdrücke von Tierpfoten. Er deutet darauf und sagt: eine Katze.

Dann rennt er weiter, ein kleiner, uralter Junge. Kann man ihn mit einem Fluss vergleichen, der an den Ufern des Lebens vorbeiströmt? Doch es gibt keine Strömung, nur aufgewühlte, kabbelige See. »Er ist kein Fluss, der von der Quelle zur Mündung, von Geburt zum Tod fließt«, denkt der Sohn, »sondern ein winziges Binnenmeer, über das ein Orkan fegt. Ich spüre es, wenn ich mich, was selten geschieht, traue, ihm über die Haare zu streicheln, wenn ich beim Fernsehen hinter ihm auf der gepolsterten Bank sitze. Dass er so störrisch ist, so dickköpfig, dass er immer betont, keine Phantasie zu haben, sein ganzer simpler Rationalismus, all das ist die Folge eines Lebens, das zwar großenteils auf hoher See stattfand und ihn um den ganzen Erdball führte, das jedoch nie seine Enge verlor. Der Widerspruch dieser inneren Enge und der äußeren Weite hat ihn wohl so misstrauisch, störrisch und empfindlich gemacht.«

Weiter geht es durch den Schnee, als ob sie sich dem Südpol nähern. Amundsen gegen Scott. Der Sohn bemerkt, dass es sein Vater vermeidet, in alte Spuren zu treten. Er bevorzugt den jungfräulichen Schnee. Ist vielleicht doch etwas von einem Entdecker in ihm? Sind sein furchtbarer Rationalismus, den er bei jeder Gelegenheit betont, sein verstockter Unglaube, was Wunder anbelangt, sein Misstrauen gegenüber jeglicher Phantasie so etwas wie eine Schutzmauer, in deren Windschatten er immer noch auf das eigentliche Wunder des wahren Lebens wartet? Gehört er zu den Betrogenen, denen man die innere Moral genommen hat und die darum die Betrüger verehren? Eltern, Schule, Führer, Vaterland, Ehefrau, alles Bestien, die sich über seine ehemals kleine, weiche Knabenseele hergemacht haben, um sie nach eigenem Gutdünken zu formen? Ist er dabei formlos geworden, knetbar, er, den seine Kollegen in den Kriegsjahren während seiner Zeit als Schiffsführer den ›Mann von Stahl und Eisen‹ nannten?

Gewiss, auch seine Frau lebt in einem Gefängnis, aber sie

ist in einer völlig anderen Rolle. Ihr Mann ist der Häftling, sie ist die Aufseherin. Beide sind sie aneinander gekettet, beide genießen sie ihre Unfreiheit wie Irre, die die Angst vor der endlosen Weite des Daseins in eine finstere Ecke ihres Hauses treibt. Dabei hat die Mutter des Sohnes eigentlich eine panische Angst vor der Enge, die sie doch so zu lieben scheint. Wenn sie auf die Toilette geht, lässt sie ungeniert die Tür offen stehen. Oder vielleicht will sie einfach nur alles kontrollieren, was in ihrem Kosmos vor sich geht. Die Rituale in diesem Haus sind wie Gitterstäbe, die jeder Eisensäge widerstehen.

Bevor der Sohn morgens in die Küche geht, um sich sein Frühstück zu machen wie ein Delinquent, der das Verbrechen begangen hat zu träumen, muss er ins elterliche Schlafzimmer, um guten Morgen zu sagen. Der Vater sitzt auf dem Damensesselchen, die Stoffschürze zwischen den Beinen, und liest die Zeitung. Er hat seiner Frau zuvor das Frühstück auf einem Tablett ans Bett gebracht. Sie liegt halb aufgerichtet mit dicken Kissen im Rücken und starrt dem Sohn mit ihren braunen, stark hervorquellenden Augen entgegen. Es sind Insektenaugen mit zahllosen Facetten. Er beugt sich widerwillig zu ihr hinab und gibt ihr einen Kuss auf die feuchte, kalte Stirn. Wieder dieser Geruch. Genießt sie es, bei denen Ekelgefühle zu wecken, die es nicht zugeben dürfen? Die zur Mannes- oder Sohnesliebe verurteilt sind? Sie weiß genau: etwas nicht zugeben dürfen macht schwach, macht feige, macht unehrlich. Eine teuflische Art, jemanden zu besiegen, ihn in solche Widersprüche zu treiben. Ekel und geheuchelte Liebe, wie gut ergänzen sie sich!

Der Sohn fühlt, wie er in dieser grauenhaften Innenwelt von Tag zu Tag schwächer wird. Verdächtige Symptome stellt er an sich fest, wie die wachsende Gier, Illustrierte zu lesen, auf dem Klo, im Bett, schließlich sogar im Stehen. Mord und Totschlag in der Welt. Lüsterne Blicke auf die Zerstörung, auf verstümmelte Bombenopfer, nackte Frauenleichen. Ihm ist merkwürdig wohl dabei. Er weiß, dass er immer weiter in die Ecke des Ringes getrieben wird, förmlich gegen die Seile gepresst. Seine Mutter steht vor ihm, holt aus, schlägt ihm mit einer weichen, gallertigen Masse ins Gesicht, in der spitze Nadeln verborgen sind. Es ist Grax. Sein Vater in der Ringecke sekundiert. Sein Gesicht ist aschgrau und wie versteinert. Der Sohn geht zu Boden, merkt, wie er das Bewusstsein verliert, wie Schwärze in ihn eindringt, eine Nacht, an deren Himmel es keine Sterne gibt oder besser gesagt, nur einen einzigen Stern. Und der ist schwarz und füllt den ganzen Kosmos aus.

Der Sohn kommt gewöhnlich mit wenig Schlaf aus, in diesen Tagen und Nächten aber schläft er viel. Es hat den Anschein, als zöge er sich in Traumwelten zurück, als böten sie allein ihm Schutz. Er erinnert sich morgens nicht an diese Welten. Er erwacht mit schwerem Kopf, belegter Zunge und saurem Magen, wie aus einer Vollnarkose. Er eilt ins Bad, wagt nicht, sich anzusehen, während er sich die Zähne putzt, denn er fürchtet, es könnte der Blick seiner Mutter sein, der mitleidlos die schlecht geschnittenen Haare, die schiefen Zähne taxiert. »Du bist unästhetisch«, mit diesem Ausdruck hat sie viel operiert in seiner Jugend. Es ist der nämliche Ekel, den er heute vor ihr empfindet. Sie hat ihn ihm damals sich selbst gegenüber eingeimpft.

Der Wetterumschwung hat ihnen tauenden Schnee beschert. Das Ende der Besuchszeit ist gekommen. Als Vater und Sohn wie jeden Tag das Haus zu ihrem Spaziergang verlassen, gehen sie diesmal nicht durch die Einfahrt, sondern sie klettern über den Wall, der den Garten zum Wald und den Feldern hin abschließt. Der obere Teil der Hintertür ist aufgeklappt. Seine Mutter steht dort, die Trillerpfeife im Mund, und winkt ihnen nach.

Diesmal ist es ein Ausbruch zweier Lebenslänglicher. So schnell ist sein Vater noch nie gerannt. Der Sohn hat Mühe, Schritt zu halten. Der Schnee macht andere Geräusche unter ihren Schuhen. Er knirscht nicht, er schmatzt und röchelt. Als sie am westlichen Dorfrand eine Siedlung eng beieinander stehender Häuser durchqueren, gewahren sie einen beleibten Mann, der in einem Vorgarten einen Gartenschlauch mit den Händen hin und her biegt, wohl um ihn geschmeidig zu machen. Er starrt sie an wie Wundertiere, und Vater und Sohn starren zurück. »Ich kenne den Mann«, sagt der Vater. »Er hat mich neulich angesprochen. Er hat behauptet, mit dir Abitur gemacht zu haben.«

Dann übersteigen sie einen Stacheldraht und rennen weiter. »Gehst du noch oft spazieren?«, keucht der Sohn.

»Nein«, sagt der andere knapp. »Obwohl es gut für meinen Kreislauf wäre. Aber deine Mutter hat es nicht gerne, wenn ich nicht im Haus bin.«

Sie hetzen weiter und legen eine große Strecke zurück. Wohin will der Vater? Gibt es da etwas jenseits dieser eintönigen, schneebedeckten Felder, das ihn zu solcher Eile antreibt? Oder ist er nur die Maus im Laufrad der eigenen Ängste und Zwänge?

Der Sohn denkt an jene seltenen, besonderen Spaziergänge in der Kindheit, bei denen sie sich für wenige Stunden einmal wirklich nahe waren, bei denen der Vater einzig dem Kind gehörte. Es gab sie nur einmal im Jahr und auch nicht jedes Jahr. Immer vor der Bescherung an Weihnachten schickte die Mutter ihre Männer aus dem Haus, denn sie war Requisiteur, Regisseur und Intendant dieses Festes in einem, und sie wollte noch einmal ungestört die Bühne inspizieren, hier etwas richten, dort etwas verbessern, Fragen der Beleuchtung, der Farbgebung, ein paar vorzeitig gefallene Tannennadeln entfernen, die Entenbratensoße abschmecken.

Dann liefen Vater und Sohn durch die kalte Winternacht, immer den gleichen Weg, an der Strandpromenade entlang nach Norden, die Große Straße hoch, am Glockenturm vorbei, die Landstraße nach Westen ins Inselinnere, beim Friedhof mit der großen Kirche nach Süden und schließlich immer geradeaus, bis sie wieder ans Meer kamen, schließlich an der Südküste entlang zurück nach Hause, ein 2-Stunden-Marsch über einsame Wege, an Schneewehen vorbei, im eiskalten Ostwind, den Schal um den Hals, die Pudelmütze auf, die Hände in den Manteltaschen, so rannten sie schweigend nebeneinanderher, Schatten und Schatten des Schattens.

Es war zu kalt und zu heilig, um miteinander zu reden. Und dennoch gab es eine intensive stumme Zwiesprache, die sich zuweilen in Blicken und im Deuten der Hände äußerte. Da hinten der Leuchtturm der Nachbarinsel, dort die wenigen verstreuten Lichter von den Warften der Halligen. Dann der warme Flur mit dem roten Läufer, der Lichtschein aus der Wohnungstür, der Duft nach Entenbraten, die Heimkehr des verlorenen Vaters und verlorenen Sohnes ins mütterliche braten- und apfelduftende Paradies.

Als sie diesmal von ihrem Spaziergang zurückkommen, ist der Sohn vollkommen erschöpft. Sie trinken im Wohnzimmer Tee, und wie immer findet eine Art Verhör statt. Seine Mutter im Ohrensessel fragt sie nach ihren Erlebnissen aus. Aber da sie nichts erlebt, nicht einmal ungewöhnliche Spuren gesehen haben, zählt der Vater nur unwirsch die geographischen Stationen ihres Marsches auf. Dann nimmt er ein Buch zur Hand und liest daraus vor. Der Sohn hat es früher geliebt, ihm zuzuhören. In seiner Kindheit hat der Vater an Weihnachten, sofern er Urlaub hatte und zu Hause war, die Weihnachtsgeschichte aus der Bibel vorgelesen. »Es begab sich aber zu der Zeit…« Auch Szenen aus dem Faust: »Habe nun ach…« Ewige, in die Tafel der Stille gemeißelte Sätze. Der Vater hatte schon damals eine schöne, ruhig dahinfließende Stimme. Vielleicht hat sie einst die Liebe des Sohnes zur Literatur geweckt. Jetzt fällt ihm auf, wie rau und belegt diese Stimme geworden ist, wie schwer es ihm fällt ihr zuzuhören. Man muss sich dabei beständig räuspern. Es ist eine Stimme unter Druck. Sie quält sich mit ihrer Last durch den Raum. Welche Last aber ist es? Bestimmt nicht die des Gewichts der vorgelesenen Sätze. Liegt es an den beständigen, eingeübten, zelebrierten und akzeptierten Missverständnissen zwischen seinen Eltern? Traut diese Stimme ihren eigenen Worten nicht? Der Vater liest vor, was er tags zuvor aufgeschrieben hat. Es ist ein Text aus der Familienchronik, die er vor einiger Zeit begonnen hat zu schreiben. Es geht um seinen Großvater und dessen drei Söhne John, Arndt und Edmund, von denen der eine jung auf See geblieben ist, der andere taub war und ein Genie, und der dritte, sein Vater, der Großvater des Sohnes, geschäftstüchtig und lebensfroh war. Innerlich betet der Sohn um jede Minute, dass sie so schnell wie möglich vorbeigeht. Ein Schweißfilm bildet sich auf seiner Stirn. Früher hat er in solchen Situationen zuweilen versucht, eine Position der Wahrhaftigkeit, der Kritik zu beziehen, und sei es auch nur am Wetter. Jedes Mal hatte es in einer Katastrophe geendet. Ehrlichkeit ist hier unerwünscht. Sie wäre ein terroristischer Anschlag. Der Sohn starrt den Teppich an wie ein Ertrinkender den Meeresgrund. Auch er wäre jetzt am liebsten auf See geblieben wie einst Großonkel John.

Gott sei Dank beginnt bald die Fernsehzeit. Sie reicht von sechs bis zehn Uhr. Auch sein Vater setzt eine Sonnenbrille auf. Sie verschandelt sein schönes Seemannsgesicht. Und so hocken diese beiden an den Gestaden des Alters Gestrandeten und von allen guten Geistern verlassenen Schiffbrüchigen des Lebens vor dem viereckigen Fenster des Apparates und halten Ausschau, als würde dort auf der Mattscheibe bald ein rettendes Segel erscheinen.

Mord und Totschlag in den Abendnachrichten. Sie essen belegte Brote. Der Sohn sitzt schräg hinter seinem Vater auf der gepolsterten Bank und legt zuweilen vorsichtig seine Hand auf dessen Schulter. Dann Mord und Totschlag im Fernsehkrimi. Der Sohn weiß, dass das geringste Wort einer Kritik seinerseits an den Sendungen den Vater zum wütenden Verlassen des Raumes veranlassen wird. Also lobt er hin und wieder mit leiser und verkrümmter Stimme, was auf dem Bildschirm vor sich geht. Außerdem hat er ein schlechtes Gewissen, denn er hatte an den Einstelltasten des Apparates gespielt mit der Folge, dass Kanal Zwei jetzt nicht mehr unter der Leuchtziffer Zwei kommt, sondern bei der Sechs. Als es der Vater merkt, ist er verstimmt. Der Sohn spürt, dass jetzt ein einziges falsches Wort genügt, und der Vater würde explodieren. Aber diesmal geht alles gut. Der Vater scheint die ungewohnte Sechs auf der Anzeige zu akzeptieren. Es ist kein Moment zu früh, denn seine Frau führt bereits den Sketch auf, mit dem sie ihren Mann Abend für Abend beim Fernsehen reizt. Sie drückt die Lautstärketaste der Fernbedienung und macht den Ton immer lauter, bis er in den Ohren schmerzt. Seit Jahren dichtet sie ihrem Mann Schwerhörigkeit an. Und immer reagiert er gleich, indem er sagt, sie solle leiser machen. Der Sohn ruft dazwischen, der Vater sei doch gar nicht schwerhörig. Sie macht den Ton daraufhin noch lauter. Der Vater verlässt den Sessel und geht hinaus. Ihr Kommentar: »Man darf deinen Vater auf Fehler nicht ansprechen, mein Sohn. Er wird eine Schwäche niemals zugeben. Das ist eine Krankheit seiner Familie. Er hört fast nichts mehr, aber wenn du da bist, wird er das niemals zugeben.«

Inzwischen ist der Vater wieder zurückgekommen und hat sich in seinen Sessel geworfen. Seine Frau hat den Ton auf inständiges Bitten des Sohnes hin etwas leiser gemacht. »Jetzt ist es gut«, sagt ihr Mann. Da wird der Ton wieder lauter. Der Sohn ruft: »Mutter, bitte leiser!« Sie sagt: »Dein Vater hört schlecht.« Der Vater sagt: »Es ist zu laut.«

Alle starren auf die Scheibe. Spätnachrichten mit neuem Mord und Totschlag. Der Nachrichtensprecher verspricht sich. Seine Lippen bewegen sich nicht synchron. Die Mutter sagt: »Irgendetwas ist am Gerät kaputt. Der Ton wird ständig von selber lauter.« Und wirklich hat die Lautstärke wieder zugenommen. Sie muss den Knopf heimlich gedrückt haben.

Das Sonntagsfrühstück am nächsten Morgen ist wie immer der Gipfel der Verstörung. Auf der Tischplatte nehmen Teller, Tassen, Besteck, Eierbecher, Käseglocke, Salzstreuer, Teekanne Aufstellung zu einer Schlachtordnung, wie sie einem preußischen General im 18. Jahrhundert gefallen hätte. Die Mutter überwacht den Aufmarsch der Truppen und kontrolliert die Bewegungen der einzelnen Abteilungen. »Du isst viel zu schnell«, sagt sie immer wieder, an den Sohn gewandt. Der weiß nicht, wie er es schaffen soll, überhaupt zu essen. Es ist auch kein richtiges Essen möglich, nur eine Art Würgen nach innen.

Seine Hände, sein Kopf, sein Magen sind betäubt. Nur der

Rücken schmerzt. Die Mutter lobt ›ihren‹ Käse und beklagt die hastige Art und Weise, wie ihre Männer ihm zusprechen. Der Sohn sieht das Ei vor sich, diese weißliche, spitze Haube. Er fingert es nervös aus dem Eierbecher und guillotiniert es. Er trifft es genau auf der Gürtellinie. Eigelb fließt ihm wie gelbes Blut die Finger herunter. Sein Vater gehört nicht zu den Henkern. Er klopft behutsam gegen die Schale, als sei darin ein wichtiger Gedanke verborgen. Dann pellt er die Bruchstücke vorsichtig einzeln ab.

Nach dem Mahl verschwindet der Vater in der Küche. Die Mutter schaltet den Fernseher an. Aus den Augenwinkeln erfasst der Sohn unscharf ein schreckliches Bild. Sie dreht etwas Rötliches in der Hand. Es ist ein Gebiss mit Plastikgaumen. Es zittert wie ein gefangenes Tier in ihrer Hand. Sie leckt die künstlichen Zähne ab, weil noch Honig daran klebt.

Doch gibt es zum Staunen des Sohnes Momente in diesem Irrenhaus, in denen sich alle seine Insassen merkwürdig wohl fühlen. Wie ein betäubender Nebel sinkt dieses Wohlgefühl von der Decke herab und verdichtet sich in der Nähe des Küchenbodens. Das Atmen fällt schwer, doch man fühlt sich angenehm berauscht. Sie sitzen beim Kirchgang. Da seine Mutter sehr stark zittert, schenkt ihr Mann ihr Glas nicht voll. Dafür ist es viel größer als die Gläser der Männer. Ein geschmackloses, mit einer grünen Oldtimerlimousine bedrucktes Limonadenglas auf dem grauweiß gepunkteten Resopaltisch, halb gefüllt mit einer bernsteingelben Flüssigkeit, in der eine Süßstofftablette langsam zerfällt.

Die von Pigmentstörungen braunweiß gefleckten alten Hände der Frau nähern sich dem Glas von rechts und links wie die Zangen eines Krebses. Sie packen zu, heben das Glas ein wenig, senken es auf den Tisch zurück, halten es zitternd dort fest, wobei es vibriert und Geräusche macht. Ihr wackelnder Kopf beugt sich tief herab, die dünnen Lippen schieben sich vorgestülpt über den Rand. Dann schlürft sie wie ein Tier an der Tränke. Ihre Lippen kriechen dabei den Glasrand hinab und folgen der sinkenden Oberfläche der Flüssigkeit wie bräunliche Nacktschnecken. Der Vater hebt sein Grogglas, prostet und zwinkert dem Sohn zu. Der trinkt natürlich am schnellsten. Und ganz plötzlich wird ihm wohl inmitten all der Übelkeit, die in ihm lauert.

Er findet es gemütlich. Draußen bewegt ein einsetzender Wind die Zweige der Bäume. Sie scheinen durchs Glas zu wachsen. Regentropfen perlen an den Scheiben herab, kleine Kugeltiere mit auf dem Kopf stehenden Landschaften in sich, die sie verschluckt haben und nun dem rauschenden Tod darbieten.

Der edle Kopf seines Vaters hebt sich gegen den Vorhang ab wie eine alte Fotografie aus einem Bildband über die Zeit der Großsegler. Langsam beginnt er zu reden. Wie üblich geht es um sein Steckenpferd, die Ahnenforschung, und wie so oft empfindet der Sohn die Art, wie er das Thema behandelt, als seine besondere Form der Zukunftsforschung. Wenn dieser Mann Daten und Fakten der Vergangenheit referiert, müht er sich in Wahrheit darum herauszufinden, was mit ihm noch geschehen wird.

Diesmal ist etwas neu: Der Vater bezieht auch die Familiengeschichte seiner Frau in seine Überlegungen ein. Fast kommt so etwas wie gute Stimmung auf. Die Mutter ist weniger boshaft als sonst. Es gibt Augenblicke, in denen der Sohn das einstige kleine Mädchen in diesem verwelkten Körper zu sehen glaubt. Der Vater trinkt mehr Grogs als gewöhnlich. Er erzählt, dass er morgens schon oft um fünf Uhr wach sei und dann ins Träumen käme. Er stelle sich Fahrten mit einer Yacht vor, die man sich nach seiner Pensionierung hätte kaufen können. Er hätte dann zusammen mit seiner Frau alle magischen Orte seines Seefahrerlebens besuchen können: Pernambuco, St. Kilda, Rockall, St. Pauls-Rock, Fernando de Noronha, die Kerguelen. Überall dort sei er schon gewesen. Er hätte auch in den Indischen Ozean gewollt, dorthin, wo einst Onkel John ertrunken sei.

Während der Sohn lächelnd in sein Glas blickt wie ein Fischer in die Glasröhre, die einem den Blick zum Meeresboden erlaubt, spürt er das sanfte Schwanken des Küchenbodens. Als die Stimme seines Vaters leiser wird, als entferne der Mann sich mitsamt seinen Träumen, genügt ihm ein schneller Blick auf seine Mutter, um Gewissheit zu erlangen, dass sie niemals die Träume ihres Mannes hätte Realität werden lassen, dass dies aber nicht ihr böser Wille ist.

Der Sohn weiß: Es gibt hier kein satanisches Prinzip, keine Logik der Zerstörung. Es gibt nur jene ominöse Angst, die seine Eltern teilen. Es ist die Angst, unwichtig zu sein. Der Wahnsinn, der von diesem Paar ausgeht, das der Sohn notgedrungen seine Eltern nennt, hängt zweifellos zusammen mit ihrem Verlangen nach Bedeutung, nach Unsterblichkeit. Er mutmaßt, beide werden große Schwierigkeiten haben zu sterben, weil ihnen viel zu viel falsches Leben widerfahren ist. Jetzt ist da einfach zu wenig Kraft, zu wenig Selbstvertrauen übrig. Der Vater schließt abends nicht nur die Vorder- und die Hintertür des Hauses ab. Und natürlich die Kellertür. Er verriegelt auch die Türen zwischen sämtlichen Zimmern und nimmt die Schlüssel ins Schlafzimmer mit. Er führt Buch über jeden ausgegebenen Pfennig und kontrolliert jeden Tag die Vorlauftemperatur der Zentralheizung und den Ölverbrauch. Essens- und Schlafenszeiten werden pedantisch eingehalten, kein Bild darf schief hängen, die Teppichfransen werden jede Woche von der Putzfrau gekämmt.

Der Sohn empfindet plötzlich Mitleid mit den beiden. Wahrscheinlich stimmt ihn auch der Alkohol milde. Er sagt, wie gemütlich er es in der Küche fände. »Habe ich dir schon von Onkel John erzählt?«, fragt sein Vater plötzlich. Der Sohn verneint wider besseres Wissen.

»Er ist im Alter von siebzehn Jahren mit der Bark Frank Wilson untergegangen.«

Der Vater wirkt bekümmert, voller Trauer, fast, als sei er selbst betroffen von dieser Katastrophe. Er steht auf und holt Dokumente, Briefe, Schifffahrtshandbücher und einen Taschenrechner aus seiner geliebten Seekiste. Dann rekonstruiert er die Reisegeschwindigkeit der Bark von Tumaco nach Pernambuco, das Gewicht der Ladung, die ungefähre Schiffsposition an Heiligabend 1887, als die Katastrophe nach Ansicht seines Vaters geschah. Der Sohn steht mit dem Taschenrechner neben ihm. Er fühlt sich wie ein Schiffsjunge, der fürchtet, vom Kapitän zusammengestaucht zu werden. »Ich habe eine Theorie darüber, was damals passiert ist«, sagt der Vater, »aber es ist zu früh, sie dir zu erzählen.«

Dann kommt der letzte Abend in dieser Welt. Deshalb soll gefeiert werden. Die Mutter hat bereits am Tag vorher Kartoffelsalat und Sauerfleisch bei der Frau des Kneipenwirts bestellt. Vater und Sohn machen einen Spaziergang, um beides abzuholen. Das Wetter ist inzwischen schön geworden. Sie gehen zum Kanal, um Schiffe zu sehen. Der Vater kennt viele von ihnen aus seiner Zeit als Inspektor und später als Eichmeister. Die untergehende Sonne färbt das Kanalwasser. Der Himmel ist schön wie aus einem illustrierten Märchenbuch. »Jetzt werde ich die Spaziergänge mit dir bald vermissen«, sagt der Vater. Dann schweigen beide wie peinlich berührt.

Beim Festessen später isst der Mann fast nichts, der Sohn hingegen schlingt Sauerfleisch und Kartoffelsalat in sich hinein. »Du isst viel zu schnell«, sagt die Mutter. Sie wiederholt den Satz immer wieder. Dazwischen sagt sie: »Den Kartoffelsalat hat Frau Reimers nach meinem Rezept gemacht, deshalb schmeckt er so gut. Sie hat viel gelernt von mir. Sie benutzt keine Mayonnaise wie damals deine Frau. Deshalb schmeckt er so gut.«

Die Eltern begeben sich vor den Fernseher. Beide haben wieder ihre Sonnenbrillen auf. Der Film, der gezeigt wird, handelt von einer Schauspielerin, die Angst vor dem Älterwerden hat und deshalb ständig eine Sonnenbrille trägt. Der Vater steht hinter dem Sessel seiner Frau. Der Sohn denkt, aus dieser Position könnte er sie mühelos erwürgen. »Was ist mit dir, Edmund«, sagt seine Frau. »Warum setzt du dich nicht?«

»Ich möchte nichts weiter als stehen«, sagt der Mann.

Der Sohn rafft all seinen Mut zusammen und sagt, er würde noch für eine halbe Stunde weggehen und ein Bier trinken. Er könne ja die Schüssel, in der der Kartoffelsalat war, zurückbringen. »Du musst wissen, was du tust!«, sagt die Mutter mit drohender Stimme.

Als der Sohn eine Stunde später zurückkommt, schließt er zuerst die äußere Kellertür ab, dann die innere Kellertür, dann die Tür am Ende der Kellertreppe. Er nähert sich der Schlafzimmertür, unter der Licht zu sehen ist, und sagt laut »Gute Nacht«. Da hört er die nuschelnde Stimme der Mutter: »Komm doch bitte mal herein.« Der Sohn gehorcht. Da sieht er sie liegen. Aufgebahrt auf ihrem Rücken, das gebisslose Kinn auf dem Nachthemd, der stiere Blick zur Decke gewandt. Der Vater neben ihr auf der Seite liegend, in sich verkrümmt. Der Sohn geht zu ihm und streicht ihm über die schütteren Haare. Dann geht er zur Mutter und gibt ihr die Andeutung eines Kusses auf die feuchte Stirn. Als er hinausgeht, ruft ihm der Vater nach: »Hast du das Licht im Keller ausgemacht?«

Ehe der Sohn am nächsten Morgen fährt, steht er eine Weile neben der Standuhr. Sie kommt ihm wie ein Mensch vor. Das Ticktock ihres Klangs ist ungleichmäßig. Als ob sie über eine linke und eine rechte Herzkammer verfügt. Immer wieder gibt es kleine Unregelmäßigkeiten, ein Schnarren, ein unrhythmisches Verändern des Schlags. Er weiß die Ursache. An einem Zahnrad fehlt ein Zacken.

Der Vater fährt ihn mit dem Auto zum Bahnhof. Der Vater ist schlecht gelaunt und schimpft auf die Politik.

»Es dürfte überhaupt keine Parteien geben, jedenfalls dürften sie nicht regieren«, sagt er wütend. »Was wir brauchen, sind Experten, die vernünftig regieren.«

Der Sohn schweigt. »Du machst zu viele Schulden«, sagt der Vater. »Das ist nicht wahr«, protestiert der Sohn. Der Vater wird aschgrau im Gesicht, gibt Gas und rast dem vor ihnen fahrenden Auto fast auf die hintere Stoßstange. Dann überholt er im Tunnel auf der rechten Spur. »Du wirst nie mehr ein Wort von mir darüber hören«, stößt der Vater hervor.

Als sie schließlich auf dem Bahnsteig stehen, ist ein furchtbares, eisiges Schweigen in ihrem Warten. Endlich kommt der Zug. Der Sohn steigt ein und öffnet das Abteilfenster. Der Vater steht draußen, die Kapitänsmütze auf dem Kopf. Er packt die Hand des Sohnes und schüttelt sie mit heftigem, schmerzendem Druck. Er lässt erst wieder los, als der Zug anfährt. Ein Stück läuft der Vater mit, dann sieht der winkende Sohn ihn davongleiten, sich umdrehen und im Treppenniedergang verschwinden, eine kleine windgebeugte Gestalt in einem blauen Dufflecoat.

Der Sohn sitzt im Abteil und starrt zum Fenster hinaus. Als der Zug über die Kanalbrücke fährt, ist die Gegend eine Spielzeugwelt tief unter ihm. Irgendwo am westlichen Horizont das Haus der Eltern, jetzt schon so weit entfernt, eine kleine, verkapselte Lebenslüge.

Der Sohn hat ein Paket dabei. Darin ist die Uhr, die der Vater repariert hat. Er soll sie seiner Tante in Hamburg bringen. Er fährt mit dem Taxi zum Altersheim. Die Greisin steht im Flur, in einem weißen Nachthemd, eine kleine, runzlige Eskimofrau, in einer Schneewehe versunken, so sieht sie aus.

Die Tante hat gekocht, Mehlauflauf mit Speck und Sirup, mit zerlassener Butter übergossen. Es schmeckt scheußlich, doch dem Neffen mundet es. Es gibt Bier und Wodka dazu. Dann packt der Neffe die Uhr aus und stellt sie auf die Kommode unter den schrägen Spiegel. Vergeblich versucht er, sie in Gang zu setzen. »Das macht nichts«, sagt die Tante. »Ich brauche keine Uhr. Ich habe Zeit genug.«

Anschließend trinken sie Teepunsch. Als der Neffe eine neue Flasche Kümmel sucht, entdeckt er in der Speisekammer Kartons mit mindestens fünfzig Flaschen Schnaps. »Das ist meine Geldanlage«, sagt die Tante. »Ich trinke allein ja nie, nur wenn Besuch da ist.«

Nach dem vierten Teepunsch setzt sie sich ans Klavier, spielt und singt ein Liebeslied von Schubert. Sie ist jetzt 83, und ihre Stimme hüpft und flattert wie ein Kolibri über ihren alten Händen. Der Neffe wird wehmütig. Er hängt im Sessel, trinkt und sieht in den blauen, kleinen, viereckigen Himmel über dem Innenhof. Als er auf die Toilette muss, findet er den Lichtschalter nicht. Er zieht an einer Schnur, doch es bleibt dunkel.

Er umarmt die Tante zum Abschied, wobei er sich bücken

muss. Da springt die Tür auf. Draußen stehen ein aufgeregter Pfleger und eine Krankenschwester. »Ist Ihnen schlecht, Frau Westphal?«, fragt die Schwester. Über der Tür leuchtet eine rote Lampe, die der Neffe unwissentlich angeschaltet hat.

»Kommen Sie doch herein. Möchten Sie etwas essen?«, sagt die Tante freundlich. »Es ist noch etwas übrig.«

24

Ich mag deine Mutter«, sagte Carla einmal. »Sie ist wenigstens nicht feige wie du und dein Vater. Es tut mir Leid, dass sie keiner von euch verstanden hat. Ihr Fehler war es, eine ehrliche Meinung zu haben. Wenn sie schlecht über andere gedacht und geredet hat, dann nur, weil sie all das Unverständnis verletzt hat, das sie umgab. Die Durchschnittlichkeit, das Mittelmaß, das, was man Normalität nennt. Du musst weiterschreiben, vor allem über sie. Du musst dich noch mehr in sie hineinversetzen, so sehr, dass du sie selber bist. Das ist deine einzige Möglichkeit, hier etwas wieder gutzumachen. Im Übrigen nimmst du deine Eltern viel zu ernst. Was soll ich denn sagen, ich, die ich keine Eltern habe? Mein Vater ist Luft, ist nichts.« Sie stand nackt vor dem Spiegel und schlüpfte dann in ein unglaubliches Kleid, weiß und tief ausgeschnitten. »Hast du schon gehört? Es sind Filmleute in der Stadt. Sie suchen Statisten für den Film. Meinst du, ich könnte eine kleine Rolle bekommen? Eine Kellnerin zum Beispiel?«

Sie verschwand. Ich stieg auf die Plattform und sah ihr nach, wie sie durch die Macchia verschwand, wobei sie sich große Mühe gab, ihr Kleid nicht zu beschädigen. Dann ging ich hinunter und machte mich an die Arbeit.

*

Jahre sind vergangen. Sie kann mittlerweile das Bett nicht mehr verlassen. Tag für Tag und Nacht für Nacht liegt sie da. Nachts ist der Mann neben ihr. Sie lauscht seinem Schnarchen und schmunzelt.

Auch am Tage lächelt sie häufig, als gehöre ihr ein Geheimnis, das sie mit niemandem teilen muss. Etwas blickt durch sie hindurch, starrt unverwandt zur Zimmerdecke. Deshalb kann sie auch den Kopf nicht bewegen und die Augäpfel nicht, weil etwas durch sie hindurchstarrt wie durch ein aufgerolltes Blatt Papier, das inwendig leer ist. Unverwandt starrt es auf diesen weißen Fleck, auf dem nichts zu sehen ist, nicht einmal ein Riss oder ein Spinnweb. Sie selbst würde diese Stelle keines Blickes würdigen, sie würde lieber hinaussehen zum Fenster, in den Garten, wo der Regen die Zweige biegt und schüttelt und ein feuchtes Grün aus den Blättern quillt. Sie würde auch lieber ihren Mann ansehen, wie er auf dem Stuhl in der Ecke sitzt, den schweren Kopf in die Handflächen gestützt, oder ihren Sohn, wie er im Gegenlicht neben dem Vorhang einen Schatten bildet. Aber sie kann den Kopf nicht heben, weil etwas in ihr ständig zur Decke sehen will, nicht sie selbst natürlich, denn es gibt auf der Welt nichts Belangloseres als diese weiße Stelle über ihr, die sie unverwandt ansehen muss, obwohl es dort nichts zu sehen gibt, absolut nichts. Es hat keinen Zweck, die Augen zu schließen. Sie hat es probiert, seit vielen Wochen. Jenes andere Wesen tief in ihr kann dann immer noch hinsehen, so dünn sind ihre Augendeckel, so fein sind sie gespannt, ein dünnes Häutchen auf heißer, abgekühlter Milch. Auch wenn sie die Augen schließt, starrt es durch sie hindurch zur Decke. Es muss etwas sein, das keinen Sinn hat für all die Schönheiten rings um sie, für die Rose zum Beispiel, an deren Duft sie bemerkt, wie schön sie verwelkt, oder den Regen, den sie so deutlich hört, als streiften die Tropfen ihr Ohr. ›Gloria Dei‹ heißt sie, jetzt weiß sie es wieder. Sie hatten immer Rosen dieser Sorte im Garten damals, als sie die Villa bewohnten, die Mutter, ihr Stiefvater und ihre Halbschwester. Nach den Sommerschauern standen die Tropfen groß und kristallen in den Rosen und schmückten den Duft, der ihnen entströmte.

Sie rümpft die Nase, sie muss niesen. Ein kleines, wildes Schnauben, das der Sohn bestimmt hört. Aber er wagt nicht, Gesundheit zu sagen, der Feigling. Er ist wieder einmal hier, selten genug, weil er seine Sohnespflicht erfüllen muss. Sie ist müde. Es wäre ihr lieber, sie ließen sie in Ruhe, ihre Gegenwart stört sie, die Gegenwart ihrer beiden Männer lenkt sie ab, nicht den Blick, der bleibt unverwandt, aber die andere Person, die durch sie hindurchstarrt, fühlt sich gestört. Ihre dünne, weiße Hand zittert, auch ihr Kinn zittert, sie ist schwach, es wäre besser, sie gingen hinaus, dieser Mann, der so liebevoll ist und so fremd dabei. Dieser Sohn, dem sie misstraut, weil er manchmal bemerkt, dass nicht sie es ist, die zur Decke starrt, sondern der Tod.

Sie ruft mit lauter, hoher, schwankender Stimme nach ihrem Mann und bittet ihn, das Radio anzuschalten. Es steht auf dem Nachtkästchen. Sie weiß, dass jetzt die Stunde der Operettenmelodien ist. Der Sohn springt auf, schaltet das Radio an und dreht so lange am Abstimmknopf, bis die Musik so klar wie möglich zu hören ist. Sie schließt die Augen und seufzt zufrieden. Endlich ist sie wieder da, die wirkliche Wirklichkeit. Sie bittet flüsternd ihren Sohn zu gehen. Sie kann jetzt niemanden um sich haben, wenn die wirkliche Wirklichkeit zurückkehrt und an der Decke der Vorhang aufgeht und sich zu einem Walzer die Paare zu drehen beginnen. Aber es gibt auch Schatten, dunkle Partien wie in jedem guten Bild. Die kleine Pension zum Beispiel, in der sie sich damals eingemietet hatten. Hier hat sie mit ihrem Mann während der Zeit gewohnt, in der er sein Steuermannsexamen machte. Alles fällt ihr wieder ein. Die Zimmer, die Möbel, das Bett. Es riecht nach Fisch. Das erinnert sie an die Malstunden bei Max Beckmann, wenn er toten Fisch mitbrachte, der von Tag zu Tag mehr stank und zerfiel. Sie sollten ihn zeichnen, aquarellieren oder in Öl malen. Jede Stufe des Verfalls. Auch hier in der Pension in der Sailerstraße riecht es deutlich nach verwesendem Fisch. Sie findet, dass es besonders stark in ihrem Zimmer nach Fisch riecht. Einmal bückt sie sich und zieht aus einer Ritze zwischen zwei Dielenbrettern eine weißliche, gebogene Nadel heraus. Es ist eine Gräte. Sie ekelt sich. Sie bringt die Gräte zur Toilette, wobei sie sie zwischen den Fingerkuppen trägt, und spült sie hinunter. Dreimal muss sie ziehen, bis sie endlich verschwunden ist. Dabei bemerkt sie, dass der Porzellangriff am Ende der Kette wie ein Fisch geformt ist. Sie wäscht sich sorgfältig die Hände. Auch die Seife ähnelt einem Fisch, einer kleinen, glitschigen, weißen Scholle. Im Rücken spürt sie plötzlich den Blick jenes Kerls, der sie gestern heimlich beobachtet hat. Sie rennt zurück ins Zimmer, wirft sich aufs Bett und vergräbt das Gesicht ins Laken. Es ist ihr Bett, das Bett ihrer Liebe, ihrer Leidenschaft. Es ist schmal und aus Messing. Die Matratze ist in der Mitte durchgelegen. Hier schlafen sie eng aneinander, miteinander verwachsen wie siamesische Zwillinge. In diese Mulde rollen sie Nacht für Nacht, um ineinander zu fließen, eine Schale, die man aus zwei Kannen füllt. Jetzt riecht sie es deutlich. Auch das Laken riecht nach Fisch, ganz stark sogar. Man sollte es wechseln. Sie steht auf und zieht es ab. Dann knüllt sie es zusammen. Sie wirft den Stoffballen in eine Ecke und rennt zur

Tür hinaus, die ausgetretene Treppe hoch auf die Straße. Es ist ein warmer Augustabend. Ihr Mann wird heute erst spät nach Hause kommen, denn er hat etwas auf dem Schiff zu tun. Was für eine Arbeit hat er dort eigentlich? Sie versteht nichts davon. Sie versteht nur ihn. Es ist ihr Schicksal, dass sie ihren Mann besser versteht als er sich selbst. Darum wird sie ihm ein Leben lang helfen müssen. Er braucht sie. Ohne sie würde er sich verlieren in all den vielen anderen Menschen, in diesen kalten und leeren Gesichtern, in diesen offenen Mündern und blinden, toten Augen, die die Straßen und Plätze bevölkern.

Sie huscht dicht an den Häusern entlang. Ihr ist elend. Unter einer Gaslaterne liegt Schnee. Dicht und flockig, bestimmt drei Zentimeter hoch. Schnee im Sommer? Sie tritt näher in den Lichtkreis der Gasflamme. Es riecht beißend nach Verwesung. Sie hält sich die Nase zu und bückt sich: Da sieht sie es. Millionen von toten Motten liegen da. Feine Flügel, winzige schwarze Augen, verrenkte Glieder. Sie spürt, wie ihr wieder übel wird, und eilt zurück, die Treppe hinab ins Bad. Sie würgt, bis ihr schwarz wird vor den Augen, mit beiden Händen hält sie sich am Porzellanrand der Toilettenschüssel fest. Zwischendrin tastet sie nach dem Fischgriff und zieht. Das Erbrochene wird weggeschwemmt von der klaren Flut, aber die Gräte ist plötzlich wieder da und treibt im Knie der Toilettenschüssel.

Als ihr Mann spät in der Nacht nach Hause kommt, sieht er zu seiner Bestürzung, dass seine geliebte Frau totenbleich im Sessel liegt. Ihre Augen stehen offen, und ihr Atem geht heftig und stoßweise. Sie reagiert nicht, als er ruft: »Mein Rehlein, mein Reh, was ist mit dir?« Er hebt sie auf und trägt sie zum Bett. Dabei sieht er, dass das Laken fehlt. Er legt seine Frau sanft und behutsam auf die Matratze. Dann setzt er sich an den Bettrand und beginnt, ihr behutsam über Magen und Brust zu streicheln. »Was ist mit dir, mein Rehlein, ist dir nicht gut?«

Es dauert lange, bis sie fast unhörbar zu flüstern beginnt. Er muss sein Ohr an ihren Mund halten. »Ich habe heute Mittag ein wenig Fisch gegessen. Er muss wohl verdorben gewesen sein. Und da ist dann noch dieser Mann.«

»Welcher Mann?«

»Er wohnt im Kasten und beobachtet mich. Ich erklär es dir.«

Nicht genug damit, dass die Wohnung im Souterrain liegt. Das Bad liegt noch tiefer. Licht erhält es nur durch zwei schmale Kellerfenster, vor denen Fliegendraht ist. Von Licht kann man eigentlich gar nicht sprechen. Es ist eine trübe, unanständige Dämmerung, die sich durch die runde Glaskugel an der Decke höchstens ein wenig gelb färben lässt, wenn man das Licht anknipst. Der Raum ist ihr vom ersten Augenblick an unheimlich gewesen. Wenn der Gasboiler angeht, schlägt jedes Mal eine bläuliche Flammenwoge aus dem Schlitz. Man wird sich noch in die Luft sprengen. Warum reden sie alle vom Krieg, wenn er hier unten schon stattfindet? Am schlimmsten aber ist der hölzerne Kasten, der eine ganze Ecke des großen Badezimmers ausfüllt. Er hat lauter kleine Fensterquadrate, hinter denen man die Stoffwellen eines zugezogenen Vorhanges sieht. Der Kasten hat eine Tür. Sie ist abgeschlossen, wie sie festgestellt hat, als sie zum erstenmal hier unten gewesen ist. Der Schlüssel steckt von innen. Jedes Mal, wenn sie sich bückt, um durchs Schlüsselloch zu sehen, steckt der Schlüssel von innen. Dann ist das Ungeheuerliche geschehen: Sie liegt in der Wanne, das Wasser bis zum Hals, ohne Schaumbad, so dass sie ihren Körper unter Wasser sehen kann. Die Brüste sehen flacher aus, als sie in Wirklichkeit sind. Sie hat schöne Brüste. Selbst unter Wasser wirken sie noch voll. Sie berührt sanft ihre Brustwarzen, bis sie sich aufstellen, kleine Seerosenleiber unter Wasser. Plötzlich bemerkt sie, wie sich der Vorhang hinter dem Glaskasten bewegt. Ein ganz klein wenig klafft er an einer Stelle auf. Sie hält den Atem an. Da hört sie einen anderen Atem. Kein Zweifel, da drinnen wird Luft aus- und eingesogen von einer menschlichen Brust. Da drinnen ist ein Mensch und beobachtet sie. Sie steigt aus der Wanne, wickelt sich das große Badetuch um den Leib und flieht nach oben in die Wohnung. Das ist gestern gewesen. Sie hat sich so geschämt, dass sie es verschwiegen hat. Jetzt erst erzählt sie es ihrem Mann. Sie bekommt dabei rote Flecken auf Hals und Wangen. Da sei ein Mann im Kasten versteckt. Er habe sie gesehen, nackt, wie Gott sie nur für ihn geschaffen habe. Er habe ihre Scham gesehen und ihre Brüste. »Mach etwas«, flüstert sie, »du darfst deine kleine Frau den Blicken dieses Wüstlings nicht aussetzen. Sie gehört nur dir, nur dir, ganz und gar mit allem an ihr nur dir.«

Er geht zur Wirtin und stellt sie zur Rede. Die Frau weicht aus, will nichts sagen. Er tritt immer fester auf. Er hat Autorität. Es ist, als sei er an Bord seines Schiffes. Endlich rückt sie heraus mit der Wahrheit. Sie fleht ihn an, nichts zu verraten. Es gehe um Leben und Tod. Dort unten im Kasten halte sich ihr Mann versteckt.

»Warum muss Ihr Mann sich verstecken?«, fragt er. Sie sieht ihn verwundert an. Wie kann man in diesen Zeiten nur so eine kindliche Frage stellen. »Er ist kein Arier«, flüstert sie. »Er ist Jude.« Das Wort Jude spricht sie so leise, dass es für den anderen nur noch aus einer Lippenbewegung besteht.

25

Dieser Sommer war besonders heiß. Die Leute stöhnten, und in den Bars waren die Plätze unter den Deckenventilatoren besonders begehrt. Im Turm jedoch war es angenehm kühl und im Verlies meiner Erinnerung sogar eiskalt. Als Carla zurückkam, schien sie zufrieden zu sein. »Ich habe ein paar der Filmleute kennen gelernt. Sie suchen tatsächlich Statisten. Hauptsächlich Fischer. Aber vielleicht bekomme ich auch eine kleine Rolle.«

Sie schlug vor, an den Strand zu fahren und zu schwimmen. Ich saß hinter ihr auf ihrer Vespa. Beide hatten wir Sonnenbrillen auf. Ihr blondes Haar mischte sich mit meinem und verknotete sich mit ihren während der Fahrt so, dass wir beim Absteigen Mühe hatten.

Wir hatten die Straße nach Süden genommen und kletterten jetzt über die Leitplanke und steile Felsen hinab in eine kleine Sandbucht. Wir hatten alles für ein Picknick dabei, Langusten, Brot und kühlen Wein. Carla zog sich aus und begann mit ihrem Ritual. Sie verneigte sich zum Meer hin, dann hob sie die Arme, winkelte die Hände ab, drehte die Handflächen in alle Himmelsrichtungen, bewegte sich ähnlich wie eine balinesische Tempeltänzerin. So einsam, wie ich es gehofft hatte, waren wir jedoch nicht. Ein Schlauchboot mit überdimensioniertem Außenborder raste auf die Bucht zu. In seinem Bug stand ein Mann mit einem Camcorder in der Hand. Er filmte Carla.

Das Boot wendete und verschwand, auf seiner breiten Heckwelle reitend. Ich stellte Carla zur Rede. Ob sie etwas mit diesem Voyeur zu tun habe. Sie sagte nur: »Mein Körper spricht mit dem Meer, und das Meer spricht mit ihm, und mein Kopf hört zu. Wenn andere das filmen, stört mich das nicht.«

Wir begannen zu streiten. Dann fuhren wir zurück. Carla setzte mich an der Straße ab. »Ich fahre nach Rom zu Probeaufnahmen. Ich habe die Nase voll von deiner Eifersucht.«

»Viel Vergnügen«, sagte ich. Dann ging ich den Ziegenpfad entlang. Ich sah, wie das Schlauchboot in den Hafen einlief. Als ich die dämmrige Kühle des Turmes betrat, fühlte ich, wie sehr er mir inzwischen Schutz bot.

Ein halbes Jahrhundert später: Der gleiche Mann, der den Juden damals nicht verraten hat, läuft durch die Wohnung und sucht. Er betritt jeden Raum, stöbert in jeder Ecke, sieht im Keller nach, in der Garage sogar, zieht Vorhänge beiseite, blickt in Schränke, sucht und sucht, und da er nichts findet, macht das Suchen sein Gesicht schrecklich. Es ist grau geworden und hart wie Stein. Er versteht die Welt nicht mehr, weil er sucht, ohne zu finden. Es ist, als ob die Welt sich dadurch in einen dichten Nebel verwandelt. Er quillt aus den Schränken, hinter den Übervorhängen hervor und füllt das ganze Haus. Der Mann sucht eine leere Bierflasche, die im Kasten voller leerer Bierflaschen fehlt. Dreiundzwanzig leere Bierflaschen, die alle der Sohn ausgetrunken hat, haben nur eine Funktion, diese eine furchtbare Stelle deutlich zu machen, an der die leere Bierflasche fehlt.

Er fragt den Sohn, wo die Flasche sei. Er fragt voller Misstrauen, fast verachtend, denn er weiß, dass er die Antwort nicht glauben wird.

»Ich weiß nicht, wo sie ist«, lügt der Sohn, der sehr wohl weiß, dass er sie im Eckschrank versteckt hat, weil er sie heimlich getrunken hat, auf seinem Zimmer in der Nacht, als es geregnet hat, ein schwacher Regen, der kaum zu hören war, nur dieses feine Knistern, das klang, als käme es aus einem schwarzen, porösen Nichts.

Der Vater weiß, während er fragt, dass nebenan seine Frau zu den lauten Klängen von Operettenmusik im Sterben liegt, seine Frau, die einst seine Geliebte war und die Mutter des anderen, der zu viel trinkt und der es versäumt, die Flaschen dorthin zurückzustellen, wo sie hingehören, wenn sie leer sind.

Nebenan ist sehr weit, wenn dort jemand im Sterben liegt. Der Sohn sieht es jedoch ganz nah vor sich, wie sie zur Decke starrt, während er nach der Bierflasche gefragt wird. Als ob er sich über sie beugt, während er Antwort gibt. Er schüttelt den Kopf und beteuert noch einmal, nicht zu wissen, wo die Flasche ist. Dann geht er hinüber ins Wohnzimmer und setzt sich mit Magenschmerzen vor den Fernseher. Er hat den Ton abgestellt, weil er den Schritten des immer noch suchenden Alten lauschen will, die überall im Haus sind, in jedem Winkel, unter dem Dach, im Flur, in der Toilette, im Badezimmer, nur im Schlafzimmer nicht. Draußen regnet es unaufhörlich. Nicht schwach wie in der Nacht, sondern heftig. Es ist, als habe die lange Trockenheit des Sommers einen Heulkrampf bekommen. Der Sohn würde selber gern weinen, aber er spürt nur so etwas wie eine schwache Übelkeit in der Kehle und eine eiserne Kralle im Magen.

»Vater«, sagt er plötzlich, »ich habe die Flasche auf den

Kühlschrank gestellt, das weiß ich ganz genau.« In diesem Moment kommt der Vater ins Zimmer, und der Sohn wiederholt seinen Satz. Der Vater blickt ihn an, wie man einen Lügner anblickt, strafend und zugleich mit Blindheit geschlagen. Denn einen Lügner darf man nie zu deutlich ansehen, will man nicht Gefahr laufen, die eigenen Lügen zu bemerken.

»Es steht aber keine leere Flasche auf dem Kühlschrank«, sagt der Vater. Er sagt es wie ein Todesurteil. Mit dieser endgültigen Stimme, bedauernd und zugleich triumphierend, denn Menschlichkeit und Gerechtigkeit sind zweierlei. Der Sohn schaltet das Bild ab und beteiligt sich an der Suche. Auch er sieht in alle Ecken und zieht Vorhänge beiseite. Nur in den Eckschrank guckt er nicht. Er geht jedoch ins Schlafzimmer der Eltern, wo seine Mutter liegt und laut- und blicklos zur Decke starrt. Aus dem Radio kommen Nachrichten. »Mach das aus«, sagt die Mutter. »Die lügen ja alle doch nur. Keiner will es gewesen sein.«

Der Sohn macht das Radio aus. Dann bückt er sich und sieht unter das Ehebett. Nichts ist zu sehen außer ein paar Fusseln und Faserknäuel aus den Wattewindeln, die der Vater der Sterbenden jeden Tag anlegt, weil ihre Schließmuskeln nicht mehr funktionieren.

Am folgenden Tag sitzen sie im Schlafzimmer bei zugezogenen Vorhängen in einer künstlichen Dämmerung. Die Mutter mit mehreren Kissen im Rücken im Bett, der Sohn auf dem kleinen Damensessel. Draußen ist es hell. Die kleine, welke Hand der Mutter tastet nach der großen, schmalen Hand des Sohnes. Schließlich findet sie sie. Sie hält ihren Sohn bei der Hand. Ihr Griff ist erstaunlich fest. Der Sohn wagt nicht, seine Hand aus ihrer Hand zu befreien. Sie sehen sich nicht an, sie spüren sich nur mit den Händen. Ihrer beider Blicke sind auf das Radio gerichtet, das vor ihnen auf dem Nachtkästchen steht.

»Weißt du noch, wie wir im Bett die Sendung ›Das Schatzkästlein‹ gehört haben?«, fragt die Mutter. »Du warst nicht älter als vier. Dein Vater war weit weg, an der Front. Mathias Wiemann war der Sprecher.«

Da sieht er ihn wieder vor sich, den braunen Kasten, den alten Blaupunkt, nussbaumfurniert, mit dem Schallstoff, in den ein Goldfaden eingewebt ist, der trüben Skalenbeleuchtung, dem roten Zeiger, der leicht zittert, wenn er über die Skala wandert beim Drehen am rechten Knopf, und der dabei über schräge Stapel von Städtenamen gleitet, magische Wörter wie Hilversum, Praha, Beromünster, Kalundborg. Das Wunder der Geräusche, die dabei entstanden und vergingen, Stimmen, Rauschen, Klänge, Brummen, Musik. Ein Riese mit einem großen, grünen, blinzelnden Auge an der Stirn. In seinem Bauch lauter kleine Menschen, Stürme, Regen, Trompeten und Geigen.

Das Kind weiß, wie es drinnen aussieht. Es gibt dort eine ganze Stadt aus Türmen und Straßen und Häusern. Als der Vater auf Urlaub von der Front zu Hause war, hat er einmal den Kasten umgedreht und die Rückwand abgenommen. Dann hat er mit einem langen Pinsel den Staub herausgewischt, ein sinnloser Akt in diesem Fall, der der Erfahrung des Seemanns entsprang, dass man das Deck eines Schiffes sauber halten muss, um Unfälle zu vermeiden. Danach hat er die Rückwand wieder angeschraubt und das Radio eingeschaltet. Langsam schlug das Tier sein grünes Auge auf, dann erst ein Brummen, und dann diese Stimme, die so schön mit lauter dunklen Worten spielte. Über allen Wipfeln ist Ruh. Und plötzlich die Wörter ›Quelle Siegfried Sieben‹.

Draußen schrillte die Sirene. Einige Zeit darauf das Bellen der Flak, das dumpfe, monotone Brummen der Bomber, wie eine einzige riesige, schwarze Fliege über den Wolken.

Später, im Keller, lag er auf der Matratze, die Mutter über sich. Sie schützte ihn mit ihrem Körper. Keine Bombe, kein Volltreffer würde sie besiegen können. Sie war der stärkste Bunker der Welt, ein Schutzraum, in dem er nach Atem rang. Das Pfeifen der Luftminen klang gedämpft. Die Wände bebten, Mörtel fiel herab auf die Steppdecke, die sie über sich und das Kind gebreitet hatte, bestäubte sie grau; bei jeder Detonation stöhnte sie auf. Der Feind hatte es auf ihr Kind abgesehen, aber er hatte nicht mit dieser starken Mutter gerechnet. Die anderen im Keller schrien wie Tiere, als das Licht flackerte. Der Einschlag musste ganz nahe gewesen sein. Im Vorgarten vielleicht, bei den Rhododendronbüschen. Etwas klirrte zu Boden. Dann war es wieder still. Eine ohrenbetäubende Stille hatte eingesetzt. Der Angriff war vorbei. Immer noch hockte sie da auf den Knien und stützte sich ab mit den Ellbogen. Den Jungen unter sich. Sie wartete, schützte weiter. Dann die Sirene. Ihr langgezogener, schriller Ton tat weh in den Ohren. Er bedeutete Entwarnung. Er bedeutete, dass sie keine schützende Mutter mehr zu sein brauchte, kein Bunker aus Fleisch und Knochen. Fast packte sie Wehmut, als sie die Steppdecke abwarf und sich erhob. Das Licht der nackten Glühbirne traf ihren kleinen, verkrümmten Sohn, der sich dort auf der Matratze wie ein Igel zusammengerollt hatte. Die anderen verließen bereits den Keller. Jetzt sah sie, was während des Angriffs zerbrochen war. Ein Glas Erdbeermarmelade war aus dem Regal gefallen.

»Es gibt ein Geheimnis in meinem Leben, das ich dir leider nicht verraten darf«, sagt sie. Ihre Stimme ist plötzlich erstaunlich fest und klar. »Ich werde es wohl ins Grab mitnehmen müssen.« Sie schließt die Augen. »Lass mich jetzt bitte allein!«

Der Sohn gehorcht. Während er im Wohnzimmer am Fenster sitzt und in einem Buch liest, ohne eine Zeile wahrzunehmen, liegt seine Mutter nebenan im Bett, federleicht, vom Sterben bereits präpariert, fast alles entfernt, was verweslich ist, nur Haut und Knochen noch und die Augen. Sie spielt ein herrliches Spiel: zur Decke sehn und die Gedanken wie Seerosen emporwachsen lassen in diesem Totenteich. Wie sich die schlanken Stiele nach oben winden! Oben, weiß sie, treiben ihre Gedanken wie Seerosenblüten auf dem Wasser, gehalten von großen, herzförmigen Blättern, die weißen Strahlensterne der Blüten mit ihrer dottergelben Mitte zur Sonne geöffnet, während sie hier unten im modrigen Wasser liegt, gehalten von zahllosen feinen in den Schlamm gekrümmten Wurzeln. Sonst würde sie hochtreiben, weil sie zu leicht ist, und an der Sonne vergehen. Da ist es doch besser, dass nur ihre Gedanken dem Tageslicht ausgesetzt sind, dem Glitzern der Lichtreflexe, den Scherenschnitten der Baumschatten, die im Teichwasser zittern. Sie spürt durch die Stiele hindurch den Wechsel von dunkel und hell, von warm und kühl. Sie ist mit der Welt verbunden und doch vor ihr geschützt, weil sie hier unten liegt in ihrem Schlammbett und ihr nichts Böses mehr geschehen kann. Doch jetzt, was ist dort! Sie spürt es, dieses regenbogenfarbene Zittern, ganz sanft, ein Lufthauch wie von einem Geigenton. Es ist eine Libelle; mit ihrem langen, harten Leib berührt sie die Blüte: Den metallisch schillernden Schwanz taucht sie in die gelben Staubfäden, Wasserjungfer, schönes, gefährliches Raubinsekt. Sie aber starrt wieder die weiße Stelle an der Decke an, bis sie deutlich jenen verräterischen Brief sieht und ihn sogar lesen kann.

Wie genau sieht sie es vor sich, das Luftpostpapier! Sie erkennt ihre schöne, gleichmäßige Schrift, wie sie aus der Spitze des Federhalters fließt, ein sich auf einer lavendelblauen Wiese schlängelnder Tintenbach, grüne Tinte, die sie bevorzugt, seitdem Krieg ist, weil es die Farbe der Hoffnung ist. Es ist Krieg, und da braucht man schließlich Hoffnung. Der geliebte Mann ist weit fort im hohen Norden, dort, wo jetzt tiefster Winter ist, immerwährende Dunkelheit, so dunkel, dass selbst der Schnee schwarz aussieht wie Ruß. Oh, hätte sie nicht diesen Farbsinn. Vieles wäre einfacher. So aber muss sie es vor sich sehen, das kältestarre Gesicht ihres Mannes im schwarzen Schneesturm, während der grüne Tintenbach auf der lavendelblauen Wiese flüstert: »Mein lieber, guter Mann! Ob dich dieser und eine Anzahl meiner letzten Briefe je treffen wird, ist fraglich, und auch die Hoffnung steht auf schwachen Füßen.«

Sie kann nicht mehr stehen, nur noch liegen kann sie im Bett, im abgedunkelten Zimmer. Zu schwach sind ihre dicken Beine geworden, auf denen die Krampfadern mäandern, aber ihre Gedanken sind stark, sie wachsen und treiben nach oben ins Licht. Sie spürt, wie eine der Blüten leichter wird, sie schwingt, tanzt auf und ab. Ob die Libelle sie verlassen hat mit gelbem Blütenstaub an den Schenkeln? Sie wollte, sie könnte es sehen, aber hier unten im Schlamm ist das Licht zu schwach, hier trauen sich nur diese Larven her, diese gemeinen, hässlichen Allesfresser. Unglaublich, dass etwas so Schönes aus ihnen schlüpfen kann!

Einen Augenblick lang denkt sie nicht an ihre Gedanken, von denen sie nur die Unterseite über sich treiben sieht. Vielleicht ist es oben dunkel geworden, und die Blüten haben sich schon geschlossen wie jeden Abend. Sie dreht sich mühsam zur Seite und tastet mit ihrer welken Hand nach dem

Glas mit der bernsteinfarbenen Flüssigkeit. Zitternd führt sie es zum Mund. ›Möwenmund‹ hat sie ihren Mann früher manchmal genannt. Ein schöner Name für einen schönen Mann mit einem schönen Möwenmund.

Sie schlürft und verschüttet ein wenig von dem Nektar, der sich in ihren Leib hineinbrennt, ohne dass sie es spürt. Das Glas ist leer, und sie stellt es mit zitternden Händen zurück. Es klappert wie eine Schlange, als sie es auf dem Nachttisch absetzt, so zittern ihre Hände. Dann schließt sie die Augen. Ihre Gedanken sind jetzt wieder in ihr. Rötliche Ausstülpungen, Triebknospen an der Wurzel.

»Ich sollte in Zukunft den Rum nicht mehr aus dem Glas trinken«, denkt sie. »Sondern wieder aus der Schnabeltasse. Morgen werde ich es ihm sagen.« Sie öffnet die rehbraunen Augen und starrt zur Decke. Eine Triebknospe platzt, und wieder windet sich ein Stiel empor mit der schwellenden Blüte. Als sie die Teichoberfläche durchbricht, öffnet sie sich ganz langsam, und als sie völlig offen ist, kommt die Libelle zurück. Sie hat den Brief dabei und bringt ihn zu ihr, damit sie ihn lesen kann. »Ich bin nun schon viele Tage ohne Nachricht von Dir und tröste mich mit dem Bescheid der Post, dass eine Anzahl Briefe verloren ging und die schweren Angriffe eine geordnete Beförderung nicht mehr zulassen. Jedoch ist dies auch ein schwacher Trost, und die stärkste meiner Sorgen ist nun deine Reise. Auf keinen Fall darfst du in Berlin übernachten, wenn überhaupt dort nach dem diesnächtigen schweren Terrorangriff ein Bahnverkehr möglich ist. Mit welchen Schwierigkeiten wirst du unterwegs kämpfen müssen, vor allem mit ungeheuren Verspätungen! Übernachte in kleinen Orten auf deiner Reiseroute! Ich denke doch, dass man die großen Zeitverluste deiner langen Reise bei deinem Festtagsurlaub anrechnet?!«

Sie weiß noch genau, wie ihr das Wort ›diesnächtigen‹ gefallen hat. Zu Weihnachten wollte er kommen, im vierten Kriegsjahr. Sie sehnte sich so nach ihm, dass sie ihn eigentlich nicht da haben wollte. Er würde ihre Sorgen als Zeichen der Liebe lesen, dort oben, am Rande des Eismeeres, wo jetzt die Schneestürme tobten. Ihre Sehnsucht war so groß, dass sie Angst vor seinem Besuch hatte, denn das Erlebnis war zu stark gewesen, sie hatte es noch nicht bewältigt. Bis heute hat sie es nicht bewältigt.

Eine zweite Triebknospe platzt, und aus der feuchten Wunde gleitet der Stengel empor, rankt sich schraubenförmig durch das körperwarme Wasser, entfaltet Blatt und Blüte. Zwei Seerosen, die dicht nebeneinander treiben. Die Blätter überlappen sich, die erste Blüte etwas kleiner, dafür frischer in den Farben. In der einen Blüte der Brief, in der anderen etwas, von dem sie jetzt nur einen winzigen Ausschnitt sieht: eine Waschkommode mit Krug und Schüssel aus Steingut. Es ist schwer, die Schrift zu entziffern, weil sie sie von unten sieht, gegen das Licht, durch das Papier hindurch. Alles ist vertauscht, die Buchstaben von rechts nach links geneigt, auch lesen muss man alles gegen den Strom. Sie weiß noch beinahe alles, was sie damals geschrieben hat. Nichts ist ausgedacht, alles nur erfunden.

»Nun ist mein innigster und wärmster Wunsch, dass es das Schicksal zulässt, dass wir den Frieden und das schönste Ausruhen in Deinem Heim schenken dürfen.« Diesen Satz liest sie zweimal, denn er kommt ihr seltsam vor. Er wirkt so besonders, so unaussprechlich genau. »… dass wir den Frieden … schenken dürfen.« »Wir«, das sind ihr Sohn und sie. Doch wem wird der Frieden geschenkt? Allen? Dem ganzen Volk?

Da entdeckt sie das kleine, über die Zeile geschriebene,

eingefügte ›Dir‹. Sie hat es damals wohl erst beim Überlesen des Briefes gemerkt, dass sie die Anrede an den geliebten Mann einfach vergaß. Es kann nur an diesem starken Erlebnis gelegen haben, dass sie damals so zerstreut war beim Schreiben des Briefes.

Vorsichtig sieht sie zur zweiten Blüte hinüber, und nun ist etwas mehr in ihrem Blickfeld. Die Tapete, auch der Bettpfosten mit der Messingkugel darauf und im Vordergrund die hochgewölbte Bettdecke wie der Bauch einer Schwangeren, die ein totes Kind gebiert, und etwas, das sich hinüberschiebt, das ein tiefes Tal in die Bettdecke gräbt und so einfach quer über ihr liegen bleibt. Es ist ein behaartes Bein, lang und hart wie ein Libellenleib. Schnell sieht sie hinüber zur anderen Blüte. »Alles«, liest sie, und sie freut sich, dass sie damals dieses Wort unterstrichen hat, »soll vorbereitet sein – und wenn es gilt, Berge zu versetzen. Ob uns das Telegramm, das Deine Ankunft meldet, zur rechten Zeit erreicht, ist ja auch sehr fraglich. Obwohl es herrlich wär für uns beide, Dich am Zug zu erwarten. Aber wie es auch sei – Hauptsache – Du kommst, bist da!«

»Edmund«, ruft sie, »warum bist du nicht da?« Jetzt, wo sie ihn viel nötiger brauchte als damals, ist er nicht da. Dabei hat er es so viel leichter zu kommen als damals. »Edmund«, ruft sie wieder. Ihre Stimme zittert. »Komm bitte endlich, ich brauche deine Hilfe.« Sie ist froh über das Wort ›Hilfe‹, denn es lässt sich lauter rufen als alle anderen. Sie wiederholt es ein paarmal. Der ganze Teich gerät dabei in Bewegung, kleine Wellen bilden sich, die über die Seerosenblätter schwappen. Ach, es hat keinen Zweck mit diesem Mann. Er ist einfach zu schwerhörig. Wahrscheinlich sitzt er vor dem Fernseher und hat den Kopfhörer auf. Dabei wäre es ein Leichtes für ihn zu kommen. Es ist kein Krieg wie damals. Es besteht keine Lebensgefahr. Bei dem Teppich im Flur muss er aufpassen. Er rutscht so leicht weg. Aber Gott sei Dank gibt es noch andere Wege und Mittel, ihn herbeizuholen. Sie hat ja den Babysender. Sie braucht nur den Knopf neben der Nachttischlampe zu drücken, und ein Kästchen im Wohnzimmer sendet grelle Blitze aus. Mühsam dreht sie sich auf die Seite, und ihr Arm kriecht wie eine Raupe über das Laken, die Füßchen der Raupe sind vorne, es sind die Finger der Hand, die in den Stoff greifen und den Arm hinter sich herziehen. Dann fühlt sie den Knopf, den kleinen glatten Wulst unter den Fingern. »Wie eine kleine Brust«, denkt sie. »Meine Brüste waren schön.«

Sie drückt den Knopf und lauscht. Sie hört seine Schritte näher kommen. Erstaunlich, dieser Mann. Seine Gehbehinderung hat er wieder überwunden. Es ist ein junger Schritt. Er klingt wie damals, als er kurz vor Weihnachten aus der Gefangenschaft zurückkam. Er hatte nicht geklingelt, um sie und ihr Kind zu überraschen. Sie hatte seine Schritte im Treppenhaus gehört, und sie war rot geworden, so sehr hatte sie sich gefreut und geschämt. Jetzt geht die Tür auf, und er beugt sich über sie. Sie riecht seinen Atem. Es ist, wie sie es nun seit fünfundfünfzig Jahren kennt. Er hat einen ganz besonderen Geruch. Ein wenig streng, aber nicht unangenehm. Manchmal küsst er sie noch, und dann ist es beinahe wie früher. Sie haben sich viel geküsst, vom ersten Waldspaziergang an. Dieser fremde Geruch und Geschmack waren ihr damals gleich wie sein eigentlicher Name vorgekommen. Er hieß nicht, er roch und schmeckte. »Edmund, kannst du mir noch etwas einschenken? Aber diesmal in die Schnabeltasse bitte. Mein Zittern ist heute stärker als sonst.«

Er streicht ihr übers Haar und geht davon. Er kommt mit der Rumflasche und einer Schnabeltasse zurück, schenkt ein und drückt sie seiner Frau in die Hand. Er geht und schließt leise die Tür, in Wirklichkeit laut, weil er, wie sie glaubt, nichts hört und weil die Behutsamkeit der Bewegung seine Liebe ausdrücken würde. »Immer muss er die Tür so zuschlagen«, denkt sie. »Kann er nicht Rücksicht nehmen auf mein überempfindliches Gehör?«

Dann spitzt sie den Mund. Die Lippen bilden einen kleinen Kreis, und der kühle Porzellanschnabel der Tasse dringt ein. Sie schmatzt und saugt wie ein Kind an der Brust und lässt sich aufs Kissen zurücksinken.

Plötzlich merkt sie, dass die Wurzeln im Schlammbett kräftiger geworden sind. Sie quellen über vor Nährstoffen, und die Seerosenstengel schießen förmlich nach oben. »Nun behüte und beschütze dich der liebe Gott und führe dich gesund in unsre Arme!«, liest sie. Dann, ein wenig tiefer und nach rechts versetzt: »Sei mit aller innigen Liebe geküsst von Deiner Marga.«

Da gerät die Natur über ihr außer Rand und Band. Eisige Windböen wühlen die Seeoberfläche auf. Die Seerosenblätter werden unter Wasser gedrückt, die Blüten ebenso, schauen plötzlich nach unten, wo sie liegt in ihrem Totenbett, eine verrückte Ophelia, aber sie sieht nichts mehr, weil der Schlamm aufgewirbelt wird. Ihre blicklosen Augen rollen in finsteren Höhlen, ihr zahnloser Mund öffnet und schließt sich, wie konnte sie nur, wie konnte sie nur! Ein Stöhnen kommt aus ihrer eingefallenen Brust. Wie konnte sie nur!

Dann ist es vorbei. Soll sie auf den Babymelder drücken, diese einzige Funkstation zur Außenwelt? Schade, dass sie den Sohn nicht erreichen kann damit. Er sollte sich einen guten Empfänger anschaffen. Gibt es nicht Funkgeräte, mit denen man um die ganze Welt telegraphieren kann? Ist der

Sohn nicht überhaupt da? Draußen im Garten, der ihr wie ein Traum erscheint inzwischen, weil seine Umrisse im Spiegel des Teiches zittern? Nein, nur den Mann jetzt nicht sehn. Ihn, der ahnungslos drüben im Wohnzimmer sitzt und vor sich hinstarrt, wie es nur Greise vermögen: mit einer todesängstlichen Ruhe. Und ihren Sohn auch nicht, der sich so schlecht hält.

Ihre Gedanken schwimmen nicht mehr oben. Sie sind herabgesunken und liegen jetzt auf ihr und reden sie an. Überall hört sie sie um sich herum. Am schlimmsten sind die Gedanken, die in der Nähe der Ohren gelandet sind. Überlaut sind sie. Sie brüllen in einem fort: »Wie konntest Du dummes Ding nur diesen Brief so beenden, so unterschreiben! Nach sechs Jahren Glück und Liebe zum ersten Mal dein offizieller Name und nicht dieses Kosewort, das dir dein Mann verlieh und mit dem du seit sechs Jahren alle Briefe unterschriebst.« »Dein Reh«, »Dein Rehlein«, »Dein dich liebendes Reh«. Jetzt aber »Sei mit aller innigen Liebe geküsst von deiner Marga«. Eine Katastrophe, die sie damals beim Überlesen des Briefes glücklicherweise noch bemerkt hatte. Deshalb hatte sie ein dickes ›m‹ über das ›r‹ von ›deiner‹ gemalt. Dann das Wort ›Reh‹ unter das mit drei kräftigen Strichen getilgte Wort ›Marga‹. Warum drunter? Vielleicht war es ein Signal des Schuldgefühls. Ganz an den unteren Rand schrieb sie später, ehe sie den Brief kuvertierte, folgenden Satz in Klammern: »wie kann ich wohl auf ›Marga‹«. Auch ihn überlas sie noch einmal und entdeckte den Fehler. Sie korrigierte ihn: ›kann‹ in ›kam‹. Drei Fehler waren es also, drei verräterische Fehler. Das vergessene ›Dir‹, der Name Marga und dieser Schreibfehler, der das Bild eines Mannes enthält, der auf ihr liegt. Ihr Mann aber hat nie bemerkt, was hier Grauenhaftes verschlüsselt war. Er saß in der Offiziersbaracke in der Nähe des Kanonenofens, riss voller Vorfreude das Kuvert auf und trank die Botschaft der Geliebten mit seinen Augen und seinem Herzen.

Jetzt verübelt sie es ihm sogar, dass er so stumpfsinnig vertrauensselig war. Bis heute hat sich das nicht geändert. Hätte er nicht sensibel sein müssen dafür, wie es den armen verlassenen Frauen in der Heimat erging? Die ständige Angst um den Mann in der Ferne. Eine Angst, die einem den Atem nahm, die einen matt und elend machen konnte. War es wirklich eine Sünde, dass sie sich ein kleines Vergnügen gönnte? Einmal ausspannen können bei Musik. Bei nordischer Musik übrigens, Grieg. War er nicht Norweger, und brachten die Töne dieser Sonate, Geige und Klavier, sie nicht auf Flügeln ihrem Manne näher, der so weit oben in Kirkenes an der Front kämpfte?

Ermattet liegt sie da und wartet, dass die Stoffe, die aufgewirbelt das Teichwasser trüben, langsam auf sie herniedersinken, bis es wieder klarer um sie wird. Endlich ist es so weit. Sie ist schwach. Darum lässt sie nur einen Seerosengedanken aus sich wachsen. Es dauert lange, bis er die Wasseroberfläche erreicht. Und es dauert beinahe ebenso lange, bis sich die Blüte öffnet, in der dieses eine wunderbare Geschehen schaukelt.

Herr S., den sie vom Tennisspiel kannte, hat sie abgeholt, ganz wie es sich für einen Kavalier gehört. Es ist ein Novembertag, grau, feldgrau der Himmel. Sie hat den ganzen Nachmittag über Radio gehört. Es ist zwar streng verboten, die Todesstrafe steht sogar darauf, doch sie muss schließlich wissen, ob Feindanflüge zu erwarten sind, schon allein um des Kindes willen.

Dann hat sie den Sohn zur Großmutter gebracht. Seiner Großmutter, die ihre Mutter ist, aber Letzteres hat mit Ersterem nichts zu tun. Eine böse Mutter kann eine gute Großmutter sein. Ihre eigene Großmutter ist tot, nachdem sie sich mit achtundneunzig beim Walzertanzen das Bein gebrochen hatte.

Herr S. aber steht wie telefonisch verabredet um Punkt sechs Uhr vor der Tür und küsst ihre Hand, als sie reisefertig auf der Türschwelle steht. »Kein Wetter für Bomber, gnädige Frau«, sagt er und deutet wie ein Vogelkundler zur tiefhängenden grauen Wolkendecke.

Sie fahren Erster Klasse, sitzen die kurze Strecke einander gegenüber in den Polstersesseln und studieren das Programm, das Herr S. in zweifacher Ausfertigung mitgebracht hat. »Ich verspreche mir einiges von der Griegsonate«, sagt er mit kultivierter Stimme. »An einigen Stellen soll sie die Wälder förmlich zum Rauschen bringen. Es ist eine sehr germanische Musik mit einem Schuss italienischen Geistes. Wie Prosecco in Met.«

Ach, Italien ist immer ihre Sehnsucht gewesen. Einmal den Golf von Neapel sehen! Die Italiener sind die einzigen, die in diesen schweren Zeiten zu den Deutschen halten. Herr S. hat eine interessante Art, sich auszudrücken. Sein Schnurrbart läßt ihn leichtsinniger wirken, als er in Wahrheit ist. Eigentlich ist Herr S. schüchtern, findet sie. Allein, wie er seinen Hut auf dem Nebensitz ablegt, verrät ihr, wie empfindsam er unter seiner gesellschaftlichen Gewandtheit ist.

Dann sitzen sie in der fünften Reihe. Beim Adagio berührt Herr S. sie mit dem rechten Ellbogen. Sie erwidert den Druck ein ganz klein wenig, so, dass es nicht eindeutig als Signal zu verstehen ist. Diese Musikveranstaltungen sind allesamt dadurch etwas Besonderes, dass jeden Augenblick Luftalarm gegeben werden kann. Die atemlose Stille im Publikum, in die sich Geige und Klavier wie in einen besonders klaren Himmel schwingen, ist nichts anderes als das gespannte Warten auf das Einsetzen der Sirene.

In der Pause trinken sie ein Glas Champagner, das Herr S. zahlt. Sie sieht in einem der Spiegel, dass sie rote Flecken am Hals hat. Dies ist immer so, wenn sie sich aufregt, nicht aus Zorn, sondern auf eine menschenliebende Weise. Herr S. redet indessen über die endlosen Wälder, die das Adagio vor seine inneren Augen gezaubert zu haben scheint. »Es sind die Wälder des Nordens, gnädige Frau. Ich weiß, wovon ich rede, denn ich war dort, ehe ich verwundet wurde. Es sind Wälder wie gekämmte Teppichfransen, so gleichmäßig, dass man sich nicht vorstellen kann, dass sie irgendwo anfangen oder gar aufhören.«

Er hat wirklich eine besondere Art, sich auszudrücken, denkt sie. Und wie er das Wort ›verwundet‹ sagt, so sanft, so heilend. Er hätte auch ein Dichter sein können, ein zweiter Rilke vielleicht.

Den zweiten Teil des Konzertes bestreitet der Pianist allein. Stücke von Sibelius. Sie schließt die Augen. Es ist, als sei sie gar nicht hier, als schwebe sie zu Hause in einem langen weißen Kleid von Raum zu Raum. Die Musik klingt gedämpft von nebenan. Das gelbe Licht der Kerzen spiegelt sich in den Scheiben ihrer Villa. Herr S. sitzt am Klavier, sie aber stellt sich so, dass sie nur seine Hände sieht. Sie gleiten wie zwei Vögel die Tasten auf und ab. Dann nähert sie sich. Das Klavier klingt nun deutlich und nah. Sie stützt den Ellbogen auf den Flügel und sieht dem Manne zu, wie sich die Gedanken der Musik in seinem Gesicht spiegeln, Ernst und Heiterkeit, Melancholie und Erfüllung. Als sie an einer langsamen Stelle die Augen öffnet, nimmt sie wahr, dass die rechte Hand ihres Begleiters über ihren Knien schwebt. Mit angedeuteten Dirigierbewegungen folgt sie dem An- und Abschwellen der Töne und den Wechseln der Tempi. Dann der lange Applaus, das Flattern zahlloser Händevögel, die zwei Zugaben, diesmal Chopin, Leichtigkeit, Süße.

Später geht sie an seinem Arm durch die feuchtkalte Stadt. Am Himmel die gespreizten Knochenfinger der Suchscheinwerfer. Herr S. führt sie in ein Kellerlokal. Kleine Nischen, gedämpftes Licht, unhörbare Kellner, dezentes Raunen der Gespräche. Auf der Speisekarte stehen Köstlichkeiten, von denen normale Sterbliche zu Kriegszeiten nur träumen können. Wahrscheinlich liegt es daran, dass die Partei hier verkehrt. Sie versteht nichts von Abzeichen und Uniformen, aber sie wird das Gefühl nicht los, von äußerst wichtigen Persönlichkeiten umgeben zu sein. Herr S. winkt dem Kellner. Ihr Begleiter ist einer der wenigen Zivilisten hier, aber er benimmt sich so souverän, als gehöre er dazu in seinem eleganten Zweireiher, an dessen Revers sie das Parteiabzeichen glitzern sieht. Herr S. scheint gute Beziehungen zu haben. Einige der uniformierten Herren nicken ihm zu, und er grüßt lässig zurück. Sie essen ein Ragoutfin aus der Muschel als Vorspeise und trinken einen trockenen Sherry dazu. Dann gibt es Ochsenbrust in Weißweinsoße. Herr S. dirigiert den Kellner, das Essen, die Getränke. Sie plaudern immer noch über die Musik. Als er sich endlich zurücklehnt und die Zigarre anzündet, bietet er ihr durch die erste blaue Qualmwolke hindurch das Du an. »Marga«, sagt er. »In diesen schweren Zeiten sollte man es mit den Konventionen nicht allzu genau nehmen. Wir sitzen doch angesichts der Bedrohung alle in einem Boot.«

Sie gewöhnt sich erstaunlich schnell an den Namen Walter, der ihr eigentlich zu vulgär für einen verkappten Dichter vorkommt. Die Getränke steigen ihr zu Kopf; sie raucht eine dünne Damenzigarette mit schwarzem Papier, die Walter hat kommen lassen. Einmal nimmt ihr Gegenüber ihre feingliedrige Hand und drückt sie fest. »Du bist eine tapfere Frau«, sagt Walter. »Der Mann so weit weg in einem heldenhaften Kampf. Das Kind noch so klein und schutzlos.«

Sie hört sich seufzen. Es tut gut, mit einem verständnisvollen Menschen zusammen zu sein. Man kann von einer vierunddreißigjährigen Frau nicht verlangen, sich nur um Haushalt und Kind zu kümmern. Wie aus Versehen fällt ihr Blick auf ihre kleine, vergoldete Armbanduhr. »Mein Gott, so spät ist es schon«, sagt sie. »Der letzte Zug geht in zwanzig Minuten. Ich muss sofort los.«

Herr S. beruhigt sie, indem er seine Hand auf ihre legt. »Ich würde nicht mehr fahren, Marga«, sagt er mit sehr viel Nachdruck in der Stimme. »Selbst wenn wir den Zug noch erreichen. Es ist Luftalarm angekündigt.« Herr S. beugt sich vor und senkt seine Stimme zu einem Flüstern. »Man bekommt hier Informationen, die nicht jedem zugänglich sind.«

»Aber ich muss doch nach Haus. Mein Kind! Ich könnte es nie bei einem Angriff allein lassen.«

»Es ist bei deiner werten Frau Mama bestens aufgehoben, Marga.«

»Und wo soll ich bleiben?«

»Wir werden schon eine Lösung finden.«

Herr S. schnippt mit dem Finger einen Kellner herbei. »Bitte Champagner«, sagt er, »und könnte ich den Geschäftsführer sprechen?«

Der Geschäftsführer kommt, und beide stecken die Köpfe zusammen. Eigenartig, wie geborgen sie sich in dieser fremden Männerwelt fühlt. Es ist dennoch Leichtsinn gewesen, sich auf dieses Abenteuer eingelassen zu haben. Aber braucht man nicht ein wenig Leichtsinn in einer schweren

Zeit? Sie summt eine Melodie vor sich hin. Elegant tanzt die Kerzenflamme, die sich in ihrem Glas spiegelt, einen Pas de deux. Ist sie etwa beschwipst? Die vielen Gesichter wirken losgelöst von den Körpern. Alle geköpft. Sie muss kichern, aber sie hält sich rechtzeitig die Hand vor den Mund. Ein goldener Schimmer streift dabei ihre Augen. Der Ehering. Würde Edmund es gutheißen, was sie hier tut? Aber sie tut ja gar nichts. Sie ist doch nur einfach da in dieser wohligen Wärme und Geborgenheit. Selbst bei einem Bombenangriff würde der Gewölbekeller Schutz bieten.

Herr S. setzt sich so ungeschickt, dass ein Glas umfällt. Ein länglicher Fleck entsteht auf dem Tischtuch. Er sieht aus wie eine Landkarte, wie Norwegen, findet sie schuldbewusst. Eine Flasche Champagner wird in einem kältebeschlagenen Topf voller Eiswürfel gebracht. Da oben ist strenger Winter jetzt. Tausend Bläschen perlen im Glas, der Schaum fällt mit einem Zischen in sich zusammen. Sie stoßen an. »Es ist alles geregelt«, sagt ihr Gegenüber. »Wir haben Glück gehabt. Es ist noch ein Zimmer frei, das wir haben können.« Sie erschrickt. Ein Zimmer für sie beide? »Keine Angst, liebe Marga«, sagt eine wohlklingende Stimme. »Ich weiß, wie man sich benimmt in einem solchen Fall. Ich gehöre nicht zu den Männern, die Situationen auszunützen pflegen.« Was für eine Situation eigentlich, denkt sie. Alles ist eine Situation schließlich. Das ganze Leben ist eine Situation. Und ist nicht auch dieser Krieg eine Situation? Nein, sie fürchtet sich nicht vor Situationen.

Später folgt sie ihm über einen dicken, roten Läufer, der die Schritte unhörbar macht. Das Zimmer ist einfach, aber geschmackvoll eingerichtet. Eine Kommode mit Waschgarnitur. Ein großer Spiegel. Wandlampen mit Pergamentschirmen. Ein Bett aus rötlicher Kirsche, wie ihr Ehebett. »Ich gehe auf den Flur, während du dich zurechtmachst«, sagt Herr S.

Sie zieht sich hastig aus, das Kostüm, die Strümpfe, die sie vom Bein abrollt, den Strumpfhalter. Unterhemd und Büstenhalter behält sie an. Dann schlüpft sie unter das weiße Federbett. Die Glaskugellampe an der Decke bewegt sich in Kreisen. Sicher hat sie zu viel getrunken. Walter klopft, ehe er eintritt. Welch ein rücksichtsvoller Mann! Sie schließt die Augen und lauscht diesen feinen Geräuschen, die entstehen, wenn ein Mensch sich entkleidet. Dann verlischt die Lampe über ihr, denn obwohl sie die Augen geschlossen hielt, hatte sie noch einen rötlichen Schimmer gesehen. Die Matratze neben ihr gibt nach. Das Bett knarrt. Aus der Finsternis dringt seine Stimme. »Ich wünsche dir eine angenehme Nachtruhe, Marga.«

Sie kann unmöglich gleich einschlafen. Es ist doch sehr seltsam, neben einem fremden Menschen zu liegen, der einem dennoch bereits ein wenig vertraut ist. Sie versucht, in seinen Atemzügen zu lesen wie in einem Buch. Schläft er bereits? Ihr ist übel, und die Dunkelheit dreht sich wie ein schwarzes Karussell. Dann schläft sie ein. Sie träumt von einer gepflegten Hand, wie sie dirigiert, wie sie spielt, über die Tasten fliegt und schließlich auf ihr landet, mit einem Ring in den Fingern.

Als sie am Morgen erwacht, sieht sie ein fremdes Bein über ihrer Bettdecke liegen. Er schnarcht. Schnell schlüpft sie aus dem Bett und zieht sich an. Nun schämt sie sich. Sie hat Kopfschmerzen. Eigentlich ist nichts Schlimmes geschehen. Aber recht ist es doch nicht. Das graue Morgenlicht staut sich hinter den Vorhängen. Sie greift nach ihrem Mantel und schleicht zum Zimmer hinaus. Dem Portier sagt sie, dass sie leider nicht zum Frühstück bleiben könne. Sie habe eine dringende Verabredung. Dann läuft sie durch die kalte Novemberluft zum Bahnhof. Der Zug ist wie immer hoffnungslos überfüllt. Sie muss auf dem Perron stehen und erbärmlich frieren. Als sie ihr Kind abholt, trifft sie der strafende Blick ihrer Mutter. »Ich wusste von höchster Stelle, dass ein Angriff zu erwarten war«, sagt die Tochter. »Da habe ich mir ein Zimmer genommen.«

Sie legt sich noch einmal schlafen mit ihrem kleinen Sohn, im Ehebett aus rötlicher Kirsche, in dem sie auch jetzt noch liegt. Sie schläft lange und fest bis in den Nachmittag hinein. Dann schreibt sie den Brief auf lavendelfarbenem Papier, mit grüner Tinte. Nun ist er endlich angekommen. Sie sieht ihn von unten, wie er in der Seerosenblüte schaukelt. Nur sie versteht ihn zu lesen. Denn sie hat ihn in Wahrheit an sich geschrieben.

Sie drückt auf den Babysender und lauscht. Schritte kommen näher. Ohne anzuklopfen tritt er ein. Nein, solche feinen Manieren wie Walter hat er nicht. »Kannst du mir noch ein wenig nachschenken«, sagt sie und hält ihm mit zitternden Händen die Schnabeltasse entgegen. »Ich habe lange an früher gedacht, was für schwere Zeiten wir damals hatten und wie glücklich wir dabei doch waren.«

26

Als ich wieder einmal Luigi traf, behauptete er, er habe gehört, dass man Carla in der Oberstadt gesehen habe. Ich ging auf der Suche nach ihr durch das Gassenlabyrinth. Ich fand den kleinen Platz, auf dem ich damals mit Luigi gelandet war. Er war leer. Aus der Bar ›Zum verlorenen Anker‹ drang laute Musik. Sie klang nach arabischem Hiphop. Ich hatte Marconis Biographie dabei. Ich setzte mich an einen der leeren Tische und begann zu lesen. Man musste mich bemerkt haben, denn ein dunkelhäutiges Mädchen erschien und fragte mich, was ich trinken wolle. Einen halben Liter Rotwein, sagte ich. Dann las ich weiter, mit wachsender Faszination übrigens.

Über dem Meer, dessen Horizont man von meinem Platz überblicken konnte, sammelte sich eine riesige Wolke, die sich langsam heranschob. Sie drang in die Gassen der Stadt ein wie weißer Qualm. Plötzlich herrschte dicker Nebel. Man sah die Hand nicht mehr vor Augen. Doch so schnell, wie er gekommen war, so schnell lichtete sich der Nebel wieder. Ein kühler Wind trieb die Schwaden vor sich her. Dann war da wieder das Meer in geradezu unnatürlichem Blau. Carla hatte Recht, es war Ultramarinblau, und zwar das echte, das aus geriebenem Lapislazuli besteht und das heute kaum mehr zu bekommen ist. Carla hatte mir erzählt, dass dieses Blau beständig seinen Ton verändert je nach einfallendem Licht und dass es daher nicht reproduzierbar ist. Drucke, Farbfotos können es nicht wiedergeben. All das traf auch auf die Farbe des Meeres zu.

Ich versuchte, weiter in Marconis Biographie zu lesen. Er hatte einen harten Vater gehabt, der nicht viel von seinem Sohn hielt. Ein typischer italienischer Großgrundbesitzer. Wein und Frauen waren sein Hauptinteresse. Diese Vorlieben hatte der Sohn offenbar von seinem Vater geerbt. Doch Guglielmos Leidenschaft für Radiowellen war dem Vater fremd. Er wollte, dass sein Sohn sein Gut weiterführte. Die Dickköpfigkeit, mit der der Junge seine Obsession verfolgte und schließlich damit sogar kommerziell erfolgreich war, schien ihre Wurzeln im Starrsinn des Vaters und dessen Ablehnung des Sohnes zu haben.

Irgendetwas irritierte mich. Ich sah auf. Neben mir war ein schwarzer Schatten, ausgeschnitten aus dem Weiß der Fassaden, eine Frau in schwarzen Kleidern, ein altes Gesicht, von Runzeln bedeckt, in dem die Augen wie kleine Formen der Zeitlosigkeit wirkten, als ob diese nie gealtert seien.

Es war die Frau, die sie »die Stumme« nannten. Sie sah mich an, und ich entnahm diesem Blick die Aufforderung, ihr zu folgen. Ich erhob mich, ging in die Bar und zahlte, dann folgte ich ihr. Wir gingen durch die verwinkelte Stadt. Sie sah sich kein einziges Mal um. Ich versuchte gar nicht erst, mir den Weg zu merken, so chaotisch waren die Richtungsänderungen der Gassen in allen drei Dimensionen. Vielleicht sogar auch in einer vierten Dimension, in der der Zeit.

Schließlich landeten wir vor einer niedrigen, hellgrün gestrichenen Tür. Sie öffnete sie und verschwand. Ich musste mich tief bücken, um ebenfalls in das Haus zu gelangen. Als sich meine Augen an das Zwielicht gewöhnt hatten, sah ich, dass ich mich in einem Raum befand, der Küche, Schlaf- und Wohnzimmer in einem war. Es herrschte Chaos. Unbeschreiblicher Dreck. Gestank nach Essen, altem Öl, fauligen Tomaten und Knoblauch. Doch am stärksten war der Geruch nach schlecht verbrannter Kohle. Sie lud mich mit einer Handbewegung ein, mich auf einen der beiden wackeligen Stühle zu setzen. Mein Blick fiel auf ein großes Bild an der Wand. Eine Fotografie in einem schwarzen Rahmen. Sie zeigte ein Schiff. Eine weiße, elegante Dampfyacht mit einem enormen Bugspriet, extrem überhängendem Heck, zwei schräg nach hinten stehenden Masten, einem langen Deckshaus und einem ungewöhnlich hohen Schornstein. Der Name am Bug war zu unscharf, um ihn entziffern zu können, aber ich wusste sofort, wie er lautete. Es war Marconis Dampfyacht ›Elettra‹.

Plötzlich begann die Alte zu sprechen. Es war eher ein Lallen. Ich musste mein Ohr ihrem Mund nähern, wobei ich den scharfen Knoblauchgestank roch, den sie verströmte.

Sie schlurfte zu einem Schrank und holte eine Flasche und zwei Gläser heraus. Sie schenkte mir und sich ein, eine goldgelbe Flüssigkeit. Ich trank. Es war Whiskey von einer Qualität, wie ich sie noch nie erlebt hatte. Mir fiel ein, dass Marconi in erster Ehe mit einer Frau aus der irischen Whiskeydynastie Jameson verheiratet gewesen war. Ich ließ mir die Flasche zeigen. Auf dem Etikett stand tatsächlich dieser Name. Der Whiskey war Jahrgang 1920.

Eine Weile saßen wir uns am Tisch schweigend gegenüber und tranken. Sie wirkte weder unsicher noch abweisend. Manchmal lächelte sie, und dann kam so etwas wie die Anmut von Mädchenzügen in ihr Gesicht zurück. Ich fragte sie nach Marconi, ob sie ihn gekannt habe. Sie nickte und lächelte wieder. Plötzlich sagte sie mit erstaunlich klarer Stimme: »Carla ist meine Enkelin. Marconi ist ihr Urgroßvater. Sie hat seine Augen.« Sie erhob sich und kramte in der Tiefe des Schrankes. Schließlich holte sie einen Pappkarton heraus. Sie stellte ihn auf den Tisch und öffnete ihn mit zitternden Händen. Ich erblickte eine braune Holzkiste. Man konnte den Deckel hochschlagen. Der Blick fiel auf Drähte, Röhrenkolben, Kondensatoren.

Sie gab mir den Karton und brachte mich zur Tür. Als ich draußen war, konnte ich mein Glück kaum fassen. Ich war Besitzer eines Radios, das einst Marconi gehört hatte.

Ich ging zum Turm. Carla war zurück. Sie stand an der Staffelei und malte. Es war das Porträt einer jungen Frau. Sie war gerade dabei, es mit Holzkohle anzulegen. Erst dachte ich, es solle ein Selbstporträt werden. Doch Carla, die gerade mit einem sicheren Strich dem Kopf seine ovale Madonnenform gab, erklärte: »Ich male deine Mutter. Es ist ein Experiment, ein imaginäres Porträt. Du musst mir sagen, wie nahe ich der Realität damit komme. So lange bleibe ich hier. Hast du wieder über deine Mutter geschrieben?«

Ich bejahte.

»Dann setz dich und lies mir vor. Ich kann sie dann besser vor mir sehen.«

27

Am nächsten Tag fahren die beiden Männer zum Supermarkt. Der Vater trägt einen leeren Bierkasten. Er ist doppelt leer, weil ihm eine Flasche fehlt. Zwanzig Pfennig bekommt der Vater weniger für das Leergut. Er sieht verstört aus, hat einen verblüfften Gesichtsausdruck, wie jemand, der Zeuge eines Weltunterganges geworden ist, der ihn seltsamerweise unbehelligt ließ. »Ein Komiker, dem der Humor vergangen ist, sieht so aus«, denkt der Sohn und blickt dabei zu Boden. Er hat Schuldgefühle.

Am Nachmittag geht der Sohn auf sein Zimmer und holt die leere Flasche aus dem Eckschrank. Er verbirgt sie seitlich am Körper, als er die Treppe hinuntergeht, denn der Vater ist wie zufällig im Flur. Dann stellt er sie auf dem Kühlschrank ab. Anschließend geht er ins Wohnzimmer, setzt sich in den Ohrenstuhl, in dem seine Mutter seit zwei Jahren nicht mehr sitzt, greift zur Fernbedienung und schaltet den Fernseher ein. Er sieht einen Tierfilm, während der Mann seine Frau säubert und ihr neue Windeln anlegt.

In der Nacht erwacht sie. Es ist stockfinster, aber für sie ist es hell. Es ist sogar heller als am Tag. Eine wunderbare Sommerhelle erfüllt den Raum. Sie hört die Stimme des Mannes, der neben ihr schläft. Sie hört, wie die Stimme ihren Kosenamen sagt, während sie sich schmal macht und sich schnell durch ein Gebüsch windet, so dass die Zweige hinter ihr zusammenschlagen und sie unsichtbar für ihn wird. »Wo bist du, mein Reh, wo bist du!«, ruft die Stimme. Immer wieder. Sie steht ganz still und hält den Atem an. So genießt sie das wundervolle Gefühl, gesucht zu werden. Sie möchte ihr Leben lang gesucht werden.

Jetzt atmet sie durch den offenen Mund, damit er nichts hört. Ihre Brust hebt und senkt sich. Sie hat eine schöne Büste, das weiß sie. Sie braucht keinen Büstenhalter. Sonnenflecken zittern auf ihrem Kattunkleid, ihren Armen mit den weißen Kratzern von der Brombeerhecke. Jetzt hört sie seine Stimme ferner. Er ist ein Tölpel, warum findet er sie nicht. »Kalt!«, ruft sie. »Noch kälter!« Sie hört sich lachen und stellt sich sein Gesicht vor, wie er sich freut. »Wärmer!«, ruft sie. »Immer wärmer!« »Kätzchen«, flüstert es ganz nahe. Es raschelt, Zweige teilen sich, braune, kräftige Männerhände. Wie flinke Eichhörnchen huschen sie durch das Laub. Dann sein dunkles, gewelltes Haar, seine meergrünen Augen, in denen die Sonne winzig und schwarz ist, sein Möwenflügelmund. »Kätzchen, mein Kätzchen«, sagt er und schließt sie in die Arme. Der Träger ihres Kleides verrutscht. Eine Brust wird sichtbar. Er beugt sich hinab, vorsichtig und wie voller Ehrfurcht, und küsst sie dort sanft. Sie spürt es bis zu den Zehen hinab und an die Kopfhaut hinauf. Sie greift mit der Hand in sein dichtes Haar und drückt seinen Kopf tiefer. Alles duftet nach Moos und frischem Holz. Mit geschlossenen Augen sagt sie, nur für sich hörbar: »Glück. So hab ich dich mir vorgestellt.« Langsam schwindet die Sommerhelle, als ob es Abend würde. Dann ist es stockfinster um sie, und sie begreift, dass es Nacht ist und dass ihr Mann sie gefunden hat.

Zur selben Zeit kann der Sohn nicht schlafen. Auch er starrt zur Decke, aber er sieht dort nichts anderes als einen winzigen, dunklen Fleck. Es ist eine Fliege, die mit den Beinen nach oben schläft. Er hat Magenschmerzen. Also steht er auf und schleicht die Treppe hinunter, an der Tür des elterlichen Schlafzimmers vorbei, hinter der er seinen Vater schnarchen hört, in den Keller hinab, wo zwischen leeren Marmeladengläsern eine Flasche Aquavit steht. Sie ist noch ungeöffnet. Er holt die Flasche aus der Papphülle und bricht mit einem Ruck den Schraubverschluss los. Dann setzt er sie an und trinkt zwei tiefe Schlucke. Das scharfe Getränk brennt den Schmerz im Magen weg. Er trinkt noch einen Schluck. Die Flasche stellt er neben die Hülle ins Regal. Denn er will seine Untat diesmal nicht verbergen. Dann nimmt er drei Bierflaschen aus dem neuen Kasten und schleicht ins Wohnzimmer hoch. Er stellt den Fernseher an und starrt bis weit nach Mitternacht auf Bilder, die ihn nicht interessieren. Den Ton hat er abgestellt, denn er weiß, dass die Mutter ein feines Gehör hat. Er sitzt in ihrem Ohrenstuhl, und er ist sich nicht sicher, ob dieser Ohrenstuhl mit seinen gepolsterten Ohren nicht jedes Geräusch im Raum an die Mutter verrät.

Am Morgen geht der Sohn in die Küche und macht sich sein Frühstück. Wie immer um diese Zeit ist der Vater damit beschäftigt, seine Frau sauber zu machen. Er geht durch den Flur mit einem Stoß Windeln. Es riecht durchdringend nach Urin und Fäkalien. Der Sohn fragt, ob er sich ein Ei machen dürfe. Der Vater bleibt stehen und sieht ihn an. Der Sohn hat noch nie so viel Verachtung in einem Blick gesehen. Es ist eine graue, kalte Verachtung in Form von zwei Greisenaugen.

»Wenn du nur auch so fragen würdest, wenn du meinen

Schnaps trinkst«, sagt der Vater. Jetzt weiß der Sohn, dass die gleiche kalte, graue Verachtung auch die Form von Wörtern annehmen kann. »Ich habe Magenschmerzen gehabt«, stammelt er.

»Bist du Alkoholiker?«, fragt der Vater. Er sagt es mit einer Stimme, die keine Fragen stellt, sondern Antworten gibt. Der Sohn schweigt und senkt den Kopf.

»Ja!«, will er schreien, »ich bin Alkoholiker. Wegen euch bin ich Alkoholiker. Bei solchen Eltern ist man immer Alkoholiker!«

Aber kein Laut kommt über seine Lippen. »Du lebst ohne Rücksicht auf andere«, stößt der Vater hervor. »Drei leere Bierflaschen hast du auf dem Tisch stehen lassen. Ich habe sie in den Keller tragen müssen. Den Fernseher hast du laufen lassen. Die Wohnzimmertür hast du offen stehen lassen. Türen sind zum Zumachen da.«

Nun hält es den Sohn nicht mehr. »Du bist ein kleinlicher Mensch«, brüllt er. »Ein Alltagsfaschist.«

Dieses Wort kreiselt einen Moment in der Luft, ehe es zu Boden sinkt und als ein hässlicher Fleck auf dem Teppich liegen bleibt.

Sie brüllen sich an. »In eurer Wohnung lebt doch niemand mehr!«, schreit der Sohn. Blanker Hass, dumpfe Verzweiflung und verzerrte Liebe sind in seiner Stimme und in der des Vaters ebenso. Sie heben sogar die Faust gegeneinander. Der Vater hat die schmutzigen Windeln fallen lassen. »Du bist dein ganzes Leben ein Egoist gewesen. Du warst nie zu Kompromissen fähig. Das zeigen schon deine gescheiterten Ehen!«

»Deine Ehe ist so gescheitert, dass sie nie scheitern konnte«, schreit der Sohn.

»Ich will nicht, dass du unsere Wohnatmosphäre zerstörst, indem du alles herumliegen lässt«, sagt der Vater. Er sagt es diesmal ruhig, aber das ist beinahe noch schlimmer.

Der Sohn ist immer noch aufgebracht. Er spürt, wie seine Lippen sich zu einem Eisenring zusammenziehen, als er sagt: »Ihr lebt ja doch nur im Schlafzimmer. Außerhalb davon lebt ihr schon längst nicht mehr.«

Er bemerkt am Blick des Vaters, dass dies schlimmer war als alles vorher Gesagte. Auch der Vater will schreien, aber die Stimme gerät ihm merkwürdig leise. Es ist, als ob sich das Gebrüll selbst erstickt. »Dann schließ ich mich bei deiner Mutter ein, bis du weg bist!«

Brüsk wendet sich der Vater ab und geht in den Garten. Die stinkenden Windeln sind auf dem Perserteppich liegen geblieben. Der Sohn geht ins Wohnzimmer, setzt sich in den Ohrensessel und schaltet den Fernseher ein. Die Magenschmerzen sind verflogen. Zum erstenmal, seitdem er hier ist, fühlt er sich körperlich gut. Draußen hinter den großen Scheiben sieht er seinen Vater im Garten auf und ab gehen mit einem kleinen, weißen Gesicht wie eine Maske aus Pappmaché.

Am folgenden Morgen fährt der Sohn ab. Er hat sich beim Frühstück ganz normal mit dem Vater unterhalten. Beide vermeiden es, etwas von dem Streit zu erwähnen. Als der Sohn ins Schlafzimmer geht, weiß er, dass er seine Mutter zum letzten Mal in ihrem und seinem Leben sehen wird. Er weiß es so sicher, wie man niemals einen Gedanken wissen kann, sondern nur ein Stück Wirklichkeit, dessen Teil man ist.

Er beugt sich über die Frau und küsst sie auf die Stirn. Eine kleine, feuchte, kühle Wölbung, die er mit den Lippen berührt, die Stirn eines Totenschädels, aus dem zwei kleine, braune Augen herausschimmern wie niederbrennende Kerzenstümpfchen. Die Mutter öffnet einen zahnlosen Totenmund, und der Sohn sieht ihre Zunge. Er fürchtet, dass sie auf den Krach mit dem Vater zu sprechen kommt, den sie mitgehört haben muss. Aber sie sagt nur: »Hoffentlich sehen wir uns wieder.«

Sie sagt diesen furchtbaren, menschenunwürdigen Satz mit einer brüchigen, hohen Kinderstimme. Der Sohn greift nach der Hand seiner Mutter. Es sind Vogelknochen, dünn und hohl, wie zum Fliegen geschaffen. Das Zittern der Hand seiner Mutter überträgt sich auf seine Hand. Ein kleines, ewiges, unerbittliches Händeschütteln.

»Wir sehen uns bestimmt wieder«, sagt er, wohl wissend, dass dieser Satz herbeigelogen ist, nicht um die Mutter, sondern um ihn zu trösten. Denn er kann es nicht fassen, was er in diesem Moment begreift: Er wird diese Frau nie wiedersehen, die Person, die er als Mensch nicht mag. Aber sie ist kein Mensch, sie ist seine Mutter. Denn dieses ist die fürchterliche Wahrheit: Die Mutter nie wiedersehen bedeutet, einen Teil von sich selbst nie wiedersehen. Es ist der Teil, aus dem er gekommen ist und zu dem er nun nie wieder zurückkehren kann. Die Tür wird für alle Zeit zugeschlagen sein. Und es wird kalt im Freien werden. Noch kälter, als es jetzt schon ist.

Er versucht sich auf den letzten Blick zu konzentrieren, mit dem er sie umfassen will. Es geht nicht. Er sieht nur alles darum herum ganz genau: die Maserung der Bettwand, die übermalten Splitter der Raufasertapete, die Stöße frischer Windeln, die emaillierte Bettpfanne, den verchromten Rollstuhl mit dem Topf in der Sitzfläche, in dem jetzt beim gemeinsamen Teetrinken immer der Vater sitzt. Er sieht auch die Nachttischlampe aus den fünfziger Jahren mit dem von

der Hitze gebräunten Pergamentschirm, vor der er s
mer schämt, als ob sie bis heute all die Heimlichkei
nes damaligen Tuns beleuchtet. Den Kopf seiner
sieht er nicht, jedenfalls nicht genau. Er verfließt unter seinem Blick zu einem konturenlosen Nebel. Doch da verzieht sich ihr ganzes, geschrumpftes Sterbegesicht plötzlich. Eine kleine, bläuliche Zunge erscheint und rutscht schräg nach oben aus ihrem Mund. Es ist eine Katzenzunge. Die Augen schließen sich, die Stirn kräuselt sich leicht wie unter einer Bö. Seine Mutter gähnt. Es ist ein Kindergähnen, ein Gähnen ohne jeden Versuch, es zu verbergen, ein Gähnen, wie man es im Laufe seines Lebens verlernt. Keine vor den Mund gehaltene Hand, kein Kommentar, kein verlegenes Lächeln. Katzen können so gähnen. Sie gehen dann ganz und gar in ihrem Gähnen auf, von der Schwanz- bis zur Zungenspitze. Es ist, als ob sich ein archetypisches Schlafbedürfnis seinen leiblichen Ausdruck sucht. Als er geht, weiß der Sohn, dass er für den Rest seines Lebens dieses unretuschierbare Bild von seiner Mutter in sich behalten wird.

28

Bald darauf schon war das Bild, das Carla von meiner Mutter malte, ziemlich weit fortgeschritten. Die Farben waren angelegt, nur das Gesicht war leer, ein weißer Fleck.

»Du hast ihre Silhouette wirklich getroffen«, sagte ich. »Sie hatte wirklich diese schmalen Schultern und diesen langen Hals, auf den sie, soweit ich mich erinnere, ziemlich stolz war. Sie trug, um dieses Körpermerkmal zu betonen, häufig Halsketten. Mal bitte nicht zu schnell, damit ihr mir noch lange erhalten bleibt.«

Sie umarmte mich und brach dabei in Tränen aus. »Vergiss, was ich gesagt habe. Ich war nicht nett zu dir, mein Armer«, sagte sie. »Ich habe noch einmal gelesen, was du über deine Mutter geschrieben hast. Du bist ihr wirklich sehr nahe gekommen. Sie hätte ihr Ziel, Malerin zu werden, nicht aufgeben dürfen. Sie hatte doch eine gute Ausbildung, und zudem noch bei einem der besten Maler überhaupt.«

»Sie konnte zwar malen, aber sie hatte keine Ahnung von Kunst.«

»Ich weiß, was du meinst. Zu einem guten Bild gehört dreierlei: Technik, ein stilistisches Konzept und eine intuitive Ahnung von dem, was ein Bild zu einem Kunstwerk macht.«

»Genauso ist es. Übrigens auch beim Schreiben. Die Technik ist am wenigsten wichtig, der Stil schon mehr, das dritte aber ist entscheidend. Was es ist, weiß niemand. Luigi meint, es habe etwas mit der genialen Gedankenlosigkeit des Meeres zu tun. Ohne dass er es weiß, ist er so etwas wie ein Kantianer. Auch Kinder haben manchmal diese Form der kreativen Ahnungslosigkeit, deshalb können sie eine kurze Zeit ihres Lebens gute Bilder malen, ehe man ihnen zu viel beigebracht hat.«

»Habe ich dir schon gesagt, dass sie auch im Turm filmen wollen? Ich habe ihnen erzählt, dass Marconi in diesem Gemäuer war. Sie haben vor, einen Film über sein Leben zu drehen.«

»Wahrscheinlich einen Actionfilm. Marconi als Retter der Überlebenden der Titanic-Katastrophe. Marconi als Frauenheld. Marconi als genialer Geschäftsmann. Die Kabelgesellschaften wollen ihn umbringen lassen. Die Mafia schützt ihn. Franco ist sein Gönner, D'Annunzio sein Freund. Ich weiß schon einen Titel: Freibeuter der Wellen.«

»Ich möchte mehr über seine Arbeit wissen. Kannst du mir nicht erklären, wie diese Geräte funktionieren, an denen du ständig herumbastelst?«

Es begann eine schöne Zeit für mich. Ich baute einfache Schwingkreise und erklärte sie Carla. Ich machte ihr klar, wie eine Radioröhre funktioniert. Ich probierte Marconis Radio aus. Es ging noch immer. Bei einem meiner Versuche, mich als Strandläufer zu betätigen, hatte ich eine Radioröhre im Sand gefunden. Der ungewöhnlichen Größe und Fassung nach musste sie sehr alt sein. Der Glaskolben war mit Seepocken bedeckt, die Typenbezeichnung nicht mehr lesbar. Mit größter Behutsamkeit begann ich die Röhre zu reinigen.

Buchstaben und Zahlen kamen zum Vorschein. Es war eine Senderöhre. Das erklärte im Übrigen auch ihre ungewöhnliche Größe von 20 Zentimetern Höhe. Ich überprüfte ihre Heizung. Sie war noch intakt. Es war eine Triode der AEG mit fünf Watt Leistung.

Ich baute einen primitiven Sender, einen abstimmbaren Schwingkreis, der mit Hilfe einer Kopplungsspule auf das Gitter der Röhre wirkte und auch das Kohle-Mikrophon enthielt, das ich aus dem alten Telefonhörer ausbaute, den Luigi gefunden und den er mir nach einigem Zureden überlassen hatte. Dann spannte ich mit Carlas Hilfe einige lange Drähte vom Turm zu den Klippen. Es war eine sogenannte Harfenantenne, wie sie vermutlich auch Marconi benutzt hatte. Von dort, wo die Drähte sich auf der Plattform trafen, zog ich einen isolierten Draht ins Innere des Turms zum Sender. Als alles fertig war, schickte ich Carla mit Marconis Radio nach Hause. Sie rief mich mit dem Handy an, als sie den Empfänger eingeschaltet hatte. Ich schaltete den Sender ein, nahm das Mikrophon und sagte: »Vieni oggi alla torre.« Ich hörte sie übers Handy lachen. Dann sagte sie: »O. K., mein kleiner Marconi. Ich komme.«

Eine Stunde später war sie da. Sie bestand darauf, sofort mit mir ins Bett zu gehen. »So hat es Marconi bestimmt auch gemacht«, sagte sie. »Ja«, sagte ich. »Das glaube ich allerdings auch.«

29

Eine kurze, verworrene, in lauter einzelne Stunden zerfaserte Woche später betrinkt sich der Sohn eines Nachts mit Freunden in einem Lokal, weil er spürt, dass es nun geschieht. Als er gegen Morgen nach Hause kommt, erhält er einen Anruf. »Deine Mutter ist heute Nacht gestorben«, sagt die Stimme. Es ist nicht die Stimme des Vaters, der ihn nicht erreicht hat in der Nacht. Es ist eine Stimme aus alten Zeiten, die er sehr mag. Eine Frauenstimme. Ihr Wohlklang verhindert, dass der Sohn ganz begreift, was geschehen ist. Erst als er den Hörer aufgelegt hat, kommt es. Es ist wie mit einem Gegenstand, den man erkennt, obwohl man ihn noch nie gesehen hat. Etwas unendlich fremd Vertrautes, hart und doch lebendig, von der Art einer Versteinerung, so wie man einen Fußabdruck wahrnimmt, die nun erstarrten Spuren einst pulsierenden Lebens.

Der Sohn sitzt da im Sessel, starrt das Telefon an, dessen Hörer dabei ist, die Wärme seiner Hand zu verlieren, und wartet auf etwas. Er wartet, dass sich ein Gefühl der Trauer in ihm entwickelt, ein Schmerz, ein Weinen, ein heftiges Schluchzen, doch nichts geschieht. Es ist so ruhig in ihm wie gewöhnlich nur in seltenen, entspannten Momenten, wie sie sich zum Beispiel manchmal an Sommermorgen beim Lesen einer Zeitung einstellen. Er schämt sich dieser Ruhe. Sie macht es ihm schwer, das Nötige zu tun, nämlich seinen Vater anzurufen. Er glaubt, seine abgrundtiefe Gelassenheit komme daher, dass er anästhesiert ist von der Tatsache, selbst zu einem Teil gestorben zu sein. Ein Toter aber kann kein Mitleid empfinden, weder mit sich noch mit denen, die er verlassen hat.

Schließlich geht dieser Zustand zu Ende. Während er die Nummer des Vaters wählt, spürt er, dass er immer noch betrunken ist. Er artikuliert unsauber, als er spricht, und er hofft, dass der Vater es für eine Folge seelischer Erschütterung hält. Die Stimme am anderen Ende der Leitung ist gepresst. Jedes Wort ist in sich hineingestülpt wie ein Strumpf, den man zu hastig ausgezogen hat. Der Sohn fragt, wie es geschehen ist. Er fragt wie ein Buchhalter der Realität, weil er keine anderen passenden Worte findet. Er spürt den Kloß im Hals, diesen Staudamm vor einem Tränensee. Und er spürt den gleichen gestauten See am anderen Ende der Leitung.

Der Vater erzählt. Er erzählt teils stumm, teils mit Pausen, teils mit Worten, die wie Gräten im Hals stecken bleiben. Er berichtet, dass seine Frau morgens einen Gehirnkrampf hatte. So nannte es wenigstens der Arzt. »Aber es war wohl ein Schlaganfall. Sie hat kein Frühstück nehmen wollen. Dann hat sie ein wenig erbrochen. Deine Mutter war seitdem nicht mehr bei sich, wir haben sie auf die Seite gelegt, damit sie nicht an Erbrochenem erstickt.«

Der Vater erzählt, dass er den ganzen Tag und bis in die Nacht hinein am Bett seiner Frau gesessen habe. Er habe auf ihren Atem gelauscht. Auf dieses ganz allmählich schwächer und langsamer werdende Geräusch ihres Atems. Er habe sie wieder und wieder gestreichelt, ihren Namen geflüstert, Reh,

Rehlein. Er habe sie schließlich in den Arm genommen, dann sei der Atem ausgeblieben. Gegen zehn Uhr abends. Sie habe dagelegen ohne ihren Atem. Da habe er angerufen. Der Arzt sei um Mitternacht gekommen und habe den Totenschein ausgestellt.

Wo er denn geschlafen habe, fragt der Sohn. »Oben«, sagt der andere. »In deinem Bett. Die Beerdigung ist in drei Tagen, du kommst doch sicher.«

»Ja«, sagt der Sohn. »Natürlich.«

Die Glocken beginnen zu läuten, ganz dünn und fern. Auch die Tote hört sie. Sie liegt auf dem Rücken und starrt in die Dunkelheit. Man hat ihr die Augen geschlossen, unsanft die Lider an den Wimpern herabgezogen wie Jalousien, aber kaum war sie allein, hat sie sie wieder geöffnet. Sie lächelt mit ihrem eingeschnürten Mund. Man hat ihr das Gebiss herausgenommen, weil beschlossen wurde, den Leichnam nicht mehr den Hinterbliebenen zu präsentieren. Also konnte man darauf verzichten, das Gesicht herzurichten, die Backen mit Watte zu polstern. Das Gebiss polterte in eine Blechwanne mit einem Klang wie dieses Sterbegeläut. Über ihr die Rosen, über hundert sind es, ›Gloria Dei‹, frisch gesteckt, keine lässt den Kopf hängen wie die beiden Männer, die dem Sarg am nächsten sitzen.

Der Sohn versucht verzweifelt, sich das Gesicht der Frau im Sarg vorzustellen. Während der ganzen Zeremonie gelingt es ihm nicht. Der Mann, der die Rosen bezahlt hat, sieht nichts. Er hält die Augen geschlossen, den Kopf gesenkt. Er sieht nichts, während die Tote alles sieht. Nur ein dumpfes Gefühl ist da, von Schmerz, der nicht ausbricht. Es ist, wie wenn man sich das Knie aufschürft, die Sekunde danach, ehe der Schmerz einsetzt. Die Sekunde, in der er über der Wunde schwebt in einem fast wohligen Betäubtsein. So fühlt der Mann. Der Sohn neben ihm fühlt den Schmerz wie etwas Verlorengegangenes. Er kämpft um ihn, möchte ihn zurückhaben. Dieser Kloß im Hals ist alles, was der Schmerz ihm hinterlassen hat, das Gewöll einer verspeisten Maus.

Als die Orgel einsetzt mit einem weinerlich näselnden Vorspiel, wird der Kloß im Hals des Sohnes größer. Er drückt ihm die Gurgel von innen ab. Jetzt möchte er weinen können, den Kloß hinausspülen in einem Sturzbach voller Tränen. Er berührt den Ellbogen des Vaters und erschrickt, wie eisig diese Stelle ist.

Als sie in die Kirche gekommen waren, der Sohn beim Mann untergehakt im geliehenen schwarzen Mantel seines Vaters, steif und ungelenk in den Bewegungen, wie Leute, die nach schwerem Krankenlager wieder das Laufen lernen müssen, hatten auf ihren Stühlen je zwei rote Rosen gelegen auf zwei roten Gesangbüchern. Der Sohn weiß, dass es die Rosen für die Graböffnung sind, dass er sie in dieser Stunde noch dort hineinwerfen muss, zwei Rosen, die dann unter der Erde begraben werden, Rosen, die schon die Köpfe hängen lassen, unansehnliche Rosen, nicht für das Auge bestimmt, sondern für die Dunkelheit.

Als der weinerliche, falsche Gesang anhebt, presst der Sohn die Lippen zusammen. Das Gesangbuch hat er vor sich auf den Boden gelegt. Alle anderen haben es in den Händen. Auch der Vater. Aber der singt wenigstens nicht mit. Der Sohn spürt die Augenpaare der Gemeinde im Rücken. Der üble Geruch verordneter Trauer füllt den ganzen Raum. Die Kinnlade des Pastors mit dem Bart daran bewegt sich auf und ab wie bei einem Nussknacker. Die Worte, die er in den Mund nimmt, sind die Nüsse. Es sind ausschließlich taube Nüsse. Sie lassen sich leicht knacken, weil sie leer sind. Es gibt ein hässliches, splitterndes Geräusch. Jedes Mal, bei jedem Wort, das der Pastor sagt.

Später gehen sie hinter dem Sarg her, der Vater und der Sohn. Auf großen weichen Gummirädern rollt der Wagen über den Asphalt, von sechs schwarzgekleideten Männern rechts und links geschoben. »Seit Jahren war sie nicht mehr draußen im Freien«, denkt der Sohn. »Es ist ihre erste Ausfahrt. Warum hat man sie in diesen Kasten gesperrt! Es wäre besser gewesen, sie im Rollstuhl zu ihrem Grab zu schieben.«

Er hat solche verrückten Ideen, weil sie nicht tot genug für ihn ist. Sie stirbt erst ein bisschen weiter, als er das rostige Kinderschäufelchen nimmt und eine Ladung Sand auf den Sargdeckel poltern lässt. Es klingt hohl. Sie hat Dreck nie leiden können. Sie wird sich im Grab umdrehen, denkt der Sohn. Er merkt nicht, dass er lächelt und empörte Blicke ihn streifen.

Später ist das Wohnzimmer voll gestopft mit Schaufensterpuppen, die alle für schwarze Kleidung werben. Der Sohn spielt den Kellner. Er hat immer noch diesen Kloß im Hals, aber niemand ist da, der Tränen erlaubt. Der Vater sitzt da, mit aufgeregten roten Backen erzählt er Familiengeschichten. Auch er schluckt dabei, wie jemand, der Halsweh hat. Es ist der gleiche Kloß. Wären sie jetzt allein, würden sie sich in den Armen liegen und ihren Tränen freien Lauf lassen. Aber Beerdigungszeremonien sind dazu da, keine Gefühle aufkommen zu lassen.

Einmal stiehlt der Sohn sich davon. Er eilt zum nahen Friedhof. Das Grab ist bereits zugeschüttet. Die Kränze und Gestecke bilden einen großen, fröhlichen, bunten Hügel. Der Sohn steht starr. Noch einmal versucht er, sich ihr Gesicht vorzustellen. Aber es geht nicht. Zu viel Erde, zu viel furniertes Holz ist dazwischen. Da kommt ihm ein Gedanke.

Er beugt sich vor, zieht drei ›Gloria Dei‹ aus dem Gesteck und nimmt sie mit. Er tut es vor den Augen der Friedhofsbesucher. Es ist ein Grabfrevel, den er gerne begeht.

Am Tag nach der Beerdigung sitzt der Vater allein in der Küche und isst. Gleich nach dem Essen ist er wieder hinter dem Haus. Er beginnt, im Garten zu arbeiten, obwohl ihm diesmal keine rehbraunen Augen durch die feinen Tüllvorhänge des Schlafzimmerfensters bei der Arbeit zusehen. Zeit verstreicht, abgestorbene Zeit, so wie Haare aus der Kopfhaut eines Toten wachsen. Später räumt der Vater in der Küche auf. Die Schublade des Küchentisches steht weit offen. Der Vater stellt sich an die Spüle und trocknet das Besteck ab. Messer, Gabel, Löffel. Sie verschwinden einzeln in den Falten des karierten Handtuchs, tauchen wieder hervor und fliegen durch die Luft. Jedes Mal klirrt es laut, wenn der Vater wie ein Basketballspieler mit dem trockenen Besteck in die Schublade trifft. Sie ist dreigeteilt. Das linke Fach ist für die Messer, das mittlere für die Löffel, das rechte für die Gabeln. Dem Sohn tun die Löffel Leid. Sie sind am wenigsten geachtet, und sie sind von den anderen Besteckkategorien flankiert. Der Sohn lehnt am Küchenschrank und ist zur Untätigkeit verdammt, denn der Vater hat sein Angebot, abzutrocknen, abgelehnt. Nun hört er dem Klirren der Besteckteile zu. Der Vater hat fast nie einen Fehlwurf. Wenn aber doch einmal zum Beispiel ein Messer bei den Löffeln landet, stürzt der Sohn hinzu und rettet das Instrument augenblicks aus der falschen Umgebung. Und plötzlich versteht er, dass es mit der Trinität seine Richtigkeit hat. Messer, Löffel, Gabel, das sind Vater, Sohn und Heiliger Geist. Und noch etwas wird ihm klar. Der Heilige Geist ist die mehrzinkige Mutter. Sie ist es, die alles zusammengehalten hat. Solche etwas verworrenen Gedanken kommen dem Sohn, während er am Küchenschrank lehnt und dem Vater zusieht, wie er wieder und wieder mit dem Besteck in die Schublade trifft. Einmal hat er Pech. Der metallische Gegenstand prallt gegen den Schubladenrand und fällt klirrend auf den Küchenboden. Ehe der Vater zur Stelle ist, hat sich der Sohn blitzschnell gebückt und das Opfer aufgehoben. Es ist ein kleiner, schäbiger Löffel. Er ist verbogen und trägt noch die Spuren von Milchzähnen. Der Sohn tut so, als lege er ihn zu den anderen Löffeln in das Löffelfach, aber während der Vater ihm wieder den Rücken zukehrt, um diesmal ein großes Küchenmesser abzutrocknen, steckt der Sohn seinen alten Kinderlöffel heimlich in die Hosentasche.

Das Radio hat Regen angekündigt. Der Himmel ist dunkelgrau. Vom Westen her ziehen tiefliegende Wolken mit ausgefransten Rändern heran. Der Vater steht im Garten und sprengt. Während er herumgeht und den Wasserstrahl mal gegen die Rhododendren, mal gegen die Rosen oder den Hibiskus richtet, entringelt sich die grüne Schlange des Gartenschlauches hinter ihm. Der Sohn beobachtet dieses Bild von der Dachgaube seines Zimmers aus. Als die ersten Tropfen fallen, bleibt der Vater stehen. Er blickt zum Himmel. Es ist ein misstrauischer Blick. Dann geht er hinüber zu den Rosen und richtet den wenig zerstäubten Strahl auf sie, so dass sie ihre roten und gelben Häupter neigen und einzelne Blütenblätter zu Boden gleiten. Es regnet immer stärker, aber der Mann kümmert sich nicht darum. Er hört nicht auf, den Garten mit kalkhaltigem Leitungswasser zu tränken. Der Sohn sieht mit wachsendem Ärger dabei zu. Warum macht er das, fragt er sich, er, der sonst so sparsam ist und jeden Pfennig herumdreht, warum überlässt er jetzt nicht den Wolken die Arbeit! Inzwischen schüttet es regelrecht, und die dünnen Haare des Vaters kleben ihm am Schädel. Ist er so dickköpfig, fragt sich der Sohn, ist es sein Altersstarrsinn? Er öffnet das Fenster und brüllt hinunter: »Du brauchst nicht mehr zu sprengen! Es regnet genug!« Wie angewurzelt bleibt der Vater stehen. Der harte Strahl in seiner abgesenkten Hand fährt wie eine Geschossgarbe in den Rasenboden, so dass Erde und Grashalme aufwirbeln. Dann dreht er den Kopf, hebt ihn suchend, um herauszufinden, woher die Stimme kommt. Der Sohn ruft noch einmal: »Es regnet, du brauchst nicht mehr zu sprengen!« Jetzt hat der Blick des Vaters den Sohn erfasst. Den Körper leicht gekrümmt, das fahle Gesicht vom gestutzten weißen Bart umrahmt, sagt er mit einer wegwerfenden Bewegung seiner freien, linken Hand: »Das bisschen Regen, das nützt ja doch nichts.«

Jeden Vormittag ab Punkt elf stehen zwei leere Groggläser auf dem Tisch mit zwei Glasstöpseln darin. Auf dem Herd dampft ein Wasserkessel aus der Tülle. Auf den Zentralheizungsrippen liegt eine Flasche Rum quer, um vorzuwärmen, obwohl Sommer ist und die Heizung ausgeschaltet. Eine blauweiße Süßstoff- und eine rote Zuckerdose sind ebenfalls anwesend, Erstere in Reichweite des Vaters, Letztere in Reichweite des Sohnes. Der Vater sitzt sehr gerade auf dem Küchenstuhl und wartet, dass eingeschenkt wird. Der Sohn nimmt den Kessel von der Herdplatte und nähert dessen dampfende Tülle dem Glas des Vaters. Da hält der Vater plötzlich seine breite, behaarte Hand über das Gefäß, so dass der Sohn den Kessel zurückstellen muss. »Erst den Zucker«, sagt er. Immer beginnt es mit dieser Niederlage für den Sohn, der etwas falsch gemacht hat, ein Ritual gestört, jetzt einen halben Löffel Zucker in sein Glas rieseln lässt, während der Vater zwei Süßstofftabletten in das andere Glas wirft. Völlig geräuschlos, wie der Sohn fasziniert feststellt. Nun endlich darf er einschenken, aber wehe zu viel oder zu wenig. Es ist jedes Mal eine Gratwanderung, die dem Sohn volle Konzentration abverlangt. Befindet sich der helle Grenzstrich zwischen Wasser und Luft nur einen Millimeter zu hoch, schüttelt der Vater ungehalten den Kopf. Das Gleiche gilt für das Gegenteil. Flut und Ebbe, Hoch- und Niedrigwasser, es sind Marken, die über die Menge an zufüllbarem Rum entscheiden, und der Vater ist in dieser Sache ein wahrhaft unbarmherziger Hydrograph. Den Rum schenkt der Vater ein, nachdem er den Schraubverschluss mit einer ruckartigen Bewegung abgedreht hat, mit der man spielend einem starken Gegner den Hals hätte umdrehen können. Er schenkt immer bis drei Millimeter unter dem Glasrand ein. Mäandernd und Schlieren bildend, strömt der Alkohol in das heiße Wasser, dann taucht der Glasstöpsel ein und verwirbelt Wasser, Rum und Zucker zu einer bernsteinfarbenen homogenen Flüssigkeit, die unter dem sachkundigen Blick des Alten nun ihrer Bestimmung zugeführt werden muss.

»Prost«, sagt der Vater, »Besanschot an«, und hebt sein übervolles Glas, ohne einen Tropfen zu verschütten. Dem Sohn gelingt dieses Kunststück meistens nicht. Auch diesmal schwappt ein wenig Flüssigkeit über den Rand. Eine kleine, hellbraune Pfütze entsteht auf der Resopalplatte, die der Vater sofort mit einem Spüllappen beseitigt, während der Sohn ebenfalls »Prost« sagt und einen großen Schluck abtrinkt, damit ihm das Malheur nicht noch einmal passiert.

»Wie geht es dir?«, fragt der Vater, als das zweite Glas an der Reihe ist. Diesmal hat der Sohn keinen Tropfen verschüttet. »Gut«, sagt er, und es klingt, als habe er sich an einem harten Gegenstand gestoßen. Genau eine halbe Stunde haben sie Zeit, denn um Punkt zwölf wird es das Mittagessen geben, das auf einer niedrig gestellten Herdplatte vor sich hinköchelt. In dieser halben Stunde trinken sie jeder vier Gläser, und jedes Mal muss das mittlere Hochwasser im Glas um ein bis zwei Millimeter niedriger eintreten. Beim vierten Glas ist die Tide um einen guten Zentimeter unter Normal gefallen. Es ist Nippzeit, halb Wasser, halb Rum.

Der Vater ist erst stumm. Er starrt vor sich hin in das Glas und redet vermutlich unhörbar mit sich selbst. Der Sohn kämpft gegen die Trunkenheit, die in ihm die Proportionen der Dinge verändert. Die Bäume draußen wedeln mit ihren Zweigen gegen das Fenster, die Kunststofflampe an der Decke segelt in kleinen Kreisen um ihren Baldachin. Dann redet der Vater plötzlich hörbar. Er redet vom Tod. Er redet und redet wie ein Buch, vom Leben und Sterben seiner Frau, von seinem Tod, der seiner Einschätzung nach bald eintreten wird, und dabei zeigt er mit seiner großen, behaarten Hand zum Küchenfenster, wo der Baum immer mehr verrückt spielt. »Als meine Frau noch lebte – deine Mutter«, er macht eine Pause, die beim Sohn unendliche Schuldgefühle bewirkt, »hat sie immer von hier aus die Trauerzüge beobachtet. Weil unser Haus das letzte ist vor dem Friedhof, waren einige am Ende der Prozession immer schon ziemlich lustig. Deine Mutter hat ihren Spaß daran gehabt. Und wenn die Schlange vorbei war, ist sie ins Badezimmer gegangen und hat alles von dort aus gesehen. Es war eines ihrer Hauptvergnügen, ehe ihr Leiden sie ans Bett gefesselt hat.«

Der Sohn trinkt mit verwirrtem Kopf den letzten, übersüßten, benebelnden Schluck und sieht ein Bild vor sich, mit sich biegenden Bäumen, einer schwankenden Straßenlaterne und einer Prozession schwarzgekleideter Leute mit ihm selbst an der Spitze, die den Leichnam seines Vaters dort draußen vorbeitragen, und dann rennt er hinüber zum Badezimmer und sieht den Vater verschwinden in seinem schwarzen, schaukelnden Boot in Richtung des Mondes, der schuld ist an den Gezeiten, an diesem ganzen Auf und Ab, das man das Leben nennt in einem Grogglas in der Küche seines Vaters. Und als das Essen schon auf den Tisch kommt, sieht er auf einmal seine Mutter, wie sie im Garten sitzt und redet. Er sieht sie wieder überdeutlich vor sich, ganz realistisch, wie es in Träumen vorkommt.

Der Vater steigt am nächsten Tag in den Keller und holt einen Fuchsschwanz. Er geht ins Schlafzimmer und kniet sich ins Ehebett. Dann beginnt er zu sägen. Er sägt das Fußteil mitten durch. Das edle, rötliche Holz bildet edle, rötliche Späne. Danach kommt das Kopfteil dran. Zuletzt schraubt der Vater zwei rohe Holzklötze als Füße unter das Bettgestell. Er hat nun ein halbes Bett. In dieser Nacht schläft er zum ersten Mal lange und tief.

Der Sohn ist nach Hause in die Stadt gefahren, in der er lebt. Die drei Rosen hat er mitgenommen. Jetzt stehen sie auf seinem Küchentisch. Der Sohn starrt sie immer wieder an in den langen Momenten, in denen er versucht, an seine Mutter zu denken. Auch nach Tagen lassen sie die Köpfe nicht hängen. Der Sohn wundert sich, welch gute Qualität man für ein Trauergesteck verwendet hat, bis er entdeckt, dass die Stiele mit dünnem, grünem Draht umwickelt sind. Deshalb stehen die Rosen auch noch gerade und unbeugsam in der Vase, als die Blütenblätter zu welken beginnen. Ein brauner Rand bildet sich entlang der Blätter, dringt fleckig vor aus dem Hellrosa ins zarte Gelb. Ein Trauerrand, denkt der Sohn. Wie auf der Todesanzeige, die ihm der Vater schickte. Es wäre gut gewesen, auch deren Rand wäre nach innen gewachsen, hätte Kuvert und Brief von außen nach innen geschwärzt, bis nichts mehr lesbar gewesen wäre.

Nach drei Wochen stehen die ›Gloria Dei‹ immer noch auf ihrem Platz. Aber sie verdienen ihren Namen nicht mehr. Die meisten Blütenblätter sind abgefallen, das Wasser ist trübe, auf den nackten Stengeln sieht man braune, verfilzte Staubgefäße, ein Anblick, der den Sohn unangenehm berührt und der etwas mit Augenblicken frühester Kindheit zu tun hat. Schamhaare, Achselhaare, Gefahr ihrer Nähe, süßlich scharfer Geruch, Grax. Immer noch gelingt es ihm nicht, sich das Gesicht der Mutter vorzustellen. Es ist aufgedunsen in der Schwärze, ist selbst Schwärze, Todesschwärze, Geruch von Verwesung aus der Scham.

Der Sohn schluckt, weil er weinen möchte. Er steht auf, nimmt den verwelkten Strauß aus der Vase und wirft ihn in den Mülleimer. Plötzlich ist es da. In all der Weltraumkälte sieht er es vor sich. Ganz kurz nur, aber so deutlich wie noch nie. Ein Gähnen, das sich dem ganzen Gesicht mitteilt, wie bei einem Kätzchen, das müde ist. In diesem Moment bricht der Damm. Der leere Fluss füllt sich mit Salzwasser, tritt über die Ufer in einer wilden Strömung, die alles mit sich reißt, Schuldgefühle, Hass, Enttäuschung, Liebe.

30

Das Bild war fertig. Es zeigte eine junge Frau von Ende zwanzig, Anfang dreißig. Sie trug einen schwarzen Pullover und ein elegantes Pelzcape. Der helle Teint, die hohe runde Stirn, die bogenförmigen, sichtlich gezupften Augenbrauen, der zu einem wissenden Lächeln geschlossene, formschöne Mund, die haselnussbraunen Augen, deren Blick leicht nach oben gerichtet war, als gebe es dort etwas Erfreuliches und zugleich Geheimnisvolles zu sehen, die in weichen Locken um das Gesicht drapierten rotblonden Haare, all das war so perfekt getroffen, dass ich erschrak.

Ich beglückwünschte Carla zu ihrem Gemälde. »Du hast sie zum Leben erweckt. Endlich sehe ich sie wieder vor mir, wie sie war, als ich ein Kind war.«

Carla war jetzt immer häufiger oben auf der Turmplattform. Sie schlief nachts auch dort unter einem Sternenhimmel, wie er nicht schöner sein kann. Sie wollte nicht, dass ich mich zu ihr legte.

Sie hatte sich ein Fernrohr mit Stativ besorgt und beobachtete damit den Horizont. »Wartest du auf ein Schiff?«, fragte ich.

»Ja. Auf die Frank Wilson.« Sie lachte und eröffnete mir, sie wolle zu Ehren ihres Urgroßvaters ein Abschiedsessen geben.

»Was für ein Abschied?«

»Ich verlasse dich, für immer oder wenigstens für eine längere Zeit. Ich fahre nach Rom. Sie wollen noch mehr Probeaufnahmen machen.«

Carla servierte auf der Plattform auf einem Benzinkocher gegrillte Sardinen und dazu Weißwein und Brot. Sie war gut gelaunt wie seit langem nicht mehr.

»Man hat mir eine richtige Rolle im Marconifilm angeboten. Sie wollen diesmal professionelle Probeaufnahmen haben. Deshalb fahre ich in ein Studio in Cinecittà.«

Ich starrte sie an.

»Jetzt siehst du aus wie der kleine John Jakob, als er das Feuer im Laderaum entdeckte.«

Ich brachte sie zum Bahnhof. Als ich an diesem Abend spät in der Gorillabar erschien, saßen Franco Celli und Luigi so weit wie möglich auseinander. Ich setzte mich an den dritten freien Tisch und rief die beiden zu mir. »Ich möchte einen ausgeben«, sagte ich. »Ich habe endlich meine Schreibblockade überwunden.«

Franco Celli setzte sich zu mir. »Der Turm scheint dir gut zu bekommen, Sarazeno«, sagte er. »Hast du Erscheinungen? Hast du Marconi schon gesehen? Oder liegt es an Carla? Ich habe gehört, dass ihr zusammenlebt, allerdings ohne den Segen der heiligen Mutter Kirche!«

»Ich mache zur Zeit die einmalige Erfahrung, dass man loslassen kann, indem man etwas festhält. Und dass das Umgekehrte genauso funktioniert. Man kann durch Festhalten etwas verlieren.«

»Und dein großer Roman? Was macht dein großer Roman, Zingaro?«, fragte Luigi. Man sah ihm an, dass er wieder einmal in der Stimmung war, seine Umwelt zu ärgern.

»Er macht Fortschritte. Ich schreibe jetzt hauptsächlich über meine Eltern und mich. Das hat zwar nichts direkt mit dem Roman zu tun. Aber heißt es nicht, wenn man etwas schreiben will, muss man zuerst sich selber kennen? Und wenn man etwas über sich wissen will, muss man alles wissen, oder man weiß gar nichts. Meine frühesten Erinnerungen sind wie bei allen Menschen Puzzlesteine, die über den Kindertisch der Zeit verstreut nie ein einheitliches Bild ergeben werden, so etwa wie ein Mosaik an einer Kirchenwand. Dennoch habe ich mit ihnen begonnen, in der Hoffnung, dass sie Kristallisationskerne seien für eine Welt, die ich meine Wirklichkeit nennen möchte, wohl wissend, dass Wirklichkeit in diesem Zusammenhang ein Synonym für Träume ist. Träume sind es wohl, die unser Dasein enthalten wie kleine vielfarbige Döschen, in denen man etwas Sinnloses aufhebt, dessen hauptsächliche Qualität es ist, zerbrechlich zu sein.«

Jetzt setzte sich auch Luigi zu uns. »Du bist ja gut in Form, mein Lieber. Du redest wie ein Buch. Was macht dein Pirat? Wie heißt er eigentlich?«

»Man kann das Leben mit einem Spiegel vergleichen«, sagte ich, ohne auf die Frage einzugehen. »Er ist zerbrechlich und besteht gewöhnlich aus drei Dingen, dem Glas, der spiegelnden Rückseite aus einer Metalllegierung und dem Rahmen mit der Halterung, an der der Spiegel aufgehängt wird. Unser Körper ist das Glas, die reflektierende Rückseite ist die Erinnerung, der Rahmen besteht aus unserer Weltanschauung, unseren sozialen Beziehungen, den Gewohnheiten und Ritualen unserer Umwelt, unserer Sprache und ähnlichen Vorgaben, die uns ein Leben lang umgeben und eingrenzen. Das Bild im Spiegel aber, das wir sehen, ist unsere geistige Existenz, ist das, was wir unser Ich nennen. Dieser Spiegel ist nicht von Anfang an da. Er wird erst hergestellt im Verlauf unserer frühesten Kindheit. Anfangs ist er blind, reflektiert nichts oder kaum etwas, auch der Rahmen ist noch unfertig. Gegen Ende unseres Lebens wird er wieder blind. Er bekommt jene Fehlerstellen, die typisch sind für alte Spiegel, weil die Metallschicht oxydiert, zerfressen wird, das Glas sich eintrübt. Auch die Leimung des Rahmens leidet. Schließlich verrottet die Aufhängungsvorrichtung, der Spiegel fällt herunter und zerbricht in tausend Scherben. Sie liegen am Boden, sinnlos, sie aufzusammeln und zusammenkitten zu wollen. Aber noch spiegeln die meisten von ihnen etwas, einen winzigen Ausschnitt der Welt. Das, was nach den Gesetzen von Einfalls- und Ausfallswinkel das Auge eines fremden Betrachters zufällig erreicht. Mein Vater ist übrigens derzeit dabei, sämtliche Scherben seiner Erinnerung einzusammeln.«

Celli und Luigi hörten mir tatsächlich zu. Niemand fiel mir ins Wort. Das hatte ich noch nie erlebt. In diesem Augenblick ging die Tür auf, und ein Mann trat ein. Er war groß, hatte einen eisgrauen Bart und lange, graue, gewellte Haare. Er ging mit leicht unsicheren Schritten, ein wenig humpelnd zum Schirmständer an der Garderobe, ließ seine Hose herunter und machte sich an seinem rechten Bein zu schaffen. Er schnallte es ab und steckte es in den Ständer. Dann hüpfte er einbeinig zum Tresen, drehte uns den Rücken zu und trank ein Bier nach dem anderen. »Er ist neu hier«, flüsterte Luigi. »Er soll zu den Filmleuten gehören.«

»Die drehen aber doch keinen Piratenfilm. Warum hat er sein Bein abgeschnallt?«, flüsterte ich.

»Wahrscheinlich tut ihm der Stumpf weh, das stört ihn beim Trinken«, flüsterte Celli.

Der Einbeinige ließ sich noch ein Bier zapfen und trank das Glas in einem Zug leer. Dann drehte er sich um und blickte mich an, wie man einen Geist betrachtet, an dessen physische Existenz man unmöglich glauben kann. Überrascht und zugleich amüsiert. »Ich kenne Sie«, rief er plötzlich laut zu mir herüber. »Sie kennen mich auch! Erinnern Sie sich nicht? Damals in den Dünen auf Sylt. Sie sind ein paar Mal an mir und meinem Schloss vorbeigegangen und haben fotografiert.«

Er hüpfte an unseren Tisch, ließ sich ein neues Bier bringen und sah mich herausfordernd an.

»Lässt Sie Ihr Gedächtnis etwa im Stich? Sie waren damals mit einer Frau zusammen. Sie war groß und hatte lockige Haare. Sie sind erst vorbeigegangen, dann haben Sie angehalten und sind zurückgekommen. Wahrscheinlich haben Sie in mir und meiner Burg ein interessantes Motiv gesehen.«

Jetzt sah ich die Situation wieder vor mir. Am Rand der Dünen hatte jemand aus Treibholz ein großes Gebäude errichtet mit einem Palisadenzaun. Auf den Brettern steckten rosafarbene Gummihandschuhe, wie sie zuweilen antreiben. Das Gebäude erinnerte an ein Schiff. Es hatte einen hohen Mast, zu dem Taue mit Wimpeln führten, alle aus blauer und weißer Plastikfolie. Überall Fundsachen, Fischerkugeln, bizarre, von der See geschälte Baumwurzeln, Federn und Skelette von Vögeln, sonnengedörrte Fischkadaver. Ein Gesamtkunstwerk, wie es Luigi in Begeisterung versetzt hätte. Auf einer Art Hochstand saß er, ein massiger, einbeiniger Mann, mit einem mächtigen, weißen, vom Wind zerzausten Bart. Er hatte mich damals an eine biblische Gestalt erinnert, an Moses oder noch besser an Noah, der hier mit seiner Arche gestrandet war.

»Ist Ihr Vater krank?«

»Ja, er hat Krebs. Wie kommen Sie darauf?«

»Sie sehen wie ein leidender Sohn aus, wie ein Gekreuzigter.«

»Gehören Sie zu der Filmcrew?«

»Ja. Ich bin Koordinator des Teams. Menschen wie ich werden zuweilen gebraucht, wenn viele Leute erfolgreich an einer Sache zusammenarbeiten sollen.«

Er erhob sich, hüpfte an den Tresen zurück, zahlte, holte sein Holzbein, zog ungeniert seine Hose aus, schnallte es an und ging.

Ich bestellte uns allen einen doppelten Whisky. Dann lauschte ich auf das Geräusch der fernen Brandung, die heute so stark war, dass sie die Felsen bis hierher erzittern ließ.

31

Es sind Jahre vergangen. »Mein Vater hat Angst«, schreibt der Sohn, als er wieder einmal zu Besuch bei seinem Erzeuger ist. Er schreibt es in seinen Notizblock mit seiner ungeübten Schrift.

Es ist eine besondere Angst. Sie kennt ihren Gegenstand nicht, das macht sie so namenlos tief. Jeden Abend schließt der Vater wie immer die Türen ab, überall. Die Tür zur Kellertreppe, die Tür zum Klo, dessen Fenster vergittert ist, die Küchentür, als müsse man damit rechnen, dass jemand durch das von Eiben verdunkelte Fenster einsteigen könnte. In Wahrheit ist der Dieb längst drinnen, und der Vater versucht vielleicht nur, ihn am Ausbruch zu hindern, weil er etwas gestohlen hat, das man Leben nennt.

Alles ist aufgeräumt in der Wohnung des Vaters. Seit seine Frau tot ist, hat er ihr Vermächtnis bewahrt. Es lautet: Alles hat seinen Platz, die kleineren Teller in größeren, die kleineren Töpfe in größeren. Auch für die vom Vater höchst persönlich angebrannten Pfannen gilt dies. Er würde es nie übers Herz bringen, eine größere angebrannte Pfanne im Unterschrank auf eine kleinere zu schieben. Also wartet die Küche, dieser saubere, resopalverkleidete Raum, jeden Abend still in ihrer Sauberkeit auf den Einbrecher, der nie von draußen kommen wird, weil ihn schon der Anblick der Eibenzweige vor der nordischen Dämmerung zu sehr deprimieren würde.

Wenn der Vater sich entschließt zu Bett zu gehen, nachdem er zwei Stunden im Ohrenstuhl vor dem Fernseher geschlafen hat, steht er noch eine Weile am Wohnzimmerfenster und blickt in den Garten hinaus. Er mustert ihn wie etwas, das unter ungünstigen Umständen auf ihn zukommen könnte mit all diesen Baumwipfeln, den Wolken, dem fahlen Dämmerungshimmel. Am schlimmsten ist der Schornstein des Nachbarhauses. Von ihm geht am meisten freches Gebaren aus. Der Vater steht dicht am Glas, fast berührt seine Stirn die Scheibe, und betrachtet aus kleinen, geröteten Greisenaugen all dies Unheil der Außenwelt. Er atmet dabei schwer. Diese Inspektion dauert vielleicht sieben oder zehn Minuten. Dann wechselt er das Fenster, und auch hier ist es nicht anders. Er scheint zu keinem eindeutigen Ergebnis zu kommen, wie der Sohn vermutet, der im Hintergrund auf dem Sofa sitzt. Sicher, die Bäume gefallen ihm nicht. Sie wachsen, sie stehen in ihrem Saft, sind mehr denn je grün belaubt. Und wenn auch der Himmel die Gnade hat, allmählich dunkler zu werden, so zögert er doch damit, und alles schimmert immer noch ganz schön frech in der indirekten Beleuchtung aus dem vergehenden Tag.

All dies scheint den Vater nicht milde zu stimmen. Im Gegenteil. Denn plötzlich dreht er sich ab, schwenkt seine schmal gewordenen Schultern weg von der Welt. Der Sohn hört, wie er auch heute die Küchentür abschließt, dann die Klotür und die Tür zum Bad und zum Keller, und schließlich die Schlafzimmertür von innen.

»Mein Vater ist zu Bett gegangen. Seine Angst ist müde geworden«, schreibt der Sohn. Dann legt er den Kuli beiseite und versteckt das Geschriebene unter den Prospekten und

Zeitungsartikeln, die sein Vater für ihn gesammelt hat, weil er denkt, die Themen könnten seinen schriftstellernden Sohn interessieren.

Plötzlich geht die Tür auf, und die Mutter kommt herein. Sie ist also immer noch nicht tot, denkt der Sohn, und er schämt sich. Besonders, als die Mutter den Text unter den Zeitungsseiten wieder hervorholt und ihn aufmerksam liest. Dabei nickt sie, immer wieder. Und dann löst sie sich auf in jenes Nichts, das der Sohn überall in seinem Elternhaus spürt als feinen Staub, den die Mutter immer so sorgfältig aufgewischt hat.

Sie haben wieder einmal Krach gehabt. Der Sohn hat den Vater angeschrien aus lauter Verzweiflung, und der Vater hat zurückgeschrien aus lauter Verzweiflung. »Du hast mich nie verstanden, dein ganzes Leben lang nicht«, brüllt der Vater. Und der Sohn weiß, dass er völlig Recht hat. Denn da gab es nie etwas zu verstehen. Beide lieben sie sich, aber sie haben kein Verständnis füreinander. Das konnte natürlich nicht gut gehen, diese Mischung aus Liebe und Fremdheit. Der Anlass für ihren Zwist war nichtig, so wie Anlässe für Zwiste immer nichtig sein müssen, sonst gäbe es keine Zwiste.

Inmitten einer harmonischen Phase des vorangegangenen Tages hatte der Sohn vorgeschlagen, einen kleinen Raum unter dem Dach für sich zurechtzumachen. Der Vater hatte diesen Raum mit seinen schrägen Wänden vor vielen Jahren selbst ausgebaut, isoliert, mit Spanplatten verkleidet und gelb gestrichen. Zitronengelb. Seine Frau hatte die schrille Farbe ausgesucht. Der Raum dient als Abstellkammer. Ein ungenützter Kühlschrank, zwei Klappbetten, ein Schrank mit Mänteln der Toten, die sie schon zu Lebzeiten ausgemustert hatte. Nun möchte der Sohn diesen Raum für sich.

Er will darin schlafen, darin arbeiten. Ein erster Versuch, dieses Haus an einer unwesentlichen Stelle für sich zu besiedeln. Der Vater ist einverstanden. Sie bauen den Schrank ab, stellen ihn im Trockenraum auf, schaffen den Kühlschrank hinüber. Es ist ein Neuanfang, denkt der Sohn. Dann malen beide, weißeln, spritzen Farbtropfen umher. »Du kannst nicht malen«, sagt der Vater, »du nimmst zu viel Farbe.« Ehe der Sohn Zeit hat, sich zu verteidigen, geht der Vater nach unten.

Das Zitronengelb verschwindet mehr und mehr. Es wird besiegt, überrollt, trotz tapferer Gegenwehr. Die weiße Farbe ist bald überall, auch in den Haaren des Sohnes. Einige Stunden verbringt er damit, die Spuren der Schlacht zu beseitigen. Dann ruft er den Vater. Er zeigt ihm stolz ihr gemeinsames Werk. Und da passiert es. Völlig überraschend für den Sohn. Der Vater ist wütend. Eine stumme verbissene Wut. Die Wut eines Baumes kurz vor dem Gefälltwerden, die sich im Aufstöhnen und Splittern des Holzes löst.

Später, als er wieder reden kann, wirft er dem Sohn vor, etwas aus egoistischen Gründen verändert zu haben. Einen Schrank vertrieben zu haben aus einer für den Vater bequemen Position. In den Trockenraum verbannt, den der Vater braucht. Obwohl man dort mühelos zweihundert Unterhosen aufhängen könnte, störe der Schrank. »Du denkst immer nur an dich«, sagt der Vater. Es dauert eine Weile, bis der von dieser Attacke völlig überraschte Sohn begriffen hat. Er ist wieder einmal Störenfried. So ist er schon zur Welt gekommen. Dass der Vater beim Streichen und beim Transport des Schrankes geholfen hat, zählt längst nicht mehr. Der Sohn hat den Frieden des Hauses gestört. Der Schrank mit der schwarzen Persianerjacke der Toten hat alles aus dem

Gleichgewicht gebracht. Wie ein Erdbeben. Seit er im Trockenraum steht, sind überall Risse. Die Standuhr steht. Türen klemmen. Der Vater beschwert sich. Da beginnt der Sohn, seinerseits wütend zu werden. Erst ist es eine kleine, unansehnliche Wut. Nicht größer als eine Maus. Dann wächst sie, wuchert, quillt, und der Sohn beginnt zu schreien. Der Vater steht verstört vor ihm. Plötzlich spürt der Sohn den ganzen Hass, den ganzen Vernichtungswillen, der ihm entgegenschlägt. Ich vergaß dich, denkt er. Ich vergaß, wie du warst, wie du bist und wie du immer sein wirst. Was hat dich so klein gemacht? Bist du von Schuldgefühlen so klein gemacht? Aus welchen Niederlagen schöpfst du dein Misstrauen? Deinen ziellosen Hass? Ich glaube, du bist ein Ertappter, der sich nichts Wirkliches vorzuwerfen hat. Du bist ein Mitläufer. Das ist schlimmer als alles.

Sie schreien sich eine Weile an. Laut und unhörbar zugleich. Vorwürfe, die gleich zerplatzen, nachdem sie sich vom schwachen Strohhalm einer Unterstellung gelöst haben. Dann geht der Vater die Treppe hinunter, ohne Licht zu machen. Er geht hinab in den finsteren Keller seiner Seele. Später hört er den Vater die Füße in einen kleinen Whirlpool stecken. Ein Sprudelbad aus dem Kaufhaus, Sonderangebot. Als seine Frau noch lebte, haben sie es gekauft, für die Durchblutung. Der Sohn sitzt auf seinem Zimmer und betrinkt sich. Auch er hat kein Licht gemacht. Die Dunkelheit im Haus trägt einen Persianer.

Am Morgen packt er seine Sachen. Der Vater ist draußen. Hinter den Scheiben sieht er ihn vorbeihuschen, hin und her. Der Vater mäht den Rasen, all die Gänseblümchen, die er für den Sohn extra hat stehen lassen, werden geköpft. Alle Halme von der rasenden Guillotine vernichtet. Ein grünes Blutbad. Der Sohn geht mit seinen beiden Taschen hinaus.

Schreiend ruft er in das brummende Motorengeräusch ein ›Auf Wiedersehen‹, das er nicht meint, denn er will diesen Mann nicht wiedersehen. Der Vater nickt, fahl, faltig, gelb, voller Mordlust gegen den Rasen.

Der Sohn geht. Die Sonne steht am Himmel. Über den Bäumen, den großen Kastanien voller grüner Morgensterne. Das Wartehäuschen dünstet Karbolineumdämpfe aus. Auf den braunen Profilbrettern steht in gelber Kreide ›Hitlers Geist ist erwacht/BRD hab acht/wir wollen kein viertes Reich/schlagt die Nazis windelweich‹. Daneben in weißer Ölfarbe: ›zwei geile boys erwarten euren Anruf.‹ Die Nummer ist ausgekratzt. Dann steht da noch: ›Monika, Erika, Waltraud, ruft mal an. Zwei geile boys. Wer der zweite ist, wird nicht verraten. Euer Freund.‹ Dann wieder eine ausgekratzte Nummer und ein weißes Herz.

Die Sonne brennt vom Himmel. Jenseits der leeren Straße liegt das Ehrenmal, von einer mächtigen Rotbuche beschattet. Auf einem bemoosten Findling steht: ›Den Toten im Osten in ehrendem Gedenken.‹ Dann die Jahreszahlen 1939 und 1945. Dazwischen ein Bindestrich. Auf einem zweiten Findling steht: ›Unseren gefallenen Helden des Weltkrieges‹. Dann folgen neun Namen. Aber nur drei Nachnamen. Der Sohn fragt sich, welcher Krieg gemeint ist. Der erste oder der zweite? Es könnte auch schon fast der dritte sein.

In einem Garten steht eine ältere Frau mit Gießkanne. Sie gießt ihre Dahlien, aber sie bewegt sich nicht dabei. Der Wasserregen aus der Tülle steht silbern in der Luft, wie bei diesen künstlichen Wasserfällen, die es in Gartengeschäften gibt. Der Sohn blickt eine Weile hin, aber die Tropfen sprühen immer weiter. Die Frau hat ein geblümtes Kleid an und blickt zu ihm hinüber, ohne sich zu bewegen. Es gibt noch eine andere Person, und die bewegt sich. Sie kommt immer näher, am Ehrenmal vorbei. Ein großes, blondes, schönes junges Mädchen. Sie hat enge weiße Shorts an und eine rosa Bluse. Sie geht über die Straße und begibt sich ins Wartehäuschen. Sie liest die Inschriften. »Das ist Monika«, denkt der Sohn, »oder Waltraud.« Erika kommt nicht in Frage. Erikas sind immer dunkel wie die Schreibmaschine des Vaters.

Nun geht der Sohn über die Straße. Er hat noch fünf Minuten Ewigkeit Zeit. Vielleicht vergehen sie schneller, wenn man sich bewegt. Der Sohn steigt über die rostige Kette aus Gusseisen, die das Ehrenmal umgibt. Nun gehört er selbst zu den Gefallenen, denn er spürt, wie die neun Toten ihn grüßen. Er geht hinter den Findling und stellt sich vor, wie sein Name plötzlich unter den neun anderen erscheint. Dann blickt er seitlich am Stein vorbei zur anderen Straßenseite. Der Wasserregen aus der Gießkanne ist noch genauso stark wie vorhin. Monika hat sich umgedreht und steht, halb von der Sonne beleuchtet, im Eingang des Wartehäuschens. Sie ist nackt. Ihre Kleider liegen vor ihr auf dem Bürgersteig verstreut. Der Sohn legt sein Ohr an den kühlen Granit und lauscht. Drinnen werden neun Namen geflüstert. Seiner ist nicht dabei. »Wann seid ihr gefallen?«, fragt der Sohn. »1916, vor Verdun«, flüstert eine Stimme. »Ich auch«, flüstert eine andere. »Ich auch, ich auch, ich auch.« Der Sohn weiß plötzlich, dass es das Laub des Baumes über ihm ist. Alle fünfhunderttausend roten Blätter flüstern »ich auch«.

Der Bus fährt vorbei. Am Ende des Dorfes wird er drehen und zurückkommen. Deshalb macht der Sohn sich auf. Das Wartehäuschen ist plötzlich sehr weit weg und die Straße sehr tief. Sie fließt grau und träge dahin, ein schmutziger Fluss voller Gefahren. Er sieht, wie Monika sich anzieht. Erst die Bluse überstreift, dann in die kurze Hose steigt. Als seine Schuhe den Asphalt berühren, spürt er das Zittern der Straße zwischen Anfang und Ende. Nur nicht untergehen, denkt der Sohn, während er beim Laufen Schwimmbewegungen macht und die Frau darüber zu lachen scheint, denn er sieht ihren roten Mund, der sich breit verzogen hat. Die ältere Frau aus dem Garten ist verschwunden. Nur die Gießkanne hängt in der Luft wie eine silberne Wolke, aus der Regen fällt. Die Straße macht eine Kurve, und man sieht den Bus nicht kommen. Man hört ihn nur. Es ist ein großer, grüner, stinkender Alligator, der seinen Rachen seitlich aufsperrt und alles verschluckt. Erst Monika, dann ihn. Er sitzt in der vordersten Sitzreihe. Draußen zieht die Landschaft vorbei. Die Straße biegt sich vor der Windschutzscheibe nach oben und verschwindet im Himmel. Ein umgekehrter, grauer Regenbogen. Als er sich umdreht, sieht er, dass die Straße sich hinter ihm aus den Wolken zur Erde zurückkrümmt. Sie fahren in einem riesigen Reif, der sich dreht. Eine Maus in einem Rad. Die Maus hat Angst vor der Katze. Sie weiß nicht, dass die Katze müde ist. Deshalb rennt die Maus um ihr Leben. Sie rennt und rennt, und das Rad dreht sich, und die Zeit vergeht, und so wird es noch lange sein, so lange, bis die Maus tot umfällt und das Rad zum Stillstand kommt.

Dann sitzt er im Zug, denkt an Monika und fährt über die große Brücke. Die Welt unter ihm, wie für Kinder geschaffen. Er weiß, dass in diesem Augenblick der Vater am Fenster sitzt und in den leeren Garten hinausstarrt. Es gibt keine Blumen mehr, keine Bäume, nicht einmal mehr Gras. Der Vater starrt mit kleinen, geröteten Augen auf den frisch geschnittenen Rasen, in dem nichts wächst außer der Angst zu vergessen. Der Vater möchte nicht vergessen. Wenn er nur eine einzige Winzigkeit vergisst, ist alles verflogen. Darum hat er seine Erinnerungen um sich versammelt. Lauter Augenblicke, die wie zahllose schwarze Vögel den leeren Rasen bedecken und nach Würmern picken. Der Vater schweigt, er rührt sich nicht, denn er hat Angst, dass sie davonfliegen, wenn sie etwas stört. Der Sohn blickt aus dem Zugfenster und weiß nicht, ob er wirklich abgefahren ist. Denn es wird ziemlich viel zurückbleiben von ihm. Vor allem das schlechte Gewissen. Es ist nicht sein schlechtes Gewissen, jedenfalls nicht nur seines.

Jahre sind vergangen. Der Vater empfindet es nicht so. Mondlicht fällt in den Garten, eine Lache helles Blut unter den Bäumen, ausgegossen aus einem gelben Eimer am Himmel. Seine große, schwere Hand gleitet auf die Rippen des Heizungskörpers und bleibt dort liegen. Sie sind heiß, brennen fast wie ein Waffeleisen. Ärger befällt ihn. Hat die Nachtabsenkung versagt? Eigentlich müsste die Heizung jetzt kalt sein. Wie spät ist es überhaupt? Er muss es wissen, unbedingt. Er fingert nach dem Stock und richtet sich auf, dreht den Kopf. Da hinten schimmert ein kleiner grüner Punkt wie ein Glühwürmchen. Die automatische Steuerung der Heizung. Er muss sie überprüfen. Seit der Sohn hier war, funktioniert sie nicht mehr zuverlässig. Die Nachtabschaltung war aus gewesen, als er aus dem Krankenhaus zurückgekommen war. Auch die Automatik. Und der Lehnstuhl war verschoben, seine Füße nicht mehr dort, wo sie hingehören, nämlich in die kleinen Mulden im Teppichboden, die sich in den letzten fünfzig Jahren eingedrückt haben. Ja, so lange ist es her, ein ganzes halbes Jahrhundert, dass die Möbel ihren Platz bekommen haben durch seine Frau. Sie hatte für ihre harmonische Verteilung im großen Wohnzimmer gesorgt. Und als sie all die Jahre, in denen sie leidend war, im Ohrensessel saß, die geschwollenen Füße hoch auf dem Lederhocker, die Wolldecke über sich, schwer und voller Schmerzen und Abscheu, die große Sonnenbrille auf, damit die braunen Haselnussaugen geschont wurden, wenn das Fernsehbild zu grell und zu unruhig war, hatten sich die Vertiefungen im Teppichboden immer deutlicher abgezeichnet, obwohl seine Frau angeordnet hatte, Kunststoffschützer unter die Sesselbeine zu legen. Es hatte nichts genützt, und so hatten sie beide, nachdem sie darüber lange gesprochen hatten, schließlich die Druckstellen akzeptiert. Nur sollten keine neuen neben den alten entstehen, denn das wäre schrecklich gewesen. Man hätte nicht mehr wissen können, was die eigentlichen Mulden waren und wo das Möbel hätte stehen sollen. Unordnung wäre entstanden, Disharmonie. Und deshalb hatten sie immer peinlich darauf geachtet, dass hier kein Fehler passierte, und auch die Putzfrau angewiesen, nach dem Verrücken der Möbel beim Staubsaugen die Sessel, das Damensofa und die beiden Tische mit den Beinen genau in die alten Druckmulden zurückzuschieben.

Aber als der Vater letzte Woche aus dem Krankenhaus zurückgekommen war, hatte der Sohn den Ohrensessel verschoben. Was für ein Glück, dass er gleich einen Kontrollgang gemacht hatte, so schwer es ihm gefallen war. Er war noch ganz matt und schwitzte sehr dabei. Und auch das hatte er gleich bemerkt: Die Automatik der Heizung war aus. Aber am schlimmsten war, dass der Ohrensessel nicht mehr in seinen Mulden stand. Nun waren da neue Abdrücke im Teppichboden, die vielleicht nie mehr weggehen würden.

Er dreht den Kopf und sieht hinaus in den Garten. Die helle Blutlache vor den großen Rhododendronbüschen, die wie Tiere mit glänzenden, krummen Rücken im Mondlicht hocken, ist größer geworden. Ein kleines Eichhörnchen mit buschigem Schwanz huscht seinem schwarzen Schatten nach. Als er mit dem Fingerknöchel gegen die Scheibe aus Isolierglas klopft, erstarrt es, macht Männchen und sieht ihn aus winzigen, glitzernden, starren Augen an. Als er wieder klopft, huscht es wie der Blitz die Birke empor und verschwindet im kahlen Baumwipfel. Wie hätte sich seine Frau über diesen kleinen Kobold gefreut! Sie mochte Eichhörnchen, weil sie so lebenslustig waren, so leicht und fröhlich und unbeschwert und immer geschäftig, aber auch umsichtig und darauf bedacht, sich von niemand schnappen zu lassen. Er lächelt bei diesem Gedanken, ohne dass sich seine Lippen dabei bewegen. Er lächelt, ohne den Mund zu verziehen. Sein Lächeln ist vollkommen unsichtbar, und das ist auch besser so. Es genügt, dass die Tote es wahrnimmt. Sie kennt ihn so gut, ›in- und auswendig‹, hatte sie immer gesagt, dass sie ihn auch lächeln sieht, wenn er nicht den Mund verzieht, wenn seine Miene eisig ist wie jetzt, eingefroren über dem Schädel.

Er packt mit der einen Hand den Stock an der Krücke und mit der anderen die Lehne des Damensofas. So hat er sicheren Halt. Das hat er damals auf den Schiffen gelernt. Eine Hand für den Mann, eine Hand für das Schiff! Jetzt ist er also beides, Mann und Schiff zugleich, und darum darf er auch beide Hände benutzen, um Halt zu finden, um nicht über Bord zu gehen bei diesem harten Wetter, diesem gewaltigen Sturm aus Ungeheuerlichkeiten.

Langsam schiebt er sich voran, tastet mit dem Stock über den Boden wie ein Blinder. Dabei sieht er sehr genau. Er sieht alles, und er ist zufrieden. Das Deck ist aufgeklart. Die Beine des Damensofas stehen längst wieder genau in den alten Druckstellen, auch die des Ohrensessels. Nur beim

Schaukelstuhl am Fenster ist es anders. Der macht keine Druckstellen, weil seine hölzernen Kufen breit genug sind, und deshalb darf er auch ein wenig auf die Reise gehen im Zimmer.

Die Uhr schlägt kalt und blechern. Er versucht die Schläge zu zählen. Aber sie fallen zu schnell. Elf mögen es sein oder höchstens zwölf. Jedenfalls hat der Klöppel lange und oft geschlagen. Also ist es noch vor Mitternacht. Er tastet weiter, lässt die Lehne des Damensofas los, stochert mit dem Stock voran, als wolle er die Tiefe des Teppichbodens ausloten, aussingen wie ein Matrose im Bug eines Schiffes, das kaum Wasser unter dem Kiel hat. Aber seine Stimme ist tonlos. Sie ist von durchdringendem Schweigen, und so hört niemand, was er aussingt, außer seiner Frau, die ein überfeines Gehör hat. Es ist so empfindlich, dass sie es sogar hört, wenn beim Essen ein Brotkrümel auf den Teppich fällt.

Jetzt packt er mit der freien Hand die Lehne des Ohrensessels wie eine Reling. Er verharrt. Jemand sitzt im Sessel. Seine Finger haben Haare gestreift. Ist etwa der Sohn noch hier im Zimmer? Das kann nicht sein. Der Sohn ist gestern abgefahren, in das, was er sein Zuhause nennt. Nein, es ist ihr Haar. Sie ist es, die nie von ihm ging, denn sie lebt in seiner Erinnerung so sehr, dass sie nun da sitzt im Sessel und er ihr über die dünnen Haare streichen kann. »Soll ich dir ein Kissen in den Rücken stopfen?«, fragt er laut. »Ja«, sagt er zu sich selbst. »Das ist eine gute Idee, mein Guter. Nimm das große Kissen vom Damensofa. Das kleine ist zu empfindlich.«

Die Stille ist plötzlich noch tiefer als sonst. Tiefer als ein Abgrund, tiefer als das Meer am Ende der Welt. Seine Schwerhörigkeit ist es, die die Stille so tief macht. Es ist sowieso schon still im Raum, aber die Stille des Raumes verdoppelt sich durch seine Taubheit, und daraus entsteht ein widerwärtiges Geräusch. Der Lärm der Stille, wenn sie tiefer als ein Abgrund ist. Dann hört man auch nicht mehr das Rauschen des eigenen Blutes. Man hört auch nicht mehr die innere Stimme, in der man Selbstgespräche führt. Alles geht in diesem Lärm unter, der so stark ist, dass er sich selber betäubt mit diesem Gebrüll eines verwundeten Tieres, das in dieser doppelten Stille hockt wie in einer Höhle und Qualen leidet, die alle Vorstellung übersteigt. Er öffnet den Mund und stößt einen klagenden Laut aus, ein Ächzen, das augenblicks in der abgrundtiefen Stille untergeht wie ein Stein, über dem sich Wasser schließt. Dann hört er doch etwas, wieder ist es die Standuhr draußen im Flur. Sie ist fast ein viertel Jahrtausend alt, und ihr Schlag kommt aus einer Zeit, in der jener Abgrund noch nicht existierte. Das verleiht ihm die Kraft, die Unbezwingbarkeit. Selbst wenn er völlig taub wäre, würde er diesen Schlag hören. Nie darf die Uhr deshalb stehen bleiben, sie ist das einzige Mittel gegen die abgrundtiefe Stille der Welt. Sein Vater hat sie jede Woche aufgezogen, auch sein Großvater, sein Urgroßvater und Urgroßvater. Der Sohn wird sie nicht mehr aufziehen, denn er hat kein Gewissen, er weiß nichts von diesem Abgrund, den nur das Schlagen der Standuhr überspringt.

Er packt den Stock erneut, tastet sich zur Tür, öffnet sie und knipst das Licht an. Sein Blick schweift durch den Flur. Alles ist an seinem Platz, das Segelschiff auf der Kommode liegt gut vor dem Wind, die Segel gebläht, der Kurs liegt an. Es ist ein Teeklipper mit kostbarer Fracht an Bord. Plötzlich hört er ein Klopfen. Es kommt aus der Standuhr. Sie tickt so wie immer, ein gleichmäßiges Geräusch bis auf die Stelle, wo die Hemmung auf die defekte Stelle des Zahnrades trifft. Jedes Mal scheint das Werk an dieser Stelle einen kleinen Protest von sich zu geben darüber, dass die Zeit hier ein wenig abgekürzt wird. Einen Laut des Schmerzes, die Amputation einer Sekunde, die sich im Laufe der Jahre zu einem riesigen Loch summiert hat.

Jetzt steht er vor der Uhr und lauscht. In seine Schwerhörigkeit dringt wie durch ein dickes Kissen das Ticken der Uhr. Aber auch dieses andere Geräusch, das Klopfen eines Fingerknöchels gegen eine verschlossene Tür. Jemand ist drinnen in der Uhr und will hinaus. Jemand, der gefangen ist in diesem Sarg aus Sekunden, Minuten, Stunden, Jahren, Jahrhunderten, Ewigkeiten. Er legt das Ohr an die Tür aus Fichtenholz und lauscht. Lauschen strengt ihn an, es ist, als ob er mühsam einen Weg freischaufeln muss zwischen seiner Taubheit und den Geräuschen der Welt. Das Klopfen ist lauter geworden. Ob das Pendel schief hängt und von innen gegen den Kasten scheuert? Seine Hand tastet nach dem Schlüssel, dreht ihn behutsam und öffnet die Tür des Uhrengehäuses. Tatsächlich berührt das Pendel bei seinen Schwingungen die Bleigewichte. Er muss unbedingt das Gehäuse neu justieren.

Er nimmt den Stock und tastet sich die Kellertreppe hinab, um dünne Holzblättchen zu holen. Dann, zurück bei der Uhr, stemmt er sich gegen sie und versucht die Blättchen unter die vorderen Füße des Gehäuses zu schieben. Immer hat die Uhr ihm Sorgen bereitet. Wie oft schon musste er sie wieder zum Leben erwecken. Er schwankt, weil plötzlich Seegang im Teppich ist. Auch die Uhr schwankt. Er versucht, sie festzuhalten. Doch vergeblich. Sie fällt wie ein Baum. Er hört, wie die Bleigewichte im Gehäuse poltern. Er sieht zu seinem Schreck, wie Sprünge im Glas erscheinen, ähnlich wie Risse in tauendem Eis. Sie liegt da, gefällt, tot, umgebracht. Er liegt neben ihr. Auch er gefällt, zwei Krieger, im Kampf gegen die Vergänglichkeit gefallen. Stunden, Tage, Jahre quellen aus dem gesplitterten Holz. Obwohl das Werk jetzt stumm ist, tot, hört er sein Ticken weiter. Es ist einfach in seinem Ohr. Die Ursache, dieses Gleiten der Zähne über die Hemmung, ist nicht nötig. Die Zeit, ihr Herzschlag, das Ticken ist immer da. Dies ist die einzige Form von Ewigkeit, die ihn erwartet.

Er dreht sich auf die Seite und sieht, dass die Teppichfransen nicht gekämmt sind. Sie sind es schon lange nicht mehr. Das ist der Beweis dafür, dass seine geliebte Frau nicht mehr existiert. Sie hatte immer dafür gesorgt, dass die Fransen gekämmt waren. Er erhebt sich mühsam und packt den länglichen Sarg, der dort am Boden liegt. Er richtet ihn mit großer Mühe auf. Er wird nicht mehr versuchen, die Uhr wieder zum Gehen zu bringen. Jetzt ist die Zeit gekommen, das Schiff zu wechseln.

32

Die Dreharbeiten hatten immer noch nicht begonnen. Offensichtlich zog sich die Sache länger hin als erwartet. In der Zeitung erschien ein Artikel über das Filmprojekt ›Marconi‹. Es gäbe Schwierigkeiten mit dem Produzenten.

Der Herbst kam mit seinen Stürmen, seinem Regen, seinen kurzen Rückfällen in den Sommer, in denen sich der Strand wieder belebte. Carla hatte, als sie ausgezogen war, alle ihre Bilder mitgenommen außer dem von Ugos Garten. »Ich schenke es dir«, hatte sie gesagt, »für alles, was du für deine Mutter und mich getan hast.«

Ich versuchte die Leere, die Carla hinterließ, dadurch zu füllen, dass ich endlich ernsthaft an dem Piratenroman zu arbeiten begann. Ich interessierte mich auch immer stärker für den Turm, seine ungewöhnliche Architektur, diese starken Mauern, die ihre Stabilität allein vom Gewicht, der Form und der Anordnung der Steine hatten. Mörtel und Mauereisen gab es nicht. Der Riss an seiner Vorderseite hatte sich geweitet, aber das schien nichts an der gewaltigen Festigkeit seiner Masse zu ändern.

In dieser Zeit erhielt ich einen ungehaltenen Brief meines Verlegers. Auch mein Vater schrieb. Er teilte mir mit, dass er bald sterben würde. Der Krebs zehre ihn schneller auf als erwartet. Er sei zwei Wochen im Krankenhaus gewesen zur Grunduntersuchung. Seitdem habe er die Tabelle seiner täglichen Gewichtsveränderungen abgebrochen. Er sei doch kein Eichmeister, für dieses rotte Schiff seines alten Körpers. Den Ohrenstuhl habe er ins Haus zurückschaffen lassen. Er sei zu unbequem. Er benutze jetzt einen elektrisch verstellbaren Krankenstuhl.

Ich rief ihn an. Er klang nicht gut. Die Stimme war schwach, ein Rascheln wie dürres Laub. Dann telefonierte ich mit der Concièrge. »Wir hoffen, dass er Weihnachten noch erlebt«, sagte sie mit seidiger Stimme. »Ich fände es wunderbar, wenn Sie bald kommen würden.«

Ich rief in der Praxis seines Hausarztes an. Nach etlichen Versuchen erreichte ich ihn endlich. »Der Krebs ist wieder aktiv«, sagte er. »Das habe ich Ihnen ja beim letzten Mal schon gesagt. Meiner Einschätzung nach brauchen Sie sich keine allzu großen Sorgen machen. Sie sollten sich eher Sorgen um sich machen. Warum haben Sie sich nicht gemeldet? Wir haben inzwischen längst die Ergebnisse aus dem Labor. Kommen Sie bitte vorbei, wenn Sie Ihren Vater besuchen. Wir können dann die Sache besprechen und Maßnahmen ergreifen.«

Das klang nicht gerade beruhigend. Ich beschloss, sofort zu fahren.

Diesmal ging ich nicht erst in sein Haus, sondern gleich in das Altenheim. Die Totenhündin rief mich zu sich hinein. Sie umarmte mich. »Ich bin so froh, dass Sie gekommen sind«, sagte sie. »Das wird Ihrem Vater gut tun. Er hat sich ziemlich verändert. Bekommen Sie keinen Schreck.«

Ich ging nach oben und klopfte, obwohl die Tür angelehnt war. Er saß im Stuhl, die Sonnenbrille auf, und blickte mich an. Er war ganz klein geworden. Der beige Pullover schien leer zu sein, als habe man ihn über ein hölzernes Kreuz gehängt. »Du siehst es deutlich«, sagte er, »wie ich mich allmählich aus dem Staub mache. Du kommst gerade richtig zum Kirchgang. Setz dich. Es ist alles da.«

»Aber es ist doch später Nachmittag. Das ist doch keine Kirchgangzeit.«

»In meiner Situation schon«, sagte er ärgerlich. »Man verliert sein Verhältnis zur Zeit, wenn man bald eine Ewigkeit davon hat.«

Ich machte heißes Wasser und füllte unsere Gläser. Wir sprachen wenig. Einmal sagte er: »Was ist los mit dir? Du siehst schlecht aus. Du solltest den Arzt konsultieren.«

»Ich habe schon einen Termin.«

»Zieh die Uhr auf, wenn du im Haus bist. Ich war in der letzten Zeit nicht mehr dort.«

Innerhalb einer Woche verschlechterte sich sein Zustand enorm. Er verfiel deutlich, und zugleich ging ein enormer Lebenswille von ihm aus. Doch er verließ das Bett nicht mehr, wenn ich da war. Ich saß jetzt im Krankenstuhl. Während wir uns unterhielten, begriff ich plötzlich, warum mein Vater bei seinen Schiffsuntergängen immer als Letzter von Bord gegangen war. Am spektakulärsten, als sein geliebtes Schiff ›Südmeer‹ vor Kirkenes von einem Torpedo getroffen worden war. Er sorgte dafür, dass alle 200 Besatzungsmitglieder heil in die Rettungsboote gelangten und vom Schiff ablegten, dann ging er über das mittlerweile schräge Deck ins Wasser, bei dessen Temperaturen er allenfalls eine Überlebenschance von wenigen Minuten hatte. Er hatte Glück und wurde inmitten der zahllosen treibenden Dinge von einem Begleitschiff erkannt und in letzter Minute aus dem

Meer gefischt. Warum war er nicht mit in ein Boot gegangen? War es Mut? Wollte er dem Klischee des Kapitäns entsprechen, immer als Letzter von Bord zu gehen? Ich glaube, der wahre Grund war, dass er nicht akzeptieren wollte, dass das Schiff unterging. Er wusste es zwar rational, aber alles in ihm sträubte sich gegen diese Tatsache. So war es auch jetzt mit seinem Körper. Er wusste, dass er in den nächsten Tagen sterben würde, aber seine Seele weigerte sich, früher von Bord des Körpers zu gehen als unbedingt nötig.

Einmal erzählte er mir, was er in der vorangegangenen Nacht geträumt hatte. »Ich träumte, dass ich Kapitän einer Bark war und mich mit meinem Schiff an einer Felsenküste befand. Stürmische und widrige Winde drohten, uns auf die nahen Riffs zu werfen. Ich konnte keine Rettungsmöglichkeit erkennen, sah aber an der Groß-Royalrah schemenhaft einen Bekannten sitzen, den ich als Onkel John Jakob Boysen erkannte. Ich rief ihn an und fragte: John, du sitzt ja oben und hast einen besseren Überblick als ich. Sag mir, werden wir raumen Wind bekommen, so dass wir uns von der Felsenküste in leger Wall freisegeln können, oder wird der Wind schralen, so dass es keine Hoffnung mehr für Schiff und Besatzung gibt? Der Wind schralt, war seine Antwort. Komm zu mir auf die Rah. Wir werden dann zusammen zugrunde gehen, wenn der Großmast bei der Strandung bricht und uns mit in die See reißt.«

Am nächsten Tag war das Bett leer, als ich sein Zimmer betrat. Der Anblick traf mich wie ein Keulenschlag. Ich ging hinunter und betrat das Büro. Erika schüttelte mir mit sanftem Druck die Hand. Im Blick lag so etwas wie Kondolenz oder Anteilnahme. »Schwester Ingrid ist mit ihm zum Kanal. Er hatte den Wunsch, noch einmal Schiffe zu sehen.«

»Aber wir sind doch zum Kirchgang verabredet«, stotterte ich. »Ich meine, wir wollten um elf zusammen Grog trinken. Er nennt es Kirchgang.«

Sie sah auf die Uhr. »Er wird bald zurückkommen. Sie können getrost auf ihn warten.«

Sie sah mich an, wie man einen Liebhaber ansieht, den man soeben für immer verlassen hat. Voller Mitleid und halbherzigem Bedauern.

Ich ging wieder nach oben. Dabei fiel mir der große Strauß weißer Lilien auf, der auf dem Flur in einer Bodenvase stand. Die Leere des Zimmers bedrückte mich, und um das Warten erträglich zu machen, füllte ich den Wasserkocher am Waschbecken und schaltete ihn an. Dann öffnete ich die Flasche Rum, holte die Schale mit Würfelzucker und stellte die beiden Gläser hin, eines für mich auf die Fensterbank, eines für ihn auf den Nachttisch.

Als es schon fast zwölf war, hörte ich sie kommen. Die Schwester schob den Rollstuhl ins Zimmer. Eine Decke lag über den Knien meines Vaters. Sein wachsgelbes Gesicht war zu einem Grinsen verzogen.

»Wir waren doch zum Kirchgang verabredet«, sagte ich vorwurfsvoll. »Natürlich bist du wieder einmal mit einer Frau auf und davon.«

Er lächelte zufrieden, und Schwester Ingrid sagte: »Als ich heute Morgen Ihren Vater versorgte, hatte ich das spontane Gefühl, ihm einen letzten Wunsch erfüllen zu sollen. Ich habe gesagt, Herr Boysen, ganz egal was Sie sich wünschen, ich werde es erfüllen. Da hat Ihr Vater gesagt, er möchte noch ein letztes Mal ein Schiff sehen. Deshalb sind wir zum Kanal. Und jetzt helfen Sie mir mal, dass wir ihn ins Bett bekommen.«

Gemeinsam hakten wir ihn unter. Er war immer noch erstaunlich schwer, so geschrumpft er auch war. Es musste an seinen Knochen liegen. Als wir ihn aufgerichtet hatten, schloss er plötzlich die Augen. Dann öffnete er sie wieder und sagte ganz aufgeregt wie ein kleiner Junge, der etwas Schönes erlebt hat: »Ich habe eben einen Blackout gehabt.«

Mit einiger Mühe schafften wir ihn ins Bett. Er sah uns an. »Das war ein echter Blackout«, wiederholte er. Er griff nach dem Urinbeutel, der an seiner rechten Seite hing, und hob ihn über sich. Und dann sagte er einen Satz, den ich bis an mein Lebensende nicht vergessen werde: »Das hier ist mein Lebensthermometer. Solange ich merke, dass der Beutel noch warm ist, weiß ich, dass ich noch lebe.«

Ich wusste in diesem Moment nicht, dass es sein letzter Satz war. Mein Vater schloss die Augen und schlief ein. Ich aber saß noch lange an seinem Bett und trank aus seinem und meinem Grogglas abwechselnd in kleinen Schlucken.

33

In dieser Nacht schlief ich schlecht. Ich sah mich im Traum am Fenster stehen, und ich hörte, wie ich immer wieder den gleichen Satz sagte: Das Meer ist eine nässende Wunde am Horizont.

Ich hielt es schließlich nicht mehr aus, stand auf und ging ans Wohnzimmerfenster. Der Garten war leer und grau. »Mutter«, hörte ich mich flüstern. Ich presste meine Stirn an die kalte Scheibe. »Vater«. Ich erschrak. ›Mutter‹ klang irgendwie nach ›Warum‹, ›Vater‹ hingegen nach ›Was‹. Und das Wort ›Sohn‹, klang es vielleicht nach ›wo‹? Ich war in einem offenbar hysterischen Zustand. Als die Standuhr schlug, klang es wie Hammerschläge auf eine eiserne Stille.

Am Morgen aß ich hastig mein Frühstück. Dann ging ich schnellen Schrittes zum Altenheim. Ich war noch nicht ganz da, als mir die Totenhündin entgegenkam. »Ihr Vater ist nicht mehr bei Bewusstsein«, rief sie. »Aber er lebt!«

Als ich das Zimmer betrat, sah ich es sofort. Dieser Mensch war bereits tief am Grunde eines Meeres von Bewusstlosigkeit. Er war nicht tot, aber er würde nie mehr auftauchen.

Ich setzte mich in seinen Krankenstuhl und beobachtete den Körper, der dort lag. Es gab eine Stelle, an der das Pulsieren seiner Halsschlagader sichtbar war. Es war unregelmäßig, manchmal hörte es gänzlich auf, um dann mit erhöhter Frequenz wieder zu beginnen. Das rasselnde Geräusch aus seiner Brust war schrecklich. Manchmal setzte die Atmung aus, und auch ich hielt dann unwillkürlich den Atem an. Ich ertappte mich dabei, dass meine innere Erregung mehr und mehr in Müdigkeit, ja gar Gelangweiltsein überging.

Plötzlich fing der Körper meines Vaters zu zucken an. Heftige Wellen liefen durch seinen Leib. Er bäumte sich auf, ohne die Augen zu öffnen. Ich ging zu ihm und legte meine Hand auf seine feuchte, kühle Stirn. Das Zucken hörte auf.

Ich rief den Hausarzt an. »Es geht ihm schlecht«, sagte ich. »Ich fürchte, es geht zu Ende.« Er versprach zu kommen.

Mehrere Stunden von der Form einer eingedickten und würfelförmig zusammengepressten Ewigkeit vergingen. Gegen drei Uhr nachmittags ging die Tür auf, und der Arzt erschien. Er schüttelte mir die Hand, als wollte er mir bereits herzliches Beileid wünschen. Dann öffnete er seinen Lederkoffer und begann den Körper meines Vaters zu untersuchen. »Sein Kreislauf ist in Ordnung«, sagte er. »Er hat ein starkes Herz. Das Rasseln ist ganz normal für seinen Zustand. Es wird noch eine Weile andauern. Ich weiß, dass das für Sie schwer erträglich ist. Ich werde Ihrem Vater eine Spritze geben, dann wird er ruhiger schlafen. Ich werde einige Ampullen Morphium dalassen. Die Krankenpflegerin soll ihm jeden Tag die gleiche Dosis geben, wenn sich sein Zustand nicht verändert.«

Der Arzt ergriff das Handgelenk meines Vaters und spritzte ihm die wasserklare Flüssigkeit. Dann sagte er: »Sie können jetzt nach Hause gehen. Es wird nichts geschehen. Ihr Vater wird eine ruhige Nacht verbringen. Ich komme morgen früh noch einmal vorbei.«

Das rasselnde Geräusch und das Zucken des Körpers hörten tatsächlich auf. Plötzlich sah ich deutlich ein Bild. Ein junger, braungebrannter Mann, nur bekleidet mit einer Badehose. Er klettert behände den Stamm einer Palme empor, als sei es der Mast eines Schiffes. Als er den Wipfel erreicht hat, wirft er Kokosnüsse herunter. Dann lässt er sich den Stamm hinuntergleiten. Er blutet aus Schürfwunden an der Brust und den Oberschenkeln. Doch scheint ihn dies nicht zu stören. Mit einer Machete spaltet er eine dieser wolligen Nüsse und trinkt ihren weißlichen Saft; dann wirft er die Schalen weg.

Ich wartete noch eine Weile, und da mein Vater ruhig atmete, ging ich nach Hause. Es war vier Uhr nachmittags. Ich wollte nur eine halbe Stunde fort sein, um etwas Kraft zu schöpfen.

Ich stand im Wohnzimmer und registrierte, dass die Standuhr stehen geblieben war. Das war mir zu viel an düsterer Symbolik. Ich zog sie auf. Da klingelte das Telefon. »Erika am Apparat. Es tut mir so Leid für Sie. Aber Ihr Vater ist nicht mehr«, sagte sie ruhig.

Ich trat auf die Straße und blickte zum Fahnenmast hoch. Seine Lieblingsfahne, die Flagge der Kap Hoorniers, die einen Albatros auf blauem Grund zeigt, hing dort schlaff in der nebligen Luft. Ich ertappte mich bei dem absurden Gedanken, sie auf Halbmast zu setzen. Dann begann ich zu rennen. Das feuchte Asphaltband floss mir mit seiner grauen Strömung entgegen, so dass ich kaum vorankam.

Die Totenhündin stand in der Tür. Ihr mütterlich liebevoller Blick gab mir Kraft. »Ich glaube, Sie waren seine letzte Verbindung zum Leben«, sagte sie leise und legte sanft ihre Hand auf meine Schulter. »Kurz nachdem Sie den Raum verließen, war es vorbei.«

Ich ging die Treppe hoch. Die Lilien waren verschwunden, die Tür zu seinem Zimmer war wie immer angelehnt. Ich öffnete sie. Er lag im Bett und wirkte so, wie ich ihn verlassen hatte. Aber auf dem Nachttisch war das Grogglas durch eine brennende Kerze ersetzt. Der weiße Lilienstrauß lag in seinen gefalteten, immer noch so kräftig wirkenden Händen.

34

Mein Vater war nicht mehr. ›Tot‹ war kein passendes Wort für sein Verschwinden. Zwei Kreuze mit einer Null dazwischen. Ich empfand es als eine Art Fahnenflucht. Er war schlichtweg einfach abgehauen, von Bord desertiert, hatte sich seiner verdammten Pflicht zu existieren entzogen.

Ich saß in der Küche und starrte auf den grauen Resopaltisch. Der Mann vom Bestattungsinstitut kam. Er trug einen schwarzen Anzug, aber er hatte keine Leichenbittermiene aufgesetzt, obwohl sein blasses, nichtssagendes Gesicht dafür ideal zu sein schien. Er war sachlich. Wir gingen eine Liste der Leistungen durch. Ich billigte alles, bis auf ein aufwendiges Leichenhemd aus Kunststoff, das zweihundert Euro kosten sollte.

Die Verwandtschaft kam. Wieder lauter Schattenwesen, zwischen denen ich mich unbeholfen bewegte. Man konnte den Eindruck gewinnen, dass das Ableben meines Vaters auch allen Überlebenden etwas von ihrer Lebendigkeit genommen hatte. Am meisten Vitalität ging noch von Erika aus. Sie blickte gerührt in die Runde und registrierte dabei die bewundernden Blicke, die ihr geschenkt wurden.

Wir gingen zum Friedhof. Ich an der Spitze des Defilees.

Niemand hakte mich unter. Aber alle drei, meine Mutter, mein Vater und ihr Sohn, waren neben mir als Schatten der Vergangenheit.

Viele waren gekommen, der Tote war ein bekannter Mann. Das ausgehobene Grab schien unendlich tief zu sein. Ich warf einen ängstlichen Blick hinein und erkannte keinen Boden. Wo ging es dort hinab? Eines spürte ich deutlich, was dort in einem Holzkasten von übertriebener Solidität in die Tiefe gesenkt wurde, hatte mit meinem Vater nicht viel zu tun. Ich hatte jetzt Erde ins Grab zu werfen, und ich hatte Angst, in das Loch hineinzufallen, während sich der Deckel öffnete, so dass ich auf die Leiche fiel. Diesmal hatte ich kein rostiges Kinderschäufelchen dabei, das mir Halt gab. Diesmal griff ich mit der bloßen Hand in den kalten Sand und ließ ihn in die Tiefe fallen.

Auch der Hausarzt meines Vaters war gekommen. Sein fester Händedruck war ein glaubwürdiger Ausdruck der Anteilnahme. »Er hat doch ein erfülltes, langes Leben gehabt, trotz seiner Krankheit«, sagte er. Das klang nicht nach Phrase, sondern nach echtem Trost. »Kommen Sie bitte nächste Woche in meine Sprechstunde«, sagte er noch ergänzend.

Der engere Familienkreis, wie es so schön und verfälschend heißt, denn es handelt sich um keinen Kreis, allenfalls um sich kreuzende Linien, versammelte sich nach der Beerdigungszeremonie im Wohnzimmer. Es gab Schnittchen vom Dorfschlachter und eine kräftige Suppe, die, wie man sagt, Tote aufwecken konnte, die aber diesmal in dieser Hinsicht jämmerlich versagte. Alle im Raum schienen sich verlangsamt zu bewegen, wie in Zeitlupe. Manchmal erstarrten die eng beieinanderstehenden Menschengruppen zu Fotografien. Dann blitzte das Licht einer Digitalkamera auf. Jetzt plötzlich vermisste ich ihn, denn da war niemand, der die mit ihren Bier- oder Weingläsern in der Hand herumstehenden Vertreter des Überlebens mit Döntjes und Familiengeschichte unterhielt. Am fröhlichsten war noch der Pastor. Das war verständlich, denn er war kraft seines Amtes eine Art Fremdenführer, der gerade erfolgreich eine arme Seele in die Heimat geleitet hatte.

Mein Alter hatte eine Lücke hinterlassen, zweifellos. Die Gespräche seiner Verwandten streiften hin und wieder diese Tatsache. Aber war es wirklich eine Lücke? Eine Lücke hinterlässt jemand, der zu Lebzeiten eine kompakte Person gewesen ist, fest in seinem Körper, in seinen Ansichten, vielleicht sogar in seinen Träumen. Aber bei ihm war es anders. Er war, so kam es mir wenigstens vor, zu Lebzeiten nie oder nur selten eine wirklich greifbare Person gewesen, auf keinen Fall aber jener Mann von Stahl und Eisen, wie ihn Kollegen einst genannt hatten. Er war flüchtig, widersprüchlich, zuweilen fast eine Art Phantom im Kopf meiner Mutter. Er hinterließ keine Lücke, sondern eher einen diffusen Fleck, ähnlich wie ein Schatten keinen Schatten werfen kann, sondern nur die Richtung vermittelt, aus der das Licht fällt. Und nun befand ich mich mitten in dieser Zone zerfließender Konturen. Scharf umrissen war nur seine Stimme und entsprechend deutlich auch die Stille, die sie jetzt hinterließ. Ich glaube, nur Erika war in der Lage, dies so ähnlich wahrzunehmen wie ich. »Er war ein so liebebedürftiger Mann«, flüsterte sie mir ins Ohr. »Und er war an allem so interessiert. Wenn man mit ihm zusammen war, lernte man immer ganz viel über die Welt und sich.« Ich nickte und nahm ihre Hand. »Sie haben Recht«, sagte ich. »Sie fehlen mir, seine ewigen bohrenden Fragen: Wer bin ich, warum war es so, wie es war, und was wird sein? Ist alles nur Zufall? Oder ist es doch Schicksal?«

In dieser Nacht schlief ich auf dem beigefarbenen Sofa, auf dem er all die letzten Jahre seinen Mittagsschlaf gehalten hatte, bevor er ins Altenheim umgezogen war. Dieses harte, schmale Sofa war sein Beiboot gewesen, auf dem er mitten im Hafen seiner Wohnung abgelegt hatte, um in Regionen von Zeit und Ort zurückzureisen, in denen er seine großen Momente gehabt hatte. Tristan da Cunha, Fernando de Noronha, die Elephanteninsel. Manchmal, wenn er zum Kühlschrank ging, um seine Reserven an Lakritzbonbons zu checken, war er Shackleton. Ich wusste von ihm, dass er sich am glücklichsten gefühlt hatte, wenn er nachts auf der Brücke stand, in einer Polar- oder Tropennacht zum Beispiel. Den Blick auf den Horizont geheftet, das Kreuz des Südens über sich, das Zodiakallicht als eine geisterhafte Nebelsäule am Firmament. Dann immer wieder ein kurzer Blick zur Skala des Kreiselkompasses, um sicherzustellen, dass der Kurs vom Rudergänger eingehalten wurde. Es herrschte Stille in solchen Momenten. Eine besondere Stille, die gemustert war von den fernen Geräuschen der Schiffsmaschine und den Morsezeichen aus der Funkbude. In solchen Augenblicken war er ein Entdecker, auf der Suche nach dem Fremden, dem Unbekannten, als einem Spiegel seiner selbst.

Was für eine Entwurzelung musste es für ihn, den eigentlich Wurzellosen, den Seewanderer, gewesen sein, dieses Leben aufzugeben, als er zum Inspektor ernannt wurde, als er das Schiff mit dem Auto vertauschen musste, die Brücke mit dem Bürozimmer! Seine Frau redete ihm ein, dass dies ein Glück für beide sei. Sie musste nun nur noch die acht Stunden seiner Dienstzeit auf ihn warten und nicht die Monate, während derer er auf See war. Doch die Person, die jeden Tag nach Dienstschluss die Tür aufschloss, sich die Schuhe im Flur abtrat und sich dann von seiner Frau in die

Arme schließen ließ, war kein Entdecker mehr. Es war ein Erfüller von Pflichten, von Funktionen. Eine Hülse dessen, was ihn einst ausgemacht hatte, eine leere Schlangenhaut, verlassen vom Tier, das sich früher durch das Unterholz gewunden hatte mit dem Ziel, Beute zu machen. Welche Beute?, fragte ich mich. Sie war auf jeden Fall größer als der Jäger. Ich hatte Bilder gesehen, auf denen Schlangen große Tiere verspeisten, indem sie ihr Maul extrem aufzusperren und ihren Leib ungeheuerlich zu dehnen verstanden. Die Beute meines Vaters war vielleicht eine Art großer, wiewohl undeutlicher Sehnsucht. Eine Sehnsucht, größer als er selbst, verkörpert von der Weite des Meeres.

35

In den folgenden Tagen verhielt ich mich wie ein korrekter Nachlassverwalter in einer Sache, bei der es keine Erben gab. Ich ließ einen Makler kommen, um den Verkauf des Hauses einzuleiten. Ich holte mit dem Hausmeister die Besitztümer meines Vaters aus dem Altersheim. Ich annoncierte die Möbel, soweit sie wertvoll waren, und ließ für den Rest eine Entrümpelungsfirma kommen. In meinem alten Zimmer trug ich alles zusammen, was ich behalten wollte. Bilder, Bücher, Fotoalben, darunter die handgenähten Kinderschuhe, in denen ich Laufen gelernt hatte. Sie waren blau, mit bunten Blümchen bestickt. Dann sämtliche Aufzeichnungen meines Vaters, darunter zehn volle Leitzordner, die in seinem Zimmer im Altenheim gestanden hatten. Seine alte Seekiste mit verschiedenen Utensilien aus seinem Berufsleben: einem sogenannten Crewbeutel, der alles enthielt, was man zum Flicken von Segeln brauchte. Einen Segelhandschuh, Garn, starke Nadeln, einen Fitt, einen Marlspieker. Weiter einen Sextanten, ein Fernglas. Und natürlich die vielen Segelschiffsmodelle, die er im Verlauf seines langen Lebens gebaut hatte, vermutlich in einer Gefühlsmischung aus Sehnsucht und Langeweile. Es waren schöne Exemplare darunter. Auf den Rumpf und die Details an Deck wie Rettungsboote,

Niedergänge, Steuer hatte er nie viel Wert gelegt, dafür umso mehr auf ein korrektes Rigg mit seinem stehenden und laufenden Gut, seinen Wanten, Pardunen, Taljen, Kauschen und Belegnägeln. Insgesamt bildete diese gewaltige Flotte aus über zwanzig Seglern den jeweiligen Gemüts-, Geistes- und Körperzustand meines Vaters ab. Die schönsten Modelle mit sich bauschenden Leersegeln aus weiß angemaltem Blech und bunten Fahnen baute er in der Zeit, als er als Inspektor beruflich erfolgreich war. Später wurden die Schiffe kleiner, unbeholfener. Die Segel waren aufgegeit. Die letzten Modelle sahen aus wie Wracks kurz vor dem Untergang.

An Möbelstücken behielt ich nur den Ohrenstuhl und die Standuhr. In einem Geheimfach des Damenschreibtisches fand ich das Testament, das mich zum Alleinerben machte. Ich ging zur Filiale der Sparkasse und leitete die Überschreibung der Konten, Aktien und Sparbücher in die Wege. Einen größeren Betrag hob ich in bar ab. Es gab keine Probleme. Alle waren hilfsbereit. Das Haus leerte sich und glich bald dem Gehäuse, das ein Einsiedlerkrebs verlassen hat. Ich empfand keine Trauer. Es war ein Zustand zwischen Narkose und der Rückkehr in den Wachzustand.

Meine apathische Gemütsverfassung änderte sich erst, als mir sein Hausarzt, der jetzt, zumindest vorübergehend, auch meiner war, eröffnete, dass meine Laborwerte, abgesehen vom Cholesterin und dem zu hohen Blutdruck, alle zufriedenstellend seien, sogar die Leberwerte, dass man jedoch okkultes Blut in meiner Stuhlprobe gefunden habe. Er schlage deshalb eine Darmspiegelung vor. Einen Termin beim Internisten habe er schon gemacht.

Es wurde eine ziemliche Katastrophe. Der Arzt stellte eine fingergroße Zyste fest, die ein eindeutiges Krebsrisiko darstellte. Während er versuchte, das Ding mittels einer Metallschlinge zu entfernen, die man durch Stromzufuhr erhitzen konnte, um so die Wucherung am Stiel abzubrennen, fiel die Elektrizität des Gerätes aus. Obwohl ich ziemliche Schmerzen hatte, bastelte der Mensch an seinem Apparat herum, schraubte den Stecker auf, ohne Erfolg. Dann hatte er große Mühe die Schlinge wieder vom Polypen abzuziehen. Mir brach der Schweiß aus. Die Zeit verging, ich fühlte mich wie ein Hähnchen, das man auf eine Grillnadel geschoben hatte. Endlich konnte er die Sonde aus dem Darm herausziehen. Er bestellte ein Taxi und ließ mich ins Krankenhaus fahren. Dort landete ich auf einem OP-Tisch. Es war das Krankenhaus, in dem mein Vater wiederholt gewesen und deshalb bekannt war. Die Schwestern und Ärzte schwärmten von ihm, von seiner Erzählkunst, seinem Humor, während wieder die Sonde eingeführt wurde. Diesmal klappte alles besser. Die Operation gelang. Der Arzt zeigte mir das Ding, ein blutiges, hässliches Embryo des Todes. »Höchste Zeit, dass wir den Kerl heraushaben«, sagte er. Hatte mir mein Vater etwa im Nachhinein das Leben gerettet? Wäre er nicht gestorben, hätte ich mich kaum einer solchen Untersuchung und der anschließenden Operation ausgesetzt.

Ich schlief inzwischen auf einer Isomatte. Je leerer die Wohnung wurde, desto leerer wurde auch ich. Bei den Räumarbeiten wurde allzu deutlich, dass sehr viel an dem betont gemütlichen Ambiente meines Elternhauses nur Kulisse gewesen war. Gewiss, kostbare Eichenschränke, nordisches Barock, Petroleumlampen, Meißener Porzellan, Messingwandleuchter, vieles aus Familienbesitz, hatte in dieser Anhäufung eine fast museal anmutende dichte Atmosphäre erzeugt, doch nun kamen die Schimmelflecken, die von Mäusen angenagten Stellen der Bodenbeläge, die schadhaften Tapeten, der Dreck und vieles mehr zu Tage. Es war ein edler Slum, in dem sie gelebt hatten, ramponierte Tagträume, eine depressive Phantasiewelt.

Ich beauftragte eine Spedition, die Sachen, die ich behalten wollte, nach Italien zu bringen. Dann rief ich meinen Verleger an und verabredete einen Termin.

Ein letztes Mal machte ich mich auf den Weg zum Altersheim. Ich wollte mich bedanken für die gute Betreuung, die meinem Vater in seinem letzten Lebensjahr zuteil geworden war. Erika nahm meine Hand. Die mütterliche Wärme, die von ihr ausging, tröstete mich. »Wir haben ihn alle hier sehr gern gehabt«, sagte sie. »Er war ein Ausnahmemensch. Es war alles so interessant, was er erzählte. Es ist wenig wahrscheinlich, dass wir jemals wieder solch einen Kunden bei uns haben.«

Sie sah mich an. Die Hoffnung, die in ihrem Blick lag, bezog ich auf den schmeichelhaften Wunsch, ich möge eines Tages hier als Pflegefall landen.

Ich ging noch einmal die Treppe hoch. Die Tür zum Zimmer elf war angelehnt. Der Raum war leer bis auf das Bett. Es roch nach Desinfektionsmitteln. Ich sah aus dem Fenster und bemerkte jetzt erst richtig, wie trostlos der Blick auf die gegenüberliegende Häuserwand war.

Ich bestellte ein Taxi und trank in der leeren Küche einen letzten Grog im Stehen. »Besanschot an«, sagte ich laut. Als der Wagen kam, schloss ich das Haus sorgfältig hinter mir ab. Einen Augenblick lang zögerte ich, ob ich noch einmal zum Grab gehen sollte. Doch ich stieg ein und ließ mich zum Bahnhof fahren. Mein Vater war bei mir in Form des dicken Manuskriptes seiner Lebensbeschreibung. Nachdem wir die Kanalbrücke hinter uns hatten, traute ich mich, sie aufzuschlagen und darin zu lesen, zuerst hie und da, punktuell, dann fortlaufend. Sie war im ambitionierten Stil eines Mannes geschrieben, der sich für einen Autor hielt. Das Schlimmste war, dass ich anfangs dachte, ich selbst hätte den Text verfaßt. Es war mein Stil, den er erfolgreich adaptiert hatte. Nur an den seltenen Korrekturen in seiner säuberlichen Handschrift sah man, dass er ihn geschrieben hatte.

Ich las, wie mein Vater den Tod seiner Frau schilderte. Mit dieser unmenschlichen Sachlichkeit, hinter der sich extreme Gefühle verbergen. Es waren fast die gleichen Worte, mit denen er ihn damals am Telefon geschildert hatte. Und ich las ein Kapitel, in dem er seine Geburt schilderte, in einer Weise, die belegte, dass er eigentlich mehr sein wollte als ein Chronist. Einen Satz merkte ich mir sofort: »Mitunter empfing ich Signale von Mutter. Nicht im Takt eines Morsealphabets, aber doch so, als wollte sie mir mitteilen: ›Hier bin ich, mein kleiner Sohn. Bald wirst du ganz bei mir sein.‹«

Am selben Abend traf ich mich mit meinem Verleger. Diesmal war er schon vor mir da. Er trug eine freundlich-besorgte Miene zur Schau. Nach einigem Smalltalk über das Wetter und nachdem wir bestellt hatten, Rehbraten und Rotwein, kam er zur Sache. »Ich bin der Letzte, der einen Autor zur Arbeit drängeln will, mir sind auch die Daten im Vertrag über den Ablieferungstermin eines Manuskripts nicht besonders wichtig. Doch in diesem Fall habe ich den begründeten Verdacht, dass du mit unserem Projekt gescheitert bist. Du schickst nichts, du kommst nicht voran, wie ich annehme, du hast vielleicht sogar die Lust am Thema verloren. Sag mir ehrlich, wie es aussieht.«

»Mein Vater ist an Krebs gestorben. Ich komme gerade von der Beerdigung. Ich selber war krank. Verdacht auf Krebs, Gott sei Dank ist er inzwischen ausgeräumt. Der Tod meines Vaters ändert mein Leben grundsätzlich. Er bedeutet für mich nicht nur Schmerz, Trauer, Verlust. Er bedeutet auch eine neue Freiheit, von der ich nicht weiß, wie ich mit ihr umgehen soll. Ich bin jetzt vaterlos, elternlos, eine Waise. Grund genug aufzuatmen, doch zugleich ist die Luft dünner geworden. Ich gleiche ein wenig einem Hürdenläufer, der jene spezielle Körperstreckung jahrzehntelang eingeübt hat, die man braucht, um ein Hindernis zu nehmen, und der sie jetzt nicht mehr loswird, obwohl man die Hürden weggeräumt hat. Ein lächerlicher Anblick: Auf einer geraden, flachen Strecke rennt jemand um sein Leben, und alle paar Meter reißt er die Beine hoch und stößt eines davon in Laufrichtung nach vorne! Andererseits bin ich froh, dass mein Vater und ich in den letzten Jahren unseren Krieg begraben haben. Es ist mir gelungen, die Kollision zwischen unseren Lebensschiffen in einer Art Rot-an-Grün-Manöver abzuschwächen.«

Er hatte aufmerksam zugehört. Jetzt warf er eine Frage dazwischen: »Was ist das für ein Manöver?«

»Ein Schiff muss einem entgegenkommenden Schiff nach Steuerbord ausweichen, so dass beide Schiffe beim Passieren sich jeweils die Backbordseite mit der roten Positionslampe zeigen. Nur wenn eine Kollision bereits unvermeidlich ist, darf man Ruder hart Backbord legen. Es kommt zu einer Situation Rot-an-Grün, denn im Moment des Zusammenstoßes zeigt die grüne Steuerbordseite zur Backbordseite des Entgegenkommers. Einziger Sinn dieses Manövers darf es sein, die Folgen der Kollision abzuschwächen. Mein Vater und ich waren uns zuletzt immer näher gekommen, so dass ein Zusammenstoß unvermeidbar geworden war, aber die Schäden hatten wir abmildern können. Es hat nur einen Toten gegeben und einen Verletzten.«

»Lass mich dir mein herzliches Beileid ausdrücken. Eigentlich wollte ich dich dazu überreden, den Vertrag zu stornieren und einen Teil des Vorschusses zurückzuzahlen. Aber vielleicht solltest du deine neu gewonnene Freiheit nutzen und noch einmal in das Projekt einsteigen. Fang einfach noch einmal von vorne an. Mit frischen Kräften sozusagen und unbelastet von der Vergangenheit.«

Es klang so nett, was er noch alles im Verlauf des Abends sagte. Ich durfte in einem der besten Hotels der Stadt übernachten. Zu später Stunde an der Bar war ich der Meinung, dass mein Verleger Recht hatte und dass ich nun endlich den Piratenroman würde schreiben können.

36

Als ich die Gorillabar betrat, war das Hallo noch größer als sonst. »Zingaro ist wieder da«, schrie Luigi. Franco Celli lächelte und winkte mich zu sich. »Es gibt Neuigkeiten, Sarazeno. Sie werden dir vielleicht nicht gefallen, aber ich erzähle sie dir trotzdem. Die Arbeiten am Film über Marconi sind immer noch nicht angelaufen. Aber Carla ist wieder da. Uns scheint sie nicht mehr zu kennen. Sie tritt jetzt auf wie eine Filmdiva, immer mit Sonnenbrille, auch bei Regen!«

Ich tat so, als interessiere mich das nicht besonders, und begann, vom Sterben meines Vaters zu erzählen. Celli hörte sehr konzentriert zu. »Ich kenne das von meinem eigenen Vater. Er tat sich schwer mit dem Abgang. Er war kein guter Schauspieler. Ihm fiel das letzte Wort nicht ein, deshalb stolperte er immer wieder auf die Bühne, auch als der Vorhang schon zugegangen war. Er riss ihn auseinander, steckte den Kopf hindurch und brüllte: ›Scheiße!‹ Das war tatsächlich sein letztes Wort.«

Luigi sagte: »Du bist ein Strandläufer, vergiss das nicht. Strandläufer müssen immer mit dem Unwahrscheinlichen rechnen.«

Am nächsten Morgen machte ich mich allein auf an den Strand. Ich hoffte wie immer, Carla zu begegnen. Weit draußen lag ein Schiff auf Reede. Es kam mir vor wie eine Fata Morgana. Es hatte einen elegant geschwungenen, weißen Rumpf und einen langen, schräg stehenden Schornstein. Ein Oldtimer offensichtlich oder aber der Nachbau einer Dampfyacht vom Anfang des letzten Jahrhunderts. Vermutlich sollte das Schiff Marconis ›Elettra‹ darstellen.

Ich ging in die Gorillabar. Außer den üblichen Stammgästen gab es auch einen Neuen, der alle Aufmerksamkeit auf sich zog. Sein Alter war schwer zu schätzen. Er sah aus wie ein Däne, mit seiner kleinen Nase, seinem schneeweißen Bart und seiner braungebrannten Halbglatze. Er trug ein T-Shirt und Bermudashorts. Seine muskulösen Beine zeigten keinerlei Anzeichen von Krampfadern, und die Augen lagen tief in ihren Höhlen. Sie waren von klarem Blau. Von vorne gesehen, glich sein Kopf einem sorgfältig mit den frischen Farben des Lebens bemalten Totenschädel.

Neben dem Neuen saß der Mann mit dem Holzbein. Beide diskutierten miteinander. Ich stellte mich an die Theke und versuchte, etwas von dem Gespräch aufzuschnappen. Offensichtlich ging es um das Filmprojekt.

Franco Celli kam herein und umarmte mich. Wir setzten uns mit unseren Getränken an einen Tisch. »Wir haben schon wieder einen komischen Vogel in unserem Bauer, der hier vielleicht überwintern möchte.« Celli deutete auf den Bärtigen. »Manchmal fange ich an wie Luigi zu denken. Die ganze Erde kommt mir langsam vor wie ein schlecht geführtes Altersheim, das durchs leere All treibt.«

Meine Sachen kamen mit einem LKW. Ich schaffte sie mit Franco Cellis Hilfe in den Turm. Die Standuhr, den Ohrenstuhl, die Aktenordner, die Bilder, die Seekiste mit den Karten, dem Sextanten, dem Crewbeutel, dem Fernglas. Ich ging jetzt jeden Tag für einige Stunden hin, setzte mich in den Ohrenstuhl und las in den Dokumenten. Es war ein wenig wie Geisterbahn fahren. Vor allem galt dies für die Briefe. Meine Mutter schrieb als Anrede in den meisten ihrer Schreiben an meinen Vater nur das eine Wort: »Meiner«. Ja, er gehörte ihr ganz und gar. Sie beschrieb meine Entwicklung als Baby detailliert. Wenn ich Milch aus der Flasche trank, dann tat ich es ihrem Zeugnis nach gierig und mit einem bösen Blick, doch wenn ich an der Brust lag, schlief ich nach drei, vier Schlucken selig ein. Ich hätte in den ersten Tagen die Angewohnheit gehabt, mit gefalteten Händen und einem unsäglich frommen Ausdruck im Kinderbettchen zu liegen, was mir seitens der Schwestern und Ärzte die Bemerkung eintrug, ich würde dereinst sicherlich Priester werden. Ich wurde kein Priester. Ich versuchte später, das Gegenteil zu werden. Jemand, der nicht einer Illusion aufsaß, der kein professioneller Lügner war. Doch dann wurde ich schließlich Schriftsteller und damit genau das, was ich so sehr zu vermeiden versuchte.

Ich traf den Dänen auf dem Klippenweg, der die weiße Stadt auf der Seeseite umrundet. Er sprach mich an und fragte mich nach interessanten Lokalen aus.

»Die Gorillabar kennen Sie ja bereits. Aber kennen Sie auch den ›Verlorenen Anker‹?«

»Nein, klingt interessant. Eine Hafenkneipe?«

»Wenn man so will. Die Fischer treffen sich dort. Aber sie liegt nicht am Hafen, sondern auf dem höchsten Punkt der Stadt. Kommen Sie, ich zeig' sie Ihnen.«

Als wir den Platz erreicht hatten – es machte mir inzwischen kaum mehr Mühe, ihn zu finden –, gingen wir in die

Bar und setzten uns an einen kleinen Tisch im Hintergrund des Raumes. Neben uns spielten einige junge Leute lautstark Tischfußball.

Der Mann bestellte zwei Cuba libre. »Wir wollen einen Film über einen Forscher drehen. Er war ein Genie. Guglielmo Marconi. Ich bin der Regisseur«, sagte er.

»Warum haben Sie nicht bereits im Sommer gedreht?«

»Das Wetter war zu gut. Wir brauchen eine dramatische Atmosphäre für einen diabolischen Helden. Außerdem bin ich unzufrieden mit dem Drehbuch.«

»Vielleicht kann ich Ihnen helfen. Ich weiß einiges über Marconi. Außerdem bin ich Autor. Ich habe auch schon einige Drehbücher verfasst.«

»Ich weiß, dass Sie Schriftsteller sind. Ihre Freunde haben es mir erzählt. Kommen Sie morgen Mittag ins ›La Sirenella‹. Da wohne ich. Hier, meine Karte.«

Er ging, und ich sah ihm nach. »Sie haben etwas Unwirkliches an sich, diese Leute, deren Job es ist, Wirklichkeit zu simulieren«, dachte ich. Am Ende des Platzes, dort wo eine Treppe hinabführt in die unteren Etagen der weißen Stadt, stand eine Frau. Carla! Sie trug eine Sonnenbrille. Der Regisseur ging auf sie zu. Sie küssten sich, und dann verschwanden sie wie in einer langsamen Überblendung.

Ich hatte nicht gelogen, ich wusste inzwischen nicht nur mehr über mich, sondern auch über Marconi. Ich wusste zum Beispiel, dass man ihn in der Presse wegen seiner häufig angewandten Methode, eine Hochantenne zu installieren, den Jungen mit dem Drachen genannt hatte. Ich wusste auch, dass der irritierende Blick seiner blauen Augen, die ein Erbe seiner irischen Mutter waren, der Tatsache zu verdanken gewesen war, dass er ein Glasauge getragen hatte, Folge eines Autounfalls, eines Frontalzusammenstoßes im Jahre 1912. Ich wusste, dass er ein ziemlicher Casanova war, der rücksichtslos das auslebte, wovor mein eigener so gut aussehender Vater offenbar zurückgeschreckt war. Und ich hatte eine Theorie, warum dieser rastlose Mensch überall an der Küste seine Versuche unternommen hatte. Er wollte mit seinem Vater sprechen, auch wenn der damals bereits seit über dreißig Jahren tot war und seine Villa seitdem leer stand. Der Sohn hatte nie aufgegeben, um dessen Anerkennung zu kämpfen.

Ich ging ins ›Sirenella‹, ein schlichtes Hotel im Badeviertel, traumhaft gelegen direkt am Strand. Wir trafen uns im Speisezimmer, einem großen weiß gestrichenen Saal mit hohen Fenstern zum Meer hinaus und weißen Vorhängen. Auch die Tischdecken waren weiß. Der Kellner in schwarzer Hose und weißer Jacke brachte die Vorspeise, eine Karaffe mit Wein und eine Flasche Pellegrino. Mein Gegenüber eröffnete die Unterhaltung mit einer Frage: »Was schreiben Sie im Augenblick?«

»Nichts. Ich habe gerade ein Manuskript beendet. Eine Art Szenen einer Ehe mit Kind.«

»Ah, Sie mögen also Bergman. Das ist gut. Ich finde ihn unglaublich. Welcher andere Regisseur hat je so erzählt wie er? Er hat den Beruf des Filmemachers zu einer Spielart des Schriftstellers gemacht. Die meisten Kollegen trauen sich nicht zu erzählen. Sie klammern sich an spektakuläre Bilder und Actionszenen wie Ertrinkende an ein Holzbrett. Meine Vorstellung von Film ist eine völlig andere. Ich möchte so filmen, dass man den Film auch erzählen kann.«

»Sind Sie deshalb unzufrieden mit dem Drehbuch? Klammert es sich zu sehr an Bilder und erzählt es zu wenig?«

»Genau. Sie haben es auf den Punkt gebracht. Was Marconi interessant für mich macht, sind weniger seine Taten, das, was mit ihm passierte. Da gibt es das Übliche. Bettgeschichten, ein Verkehrsunfall, bei dem er fast erblindete, ein paar nette Vorfälle wie ein Ballon, der sich im Unwetter losreißt und seine Antenne zerstört und Ähnliches. Was mich wirklich interessiert, ist, was in seinem Inneren passiert.«

»Soviel ich weiß, besteht seine einzige genuine Erfindung darin, dass er eine Antenne geerdet hat. Alles andere haben andere vor ihm entdeckt. Er muss auch innerlich geerdet gewesen sein. Zeitzeugen sagen immer wieder, dass man nie ganz an ihn herankam. Da gab es einen Wall, den man nicht durchbrechen konnte, da gab es einen Keller seiner Seele, in dem tiefe Stille herrschte. Ich weiß, wovon ich rede. Er hat einen starken und zugleich schwachen Vater gehabt, einen Vater, der ihn nicht achtete, ja, im Grunde nicht mochte, und um dessen Gunst er schon als kleiner Junge buhlte. Und er hat eine Mutter gehabt, die ihn besitzergreifend liebte und als ihr Eigentum betrachtete. Es gab zwischen ihnen eine fast inzestuöse Nähe. Bei mir war es übrigens ähnlich. Ich bin in der gleichen Elternkonstellation aufgewachsen. Ein Film über Marconi müsste einen Lichtstrahl in jenen Keller seiner Seele werfen, in dem Säcke voller enttäuschter Liebe lagern.«

»Mir scheint, Sie sind mein Mann. Schreiben Sie mir ein neues Drehbuch. Sie haben in spätestens einem Monat den Vertrag. So, mein Freund. Es hat mich gefreut. Wir werden eine gute Zusammenarbeit haben. Die Einzelheiten können Sie mit Henry besprechen. Das ist der Mann mit dem Holzbein. Er ist der Koordinator des ganzen Teams. So etwas wie ein Inspizient beim Theater. Ohne ihn läuft nichts, wie Sie noch merken werden. Ich werde jetzt ein bisschen am Strand entlangjoggen. Möchten Sie noch einen Espresso?«

»Ja. Und einen Grappa.«

Er verschwand, ganz plötzlich, durch die Tür, die zum Strand führte. Einen Moment sah ich das ultramarinblaue Meer zwischen zwei wehenden, weißen Vorhängen. Es war wieder ein filmischer Abgang. Ich hatte mich nicht getraut, nach seinem Verhältnis zu Carla zu fragen. Aber Henry würde ich diese Frage stellen.

37

Als ich an diesem Abend den Turm betrat, spürte ich, dass jemand anwesend war. Kein Geräusch, kein Geruch, aber dafür die Aura eines fremden und zugleich vertrauten Körpers. Ich schaltete die Lampe an und sah mich um. Carla. Sie lag auf dem Bett, eine Decke halb über den nackten Körper gebreitet. »Sei mir nicht böse«, sagte sie mit tonloser Stimme. »Es ist nichts Ernstes. Deine Mutter würde es verstehen. Denk an die Geschichte mit Herrn S.«

Ich antwortete nicht, sondern ging nach oben auf die Plattform. Es war völlig windstill. Ein herrlicher Abend, das Meer im Restlicht der untergegangenen Sonne kupferfarben. Das Schiff, das draußen auf Reede lag, leuchtete grün, genauso wie die leichte Brandung, die sich an den Klippen brach. Ein Meeresleuchten von solcher Intensität hatte ich noch nie erlebt.

Ich ging wieder hinunter. Carla schlief oder tat zumindest so. Ich schloss das Radio an. Das Skalenlämpchen leuchtete. Dann begann es im Lautsprecher zu rauschen. Ich drehte am Abstimmknopf. Plötzlich hörte ich eine Stimme. Sie war klar und deutlich. Es war der Wetterbericht, verbunden mit einer Sturmwarnung. Fischern und Seglern wurde empfohlen, so schnell wie möglich den nächsten Hafen aufzusuchen.

Ich legte mich neben Carla und wagte nicht, mich zu rühren. Draußen nahm das Heulen des Windes zu. Dann musste ich eingeschlafen sein.

Als ich erwachte, tobte bereits ein ausgewachsener Sturm. Der Turm zitterte unter den Schlägen gewaltiger Wellen. Ich stand auf und ging nach oben. Der Himmel war eine einzige Stampede jagender Wolken. Die Böen brachten mich fast zu Fall. Ich hielt mich an der Brüstung fest, um das Schauspiel so lange wie möglich zu beobachten. Plötzlich prasselte Hagel nieder. Die weißen Perlen tanzten überall auf den Steinen. Kurz darauf kam peitschender Regen und bildete große Pfützen auf dem Boden der Plattform.

Eine zweite Front näherte sich. Sie sah noch viel gefährlicher aus, blauschwarz mit schwefelgelben Rändern. Blitze zuckten aus ihr. In einem Moment der Windstille beobachtete ich, dass die Yacht draußen offenbar den Anker gelichtet hatte und versuchte, aufs offene Meer hinaus zu gelangen. Der Gischt hüllte das Schiff bis zu den Mastspitzen ein.

Ich ging wieder hinunter. Carla war wach. Sie lag auf dem Rücken und schien dem Sturm zu lauschen. Ich setzte mich an den Rand des Bettes. »Kannst du mir einen großen Gefallen tun?«, sagte sie.

»Jeden. Ob klein oder groß.«

»Dann lass mich bitte jetzt allein. Fahr in den Ort. Geh zu deinen Freunden.«

»Bei diesem Unwetter?«

»Hörst du nicht, dass der Sturm nachlässt? Er legt eine Pause ein. Wie es sich für einen richtigen Sturm gehört. Nimm die Vespa. Beeile dich.«

Ich ging. Bevor ich die Tür schloss, drehte ich mich noch einmal um. Carla registrierte mich nicht. Sie starrte gegen die Holzdecke und lächelte wie jemand, der ein Geheimnis hatte, das er mit niemandem teilen muss. Kinder lächeln zuweilen so. Sie brauchen kein Publikum für ihre Gefühle. Auch meine Mutter hatte am Ende ihres Lebens manchmal so gelächelt.

Als ich aus dem Tunnel herauskam, musste ich anhalten. Das Meer war völlig verändert. Es glich jetzt einer Schneelandschaft, so gleichmäßig war es von Gischt und Schaum bedeckt. Die ›Elettra‹ war verschwunden. Am Himmel quollen die Wolken eine aus der anderen wie Dampf aus dem Zylinder einer gigantischen Lokomotive. Sie schienen jede Form, die sie annahmen, sofort wieder zu sprengen. Ich duckte mich, so tief ich konnte, um dem Sturm weniger Angriffsfläche zu bieten, und schob mein Gefährt die Straße entlang. Irgendwann verließen mich die Kräfte. Ich beförderte die Vespa in einen Graben und kroch auf allen vieren weiter. Als ich endlich die Stadt erreicht hatte, hatten sich die Gassen in Windkanäle verwandelt. Ich drückte mich die Wände entlang, hangelte mich von Vorsprung zu Vorsprung, suchte Halt an Regenrohren und Türgriffen. So erreichte ich die Gorillabar.

Franco Celli, Luigi, der Regisseur, der einbeinige Henry und einige Einheimische waren da. Es war eine Stimmung wie in einem Luftschutzbunker. Die Fischer erzählten, dass das Unwetter draußen sehr ungewöhnlich sei. Es entstammte einem extremen Tiefdruckgebiet. Die Spiralarme seines Wolkenfeldes waren deutlich ausgeprägt und drehten sich um ein windstilles Zentrum. Das Auge dieser Galaxie aus Wind, Hagel und Regen glich einem schwarzen Loch. Ein Hurrikan, wie er für diese Gegend völlig untypisch war.

Die Nacht in diesem Lokal entwickelte sich zu einem orgiastischen Trinkgelage, wie es einst auf der Pirateninsel Tortuga stattgefunden haben könnte. Alle tranken hemmungslos. Irgendwann gab es Streit, und eine kollektive Prügelei begann. Draußen tobte immer noch der Sturm. Schwere Donnerschläge mischten sich in das Peitschen von Hagelböen. Die Flaschen in den Regalen zitterten. Ich beteiligte mich nicht an der Keilerei, sondern saß in einer Ecke und sah dem Ganzen zu wie einem Gemälde, das gerade unter den Händen eines aggressiven Malers entsteht.

Plötzlich ging die Tür auf, und ein neuer Gast erschien. Ein kleiner Mann. Sein Mantel war zerrissen, und seine Haare waren nass. Er wirkte verstört, und als er sah, was los war, wollte er wieder gehen. Aber Luigi hatte ihn entdeckt und am Schlips gepackt, der ihm wie ein nasses Seil um den Hals hing. Wie einen störrischen Ziegenbock zog er ihn zum Gelächter aller Anwesenden in den Raum hinein und band ihn am Garderobenständer fest. Ich begriff, sie hatten einen Fremden gefunden, der das Fremdsein aller anderen noch überbot. »Seht mal, was für ein Prachtexemplar der menschlichen Rasse ich euch hier präsentiere«, schrie Luigi. »Er verdient es, gefoltert zu werden, wenn er es nicht selbst schon mit sich täte durch sein bloßes Dasein. Gebt dem Ziegenbock zu trinken, ehe wir ihn schlachten.«

Einige näherten sich mit ihren Gläsern dem armen Kerl und versuchten, ihm Bier, Wein und Schnaps in den nach Luft schnappenden Mund zu kippen. Henry verteidigte das Opfer mit seinem abgenommenen Holzbein, das er als Knüppel benutzte. Der Regisseur saß im Hintergrund und schien sich prächtig zu amüsieren. »Wir müssen das Ganze nachstellen«, rief er. »Die Choreographie ist großartig.«

Die Trunkenheit hatte mich mutig gemacht, denn auch ich ging jetzt dazwischen und stieß die Quälgeister zur Seite. Franco Celli half mir. Wir banden den Mann los und führten ihn zu einem Tisch. Celli brachte ihm einen Kaffee.

»Was machen Sie hier?«, fragte ich.

»Ich gehöre zu der Crew der Yacht«, sagte er in breitem amerikanischen Akzent, nachdem er sich gesammelt und beruhigt hatte. »Ich bin Schauspieler. Ich soll Marconi spielen. Ich habe mich verdrückt, als ich von dem heranziehenden Orkan hörte. Der Funker hat es mir erzählt. Es war mir zu unsicher an Bord. Wer weiß, wie seetüchtig dieses Schiff ist. Es ist schließlich nur eine Attrappe. Die Seitenwände, die Masten, der Schornstein, das Deckshaus, alles ist aus dünnem Holz und Blech. Darunter verbirgt sich ein Lastkahn mit einem ziemlich schwachen Motor. Die haben wieder mal versucht, Kosten zu sparen.«

»Was wissen Sie von Marconi?«, fragte ich.

»Nur was im Drehbuch steht. Und das taugt nichts, meiner Meinung nach.«

38

Am nächsten Morgen versammelten wir uns, eine Gemeinde glücklich Betrunkener, vor der Gorillabar und gingen von dort zu dem großen Platz, von wo aus man die Küste nach Norden und Süden überblicken kann und wo der modern gesinnte Bürgermeister der weißen Stadt neuerdings ein Parkhaus bauen ließ direkt neben der Kirche, in der Ugos Sarg aufgebahrt gewesen war. Celli war der Erste, der es bemerkte: Das Kap des Windes ragte wie immer einer Kralle gleich ins Meer hinaus, aber seine Silhouette hatte sich verändert. Der Turm auf ihm fehlte.

Wir machten uns auf, die Straße entlang zum Tunnel. Auch andere, Einheimische und Touristen, folgten in einer Art Prozession. Erregte Gespräche wurden geführt über den Verlust einer Attraktion, eines Wahrzeichens der weißen Stadt. Ich dachte an Carla und rannte los. Als einer der Ersten erreichte ich die Stelle, an der der Turm gestanden hatte. Nur noch die Grundmauern waren unversehrt. Überall Steine. Die meisten waren das steile Kliff hinabgestürzt. In Ritzen und Ecken flatterte Papier. Ich nahm eines in die Hand: Es war ein Brief meiner Mutter. Ich steckte ihn ein, aber ich gab den Versuch auf, noch mehr von den Dokumenten einzusammeln. Vom Mobiliar war nichts übrig, auch von Marconis Geräten nicht. Sie waren im ersten Stock gewesen, ebenso wie unser Bett, und all das war offenbar im Abgrund gelandet und trieb jetzt im Meer oder wurde von den Wellen zermahlen. Ich setzte mich ein wenig abseits auf einen Stein, während die anderen noch die Ruinenreste absuchten. Plötzlich spürte ich eine Hand auf meiner Schulter. Es war Franco Celli. »Bist du traurig, Sarazeno, dass deine Vergangenheit dich verlassen hat? Ich könnte mir denken, dass Carla überlebt hat. So sensibel wie sie war, ist sie sicher vor dem Einsturz verschwunden. Sie hat den Instinkt eines Schafs. Und die spüren eine Katastrophe, ehe sie eintritt.«

Luigi trat zu uns. »Wisst ihr, was ich glaube? Das war nicht der Sturm. Schließlich hat der Turm über Jahrhunderte ähnliche Unwetter problemlos überstanden. Ich glaube, Carla hat sich mit ihm in die Luft gesprengt. Das würde auch erklären, warum sie dich, Zingaro, bei diesem Wetter noch losgeschickt hat. Sie wollte nicht, dass du Opfer ihres Selbstmordes wirst.«

»Aber warum sollte sie sich umbringen, Luigi?«, sagte ich. »Sie war doch gerade dabei, Karriere zu machen.«

»Das nennst du Karriere? Sie sollte eine Kellnerin in einer Hafenkneipe spielen!«

»Woher weißt du das?«

»Der Einbeinige hat es mir heute Nacht erzählt. War deine Freundin nicht eine Verehrerin von Silvana Mangano? Vielleicht solltest du dir den Film noch einmal ansehen, um ihren Selbstmord zu begreifen.«

39

Viele Boote waren unterwegs und suchten das Meer nach Trümmern ab und natürlich nach der Leiche einer Frau. Auch die Wasserschutzpolizei war da. Hubschrauber kreisten über der Küste.

Ich ging zum Hafen. Celli war dabei, sein Boot von den Schaumbergen zu befreien, die der Sturm hinterlassen hatte.

»Hast du schon Radio gehört?«, sagte er. »Dieser verdammte Nachbau ist leider nicht untergegangen. Sie haben sämtliche Attrappenteile über Bord geworfen. Das Schiff, das zum Vorschein kam, war seetüchtig genug, um den Sturm zu überstehen. Es liegt jetzt im Hafen von Neapel.«

Wir fuhren hinaus aufs Meer. Ohne den Turm sah die Küste verlassen aus. Die Wellen gingen immer noch hoch, aber es war fast windstill. Nur vereinzelte Böen gab es noch als eine Art Hinterlassenschaft.

Wir blieben draußen, bis es dunkel war. Es tat gut, von den Wellen durchgeschaukelt zu werden. Celli schaltete seinen großen Fangscheinwerfer ein. Ich sah Francos Gesicht im Schein der Kompassbeleuchtung. Er lächelte und sah dabei wie ein Satyr aus. »Du musst Carla verstehen«, sagte er. »Türme sind auch immer ein Symbol für Liebe. Liebe, wenn sie diesen Namen verdienen soll, ist eine Verknüpfung von

Weite und Enge. Sie bietet Schutz und macht zugleich unfrei. Und zugleich macht sie keineswegs blind, das macht nur die Verliebtheit, sondern im Gegenteil äußerst weitsichtig. Sie öffnet die Augen für die Einzigartigkeit der Dinge und Situationen. Sie gleicht also einem Turm, von dem man weit ins Land hinein sehen kann, manchmal sogar ins Land der Vergangenheit. Liebe und Erinnerung hängen eng zusammen.«

»Das hat Carla auch gesagt. Ich glaube übrigens, dass sie panische Angst vor allzu engen Bindungen hatte.«

»Das verstehe ich gut. Liebe macht nicht frei. Frei macht nur ihr Verlust. Davon weißt du nach drei gescheiterten Ehen selbst ein Lied zu singen. Carla hatte wahrscheinlich Angst vor der Enge eurer Beziehung, Sarazeno. Es ist möglich, dass sie zum erstenmal richtig geliebt hat. Sie hat sich befreit. Das musst du einfach akzeptieren. Was willst du jetzt machen? Du willst doch sicher nicht hier bleiben.«

»Ich habe den Auftrag angenommen, ein Drehbuch zu schreiben. Über Marconis Leben.«

»Ich weiß einen guten Schreibort für dich. Nördlich von hier auf einer Halbinsel. Auch dort gibt es übrigens einen Sarazenenturm. Ein Luxushotel mit Namen ›Due Castelli‹. Du hast doch Geld genug?«

»Ja«, sagte ich. »Mehr als genug.«

Plötzlich sahen wir im Lichtkegel des Scheinwerfers etwas Längliches im Wasser schwimmen. Es sah aus wie ein Mensch. Die Wellen gingen darüber hin, brachen sich, zogen das Ding hinab, gaben es wieder frei.

»Carla«, rief ich. »Da ist sie!«

Ich deutete in die Richtung des Schemens, und Franco Celli schob den Gashebel hoch. Als wir längsseits waren, erkannte ich, was es war. Die Standuhr. Wir zogen das Gehäuse mit Hilfe des Piekhakens ins Boot. Teile des Werkes, Zahnräder, die Bleigewichte polterten darin hin und her. Auch das Pendel war noch da und das gemalte Zifferblatt.

Ehe ich fuhr, traf ich mich noch einmal mit Luigi. Er hatte viel am Strand gefunden und rieb sich die Hände: »Stürme haben schon ihr Gutes«, sagte er. »Sie räumen auf und vernichten das Überflüssige. Auch ein Ölbild ist angetrieben. Völlig unzerstört. Es zeigt einen Mann in einem Garten. Ich werde es behalten, obwohl ich damit wahrscheinlich einen guten Preis erzielen könnte. Und dann habe ich noch das hier gefunden. Es ist in deiner Sprache verfasst.«

Er reichte mir ein kleines in Leder gebundenes Notizbuch. Es war noch feucht vom Wasser, in dem es gelegen hatte.

Luigi drückte mir zum Abschied die Hand. »Lass dich mal wieder sehen, Zingaro, und denk daran: Wenn es dir schlecht geht oder du pleite bist, kannst du immer noch als Strandläufer arbeiten, so wie ich. Also kann nichts wirklich schief gehen.«

Meine beiden Freunde brachten mich zur Busstation. Ich hatte nur einen Karton dabei, in dem Marconis Radio war. Ich hatte ihn aus Carlas Zimmer in Ugos Haus abgeholt. Wir gaben uns die Hand. Celli hatte diesmal besonders viele Schuppen auf seiner Brille. Aber er putzte sie nicht.

»Merkwürdig, Sarazeno«, sagte er. »Dieses Meeresleuchten vorgestern, hast du es auch bemerkt? Normalerweise gibt es dieses winzigen Tierchen zu verdankende Phänomen nach einem Sturm. Diesmal fand es vorher statt. Was schließt du daraus? Ich will es dir sagen: Die Zeit ist eine Art Tellerrand. Im Teller aber liegt das Wesentliche, das Gericht, die Speise. Man kann den Rand in zwei Richtungen entlanggehen, die Speise bleibt immer die Gleiche. Nenn es Schicksal, nenn es

Zufall, nenn es Chaos, nenn es Logik, es bleibt dabei, es gibt nur ein Leben, und es scheint so zu sein, dass einige es abwechselnd vorwärts und rückwärts führen, so wie du zum Beispiel.«

Der Bus fuhr ab. Ich sah sie aus dem Rückfenster, beide winkten. Und jetzt nahm Celli auch seine Brille ab und putzte sie mit einem großen Taschentuch.

»Ich habe ein Problem«, hörte ich mich sagen. »Mein Vater ist wieder einmal auf See. Als kleines Kind hab ich ihn oft so erlebt. Immer weit weg, immer auf See. Er hatte eine unglaubliche Fähigkeit, Schiffsuntergänge zu überstehen. Doch diesmal ist es anders. Er ging nicht als Letzter von Bord, sondern als Erster. Und das Meer, in dem er nun zu schwimmen versucht, ist schwarz und zäh wie Teer.«

40

Ich habe mir ein Zimmer im ›Due Castelli‹ genommen. Die Mauern sind meterdick, die Armaturen im Badezimmer vergoldet. Der Park hinter dem Hotel ist an Schönheit nicht zu übertreffen. Olivenbäume, riesige Oleander, Lorbeer, Palmen. Auf seiner höchsten Stelle erhebt sich ein Turm. Über seiner verschlossenen Tür befindet sich ein kleines Schild. ›Hier experimentierte Marconi mit Radiowellen im Jahre 1936‹.

Es ist heiß. Ich sitze am Fuße des Turmes. Ich habe einen Korb dabei mit einem halben, in Rosmarin gebratenen Huhn und einer kühlen, in ein feuchtes Handtuch gewickelten Flasche Weißwein. Ich entkorke sie und fülle mein Glas. Eine schwarze Katze quert den kleinen, steinigen Platz vor dem Turm. »Ich weiß nichts von Marconi«, flüstere ich, auch wenn dies inzwischen nicht mehr der Wahrheit entspricht.

Ehe ich die Flasche entkorke, hole ich den Brief aus der Tasche, den ich in den Trümmern am Capo di Vente gefunden habe. Als ich zu lesen beginne, merke ich, dass ihn meine Mutter für mich geschrieben hat, an meiner Stelle. Es ist eine der vielen Inszenierungen ihres Lebens. Ich lese ihn mir laut vor: »21. Juni 1941. Lieber, lieber Pap. Kein Brief von Dir. Und morgen am Sonntag? Wird da einer kommen?

Mutter wartet ja so! Hier hast Du Bilder, die Tante Annemie aufgenommen hat. Die einen sind noch vom Frühjahr, als ich Mutterli Blümchen gesucht habe. Da hab ich unterwegs eine alte Büchse gefunden und mit Stöcken tüchtig darauf herumgetrommelt. Dann siehst Du, wie ich ein Wurstbrot esse. Die Butter hängt an der Backe. Wir haben Gluthitze. Ich hab nichts an, nur einen großen Hut auf. Jetzt muss ich Blumen gießen. Tschüss, min Ol'. Dein Sohn John Henning.«

Die Katze ist inzwischen zurückgekehrt. Erst hat sie einen Buckel gemacht, als sei ihr irgendetwas nicht recht. Jetzt liegt sie in der Sonne und hat die Augen geschlossen. Sie strahlt reinstes Wohlbehagen aus.

Im Korb liegt auch das kleine, in schwarzes Leder gebundene Buch, das einst meinem Vater gehörte. Es enthält viele magische Wörter, Ortsnamen auf einer mythischen Karte der Seefahrt. Ich lese sie mir noch einmal laut vor: Valparaiso, Pernambuco, Tumaco, Fernando de Noronha, Tristan da Cunha. Ich rieche am stockfleckigen Papier. Immer noch ist da der Geruch seiner Seemannsjacke.

Morgen werde ich meinen Verleger anrufen und ihm sagen, dass ich meine Pläne geändert und den Auftrag angenommen habe, ein Drehbuch zu einem Marconifilm zu schreiben, und dass daraus ein Roman entstehen wird, den ich ihm zur Veröffentlichung anbieten werde.

Ich trinke mein Glas leer, nehme den Füllfederhalter, einen schwarzen Montblanc, den ich aus dem Nachlass meines Vater behalten habe, und beginne auf eine der vielen leeren Seiten des Notizbuches in Versalien zu schreiben:

DER FREIBEUTER DER WELLEN.

Dann in normaler Schrift darunter: »Das Leben Guglielmo Marconis, ein Drehbuch.«

Ich schreibe die ersten Sätze:

Stimme aus dem Off.

> Man nannte ihn noch im Alter den Jungen mit dem Drachen, weil er sein Leben lang Antennen an Drachen aufsteigen ließ. Er trug entscheidend zur Entwicklung der drahtlosen Telegraphie bei. Er knüpfte das Netz, in dem sich schließlich der ganze Erdball fing. Ein Erfinder war er, besser gesagt, ein Entdecker neuer Welten, in der die unsichtbaren Wogen eines elektromagnetischen Meeres die kleinen Papierschiffchen und Flaschenpostbotschaften des Lebens von Ufer zu Ufer tragen. Er, Guglielmo Marconi, war der Columbus dieses unsichtbaren Meeres, dessen Wellen immer noch steigen und steigen und uns umspülen, wo immer wir auch sind. Er wagte sich als Erster auf diesen rätselvollen Ozean hinaus. Er besaß die Kühnheit und den Erfindungsreichtum, ihn zu durchqueren mit seinen Antennen, Sendern und Empfängern, um schließlich einen Kontinent zu erreichen, der auf keiner Weltkarte verzeichnet ist und der doch inzwischen unser aller Leben beherrscht: der achte Kontinent, der Kontinent der Information. Marconi war ein Pirat des Äthers, ein Freibeuter der Wellen, ein Liebling der Frauen und ein Mensch, der aus dem tiefsten Inneren seiner Einsamkeit die Möglichkeit förderte, die einst alle Kriege beenden wird, nämlich die des Gesprächs von jedem mit jedem.

Erstes Bild: Ein Junge auf einem Hügel, er lässt einen Drachen steigen.

Die Katze dreht sich auf den Rücken. Sie beginnt zu schnurren, um mich zu locken. Im harten Sonnenlicht schließt sie die Augen. Plötzlich gähnt sie, wobei ihre kleine rosa Zunge sichtbar wird.

Auch mein Wohlbehagen wächst. Ich lege mich auf den harten Boden und starre in den blauen Himmel über mir.

btb

Henning Boëtius bei btb

Der Gnom. Ein Lichtenberg-Roman (72408)
Lauras Bildnis. Roman (72803)
Phönix aus Asche. Roman (72967)
Schönheit der Verwilderung. Roman (72830)
Tod in Weimar (72900)
Undines Tod. Roman (72225)
Die blaue Galeere. Roman (73488)

Die Piet-Hieronymus-Krimis:

Blendwerk. Roman (72753)
Das Rubinhalsband. Roman (72639)
Der Walmann. Roman (72332)
Joiken. Roman (72584)
Rom kann sehr heiß sein. Roman (73222)

»Boëtius ist nicht nur ein phänomenal guter Erzähler, er ist auch ein Meister der Sprache.«
Hamburger Abendblatt